JN039714

Elizabeth Bowen

To the North

国書刊行会

北へ◉目次

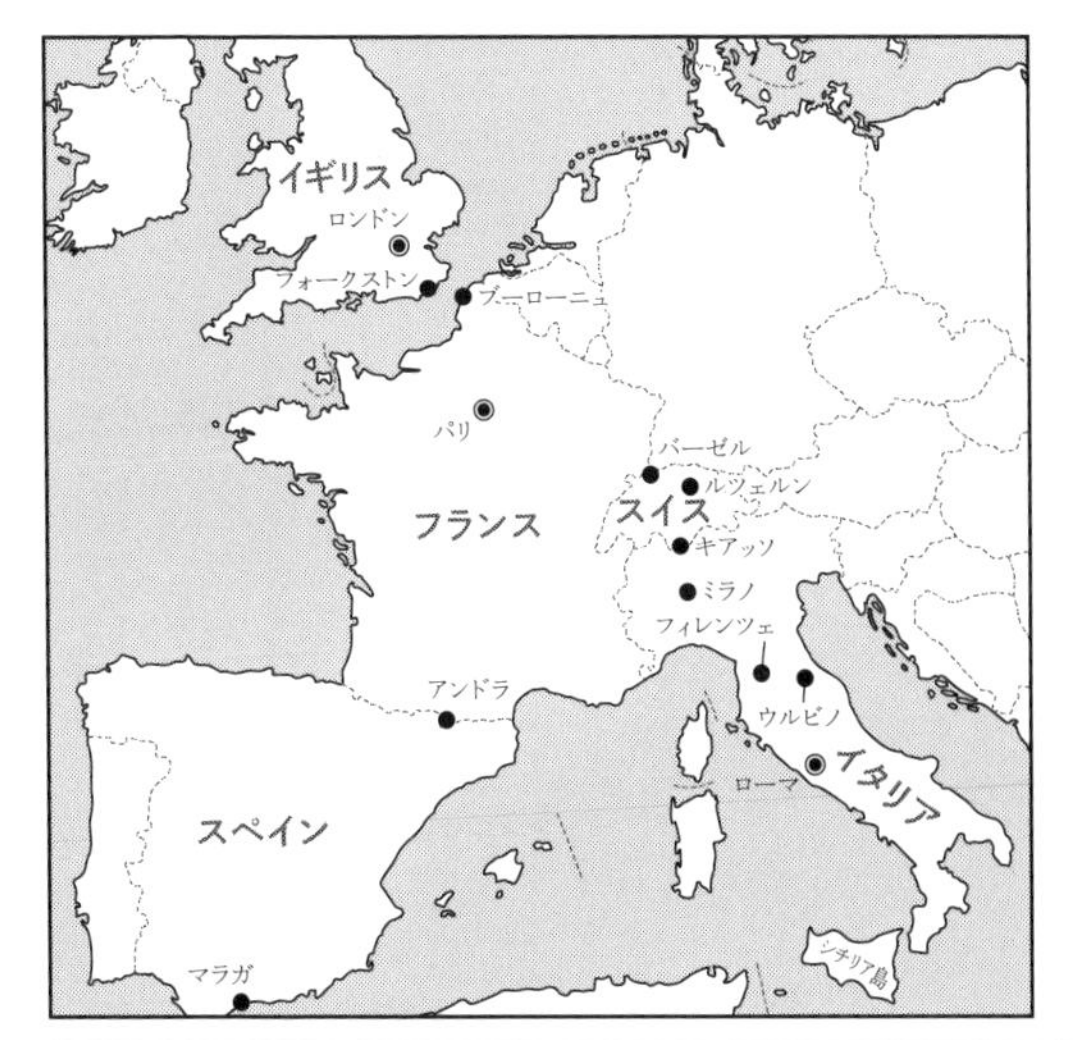

ヨーロッパ地図

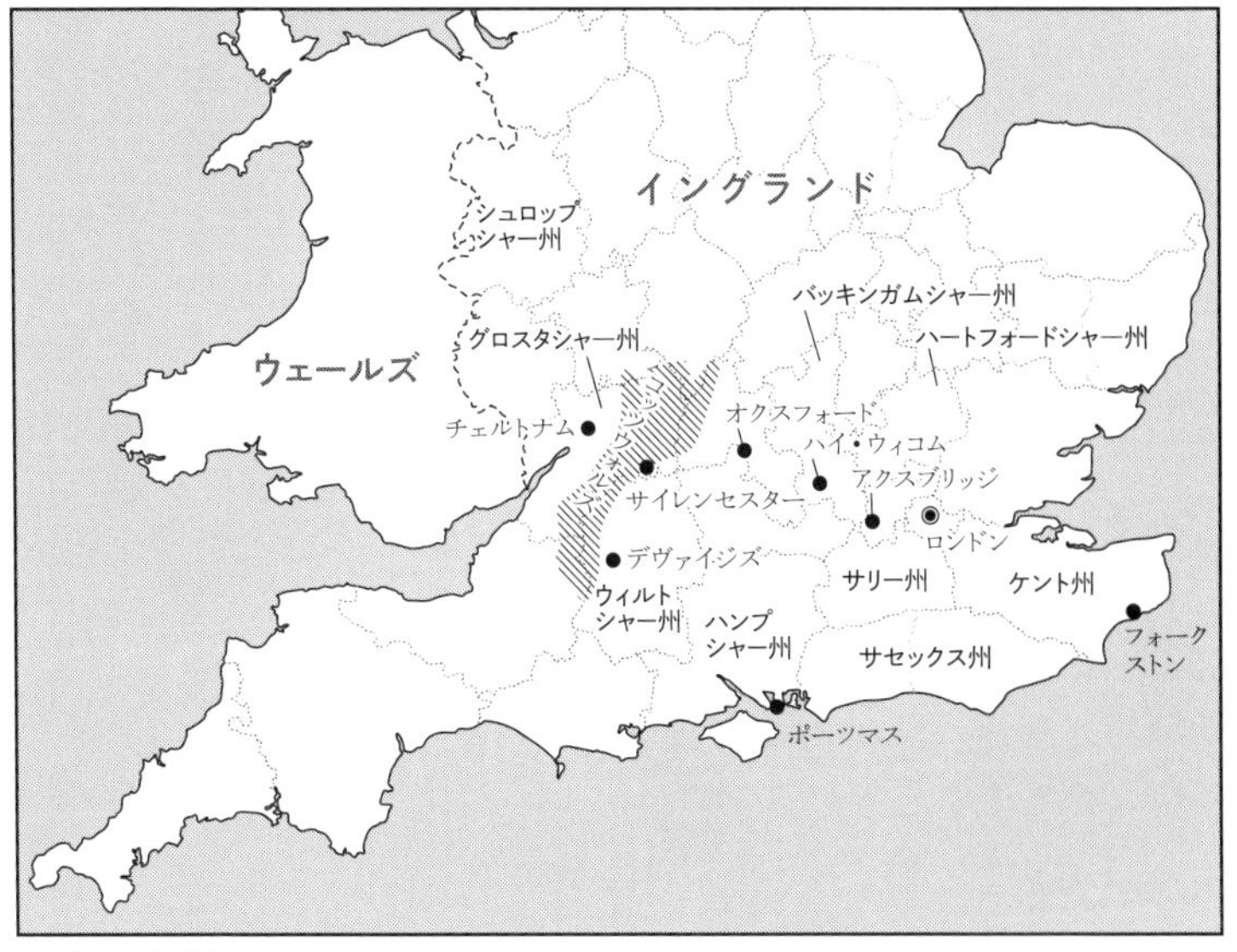

イギリス地図

キングズ・
クロス駅
セント・
パンクラス駅
リージェント・
パーク
ユーストン駅
ユーストン・ロード
ウォバーン・プレイス
ブルームズベリー
サウサンプトン・ロウ
シオボルド・ロード
大英博物館
ストリート
チャリング・クロス・ロード
リージェントSt.
テンプル地区
イフェア
ピカデリー・
サーカス
ストランド
トラファルガー
広場
チャリング・クロス駅
ピカデリー
ホワイトホール
セント・ジェイムズ・パーク
ウォータールー駅
バッキンガム
宮殿
ビッグ・ベン
ウェストミンスター
寺院
ウェストミンスター
大聖堂
ヴィクトリア駅
ウェストミンスター
テムズ川
ムリコ・
ロード

セント・ジョンズ・ウッド
フィンチリー・ロード
アビー・ロード
マリルボン駅
パディントン駅
ハイド・パーク
ケンジントン・ガーデンズ
ラトランド・ゲイト
ナイツブリッジ
ハロッズ
スローン・スト
自然史博物館
ヴィクトリア&アルバート博物館
オーヴィントン・スクウェア
シドニー・プレイス
ロウワー・スローン・ストリート
チェルシー
スミス・ストリート

ロンドン地図

【主な登場人物】

セシリア・サマーズ　未亡人、二十九歳。結婚後一年足らずで夫ヘンリ・サマーズが結核で他界。旧姓不明。母親は再婚してアメリカへ。兄二人は戦死。

エメライン・サマーズ　ヘンリ・サマーズの妹、二十五歳。サマーズ兄妹は孤児。エメラインは旅行代理店を経営。セント・ジョンズ・ウッドでセシリアとフラットを共有。

ジュリアン・タワー　セシリアの友達、三十九歳。二百年続く稼業の後継者。趣味は絵画収集。

バーサ　ジュリアンの姉。シュロップシャー在住。海外旅行が趣味。

ポーリーン・タワー　孤児。ジュリアンの姪、十四歳。ジュリアンが後見人。

マーク・リンクウォーター　通称マーキー、三十三歳。法廷弁護士。独身。

ミセス・ドルマン　マーキーの姉、夫オズワルドはガス関連の会社の経営者。

サー・ロバート・ウォーターズ　サマーズ兄妹の父親のいとこ。

レディ・ジョージーナ・ウォーターズ　セシリアのおじと初婚。カントリーハウスのファラウェイズ荘を遺贈される。サー・ロバートと再婚。子供はなし。

ピーター・ルイス　エメラインの旅行代理店の共同経営者。

ミス・ドリス・トリップ　オクスフォード大学英語科卒。エメラインの会社の速記者。

ミス・アーミタージ　ミス・トリップ退社後に入社した秘書。

ゲルダ・ブライ　二十五歳。四歳と二歳の子供がいる。精神医学者アドラーの連続講演会でレディ・ウォーターズと知り合う。

ギルバート・ブライ　ゲルダの夫。レディ・ウォーターズはギルバートの母の友達。

フランク　海軍の兵士、ゲルダの知り合い。

ティム・ファーカソン　結婚式の前夜に婚約者ジェインが逃亡。エメラインはジェインの友達。

ドロシア　ポーリーンの女学校の同級生。

コニー・プリーチ　エメラインの友達。

デイジー　マーキーの友達。

北へ

Elizabeth Bowen
To the North, 1932

D・Cへ

1　セシリア

　四月も終わりになると、北からの季節風ミストラルがミラノ駅のプラットフォームを冷たくひと息吹き降ろし、帰路につく旅人を出迎えた。定まらない色々な故郷の想いが駅のレストランを満たし、そのイギリス人は、不安そうに座って昼食をとり、目の前にある時計を見た。イギリス－イタリア急行――キアッソ、ルツェルン、バーゼル、ブーローニュ経由――は二時十五分発。豪華列車ではない。北へ行くには平原、湖、ティチノの峡谷がこの先にあったが、レストランの真鍮の桟のついたガラスのドアが光って開くと、明るい円形の停車場があって路面電車がずらりと並び、これがイタリアの見納めだった。

　セシリア・サマーズは、ロンドンに戻ろうとしている若い未亡人で、急行列車に最初に乗り込もうとする乗客たちにまじっていた。座席を予約するのを怠りながら、快適さは確保したい。毛皮のコートをすみの座席に落とし、ポーターが衣裳ケースを網棚に乗せるのを見守り、溜息をつき、また外に出て、二、三分の間、プラットフォームを歩いた。やっと座席についたら、急に感覚がなくなった。そのあと婦人が二人入ってくると、彼女は目を閉じた。蒸気を吹き上げて列車はゴトンと動き出し、白茶けた、こだまの返るミラノの郊外を抜けたが、その一帯は道路の上に洗濯物が吊るされ、太陽のない午後の照り返しを苦しそうに受け止めていた……。コモに近づくと、セシリアと相客は空いた席の上で包みと書類を開いた。しかし、イギリス人の将軍が妻とともに入ってきて、戸惑いの波が広がった。将軍は長々とセシリアを見つめ、それから『タイムズ』を二人の間に広げた。

キアッソで列車はぱたっと動かなくなった。永久に動かないかに見えた。雨が落ちてきて格納庫の壁に黒いしみができた。セシリアは待避線に回された家畜小屋の中にいるような気がしてきた。イギリス人の声が通路に響き、スイス人の役人たちが車内を行き来した。彼女は思った、ウンブリアでは世界が目にも鮮やかに光の中にあるだろうし、人がいなくなった宮殿の窓辺で鳥が歌っているだろうと。急に感情が溢れて、涙が瞼をちくちくと刺した。待機は長引き、もどかしい緊張が目に付くようになり、乗客仲間に思いきって視線を投げると、彼らは家畜よりもみじめで、これからみんな処刑場に行くのを意識しているようだった。

セント・ゴッタルド峠は、他の難所と同様、次第に耐えがたくなり、とうてい越えられないように見えた。いくつもの短いトンネルに目まぐるしく出入りして、息苦しさと退屈が頂点に達し、やがて出入りも減った。スイスは篠(しの)つく雨の中にあって夕闇が降りていた。気が進まないままにセシリアは、濡れたボール紙に描かれたような壮麗さから目をそらすことができなかった。峡谷、瀑布、岩場、松の木と残雪が点々とする谷あい、せり出した牧草地に立つ山小屋。精神にも胃にも霧が充満するような空間を感じ、彼女は早めに予約して、初回のディナーサービスを確保した。ミラノでとったランチが早すぎたし、少ししか食べなかったからだ。化粧バッグから小説を一冊取り出して、毛皮のコートを拾い上げると、車掌の後ろをすり抜けて列車の後部へ走った。将軍は溜息をついた。彼はロマンチストで、美しい女が食堂車めがけて駆け出していくのを見ると心が痛んだ。

食堂車の中は暑かった。一番に出てくるスープの湯気で窓が曇った。セシリアはスカーフをほどいた。見ていると、仲間の乗客たちがドアから次々に飛び込んできて、テーブルの間をよろよろと縫って歩き、どこに座るのか分からないでいる。列車はいま猛烈に怒って揺れていた。セシリアはテーブルを一人で占めていてもよさそうだった。初回のディナー・サービスは、節度を欠くという意味で、イギリス人にはよい印象を与えなかった。それにまた、セシリアは手袋と毛皮と小説をばらばらに置いてテーブルを占領しており、その表情には、友人を待ち受けている女の緊張感と近寄りがたさがあった。

しかし彼女は、みんなで食事をするのが嫌ではなかった。もう一度目を上げたら、若い男性と目が合ったが、彼は、しっかりバランスを取りながら、立ち止まって食堂車を点検していた。興味と了解半分のひらめきが、互いに喜ばしく、二人の間を走った。彼らは視線を収め、またちらりと見た。列車が傾き、若い男はさっと動いて、セシリアの向かいに座を占めた。

この出来事、あるいは彼の早業にあっけにとられ、彼女は手袋とハンドバッグと小説を彼のほうのテーブルから急いで引っ込めた。若い男はネクタイに手を触れ、爪の先を見つめ、窓の外を見た。セシリアはメニューを摘まみ上げて、しげしげと見た。若い男は入念な礼儀から、セシリアをじっと見ないようにしている。ウェイターが青いカップを二つストンと置くと、彼女の連れはスープを見た。彼の溜息が聞こえる。彼は同情を引くタイプでもなければ、格別に若くもなかった。三十三歳くらいか。彼女はあとでこう言う羽目になった、先に見たのは自分だったと――いまは見たことを後悔していた――彼のハロー校[*1]のネクタイを。そのネクタイだけが、なぜかしら、分かったのだ。彼はスプーンを手に取り、その手に彼女は注目した。手入れはいいが、目立つほどではない。時間が五分過ぎる頃には、彼は落ち着いてセシリアの前に座を占め、こうして見るでもなく何度も見た結果、がっしりした体格で、髭も首と顎の周囲は濃い目にきちんと剃ってあり、有能そうなやや後退しかかった額、よく動く貪欲そうな知的な唇、そして素早く動く無感覚で明るい瞳は、愛想のいい爬虫類のようだ。人前に出せるし、人を惹き付けることもあるだろう――しかしセシリアはそうは思わなかった。

ワイン・ウェイターが彼らの注文を二つ受け、戻ってきてボトルを二本置いた。列車がいきなり横に揺れる。ボトルがぶつかって、くるりと回る。セシリアと彼がとっさに手を出して同時につかんだ。彼らの指が絡み合った。笑顔になるしかなかった。

「恐ろしや」若い男が言った。

彼女は同意した。

彼はナプキンで湯気に曇った窓を丸くぬぐって、外を覗いた。「今どこでしょうね？」と彼。

セシリアは、同じようにして、言った。「湖のようね」

「ええ、そのようですね。恐ろしい」

「湖がお嫌いなの？」セシリアはこう言って、好奇心が抑えられない。

「ええ」彼はそれだけ言い、湖は見えなくなった。

「きっとルツェルンだわ」

「そうでしょうか?」若い男は感心して言い、また外を覗いた。羊毛のような白い霧が湖を覆っている。霧の晴れ間から、黒いインクのような水面が現われ、近寄りがたいものがあった。湖畔にそって走っていた。敵意が彼の顔立ちに浮かんだ。寝巻き姿のスイスをとらえてよろこんだのか。――何か昔の、子供時代のホリデーのときに不満があったのか。「どうして私は」とセシリアは考えていた。「誰かを拾わないで旅行ができないのだろう?」しかし、彼のマナーと微笑から目が離せなかった。彼女は横を向いた。暗くなった霧がちぎれて目の前を過ぎた。頭上の、険しい岩の上にある何軒かのホテルはまだ人がおらず、ほのかな明かりが二つか三つ点っている。すべてが途切れ途切れながら永遠を思わせ、あの世、のようだった。そしてあの世では、彼女はそういう旅仲間が持てるのかもしれない。あまりにも近くで彼女を見つめている――形状の切れはしがまだ精神にしがみついているのか――、そこに同情はなく、冷ややかな物質的な諒解があるだけだ。

彼のほうでは、彼女の大きな美しい手を見ていた、尖った指先、プラチナの細い結婚指輪、滑らかな首筋はヴィーナスの首輪がうっすらと走り、ほどけたスカーフの中で真珠が鈍く光り、両方の肩と、まったく無意識にではなくそむけた頭。魅力的な黒い瞳は光ったり翳ったり、見事な鼻孔、美しくて衝動的で表情がありすぎるくらいの口元。物腰に見られるナイーヴなところが、自信に溢れた完成された外観と面白いコントラストをなしている。装いも魅力的だった。彼女が持っている本――『ヌーヴェル・レヴュー・フランセーズ』なる質素な白いカバー付き――を一目見て、彼女は見栄っぱりで、なおかつ退屈な女ではないかという恐れがよぎる。暑苦しいディナーを前にしてスイスを通る間、知的な会話をひねり出すのか、と思うと、その不愉快さに汗が出てきて、彼は人差し指を襟元のカラーの中に走らせた。しかし、もう一度目をやると、本のページがまだ切ってない。彼は、どうせ彼女が好印象を与えたい誰かから借りたのだろうと推測した。この点で彼はセシリアを見くびっていた。彼女は今朝ミラノ駅のアーケードでこの本を選び、読んで楽しむつもりだった。

「僕の希望としては」と感じのいい丁重さで彼が言った。「このテーブルをどなたかのためにキープしていなかったらいいのに？」

「何ですって？」セシリアは、湖から彼のほうに目を移して、聞きなおした。

「このテーブルを予約していなかったらいいのに、と言ったんです」

「あら、いいえ……予約はまずできないでしょう」

「ええ」彼が言った。「ええ、僕も無理だと思います」

笑わないことにした彼はやや煮え切らない感じがする、と彼女は思った。

「列車はとても混んでいますし」彼女は冷ややかに言った。

「魚がきました。ヒラメ（ツール）、のようです――ご承知ですか、僕はふと思ったんです……」

「何を？」セシリアはそう言い、思わず笑った。

「ふと思ったんです、僕らは一度会ったことがあると」

「それはないでしょう」

「ええ、ないでしょうね」

　彼がなぜ面白がる必要があるのか理由が分からなかった。彼を面白がらせたのは、これほどの外観を意のままにする女が――というのも、彼はいままで（思えば）同席して食事をと、これほどはっきりと誘われたことはなく――その物腰の裏に少々不釣合いな動揺を秘めていることだった。彼女はやや神経質になって言い足した。「この前イタリアから帰ったときは、誰かが私をロシア人と思って……。ロシア人よ」と彼女は言って、横を向いて窓を見た――いまは切通しの一つを通過中だった――窓に映っている頬骨の下のうっすらとした影が、すねたような曖昧さをきらめかせ、いまの過ちの説明をしていた。

「それは」彼が真面目に言った。「どんなロシア人を指しているかによりますね」

セシリアは魚は好きじゃないと不服を言った。ワインはおかまいなしに彼女の目の下を美しい色に染めている。彼女は内心彼を好まないと言いながら、その物腰は活気があり熱意があった。彼を好まないとしても、彼女は未知の人が好きで、未知を愛した。いまのところ、彼には素性がはっきりしないゆえの完璧な輝きがあった。無知のせいで茫洋としており、空想に照らされるせいで、どんな未知の人でも彼女の頭に真っすぐに入ってきた――彼女は心をほとんど持たない。一目見ただけで親密なふりをして楽しむことができた。ただ大事な例外が一つあって、彼女はよく知っている人を好きになったことはない。

彼の名はマーク・リンクウォーターだった。会話の中で彼が自分からこれを気安く明かしたので、彼女は彼を力量のある若い青年とみなし、世間はそう見なくても、彼の目にはそう見えるのだと思った。世間もまた彼の見方を共有していることはあるかもしれない。頭が回りすぎて、自分の思いどおりにならないものは認めないのだろう。だからもし、彼について聞いていなかったとしても、こちらの落ち度は隠しておかなくてはいけない。彼女は勘を働かせ、彼が法廷弁護士（バリスター）[*2]であることを突き止めた。これで見晴らしがよくなり、彼らはすんなりと前に進んだ。

ディナーの相手としては、彼女は彼にうってつけだった。ある程度まで惹き付けられるのは楽しいことだ。彼が女性に求めたのは、彼女たちが色々な水準で愛想よくすることだけだった。彼の対男性関係は接点が難しく、女性との個人的な親密さは、彼をぞっとさせた。列車は湖水群から逃げるように疾走し、ブリュンネンから谷あいを登り、息も詰まりそうな雨をついて、雄たけびを上げながらザグを抜けてルツェルンに向かい、濡れた岩や岩壁を乗り越え、乗客たちは鞭で打たれて、ドラゴンの尻尾に追いやられているようだった。ときどき手を出してグラスかボトルを支えながら、ミスタ・リンクウォーターは自分のローマ観を述べた。

僕はローマから来たところです。「まあ、ローマですって？」彼女は叫んだ。「なんて素敵なの！」

彼は肩をすくめた。「いい人が多すぎる」

彼女は驚いた。彼はローマの社交界を思い起こし、やはりけっこう楽しかった。明らかに聖職者の子息ではなかったが、彼はそれともっとも熱烈な関係にあった。高位にある聖職者やコレジが話の端々に出てきて、枢機卿の二、三人については懐かしそうに話した。彼はヴァチカンでランチをとったに違いないという印象があった。彼の話が進むにつれて、中世以前が薄れてきて、油絵にさかんに描かれた宮殿の円柱やアーチになった。マークのローマは後期ルネサンスで、そこに『ヴォーグ』誌を飾る洒落（しゃれ）た女たちが少し重なっていた。ローマの上空は、装飾的な祭壇のアーチのように、垂れ幕と厳かな会話中の人影で、どんよりと騒がしくなった。セシリアは――彼女の個人的なローマはボストン出身の中年の王女とそのサークルに限定されていて、*3 その人はローマのフォルムで無垢な日々を過ごし、いつも多少の希望を持ってパラソルの先でやや多量の埃を移動させ、溜息をつきながら教会をいくつも通り、先端がピンクに染まったフリージアをスペイン階段の下で買うのだった――感激もひとしおだった。

ミスタ・リンクウォーターは、肉付きのよい顔の仮面の中で眉だけに表情があり、火を噴くようなコメントを口早にまくしたてた。ある資質のあるドライな会話で、セシリアは面白いと思った。間違いなくあとでロンドンじゅうがこれを聞くだろうが、彼女は当然悪い気はしなかった。

彼は話好きで、自分で面白がっていたが、この連発にはほかならぬ理由があった。じつは、話している間に一度か二度彼女の不思議な表情、憂鬱そうで、夢見るようで、高揚した表情をとらえていて、もしきっかけが与えられたら、彼女が自分のことを話しだすのを恐れていたのだ。彼女は人生は難しいとか、物事が私をひどく動転させるのだと言い出すかもしれなかった。結婚していれば、話はいくらでもある。彼は彼女に巻き込まれるのは真っ平だった。――彼の恐れに根拠はなく、彼女はただウンブリアについて話したいだけだった――。もっとはっきり言えば、彼女は未亡人だ、ワインをオーダーするときの嬉しくなさそうな決断の仕方が、長年自分のことは自分でしてきた女を物語っていて、しかも彼女はそれが楽しくないのだ。

セシリアもマークも性格は良くなかった。とはいえ、この出会いは公平でない光のもとに彼らをさらした。長旅では、心は揺れる肉体にぐったりとぶら下がり、神経は痛み、感覚は早まり、頭脳は、怖気(おじけ)づいた猫のように、物から物へと逃げるように這い回り、大地はたいへんなスピードで通過されて、一日限りの切れっぱしだ。人は悲しくなくても、退屈なのだ。思えばこれは昼食のあとに始まった旅だったし、イタリアの寂れた端っこを通り、スイスを通ったのは雨の中。このときは、また、二人それぞれの個人的な背景は不運なものだった。喧嘩がマークの出立をせきたてたのだ。怒りの念がいまなお彼の失意の霧の中を赤く走った。セシリアは、二十九歳の未亡人で、不思議に思っていた、どうして感傷と偏愛というか細い紐に自ら引きずられ、イタリアを離れて寒い島へ戻ろうとしているのか、ロンドン北部のセント・ジョンズ・ウッドでは、まだラッパ水仙も芽吹いていないのに。彼女は金を使いすぎてしまい、海外にいる間にもらった手紙はあまりにも数が少なすぎた。もしかしたら破産したか、友達は私のことを忘れたのか。不信感をおぼえ、用心深く、再婚したものかどうか確信がなく、人間関係は、ただ一つあれば彼女は幸福だった。若い義理の妹、エメラインとの関係だった。

実際は不信感がやりとり全体の底流にあり、マークはブランデー、セシリアは緑色のほうのシャルトルーズ[*4]で、それも終わった。まだ十分うまくいっていて、それぞれが相手を喜ばせようと決めていながら、快楽に対して心を閉ざしていた。二人とも好奇心と、ややささくれた利己心をあとに残し、旅行時にまたということはないとしても、ロンドンで再会しようと約束した。彼は彼女が電話帳に載っていることを確かめた。客室に戻るとセシリアは空気枕をふくらませ、毛皮のコートを膝のまわりに巻きつけてから、小声で謝りながら、向かいに座っている将軍の妻の腰の辺りに両足を乗せた。眠っている人には打つ手がない。少し本を読み、アスピリンを二錠飲んでから、うなずいて、マーキー（友人は彼をマーキーと呼んだ）のマナーは無礼だったと決めた。明日は彼を避けよう。

翌朝セシリアが朝食から戻ってきて通路から見ると、ミスタ・リンクウォーターが客車の向こうはじにたたずんでいた。新しい文化の下では戦場という背景が飛び去り、髭剃りがうまく行かず、見るからに不機嫌だった。彼の視線を避けながら、彼女は急いで列車を降りた。ブーローニュでのその日は風がなく、船は岸から岸へすべり、熱い皿の上を転がるバターのようだった。マーキーがセシリアに気づいた。しばらくの間彼らはデッキを行き来した。対岸にフォークストンが見えてきて、草地の上の旗は生気がなく、ホテルはこっちを向いて何も見ていない。イギリスは素っ気ない顔をしていた。陸地のほうに会釈してから、マーキーが言った。「ここには長くいるんですか？」

「まったく分からないのよ」セシリアが言った。

＊1　一五七二年に創立されたロンドン北西部のハローにあるパブリックスクール。イートン・コレジに並ぶ名門校。
＊2　法廷弁護士は白髪のカツラをかぶって法廷に立って弁論する法律家。事務弁護士はソリシター（Solicitor）といい、裁判のための書類を担当する。
＊3　米国の作家ヘンリ・ジェイムズ（Henry James, 1843-1916）の小説『プリンセス・カサマシマ』（一八八六年）のこと。
＊4　フランスのカルトゥジオ会修道院で製造法を伝えてきた最高級のリキュールで、緑と黄の二種がある。

2　セント・ジョンズ・ウッド

「どうしたの、エメライン？」レディ・ウォーターズが言った。何でもなかったのだが、エメラインはこの説明は難しいと思い、鼈甲（べっこう）ぶちの眼鏡のすみからレディ・ウォーターズのほうをそっと見て、何も言わなかった。

　レディ・ウォーターズはありもしない状況をすばやく嗅ぎつけた。二番目の夫、サー・ロバートとラトランド・ゲイトで快適に暮らすうちに、彼女は自分の人生を大きく広げ、すべての人の代わりに気遣いをして小さな波を立てていた。出会うやいなや彼女の驚くべき視線は人の危機を探り、そういう危機の最初の動きにそなえて、予行演習をしていた。彼女が人の屋敷に入ると、その余波で家具調度がぐらぐらと揺れた。ラトランド・ゲイトでは運命が彼女のティーテーブルに影を落としていた。彼女のいちばん小さい時計は不吉に時を打ち、電話は心臓部から鳴り、正餐の銅鑼（ドラ）はゴーンと鳴って警告を発した。彼女が紹介を始めると、以前にあったドラマのすべてがドラマになって、その出会いをただならぬものにした……。サー・ロバートだけは、時間のほとんどをクラブで過ごしていて、この雰囲気に気づいていなかった。

レディ・ウォーターズはどちらの結婚でも子供を持たなかった。最初の結婚で彼女はセシリアの義理のおばになり、二度目の結婚でエメラインのいとこのまたいとこになった。セシリアがヘンリ・サマーズ（エメラインの兄）に初めて会ったのがラトランド・ゲイトのディナーのときだった。レディ・ウォーターズとの親戚関係を無駄にする人はいない。セシリアはヘンリとエメライン・サマーズのことはよく耳にしており、その一方でサマーズ兄妹のほうは「カズン・ロバート」の新妻の姪らしい人、つまりいつも海外にいるかロンドンを離れたばっかりという姪の名を聞いて微笑む機会がよくあった。そういう頃にセシリアとヘンリは、どちらもディナーに駆り出されて、出会ったのだ。無意識のまま、機嫌よくしゃべっているうちに、彼らの親戚たちが大きな予兆になって頭上に雲を広げ、二人は友達になり、親密になり、恋人になり、その後間もなく結婚した。その危険な結婚はレディ・ジョージーナ・ウォーターズその人の心にかかっていた。一年足らずのうちにヘンリが結核で死亡したとき、彼女は密かに安堵した。ヘンリの神経過敏な性格とセシリアの気性を思うと、この結婚はもっと悪いことになる恐れがあったからだ。

あまりにも短かった結婚は一つの出来事という性格をほとんど失わず、セシリアは過激で謎めいた若い娘から途方にくれた未亡人に変身した。どこを向いたらいいのか分からなくなった。しつこい疑いが、幸福が始まったときにもあったそのままの形で、哀しみの調べになってあとに残った。エメライン・サマーズがぜひ一緒に住もうと提案し、それがうまく行っていた。二人の若い女たちが自分たちは孤独だと感じていたときだった。セシリアの母は、娘に愛情深かったことはかつてなく、心のすべては戦争で死んだ二人の息子に捧げていて、セシリアがヘンリと出会ったあとすぐに再婚し、アメリカに行ってしまった。ヘンリとエメライン・サマーズは幼少のときから孤児で、近い親戚もなく、父のいとこであるサー・ロバート・ウォーターズよりも頼りになる友人はほとんどいなかった。兄妹二人は一緒に育てられた。ヘンリのほうがいくつか年上で、二人はとてもよく似ており、一本の木が二つに分かれたようだった。兄が結婚していた間、エメラインは、おそらく寄る辺なく思い、ほとんど海外にいた。彼女とセシリアは、互いを評価する時間が少しもないうちに、墓をはさんで目が合ったに違いないと言う人がいたかもしれない。

　二人の人生観と収入は不足なく一つになった。お互いに求めすぎず、ある幸福な出発点を機に、二人はそれぞれに自分の道を進んだ。エメラインは自分の資金のいくらかをビジネスにつぎ込んで、その関係でほとんど家にいなかった。一方、多くの知人ができ、矢継ぎばやに色々と興味が湧いたセシリアは、ふたたび楽しく活発になった。外出が増えた。レディ・ウォーターズは、しかし、この取り決めをいまも揺るがぬ不信感で見守っていた。女性は一緒に暮らせない、ことに義理の姉妹などもってのほかだ。彼女たちはどれほどヘンリの噂をしたのだろう、失うことでどのくらい絆が固まったのか？　レディ・ウォーターズは、自分の仲間同士を別にすれば、無遠慮な物言いはもう衰退しているはずだと考えていたが、寡黙となるとそれは病的になるということだ。期待に胸が痛くなり、彼女はたびたび二人の家を訪れた。彼女たちは問題を持ちこんでこないので、彼女のほうから出かけていき、いまは定期的に訪問していた。彼女たちにはこれを防ぐ手立てがなかった。

　二人が選んで住んだセント・ジョンズ・ウッドは、近隣は空気のよい高台の一帯で、白と黄褐色の片蓋柱（ピラスタード）様式あるいはゴシック様式の家々は、森の中に建てられたみたいだった。香り高いニオイシロバナイリス（オーラス）の花粉がかすかな不行跡をにおわせて一世紀にわたって香り、まだ近隣に少なからず漂っている。ガラスの廊下が緑色の高い門扉から続き、庭園の壁は神秘的で、キングサリ（ラバーナム）の花が窓と窓の間に房を垂れ、壁には壁の秘密があった。夜にはアカシアの木々が風の通る洒落（しゃれ）た造りの小ぶりな家敷の周囲でささやき、その家々には美しい女たちがそれぞれ一人で住んでいたが、彼女らはいつも独りだったわけではない。非現実的な月夜も遅くなると、二輪馬車がお化けのように無人の道路をこつこつと鳴らすのを聞いたり、青白い壁に落ちたオペラのマントの影を見たり……。いまでは何もかもすっかり飼いならされていた。レディ・ウォーターズはセント・ジョンズ・ウッドに難癖をつけることはできなかった。

　セシリアとエメラインの家はオーデナード・ロードにあり、この道はそのままアビー・ロードに続き、車とバスが入るじょうご型の入口になっていた。大きな窓がたくさんあり、裏側にあるアーチの階段と鋳物の踏み段を降りると、小さな緑の庭園があった。セシリアは不動産屋の指図にためらいながらも、誘うように陽のあたった広い床を見て、感想を述べた。「私たちの知人からは、ずいぶん遠いわね……」しかしエメラインは言った。「私たちがこれから誰に会うか、分からないわよ」最初見たときからその家は彼女たちに微笑み、彼女らのものとなった。そうしてここに落ち着いたのだった。

　セシリアが帰ってきた日の午後、彼女の希望で予告もしていないのに、レディ・ウォーターズが毛皮と裳裾（もすそ）を狭い玄関ホールから応接間に引きずっていくと、エメラインは花を生けていた。めったに花を生けなかったので、仕上がりに自信がなかった。チューリップが口の広い花瓶の中で広がって垂れている。セシリアはどうやってチューリップを立たせて生けていたっけ？　レディ・ウォーターズはエメラインに今していることをどうぞ続けてくださいなと言い、私もチューリップは好きだと言ったが、やがてエメラインに、どうしてそんなに落ち着かないのと言った。チューリップをただ生けるだけなら、立ち止まったり歩き回ったりする説明にはならない——レディ・ウォーターズは花など生けたことは一度もなかった。エメラインはメイドに自分は不在だと言うようにしておけばよかったと思った。普段はこの時間外出していたので、思いつかなかったのだ。しかし、レディ・ウォーターズを遠ざけておくには、この決まり文句一つでは足りなかっただろう。人が不在でも彼女は入ってきて待っていた。いつにない午後の光が応接間に射しこみ、エメラインには一人でよく考える貴重なひととき……。エメラインのマナーは完璧だったが、ひどく退屈すると、体が縮まったように見え、軽い失意に悩んでいる様子を見せた。

エメラインは何も言うことがないときや、わざわざ考えたくないときは、頭を片方にかしげるので、何か考えているように見えた。話す前に一呼吸置き、相手を失望させるに違いないのを恐れているようだった。背が高く、姿も手も細身ですらりとしていた。動作はゆっくりしていて、ちぐはぐだった。年齢は二十五歳でとても若く見え、おそらく年齢のない(エイジレス)タイプだった。髪の毛は赤銅色、カットは短いというほどでなく、真ん中の分け目からゆるいウェーブになって、細面の卵形の顔の両側に垂れていた。髪の毛のカール、眉のアーチ、沈着と執着の中間にある様子などが、彼女をむしろ天使に見せていた。彼女は天使そのものではなかった。彼女が難しいというのはまず当たらないが、セシリアはときどき彼女はきもち変態ではないかと思った。理論を主義ととり違えている。彼女の眼鏡は、物が見えるというよりは物がぼやけて見えるので、めったに掛けない眼鏡だったが、髪の毛と同じ色合いの細い鼈甲(べっこう)ぶちで、掛ければ実物以上に真面目でインテリに見えた。彼女はいま眼鏡を掛けてチューリップを見ている、相当な近眼だったから。レディ・ウォーターズは弱りきっていた。

チューリップを一本、ぼんやりと撫でながら、エメラインは高脚付きの洋簞笥のそばに立ち、レディ・ウォーターズに黙って微笑んだ。彼女のマナーが何の意味もないことはめったにない。レディ・ウォーターズは、明らかに泊まるつもりできていて、毛皮をこれ見よがしに緩め、たくさん積まれたクッションの真ん中に陣取った。色白で貫禄のある容姿に、流行を無視した高価なドレスを着ている。

「面倒だわね」彼女が言った。「セシリアがしょっちゅう外国に行って、また戻ってくるのは。可哀相に、彼女は落ち着けないのよ」

「変化があって」エメラインは言って、チューリップを覗き込んだ。

「変化がありすぎるのもね」

「そうですか？……私はときには家を独り占めしたいし、いつもというわけじゃありませんが」

レディ・ウォーターズは、当然これに跳びついてきて、セシリアは気が休まる仲間にはなれない人よとコメントした。エメラインは、この意見に黙って耳を傾けながら、チューリップを諦めて、背の低い椅子に座り、スカートの膝のところから緑色の毛糸を一本、引っ張った。これに没頭しているようだった。彼女の何もしない能力は目覚しかった。間違いなく貧血症だとレディ・ウォータ
ーズは思った。

「セシリアは」彼女らの親戚は続けた。「幸福そうに見えたことはないわね、列車に乗っていないときは——もちろん、自動車のときは別だけど」

「だいたい彼女がどこへ行くかによりますけど」

「好きな所に行くのよ。あれはノイローゼよ。私は本当に心配してるのよ」

「飛行機で行ったらいいのにとよく思うんです」

「早く着きすぎてしまうわ」とレディ・ウォーターズ。「それに、私の理解では、飛行機の中では話ができないわ。私は本当にああいう旅を恐れてるの。セシリアはこれ以上ないくらい奇妙な人を拾ってくるんだから」

「そうね」エメラインは同意した。

　レディ・ウォーターズは姪のことをけなし、彼女の態度の悪さをみんなに嘆いたが、セシリアに対する思いはこの上なく熱いものがあった。彼女が大好きで、エメラインよりも好きだった。エメラインに心を開いてみても、しばしば報われなかった。セシリアのほうが値打ちがあり、もっと寛大で、内にこもらなかった。レディ・ウォーターズは子供のころからセシリアを知っていて、一度うまく彼女を結婚させ、またそうしようと望んでいた。だからエメラインのことはそうとう用心して話すのが癖になり、氷山のようなあの態度は若い娘には不運だ、エメラインは自分のインテリジェンスを仕事のためにとってあるのだと言うにとどめた。しかし、ヘンリ・サマーズには彼なりの弱点があり、エメラインが沈黙を通して話さないようにしている可能性はあった。

　黒のモアレ・シルク[*1]のスカートを引き上げ、片方の足を暖炉の火に近づけてレディ・ウォーターズは思惑たっぷりに部屋を見回した。「何もかもずいぶん明るくしたのね」と彼女。「セシリアが気づくといいけど。本当に彼女を待ってるの？　来るって電報してきたの？」

「来ないという電報は来てませんね」

「で、あなたは歓迎しようと家にいるのね。とてもいい人ね、エメライン。あなたが仕事の時間をどれだけ大切にしているか私は分かってるのよ。あなたをがっかりさせないといいけど。最近はいつ便りがあったの？」

エメラインは、セシリアが到着する前に——すぐにも——レディ・ウォーターズを家から追い出せないものかと思案し、心配そうに時計を見上げた。この動作が目に留まらないはずがなかった。レディ・ウォーターズはすぐさま緊張しないよう警告してきた。セシリアのやり方はびくともしないこと。ヘンリはいつもそれが分かっていた。ジョージーナ・ウォーターズのやり方でもあった。彼女とセシリアは完全に気が合っていた。

「それで——ええと、エメライン、こう思うんだけどどうかしら——セシリアにお株を奪われてはダメよ。無意識なとても甘美なやり方で、押し付けてくるわよ。彼女を愛しているあなたと私だけの内緒の話よ。セシリアにはとても強い個性があるの。あなたは年も若いし、まだだいぶ未熟だから、きっと手を焼くわよ。ある意味、私自身もそうなの。私は強い個性があるでしょ。最強の自己鍛錬が必要なの。結婚は自己を観察させる……」彼女は言葉を切った。

「そうだと思います」エメラインは同意した。

「いまのセシリアは、悲劇だったわね、結婚生活で鍛錬という段階に進む時間が一切なかった。彼女の結婚はまるで一夜の夢のごとし。ときどき感じるのよ、彼女の自己顕示欲（エゴティズム）が強くなっただけだったと。あなたと一緒のときは——もちろん、哀れなヘンリと一緒のときも——」

「——お茶までここにいらっしゃいますか？」エメラインが口をはさんだ。

「いいえ、老人ホームに行かなくちゃならないの。あなたとこういう話ができて嬉しいわ、エメライン、めったにお目にかかれないから。私の言うことは理解してくださるわね？　ずっと心に引っかかっていたの」

「それはもう」とエメライン。

「あなたはものがよく見える人だから」レディ・ウォーターズはそう言って、エメラインの膝を軽くたたいた。

「本当にお茶には？」

「いいえ、ありがたいけど。ちょっとお寄りしてあなたがセシリアを待っているのか見てみたかったし、彼女が計画を変更した場合にそなえて、あなたにちょっと元気を出してもらいたかったの。今朝二度あなたに電話したのに、お返事いただけなくて。あなた、メイドに言い置いたほうがよかったのに？　セシリアは伝言を見過ごされるのが大嫌いだから。でもあなたとおしゃべりができてよかった。電話では大して話せないでしょ。いました話をもう一度よく考えてくれるわね？」

「ああ、ええ、ジョージーナ……。ええ」

「それでチューリップを少し持ってきたのよ、セシリアの歓迎のために」

「どうもご親切に」エメラインはそう言って、チューリップのほうを見た。

「でも（はぐらかそうと思いながら）外に停めた車の中に置いてきてしまったのよ、お部屋はすでにとてもきれいだし、花瓶がもういっぱいみたいだから、老人ホームに持っていこうかしら」

「それが一番だと思います」

レディ・ウォーターズはシルバーフォックスを顎の回りに巻きつけると、黒のスエードの手袋をさっと引き上げた。「で、あなたはお元気なの？」彼女はエメラインをしげしげと見て言った。「そう言う時間もなかったわね。少し疲れているみたいよ。春だから、でしょ。本当に美しい一日だわ、とても静かで。来週はぜひこちらに、そしてニュースを全部話してね。ロバートがあなたの安否をやっと昨日聞いたところ。あなたの仔猫ちゃんのベルゼブルは元気？」

「ベニート*2のこと？　彼はとても元気にしてます、ありがとう」

「男の子（トム・キトン）なの？」

「そうらしいの」

「それはいいわ――そして、いいわね、セシリアに言っておいてね、明日待ってるからって。でも彼女は今夜にも電話してくるかもしれない。私は家にいるとしましょう。イタリアのことを全部聞きたいのよ」

「そう言っておきます」

「ではもう行かないと。この老人ホームは、五時を過ぎるとお茶を出してくれないの。彼らは私の家で会ったのよ、そうなの、フェリシアとロナルドのこと、それでもう小さな男の子がいるなんて。たいへんなことだわ」

「ですわね」

　エメラインは階段まで一緒に行った。「あら、タクシーがいるわ、ほら」レディ・ウォーターズが道路を見て言った。「でも動かないで停まっているみたい」彼女はエメラインにキスし、おかかえの運転士がダイムラーのドアを閉めた。最後に意味ありげな目つきをしてから手を振って、彼女は去っていった。ダイムラーがアビー・ロードにさしかかると、誰かがさっきのタクシーの窓ガラスをたたき、タクシーはキイといって動き出し、エメラインが立っている門に近づいてきた。「やれやれ」セシリアが言って、タクシーから出てきた。「ダイムラーがあったから」

「どのくらいそこに座ってたの？」

「一ポンド三シリング、余分にかかったわ。彼女だけど、永久に出て行かないのかと思った。彼女が雇った新しい運転士が三本煙草を吸うのを見てたの。彼はセント・ジョンズ・ウッドなら待たされてもいいと思ったんじゃないかしら——ああ、あなた、元気だったの、どうしてたの、エンジェル……」

エメラインを一目見るなり、帰宅したという甘い恍惚感がセシリアの心にどっと流れ込んできた。二人は腕を組んで階段を上がった。部屋付きの女中（パーラー・メイド）が微笑みながら出てきた。ツグミが歌っている。タクシーの運転手がスーツケースを運び上げた。セシリアはエメラインにキスした。

「ジョージーナは何をしたくて？」

「知らない——旅行の話をしてよ」

「悪くなかったわ。でも、銀行で引き出し過剰になったことが分かって、寝台車は取れなかったの」

「セシリア、あなたの銀行にはうんざりするわね！」

「六百リラあるの。それをイギリス・ポンドに替えて、小切手は五月まで現金にしないつもり。私のこと、怒らないで——ダーリン、あのチューリップ、おかしな格好してる！」

「また下を向いてるわね」エメラインが説明した。

「で、車中で男の人に出会ったわ」

「知ってる人？」

「そう、いまは知ってるわけよ。私たち、話し合うつもりはなかったのに、私が彼のネクタイに目が行って――いいえ、彼は本当は素敵な人じゃなかったけれど、彼の話に私が笑ったものだから。彼は自己満足して、なんとなく官能的だった」

「どういう風に？」とエメライン。

「ああ、分かるでしょ、人の見かけって――分かるものなのよ、でも、あなたは絶対に気づかない。でも、あえて言うと、彼は不幸だった。あなたはすごく無知だから、ダーリン。でも素敵だわ、家に帰ってあなたと一緒になれて……」

セシリアは、気が立った興奮状態で、クリスマスの時の子供みたいにどこから始めたらいいか分からず、スカーフをはずし、振り向いて窓の外を見た。庭園に向かう鉄の階段の上では雀がさえずっていて、プラタナスの大枝は少しも動かず、青白く芽吹いている。隣家では桜が満開だった。大気には明るさがあったが、太陽はなかった。

「いつも同じような日なのね、私が帰ってくると！　ああ、ツグミだわ、エメライン。私、泣きそう」

「どうして？」

「イタリアにいた鳥なの」

「ベニートのことは訊かないのね」エメラインが責めるように言った。

ベニートは連れてこられていたが、むっつりとしてセシリアを眺め、さっさと座り込むと顔を洗い始めた。彼は実際はエメラインの仔猫だった。「すごく可愛いけど、あっちに連れて行って」セシリアはうんざりして言った。「きっとツグミが怖がるわ――ジョージーナが困らせなかった？

どうしても感じるのよ、私が彼女を家族に連れ戻してしまったなって」

「あなたにチューリップを持ってきたわよ」

「あら、どこに？」

「でも老人ホームに持っていくって」

「どの老人ホーム？　どうして？」

「知らない」

「可哀相なダーリン。彼女が死んでくれたらと、あなたはもう百年も思ってるのね？」

「ええ」エメラインは静かに言った。

セシリアは生けてあるチューリップを取り出して、ひと手加えただけで姿を整えた。彼女が言った。「セント・ゴッタルド峠の半分のところで、いまから死ぬんだと思ったとき、なんて素敵な家に私たちは住んでいるんだろうと思ったの。でもキアッソではもっと気分が悪くて――ああ、列車にいたその男の名前はマーキーよ」

「彼がそう言ったの？」

「いいえ、名前はリンクウォーターだと言ってたわ。でも、私見ちゃったの、『マーキー』って彼の煙草ケースのすみに斜めに手書きで書いてあったの。そういうたぐいの若い男よ」

「また会うの？」

「会うかもしれないし会わないかもしれない。法廷弁護士なのよ。あなたはきっと彼が好きじゃないわ」

「気の毒なマーキー……」エメラインはそう言って、マントルピースに肘をついてバランスを取った。セシリアはエメラインってすごく可愛い、皮肉な静けさ、発散しない輝きで応接間を明るくしている、と思った。「本当は」とセシリアが白状した。「イタリアからいっぱい持ち帰るつもりだったの、もっと楽しい自分になって――それがほら、もっぱら男たちの噂ばかり」
「それでも」とエメライン。「楽しいわ、あなたが帰ってきて」

セシリアは、旅のスピードの先を走るような感覚で、周囲を見回した。応接間はまだ見知らぬものに見えたが、ここで暮らした自分の人生という感覚が霧のように覆ってきて、いとしさが募った。二つ三つの物が、そうだ、間違った場所にある。この最初の観察では、自分自身を訪問しているようだった。ここで暮らした人生は、まだ自分のものではなく、さらに二、三分の間、見知らぬ静けさを保っている。寄木の床の上を重い肘掛け椅子が滑るのを忘れていたし、ラグの上を通ると急に足音が消えることも。鏡はどれも明るく緑灰色の庭園を映している。一つには桜の木が。暖炉の火の穂先が、肘掛け椅子の間のトレーの上のカップに伸びている。アーチになった奥の隅は書物で薄暗く、壁は全面に日光が当たっている。淡いグリーンの長いカーテンは、落ち着いた縦溝彫りの円柱のような金具覆いから垂れ下がっていた。

白い大理石のマントルピースは、エメラインのもたれた姿で優雅に半分隠れていたが、大型の時代物で、装飾があった。しかしここでセシリアの視線が整列した大事な品々をとらえた、感傷で集めただけの品々だ。もしほかの場所なら、吟味して抑制したこの部屋は、冷たく、または正式に見えただろう――高い窓が寄木の床まで届き、白いクッション、艶（つや）のある壁にそって間隔を置いて配置された飾り棚など――マントルピースが殻を破り女性らしさに華やいでいた。午後の澄んだ光の中の一幅の静物画のようにはっきりと、装飾が互いに微笑し、真夜中が過ぎるとにぎやかに踊りだしそうだった。蠟燭がつやつやかに溶け、先の細い彩色蠟燭、斜めに傾けた扇子、鼈甲の茶缶、手書きの絵入りのつけぼくろの容器、二匹セットの陶器の猫は花柄模様、後足で立ち上がっている黒ずんだ象牙の犬、未亡人になった女羊飼いは独り時計に微笑んでいて、背の高い薔薇色の時計はドレスデン製（振り子の先はハート型で、物陰でひっそりしている）、小さな純金製の時計が時を刻んでいる。仔猫のベニートのへりが丸まった数葉の写真と、エメラインが彫った銅版の聖堂のスケッチはまだ額に入っていない。そして、白ワインのグラスから垂れ下がっているのは白い薔薇三輪だった。パーティで若い女が身に着けたその薔薇は、先が茶色く枯れていた。

セシリアの目がこれに留まった。「パーティがあったの？」と彼女。「昨夜？　ああ、あなたは私に何も言わなかった！」

＊1　波形模様をつけた絹織物のこと。

＊2　「ベニート」という名はイタリアのファシスト政治家ベニート・ムッソリーニ（Benito Mussolini, 1883-1945）を思わせる。ボウエン自身が「アナザー・ウォー」を予感していたのであろう。なお、「ベルゼブル」は聖書に出てくる悪魔の首領。『マタイ伝』十二章二十四節。ミルトンの『失楽園』（John Milton, *Paradise Lost*, 1667）の堕落天使。原義はヘブライ語で「蠅の王（Lord of Flies）」。

3　ジュリアン

その白い薔薇をつけたパーティで、エメラインは初めてセシリアの友人であるジュリアン・タワーに会った。三十九歳、非常に背が高く、一分のすきもなく、髪は秀でた額の上に撫で上げられ、灰色の目は深い眼窩にあり、楽しそうな、型どおりの笑顔をしていた。セシリアが彼のマナーが極端に控えめだと文句を言ったのを耳にしていた。その上、感じのいいイギリス人の俳優の一人によく似ているのも問題だと言っていた。つまり彼は俳優よりも紳士に見えるので、彼のそばにいると普通の紳士が紳士ぶっているように見える、というわけだ。とはいえ、共感できる人だと聞くと、彼女は思いやりのある人だととっさに思った。彼はオーデナード・ロードには何回もきていたが、彼女はその時間いつも外出しているか、晩餐前の入浴中のどちらかだった。彼女がセシリアの義理の妹だと知って、彼は驚いた様子だった。そして彼女を疑わしげに見た。

「でも。どうして?」エメラインが言った。「私たちが似ているという期待はしていないでしょ」

「ああ、していませんよ」彼は確信できないままにそう言い、変なこともありますね、お互いに一度も出会わなかったとは、と言い添えた。「しかし僕はしばらく前にあなたを見かけていましたよ、どこのどなたとは知らずに――それとも、あなたたちはお互いの友人とは知り合わないことにしているんですか？」

「いいえ。どうして？」彼女は驚いて言った。「もちろん、そんなの馬鹿げてるでしょ？」

彼らはダンスして、また座り込んだ。エメラインは、その夕刻はずっとアイスティーしか飲んでいなかったので、涼しげな様子のままで――周囲では騒音がつのり、カップルが互いの真っ赤な顔目がけて声を張り上げている――そのマナーのよさが格別目に付き、孤立しているようだったが、彼女はけして孤独ではなかった。一、二度周りに目をやり、細い首の上の頭をめぐらせて、どうしてこのパーティに出てきたのか不思議がっているようだった。眼鏡を家に置いてきたので誰の区別もつかず、人がすぐそばまでくると、極端な戸惑いが驚きと混じり合うのだった。

ジュリアンは、自分に得心がいかないぶん、すでに立場は悪かったが、よりによってこの夕刻に会うこともなかったのにと思った。非常にモダンな照明が非現実性を強調していた。高い壁は光によって部屋の角や蛇腹（コーニス）が脱色され、ドアから見ると部屋のどれもが平面的で硬質な輝きを放ち、照明付きの鏡のようだった。ジュリアンはソーダ割りのブランデーを、エメラインはまたアイスティーのグラスを持って階段の途中にある長椅子に退散、そこは白い光がまぶしく照りつける小部屋のような場所だった。銀色のドレスを身に着けた彼女の姿は陰影がなかった。彼女は目をしばたたき、階段を上下する人々を見ていた。

「僕は心配だな」とジュリアンが言った。「君がこのパーティは大したことないと思っているのが」

「あなたは思わないの？」

「僕はパーティはおよそ嫌いです。めったに出かけません」

「私はけっこう楽しいわ」彼女が言った。「何度でも出かけます」

彼女はアイスティーを飲み、彼の向こうをあてもなく見やり、その間彼は別の場所で会いたかったとしきりに思っていた。彼は自信のない男で、やみくもに定式にすがりついていた。彼が考えるパーティとは、飲めないくらい飲んだ挙句、自分でも無礼ではないかと考えている質問をする場所だった。翌日には何も残らなかった。彼は、この偽物の自信ともやもやとした高揚感のせいで、機知とは早くに絶縁していたが、いまはエメラインを前にして、それがどうしても必要だった。彼のパーティのマナーは明らかに彼女と折り合っていなかった。彼女は彼を愚かだと感じさせた、彼が紙の帽子をかぶっているかのように。

「セシリアはとても元気よ」しばらく間をおいて彼女が言った。

「シチリアにいるんでしょう?」

「正確にはそうでもないの。今夜は列車に乗っていて、その前はウンブリアにいました。明日には戻るでしょうよ」

エメラインはこの情報をいくらか悲しい思いで伝えた。いまの彼には冷たく響いたに違いない。というのも彼女が見たセシリアには、冬の終わりを前にして、ジュリアン・タワーへの倦怠感の最初の兆候があると思ったからだった。セシリアが彼について話した回数も少なかったし、彼に会った回数はもっと少なかった。あるいはまた、少しでも彼が彼女に飽きたとしたら、それが彼女には癪にさわったに違いない。気が変わるのはエメラインには自然のことだと思えた。もし彼女の友達が、イヴニングドレスと同じくらい、セシリアの友達より長持ちしたら、それはたんにそれほど何度も着なかったからか、あるいは——衣裳のイメージを続ければ——身体にぴたりと合うようにカットしていなかったから……。この場合、エメラインは勘違いをしていた。ただジュリアン——二百年以上の歴史を持つややや羽振りのよすぎる家業を相続していた——は、最近はますます時間がとれなくて、もっとも寛大な女でも理解できないのであった。それでも彼はセント・ジョンズ・ウッドへしばしば思いを馳せた。いまでもセシリアに半分恋しており、結婚したいと半分思っていた。彼女がシチリアではなくウンブリアにいることは百も承知していた。だがときに人はひねくれて、わざと無知をきめこみ、それが大事な友達の行動について無関心になったと受け取られたり、彼らの行動を悪意まじりに解釈することになって、見知らぬ他人に勘違いと真実の違いを伝えるのが嫌になってしまう。エメラインは彼の勘違いなんて、どうでもいいと思った。

「セシリアが言ってますよ、あなたはいつも忙しいと」彼は言った。「何か特別なことをしているんですか?」

「私は船舶代理業者なんです。旅行代理店も経営しています」

「そうですか。クック社[*1]のような会社ですね」

「そうじゃないんです」

「ただの旅行代理店ですか……とても素敵だ」

「ええ、素敵よ」これは明らかに情熱の仕事なのだ。エメラインは一度か二度彼の白いタイをちらりと見て、それより上は見ずに、視線を自分の曇ったいつもの眼鏡に戻した——その眼鏡に冷えたレモンの輪切りとミントの長い小枝が映っている——彼女は口早に話し始め、すっかり生き返っていた。「私たちの会社組織はじつに行き届いているのよ」彼女は言った。「誰にでもほとんど何でも教えられるんです、避けるべきこと、どこか――トルクメニスタンでもクラクフでも――の午後はどう過ごすべきか、ラバはどう扱うか、暗くなったあとに歩くのは危険な場所、チップを最小限にするにはなど。ヨーロッパ中の平均的なディナーの時刻を地図にしましたのよ、夕方の時間を無駄にしないでいいように。いまは季節はずれでもおすすめの場所に星をつけて一覧表にしてあるし、物産品を作る町で本当に見る価値のある物があるという評判の町なども。現時点の情報に追いつくようにしているの。私のパートナーは一般市民の知性度について興味深いグラフを作成中よ。私たちのスローガンは、『あぶなく動け』なの――『あぶなく生きろ』[*2]からもらいました、ええ。考えが決まるまでに少し時間がかかったけど、効果があると思って。パンフレットにもそうスタンプしてあるの」

「しかし鉄道会社のほうはそれでいいの？」

「分かりませんの」とエメライン。「まだ訊いてなくて。大事なのは特別な大衆に届くことだから」

「なるほど。しかしそこまでしっかり先を読んでいるなら、君たちの顧客の安全はたしかなんですね？」

「ええ、そうよ。物理的にはね」彼女はどこかさげすむように言った。「でも、みなが感じているのは、人生は、旅ですら、不確実な要素を失いつつあるということだわ。私たちはそれを供給しようというわけ。顧客にはデータを示しています。あとは彼らの機知を使ってもらいたいの。『もちろん』――といつも彼らに言うのよ――『楽しめないこともありますよ』と」

「なるほど……パンフレットを一部送ってくれますか？」

「迷っているの」とエメラインは言って、心配そうに眉を吊り上げた。「それほどいいスローガンだったかしら？　説明が少し必要みたいね——こんな質問して、ごめんなさいね、でも、つまりあなたも一般大衆の一人だから。これで要領がおわかりかしら？」

「ええ」ジュリアンは真面目に言った。「おかげで旅行をまた一から始めたくなりました」

「それが私たちの願いだったんです」エメラインは言って、ぱっと顔が明るくなった。「もちろん」と彼女は率直に言った。「いただく手数料は高くなるわ。でも顧客はお一人ずつ面倒を見ますから。だんだんと人に知られてきたところなの」

「オフィスはどこに？」

「ウォバン・プレイス。少し高額だけど、いまのところは」

「僕は建物の正面は大事だと信じてるんだ。そのうちお邪魔して、中部ヨーロッパについて君と話していいかな？」

「ええ、ぜひ、おいでになったら、例の一般市民の知性度のグラフをお見せするわ。中部ヨーロッパのどこにおいでになりたいの？」

「僕は——まだ考えてなかった」

「では」と彼女——そして、彼の白いタイから一瞬、陶然とした目を上げた——「どこでもいいんですか？」

「ええ、まあ」ジュリアンは同意して、我にもなく心が弾んだ。

「すぐいらしてくださいね」とエメライン。「その話を進めましょうよ。一日中忙しいなら、営業時間後にいらっしゃるといいわ、ときどき六時半を過ぎてもオフィスを開けていて、お客にシェリー酒をお出しするのよ。帰国してからまた店にきて、いろいろと印象を話してくれる人もいるの。

顧客は一覧表にしてあって。関係がさらに広がるでしょ。私のパートナーは動けなくて、船酔いもあるし飛行機に酔うし、列車にもしょっちゅう酔うので、私はどこへ行く時間もなくて。だからお客さんたちと一緒に働けて嬉しいの」

「ええ」エメラインは言った。はっきりした嫌悪の情が彼女の顔をふとよぎった。どうやらその種の話が出たことがあったのだ。「ウォバン・プレイス全域には」彼女はよどみなく言った。「禁酒主義のホテルがあって、ウェールズや北部からきた人で溢れているの、故郷を離れたことで酔っ払ったようになって、さあどこにでも行くぞというわけ。朝食がすんで広場を歩き回ると、私たちのポスターが目に入るのよ」

「ブルームズベリー[*3]だけが相手じゃないんだね？」

「朝食後に広場を歩き回るんですか？」ジュリアンは疑わしげに言った。

「ええ」とエメラインは言って、紅茶を飲みおえた。

二人連れが数回行き来して、奥の小部屋にいるジュリアンとエメラインをじっと見たが、ついに長椅子の下の階段に座り込んだ。女のほうは背中が開いたドレスを着ており、片方の肩甲骨に痣(あざ)があった。言葉も出ない愛しさから連れのほうにもたれかかり、その拍子にグラスを階下に落としてしまい、諦めたように忍び笑いを洩らし、男のグラスから一口飲んだ。雰囲気は禁酒からさらに遠ざかった。

「砂糖漬けしたスグリの実(カウント)みたいだ」ジュリアンが言った。

「何が、何が？」

「彼女の背中の点のことですよ」

「あら、まあ、見えない！」エメラインはがっかりして言った。彼はエメラインの肩にピンで留めてある白い薔薇と、彼女がその女の背中をよく見ようとして身体を寄せてきたときに柔らかい髪が頬にカーテンのように流れるのを見た。彼はセシリアの話の中でエメラインという名前がいかにも涼しげに響いたのを覚えていた。彼女の細い腕が、青い静脈が走る肘の内側が、膝の上で交差している。手の指がなすこともなく丸まっている。彼は何か言って彼女の視線を彼の視線に戻そうと努め、彼女の穏健な興味と愛らしい注意深い顔を意のままにしたかった。

「とてもよかった」ジュリアンが言った。「このパーティで僕らが出会えたのが」

「私も」エメラインが言って、悔しくも痣を見るのを諦めた。「私はだいたいパーティが好きなの。一つにはお客さんとかお客になりそうな人によく会うからよ。でも本当はダンスパーティが好きなの」

「踊りますか？」ジュリアンはがっかりして言った。

「いいえ、フロアが混んでいて足の踏み場もないもの」

若い男が階段を降りてきて言った。「エメライン、君は五回も僕の電話を切りましたね」そしてそのまま居座りそうに見えた。

「ごめんなさい」とエメライン。

「もしかしたら」ジュリアンが慌てて言った。「君は誰かほかの人と話さないといけないんだね？」

「違うわ。そうして欲しいの？　でも、もう行かないと。私は遅くまで残らないから」

「君の声をたしか電話で聞いたはずなんだ――」

エメラインがしげしげと眺めたので、若い男はやっと出て行った。「誰でも聞くのよ」と彼女が言った。「私はこう言うの、『ハロー？……わかりました。お待ち下さい！』と」彼女の声が次第に消えた。エメラインは、訊くわけにいかないと案じながらも、もうどのくらい遅いのだろうと思った。ジュリアンを見つめて思った、彼が時計ならいいのに。

　仮に望んだとしても、エメラインはジュリアンを奥の奥まで見ることはとうていできなかっただろう。彼女はあらゆる意味で近視だった。目の前のかけらがにじんだ模様になって繰り返し通り過ぎるたびに、彼女はこれが人生だと思い、事実に憧れ――列車は確実に出発する――、そして感情を大事にするよう自分を鍛えてきた。ある軍艦で開かれたダンスパーティで海軍の軍人にキスされたのは、彼が貸してくれたオペラグラスでオリオン座を見ようとしていたとき。彼は荒い息をして、オペラグラスを彼女の手から振り払った――しかし彼女が今もっとはっきり思い出すのは、仲間たちの笑い声がはじけるように船体をくぐっていったこと、そしてあまたの星がその瞬間に……。その兵士は、彼女が多くの影のような人々に囲まれていたからか、性急な動きはなく、二人の行為に情熱を傾けることもなく、自分で壊したオペラグラスを、海に投げることもなかった。

　彼女はジュリアンに会えて嬉しかったが、彼が約束したのは、いまなお影のような友人の一人でいることで、彼自身の関心と適度の親切は、彼が何度も見た白い薔薇の花が彼女の肩に触れる程度のもの、あるいは、明るい光の中で床まで届く彼女のドレスの銀色のひだ止まりと自覚していた。噂が流れて彼女の記憶に入ってきた。いわく、彼は金持ちか道楽者か、孤独なのか難物なのか、または、一度結婚していたとか、結婚しないだろうとか、または、おばか姉妹がいて、ワイ渓谷かセヴァン川の近くに住んでいる[*4]、など。彼女はいぶかしく思った。彼はセシリアを愛しているのだろうか、彼女は彼を愛するのだろうか、一方で彼女、エメラインは、この謎の外側にいて、果たして愛するのだろうか？　読書用のランプのこの上なく愛しい光のほかに、彼女の孤独な枕の周囲を包むものはなかった。

「もう帰ろうと思うけど」

「セシリアに話してくれませんか、僕がとても会いたがっていると？」

「ええ……。電話すればいいのに」

彼は彼女のグラスと自分のグラスを持って、それを見つめている小部屋の中で立ち上がった。彼女はドレスを撫でて整えると、玄関ホールを見下ろした。男たちが木のように歩いていて、彼女の心はすでに帰宅して、白い部屋のランプの明かりの外の暗がりにあった。もはや春の空気が夜のしじまに部屋を吹き抜けていた。セント・ジョンズ・ウッドを車で走ると、梨の木々が見え、まだ葉のない裸の枝が月光を浴びた壁を横切り、花が咲いているようだった。彼らは階下に降りて騒音に囲まれた。彼女が振り向いておやすみなさいと言おうとした時、誰かがジュリアンの腕をとらえて言った。「ジュリアン――」彼が身を振りほどいてまた振り向くと、エメラインの姿はなかった。

ジュリアン・タワーに出会ったパーティから帰ると、エメラインは、消えかかった火の前でかすかに身震いし、薔薇のピンを外し、グラスに入れた。マイセンの時計が幽霊が出そうな時刻を指している。これがこの家に一人でいる最後の夜……。ヨーロッパ大陸の地図が心の外に出ていたことは絶えてなく、群衆がプラットフォームからプラットフォームへ、照明が明るい大きなアーチの下でひしめいていて、セシリアがクッションに頬をもたれさせて眠っている間に、イギリス－イタリア急行が、復路、スイスからフランスになだれ込んだ。

＊1　英国の旅行業社、Thomas Cook & Son 社のこと。創業者は Thomas Cook（1808-92）、団体旅行（Packaged Travel）を売りにして近代ツーリズムを開いたが、二〇一九年九月二十三日、ロンドンの裁判所に破産を申請し、事実上、破産した。

＊2　ニーチェ（Friedrich Wilhelm Nietzsche, 1844-1900）の『悦ばしき知識』（一八八二年）から。

＊3　二十世紀初頭、ヴァジニア・ウルフ（Virginia Woolf, 1882-1941）、E・M・フォースター（Edward Morgan Foster, 1879-1970）らがロンドンの同名の地区に集っていた文学者や知識人の集団。フェミニズムなどを唱道した。ボウエンはメンバーではなかった。

＊4　ワイ川はウェールズ中部に発し、イングランド西部のセヴァン川の河口に注ぐ。「セヴァン川とワイ川の間にある目は幸いである」という諺があり、この地方の風景が美しいことを言っている。

4　一日の仕事

　セシリアは、エメラインがジュリアンに昨夜のパーティで、自分が列車で眠っている間に、出会ったと聞いて面白いと思った。

「彼は素敵だわ」彼女が言った。「でしょう？　私のこと何て言ってた？」

「あなたはシチリアにいるのではと訊いてたわよ」

「ナンセンス」セシリアは声を上げた。そしてあとでこう言った。「ジュリアンはあまり元気がなかったでしょ」

　セシリアは大張切りで、家庭生活を再開した。入浴する前に、二人の人が電話してきて、彼女が到着したか問い合わせてきた。それから――彼女は誰ひとり見逃がしたくなかった――浴室から二回電話に呼び出され、湯気を立てながらしゃべっていると、彼女の濡れた肌がタオルにしみをつくった。誰にも知られずに帰宅するのも、寂しいことではあっただろう。それでもやはり、横になって爪先で栓を回して湯をもっと出していると、憂鬱な気持ちが攻め入ってきた。彼女は、日没になると小さな一群の丘が波のようにイタリアのウルビノの町を取り巻いていたことを思い、手紙を浴室まで持ってきて、水蒸気と目に浮かぶ泪(なみだ)ですっかりにじんだ文字を読み、ぐっしょり濡れた封筒は浴室の床に落とした。

ごく最近できたセシリアの新しい友人が何人か、車でやってきたのが十時頃だった。会話は真夜中すぎまで続いた。一度か二度ほど、セシリアの顔に影がよぎった。張切りすぎていないといいがと彼女は思った。列車でマーキーと出会わなければよかった、住所など渡すのではなかった。すぐにも自分が訪問客すべてを知りすぎるのが怖かった。エメラインはあんなに穏やかに彼らを眺めながら座っていないでほしい、苦々しく思っているくせに。「しまった」彼女は一、二度思った。「イタリアにまだいればよかった」

ガレージがオーデナード・ロード〔架空の道路〕の利点の一つだった。しかし、エメラインの車はあまりセシリアの役に立たなかった。エメラインは早くにウォバン・プレイスに乗って行ってしまい、夕食の前に戻ってくることは滅多になかった。彼女たちは夜遅い同じパーティに車で一緒に行くこともあり、エメラインの銀色のサンダルがデリケートにアクセルを踏み、約束したディナーパーティの時間と場所が許せば、エメラインがセシリアを送っていくこともあった。その他の場合、セシリアはタクシーに乗っていくしかなく、お金がかかった。オーデナード・ロードは少し遠すぎると思わないではいられなかった。しかしエメラインは、ここに落ち着くことを強く願った。セシリアが戻った翌朝、エメラインは車を出そうとしてセシリアを見て、レディ・ウォーターズに電話して、イタリアの話を全部するのを忘れないよう彼女に言った。

「彼女から電話をくれるべきだわ」セシリアが言った。「私は半分死んでるんだから」

「それはあなたが感じているだけでしょ」エメラインは気が抜けたように言った。

「私、すごく疲れているように見える？」セシリアはそう言いながら、姿勢を変えて枕に当たる光を顔に受けた。朝食のトレーがそのそばにある。起き上がるつもりはまったくない。

「あら、いいえ」

「そこからじゃ見えないでしょ」セシリアは怒って言った。「あなたは見たことがないのよ、誰かの顔がどんなにひどく見えるものか——ダーリン、あなたが書類カバンを持ち歩かなくていいなら、どんなにいいか。おかげであなたはうるさい人みたいに見える」

「私はすごく忙しいのよ。家に仕事を持ち帰ったの」

「ウォバン・プレイスはどうしたの？」

「とてもいいわ」エメラインは明るい顔で言った。「私たち、ようやく知られてきたところなの」

「そう、そうでしょうね。みんなは全額払ってくれる、それとも、帽子屋をやっているようなものなの？　私たち、実際に少しお金がいるのよ——六百リラって何ポンド？」

　エメラインが教えた。

「外出を少しあきらめないといけないわ。タクシーで一晩に十シリングなんて、使えない。金銭問題って、大問題ね。私は使いすぎてはいないと思うけど、どうかしら？　代わりにみんなにここに来てもらわないといけないかもしれない。来たいと思えば、十シリングは大したことはないわ。でも、もちろん、家賃は上がるわ。チェロのレッスンはあきらめたほうがいいかな？　上達もしていないし。チェロはあきらめたほうがいいと思う？　なに迷ってるのよ、ダーリン。そんなに忙しいはずないでしょ。金銭問題は真剣に考えないと」

「ごめんなさいね」エメラインが言った。「会衆派教会聖歌隊（コングリゲイショナル・クワイヤ）を来週パリに送ることになっていて、彼らが夜に何をするか、思いつかないの。心が広い人たちなんだけど、女性もいる団体だから――」

「――蠟人形館に連れて行くといいわ――それともクラブをあきらめようかな？」

「お金の話は今夜しましょう」

「だめよ、私は頭痛がするから。それに、私、出かけるの」

「ところで」エメラインが言った。「ジョージーナが私に言うのよ、あなたに勝手をさせないほうがいいって。あなたは支配的な面が強い人だって」

「私、太ってきた」セシリアは憂鬱そうに言った。「そのほうがずっといやだわ。エメライン――」

エメラインはドアから姿を消してもういなかった。溜息をついてセシリアは、トレーに乗った葡萄の房からもう二粒摘（つ）まんだ。彼女はやや食い意地が張っていて、顔も容姿も魅力的なラインを描き、どこにも骨は見えなくても、体重は増えていなかった。葡萄の皮をむきながら、マーキーが電話してきた場合、どうしたらいちばん効果的に断れるか考えていたが、彼が電話してこなかったら、どのくらい自分が傷つくことか、それもはっきり分かっていた。彼女はこれも後悔していた、ジュリアンから来た長めの手紙の返事に絵葉書ではあったが、そうとう注意して選んだ絵葉書をグッビオから彼に送ったことを。彼女は何を着て行こうか考えた……。身支度が半分までいかないうちに、ベッドわきの電話に誘われて、ジョージーナを呼び出した――レディ・ウォーターズは自分のことを、ジョージーナと呼べと言い張り、私は義理のおばとか年長のいとことかではなく、親友のように感じているとのこと――。彼女たちは長い、セシリアには賢明でなかった親密な対話をした。ときおりエメラインがあっさりと、また穏やかに、ジョージーナが死んで百年経っていたらよかったのに、と言ったが、セシリアは毎日明言していた、ジョージーナは疫病神で厄介者だと。それでも彼女に電話をかけ、ラトランド・ゲイトに引き寄せられているのはセシリアだった。義理のおばによればジョージーナの持ち味とされる気質あるいは気まぐれが作り出す傑作を黙って見過ごすことは彼女にはまだできなかった。さらにまたこんな時に――天気はいいがまだ忙しい朝の十時二十分過ぎというときに、身支度もまだ半分で、ランチの前までとくにすることもなく、自分は存在しないという感情に誘われるとき――ジョージーナの出番が必ず来るのだ。セシリアは電話線上で結晶化して固まってしまい、委細かまわずお茶の約束をしていた。

受話器を置くときにセシリアはヘンリの視線をとらえた。彼女の部屋には写真がほとんどなく、ヘンリがマントルピースを独占しており、その細面の、どことなく魅惑的ななんとなく馬に似た顔は憂慮となにがしかの面白みを浮かべている。その写真は彼女があずかり知らぬ彼の人生の頃の表情をとらえていた。人生においてはきわめて希少な、完成半ばの消え去るばかりの表情が持つ永続性がセシリアを狼狽させた。彼女に対する彼の愛着にアイロニーがあったとしても、彼女はそれに気づかなかった。彼らの情熱と好奇心に加えて、焦りと優しさがあり、彼女が気づいた限りでは、基礎音以外の倍音はなかった。この写真と二人だけで取り残されると、彼女は――無念の思い、というか、心臓のあたりの何かに触れるかすかな冷たさがないとは言えず――ヘンリとの関係においてまったく新しい局面に入っていた。写真の額縁を通して目と目を合わせ、共有すらしていなかった過去の総体を作り上げ、楽しい子供時代、怖いもの知らずの論争相手、思春期の相互不信ができていった。男と女として、彼らはまだ出会っていないみたいだった。ときどき――未亡人の孤独な冷えびえとした部屋で、彼女が独りで座っているときに交わされる奇妙な交感によって――彼らが結婚していた年月がすべて消滅したように思えた。ときには恋人同士ですらなかったように思えた……。その写真の中でヘンリはエメラインを見るように人を見ていたが、もっと用心深く、もっと皮肉っぽく見ている。人は、決意以下で感情以上の思考の滑るような動きを読み、どんな関係であれ人生と対決することへの同様のためらい、ないしは、その不能を知る。不思議にうまく距離を置くマナーとデリケートな体つきにもかかわらず、ヘンリが示してきた活力はエメラインより熱く、エメラインほど無関心ではなかった。――彼はセシリアと結婚したのではなかったか？　彼女の夫の顔は、怒りには遠い、というか、目に見えない形で情熱に欠けていたが、もう消えていた。彼女は彼を知り触れたことがあったのか？　彼女が触れたものはすべて塵だった。だがヘンリは、眉を少し吊り上げ、上唇を少し下げ、面白そうに何かに、または誰かに、いまも文句を言っている――ないしは、自分自身の面白さに文句を言っているのかも。

受話器を置いて、セシリアはこれは不公平だと感じた。ヘンリは弱点がたくさんあった。彼はレディ・ウォーターズとゴシップ話を一切しなかったか？……。彼女は身支度を終えて、口元にちょっと触り、新しい手袋を取り出すと、目の前の朝を道連れに、ベイカー・ストリート駅に向かって歩いて、二ペンス倹約した。花屋でカーネーションを一輪もとめ、コートに挿した。

セシリアはセント・レオナード・テラスで三人の若い友人とランチをとった――集まりではなく立ち寄っただけ――若い三人の既婚女性たちだった。会話は内密だった。幸福について話し合った。ペンキで塗った丸テーブルを囲んで膝と膝を突き合わせ、ソルトアーモンドを齧り、ヴェネチアングラスの長い足をひねり回しながら、彼女たちは自分自身が分からないと告白し合った。それぞれに口を開き、子供じみた珍奇さと重大さが混じった空気を醸し出していた。みなヒヤシンスの花みたいに微妙に密集している。一人は前にフリルが下まで付いたドレスで、赤ん坊が生まれるのだ。一人は頬を赤らめながら無口になりがちで、恋人がいるのだった。一人は、新婚の花嫁で、食べかけたスフレの途中で夫に電話に呼び出された。コーヒーのため二階に上がるとき、みながセシリアに再婚を勧めた。

エメラインはウォババン・プレイスから程遠からぬところにある「ザ・コフィー・ポット」という店で、パートナーのピーター・ルイスと一緒にランチをとった。彼女はポーランドに関する本を読んでおり、彼は青鉛筆で原稿に印をしていた。彼らはほうれん草にポーチトエッグを食べ、自分のぶんは各自で支払い、互いに無言だった。店は楽しそうな若い男女であふれていて、周囲に点在する各種研究団体の秘書たちも肘と肘を突き合わせてランチをしていた。若い女たちがカウンターに陣取り、背の高い赤いスツールに腰かけて、少し急いでサラダを食べている。若い男たちのほうはそれほど急いだ様子はまず見せない。エメラインは、彼らのほとんどと知り合いで、うなずいたり微笑んだりしながら外に出たが、パーティの時に見せるような近寄りがたい様子はなかった。オフィスに戻ると、セシリアがセント・レオナード・テラスから電話してきて、いま手元に六百五十八リラあることが分かったのと言った。それっていくらになるの？　パスポートに問題があるという客が入ってきて、エメラインに領事館に電話してくれないかと言った。ピーターは、ブラジルのことで馬鹿げた質問をする人が入ってきて困っていた。というのも彼はいまグラフの作成に取り掛かっていたからだ。彼はそれをエメラインに投げてよこすと、船会社をいくつか電話で呼び出した。彼らの秘書は、最近オクスフォード大学のコレジの一つ、レディ・マーガレット・ホールを卒業して、その経験で週十シリングで働いていたが、いつも以上にタイプ打ちでミスが多く、電話をかける表情も暗く、虚ろに空を見上げている。彼女には最近私用の呼び出しが数回あった。エメラインは家に帰ったほうがいいのではと彼女に言った。ピーターは彼女のタイプライターの音が必要以上にうるさいと文句を言った。きっとタッチが上の空なのだ。彼女の手はコンクリートみたいだし、彼は小遣い稼ぎの娘たちというのは認めなかった。

「でもうちでは、そうじゃない女性を、雇う余裕がないわ」エメラインはそう言いながら、封筒の裏に新しいポスターのスケッチをしていた。

「彼女を雇わないために、十シリング払ってもいい」

「彼女、結婚するかもしれない」エメラインは希望をにじませて言った。

「どうやったら彼女が結婚できるんだい、哀れな子が」彼は冷たい強風に肩をいからせるようにして言い足した。「彼女は我々が好きじゃないんだ」

「経験そのものが好きなんだと思う」

「だったら我々に彼女が週に十シリング払うべきだ」

「解雇してもいいのよ」とエメライン。「それもすべて経験になるわ」

「それができるかな」

いつもそこに戻った。二人とも、あなたがタイプライターを習うべきだとは言い出したくなかった。エメラインはポスターを仕上げ、彼は文字の体裁を整えた。その間にエメラインがグリーンのインクを少し彼のグラフの上にこぼした。彼女はあわててしまい、彼と一緒になって心配した。グリーンのインクが示すグラフの意味はまったく知らないで……。とはいえ、無色の調和がオフィスにいきわたっていて、その中で彼らが個々に占めているのは非常に小さなスペースだった。仕事に直接にかかわる許容量を別にすれば、彼らは理想的な仕事仲間だった。彼らのオフィスは、中庭に面した素晴らしい蛇腹（コーニス）が付いた一部屋で、以前は誰かの屋敷の奥のダイニングルームだった部屋で、それを引き戸で分割したもう一方は考古学協会の家屋になっていて、完璧な静寂が統治していた。ピーターとエメラインは巻き上げ式の机（ロールトップ・デスク）をそれぞれが一台ずつ持っていて、彼女のは窓際に、彼のはまぶしい緑色のランプの下にあり、ランプはほとんど点（つ）けっぱなし。彼らの秘書は、半分暖炉に食い込ませた松材のテーブルを使っていた。彼女はテーブルの足にインク消しの紙を詰めていたが、彼女の乱暴が行き過ぎると、彼らは目を見交わして縮み上った。国旗を挿した地図（顧客たちの居場所を示す）、彼らが計画したツアーのポスター、ファイル棚が三台、小さな金庫、その数字の組み合わせを覚えているのは秘書だけであり、帽子掛け、そして食器棚があり、ティーカップとソーサーとシェリー酒が中に入っていた。二脚ある回転椅子は顧客用で、お客たちはこれでピーターかエメラインに対面することができた……。セシリアに言わせると、万事が仕事人間にふさわしくできていた。だがセシリアは、ピーターがあまり好きではなく、彼女に言わせれば、ピーターはいつもピーターでつまらないとのこと。

　さらにきつい一時間、顧客に邪魔されないで集中したあと、エメラインはやかんを火にかけ、すぐに色の薄い紅茶を明るい色の厚手の陶器のカップに注いだ。パーラーメイドがオーデナード・ロードから電話してきて、セシリアの伝言として、シェリーがちょうどなくなったと伝えた。エメラインが帰りに一本買って、早めに帰宅してくれませんかとのことです。

　エメラインがパーラーメイドと話している間、ピーターは暖炉のそばにいて、丁重な雰囲気に軽い侮蔑をにじませて紅茶をフーフーと吹き、自分には何のしがらみもないのをありがたがっているようだった。エメラインは、ピーターの人生について、知らなかったし、何ひとつ知りたくなかった。彼らのパートナーシップは、強い共通の利益——というか、厳密に言えば熱意——に基盤を置き、双方に多少の資本金を出すゆとりがあったことだ。そこにいたるには、いくぶん閑散とした、目に見えるホストもいないパーティで出会ったのがきっかけだった。彼は彼女が知っている人たちをほとんどみんな知っていて、みなひどい奴らだと確信していたが、彼らはその他の場所でその種の話をしたことはなかった。彼はときどき乗る列車について話した。彼女は、レストランで彼がやつれた若い友人と争っているのを見たことがあった……。四時の郵便で緊急のものは何も来なかった。プラハにいる顧客から来た絵葉書を「感謝状」と書いたファイルに入れてから、彼らはオフィスを閉めることにして、新規に企画したポスターをサウスハンプトン・ロウにあるアートスクールの友達に持っていくことにした。その途中でエメラインは、復活節後にくる五月の聖霊降臨祭（ウィットサンデー）の人出の準備をしたかどうか考えた。これでピーターはまたもや広告業の問題を取り上げることになった。彼もまた、自分たちは飛行機業界に十分入り込んでいないと感じていた。左に曲がり、シオボルド・ロードを歩きながら興奮気味に議論した。アートスクールに着いたとき、友達は外出したあとだった。ピーターは一種の前兆マニアで、オフィスの鍵を忘れずに掛けたかどうか、または、鍵を掛けたはずだと思っているだけかどうか、思い出せなかった。エメラインは小切手をデスクの上に置き忘れたことに気づき、彼らが急いで戻ると、鍵が掛かっていないオフィスと、顧客が一人待っていた。

外套を着た年配の紳士で、どこから見てもサー・ロバートの友人に相違なく、警戒と敬意の目でポスターとグリーンのインクのにじんだグラフとシュガーポットの中間点を見つめて立っていた。

最高のランチとサー・ロバートへの揺るがぬ好意のみが、彼をしてこのロンドンの最果ての地まで来させたのであろう。彼らが建物まで来たとき、紳士は山高帽を持ち上げたところだった。懸念が彼を襲う。ドアロでピーターの厳しい目を見て、彼はもう罠にかかったも同然だった。

「すみません」まだ逃げ出せるという期待にすがりながら、顧客が言った。「もう時間が過ぎていますね？」

「とんでもない」ピーターがそう言ってドアをしっかり閉めた。

「たいへん失礼しました」エメラインはそう言って、眼鏡をかけ、自分のデスクの前に座った。「お待たせしてしまいまして。恐ろしく忙しい一日で」グリーンのインクの残りを拭き取ってから、彼女は宣伝めいたことを言った。

「宣伝も当社で取り仕切っておりまして」とピーターがそつなく続けた。「で、飛行機の例外的な混雑状態に忙殺されまして、打つ手がないものですから」

エメラインの穏やかさに安心して、サー・ロバートの友人はあらためて帽子を置き、椅子を回して彼女のほうに向けた。そしてサー・ロバートの話をした。おしゃべりが続いた。セシリアについての質問が続く。ピーターは、ガラスのような眼を半分向けてエメラインに「お二人で」と合図し、帽子掛けから自分のスカーフをほどいて外し、帽子を軽く下げて挨拶してから手洗いにということで、彼らを二人だけにした。優しく穏やかに、右へ左へ羽のようなソフトなタッチを繰り返しながら、エメラインは彷徨う老紳士をビジネスに通じる正道にいざなった。彼はイギリスをすぐ離れたいわけではないが、どうやら彼の細君がすぐ離れようと決めているらしい。彼はまたビアリッツに行くのでなければ、行き先はどこでもいいらしい。言葉がしゃべれないことと、ブリッジをしたいのだろうと見当をつけ、エメラインは「湖水地方」とマークしたファイルにたどり着いた。ピーターは、廊下の突き当たりで水を手首にかけ流しながら、彼らが蚊の話をしているのを聞いた。彼は批判をこめて耳を傾け、エメラインのマナーには女性らしさが不足していると思った。自分のほうがもっとうまくやれる。

エメラインは頼まれたシェリーを持って遅くに戻ってきた。誰がいたにしろ、もう誰もいない。客間には、しかし、異国の葉巻の煙が色濃く漂っていた。セシリアが黒い服装で、家具の間をうろついていて、まだ孤独に順応できていない雰囲気があった。エメラインが入っていくと、彼女が言った。「私には背景が欠けているのだと思う……」

「誰がそう言ったの？」

「ジュリアンが」

「まあ？」エメラインは驚いて言った。「彼がお茶に来たの？」

「ええ」セシリアは暗い声で言った。「私はジョージーナに会うことになっていたんだけど、彼女に電報を打って、人生は難しすぎると言ったの。彼女は怒り狂っているでしょうよ」

「シェリーがなくてごめんなさい」

「あら、それはいいのよ」

「どうしたの、彼は面倒なことを？」

「打ちのめされたわ」セシリアはそう言って、煙草に火を点けた。そして煙の輪を三つ吹いて、それが消えていくのを非難がましく見つめた。「私に背景の話をするのは、たいへん結構なことだわ」彼女はそう続け……。

5　ポーリーン

ジュリアンは自分の姪、十四歳になる少女の話をしてセシリアをがっかりさせた。彼の態度は元気なセシリアのおかげで明るくなったが、到着した時の彼は先入観でいっぱいだった。彼女は自分に関することがその原因だろうと推測したが、どうしたのと彼に尋ねたことをすぐ悔やんだ。

ポーリーンは、孤児で、この五年間、親戚からなる委員会の管理下にあり、ジュリアンは彼女の後見人だったので、その委員会の議長を心ならずも務めてきた。彼の兄弟姉妹は全員そろって、ジュリアンの人生は気楽すぎるし、人との絆も少なすぎるし、絵画ばかり買い過ぎている、と感じていた。彼らがこぞってこの比較的小さな問題を彼に振り向けたのは、彼らのほうにある種の公平感が働いたからだろう。彼はその少女の寄宿学校の学費を払い（ポーリーンに金を遺した者は一人もいなかった）、一学期に一度は彼女を訪ね、休暇中には芝居に連れて行った。彼女の堅信礼（けんしんれい）[*1]（彼にとっては時期尚早と思われたが）のこと、出っ歯を直す矯正具の装填、そして扁平足と猫背の治療については、すべて彼に報告されていた。彼女の容貌は、姉妹たちが言うには、時間が改良するはずだとのことだった。彼が聞いて安堵したのは、少女はそうとう神経質だが、乱視ではなく、消化の働きに問題がないことだった。一番上の姉が彼女の衣服を注文し、代金は彼が払い、義理の姉は、休暇中は彼女を自宅に引き取るなり、親戚中を巡回させるなり、その段取りを付けていた。

だがこの復活祭の休暇の一週間、計画が頓挫した。誰もポーリーンを預かれなかったのだ。一家はそろってジュリアンにその訳（わけ）を話し、彼が選択するどんな段取りにも賛成するから、一週間だけロンドンの彼のフラットで預かれないか、ミュージアムをあちこち訪ねたりすれば、彼女は、おじさんとも知り合いになれる、と言ってきた。ポーリーンは、義理の姉が言うには、何についても興味を持ち、素晴らしく反応がいいとのこと。ポーリーンをロンドン行きの列車に乗せたら、義理の姉は養育ホームに入り、そこで赤ちゃんを産むとのこと。

ということでいまポーリーンは、ジュリアンのウェストミンスターのフラットにいる。そこで蓄音器を鳴らし、家政婦にあれこれとなく話しかけた。そして新しい夏学期の外出着にネームテープを縫い付け、一人で歌をうたい、恐ろしいほど面倒のない子だった。だが彼の家政婦は子供が嫌いだった。彼のフラットは幼い少女用の造りではなかった。彼の仲間は、独身のおじたちからなるイギリスのユーモア小説の偉大なる伝統の中にあり、彼を慰めてはくれなかった。これでは笑いものになると彼は思い、いたく苦しんだ。というのも彼の姪は、イアン・ヘイ[*2]を愛読し、その状況にすっかり魅了されていた。彼女は真面目に女の子をやっていた。おじとの対話をこむずかしく捻（ね）じ曲げる。お転婆と夢見る乙女の間を行ったり来たり。ときどきいい子になって、わざと自分を消したり。浅からぬ罪悪感がからんでいて、彼はこれらの位相（フェーズ）のどちらが不快なのか分からなかった。彼女が白日夢を見るのも、フラットに当たり散らすのも、おじである彼が目当てなのだ。おじさんの注意を引くために、いわば彼女は小銃を撃っているのだ。

かまわないさ、とジュリアンはセシリアに言った、気になるのは蓄音器ではない、もっともポーリーンは彼のレコードに引っ掻き傷をつけ、針の箱につまずいてラグにレコード針をばらまいたのはたしかだが。僕はあまりにも外出するので、不平を言うのはフェアではないが。かまわないよ、ミルクをもっと飲むように言われているから、口の周りがいつも白くて、ミルクのあとで曇ったグラスをマントルピースに置きっぱなしにしても。かまわないよ、彼女がしもやけを樟脳の小さなかけらでこすったって。何がかまうかというと、これが彼にはわからなかった……。彼が学校を訪れると、女校長が彼をわきに連れて行き、ポーリーンは心理学的に興味深い子だと言った。女校長はポーリーンを誇らしく思っているようだった。この校長はジュリアンにある男を思い出させた。その男はある晩新しい消火器を持ってフラットにやってきて、「あなたに関心を持っていただこうと思いまして」と言った。「この新しい製品をご紹介するのは……」女校長はジュリアンに関心を持たせることに失敗し、彼の好感度は少し低下した。

「そうじゃないんだ……」彼はそう言いながら、セシリアの客間を厳しい目で見まわした。「ああ、ポーリーンはベストを尽くしているよ、可哀相に。それが僕には痛いほどわかる」

セシリアは言った、誰だって一週間なら何でも我慢できるんじゃない?

事実、ジュリアンを困らせているのは、姪そのものではなく、おじそのもののことだった。もっともこの単純な関係を解除させない何かが彼の中にあって、どんな関係でも解除していいのだという認識はあった。何かがストレスまたはウソを過剰に意識させていた。彼の人生に降ってきたこの孤児は、表面的にはコミカルで、感動的ですらあった。しかし、プルーストのやる気をなくす過密ぶりが、ウッドハウス[*3]の明快な頁を読む彼にのしかかってきた。哀れな子供が自分で理解した自然らしさに近づくことが、親しくしようとする彼の役割をパロディにしていた。彼女は彼自身のことで彼を苦しめていて、未熟ななりに独り生まれつつある女性のこともあった。彼が何度も何度も彼女のまなざしの中で出会ったのは、しゃべったり、ふざけたりする彼女の、秘められたコメディアンの不安だった。彼は透明になっていくような彼女から遠ざかり、むしろ病的とも言える兄弟愛を意識して、ほとんどすべての女から遠ざかっていた。彼女と一緒に暮らして三日後には、彼は恐ろしく磨かれた窓ガラスのような気がして、魅力的な水草の影もなくなった排水したプールみたいな感じもした。こうして行き先がなくなった欲望が彼をセシリアのほうに向かわせ、明るい煙のような幻想の動きは遠ざかり手が届かなくなった。ヌードがひしめいている社会は、トルコの蒸し風呂のように見苦しいものになった。彼はどこを見ても混乱し、自分自身を見ても同じだった。

セシリアと一緒にいるとペースが落ちて、この不安な意識に休息が訪れた。眠りに落ちるのに似ていた。そばのソファの上に黒服を着た麗しい彼女がいる、彼のほうに向けた頭、表情豊かなその両手——他の手と違って、触れるために、その生命力を伝えるために存在しているようなその手——彼はリラックスして非常に快い未知の感覚に魅せられていた、彼にとってこの異国性は彼女の謎として通ってきたものだった。彼女といると、ほとんど愛しているみたいで、完全な幻想に身をまかせ、マントルピースの輝きの中の一滴の光に宿り、一瞬にも満たない刹那に反射され、鏡を横切る鳥のひらめきのように、自身には無知な彼女のまぶしさに溺れていた。

ジュリアンはよくよく分かっていた、自分の姪のことを彼女にこぼすのは、不粋な自分をさらけ出していることを。難しい問題を持ちだすのは、それが解決してからにするべきだ。楽しい話ができない自分に酔ってしまい、彼は愚痴をこぼし続けた、ポーリーンは難しい年頃なんだ、世話をする女たちなどどうでもいいが、ポーリーンは召使を困らせ、グラスの中でブクブクやってから飲み物を飲むんだと。彼はさらにこう言った、これらすべて問題ではない、もし彼女が、その欠点にもかかわらず愛さないではいられない人々の一人になれそうもないことが、これほどはっきりしていなければ。

「だけど、マイ・ディア」セシリアは、何時間にも思えた時が終わったあとで、素っ気なく言った。「彼女はまだ少女でしょ、つまりは。あなたを取って食うわけじゃないわ」

「分かってるさ」

「責任がある、ってどういう意味？」

「パンを投げ続けなくてはならないクマのようなものかな」

「あらあら。私が世話をするのかしら？　彼女は低俗な本を読むわけでもないし、部屋で煙草を吸うこともないんでしょ？」

「それはそうさ、彼女は礼儀にとてもかなっている。自分で自分の付添人をしているんだ」

「彼女って、ともあれ美人なんでしょ？」

「残念ながらそうじゃないんだ」

「にきびとか？」

「残念ながら、まあ、そうなんだ」

「あら、たいへんだ、可哀相に」

「困ったもんだ」彼はそう言って、セシリアの煙草に火を点けてやった。「子供のことでこんな話をするなんて。でも、彼女の事で僕はびくびくしてる。彼女をまともに見ることもできない。いつも感じるんだ、僕のほうが彼女の目を捕えているのではないかと」

セシリアは、彼が本当に話したいのは自分の事でポーリーンの事ではないのだと思い当たると、少し気が楽になった。「気にしないことよ、ジュリアン」彼女はかなり優しく言った。「彼女は楽しくないだろうと思うんだ。ミュージアムなどに連れて行くようにと女性を一人頼んでいるし、友達と映画に行ったこともあるが、それが彼女にはショックだったのかなと思って」

「可哀相に。私に彼女をお茶に誘ってほしいとか、そういうこと？」

「ああ、そうだな」ジュリアンが言った。事実彼の心にそれはあったが、セシリアの今の言い方には、お茶に誘う可能性はなさそうだった。

「いいわよ、ただ私たち、どんな話をしたらいいの？　彼女はとても退屈している……。どうしてこの午後、彼女を連れてこなかったの？」

「ふざけないでくれよ、セシリア」ジュリアンはぴしゃりと言った。

セシリアは、驚いて、煙草の灰を注意深く落とした。「あら、だって」と彼女。「あなたは心にいろいろなものをしまっているから」

「まったく退屈な男だ」

「とんでもない」

セシリアは実際のところ、子供はむしろ好きだった。幼い哀れなポーリーンが可哀相だ、あんなに寒いフラットに閉じ込められているなんて、何かしてあげられたらいいのにと思った。ジュリアンを喜ばすためではなく、少女のために。彼女がジュリアンにイライラするのも当然だった、だって彼は、三週間も姿を消したあとで少女のそばに座るしか能がないのか、疲れ果てたむさくるしい、五人の子持ちの男やもめみたいじゃないか。セシリアはしばし、放縦で非情な女になって、面白がっていた。おばのジョージーナは彼女に、さぐりを入れてくる対話の恐ろしさを教えていた。それでもやはり、きちんと得られるなら確信を得たいし、そこに彼女自身の独特さをほのめかしながらも、誰かが下ろそうとしている重たい旅行鞄が、爪先にまともに落ちるのはごめんだった。ポーリーンのことをとりとめなく話しているジュリアンから思慮深く目をそらして、あるとき彼が熱いキスをして、美しい彼女の口元をまたじっと見たのを思い出した。彼女は自分の力を自覚していた、思索的で内向的な何かを彼の中に封じ込み、たとえ一瞬でも彼の妹にはならない力を。イタリアにいる彼女に宛てたあの陰鬱な手紙のあと、彼女が海外に出たあと、彼女の居場所を知らないふりをしたあと――彼はここで既婚女性に自分の姪の相談をしている。その口実のもろさは――午後を一瞬照らした閃光の中ではもろく見えた――彼女を悩ませると同時に心をなだめた。彼らの対話はフランクでまじめに続いたが、彼は彼女が意のままにできる微妙な興奮を味わいたくてここに来ていた。だが彼らの不平等は絶大だった。彼女は彼と絶対に結婚できない。

彼女は内心こう言っていた、ヘンリとは何度でも結婚しただろうにと。体を半分そらして、肘をクッションに埋めながら、メランコリックな暗い視線でジュリアンをじっと見ていると、ヘンリがたまらなく恋しくなり、戻るつもりで去った彼が、長い間遠くにいるだけのような感じがした。ためらいがちなジュリアンによって掻き立てられた一種の低俗さが彼女の結婚から消え去り、彼女はまだほとんどヘンリを知らなかったのに、自分のことはよく分かり、その一年が影のような継続性を彼女の印象に残した。ヘンリは何気なく彼女と一緒に部屋に転がり込んできたみたいだった。彼には絶対に抵抗できないきっかけがいくつもあり、彼を現実に駆り立てる出来事がいくつもあったのだ。彼の影響を影響として気づいたことは、彼の死後にも生前にもないままに、彼女はいまだに彼の印象をいくつも抱いていて、自分の判断は自分のものではないと疑うことがよくあった。マントルピースは背が高すぎる、と彼はいつもそう思っていたはずの隙間風が、閉じたフレンチドアのカーテンから入ってくるのを、彼女はその二倍も不愉快に感じた。いま彼が同意するのが聞こえる、あの軽蔑するような気楽さで、ジュリアンは本当に素晴らしいと……。彼が彼女とこうして出会う瞬間は――動く階段で彼は上へ、彼女は下へ向かっているときに、彼らの指と指が手すりの上で一瞬かすったりする――いまもセシリアは戸惑いを感じ、微笑が浮かぶのだった。

ジュリアンは、セシリアに背景がないことを、自分から言い出すことはなかった。突然これに気づいて、ないでしょと彼に訊いたのは、セシリアのほうだった。

「ないかもしれない」とジュリアンは言い、どうして彼女がもっと退屈ではないのか不思議だった。しかし魅力――または彼女の魅力として通ってきたもの――は別として、彼女の毒舌風の正直さは、ときどき自分に食ってかかる癖でもあったから、退屈屋とは縁のない彼女でいられた。だが彼は、彼女の性格を議論する気はなくて……。彼女のことを全然考えない空白期間が長くあって、彼女の個性は椅子のそばの棚の上にある来客帳のようで、来客帳とは、手を伸ばせば届くが、わざわざ手を伸ばして取ったりしないものだ。何度か訪問する楽しみの半分は、依然として彼女のいないどこかに戻ることにあった。彼女が彼の中に組み立てた何か潑溂(はつらつ)としたものは沈んでいき、甘くて苦い沈殿物を残したが、その疑わしいものの本質が何か、彼は分析しなかった。彼はときに彼女のことを忘れられたらいいのにと思い、昨晩以来、エメラインのことをときどき考え、こちらは忘れられない女になりそうだった。

ポーリーンはフラットに一人でいて、ジュリアンおじが帰ってくるのを待っていた。ここの生活は楽しくなかった。暮れゆく午後は、フラットじゅうで小さな時計がちくたくと時を刻み、さらに長い午後になっていた。彼女はじつはお茶の前に外出していた。そして、家政婦のミセス・パトリックには前もって訊いていた、私くらいの年齢の少女が一人でバスに乗るのは、ふさわしいことかしらと(ポーリーンはロンドンで起きることについて注意されていた、とくに病院の看護婦は避けるように警告されていた)。ミセス・パトリックは、病院の看護婦のことも意識しながら、それはバスの性格次第ですと言った。そして考えてから、十一番のバスを勧めてきた。十一番は全体的にみて道徳的なバスですよ。ほとんど悪口は聞いたことがないシェパーズ・ブッシュから道をそれて、チェルシーでは無邪気なボヘミアニズムを楽しみ、高級デパートのピーター・ジョーンズで買い物客を見物し、ピムリコ・ロードをぐっと下り——忙しいから淫らに染まる暇はありませんね——王立厩舎から遠くないところを通り、ヴィクトリア駅とウェストミンスター大聖堂と国会議事堂にちょっと会釈して、昔は宮殿だったホワイトホールに上がって恭しい気持ちになり、そこから悪徳をかすっただけで通り過ぎてストランドに入り、リヴァプール・ストリートに飛び出すには、高貴で真面目なシティ[*4]の建物を通らないと。ストランドを除けば、十一番のバスルートは、とミセス・パトリックは続け、日曜日の午後の文学の香りがしますからね。そこからポーリーンが得るのは道徳上の教訓にほかなりません。だから、ポーリーンをフラットの外に出すのが心配で、彼女はバスを勧めたのだ。

幼い少女はどんなに心配してもしすぎることはない、というポーリーンの考えに全面的に賛同して、ミセス・パトリックは言った、私は二十四番のバスは認めませんよ、あれはチャリング・クロス・ロードに下りますから。ポーリーンは頬を赤くした、チャリング・クロス・ロードのことは聞いていたのだ。だから彼女はスミス・ストリートの角でリヴァプール・ストリートを行き、その駅の汚れたガラスのアーチをいいなと思い、それから家まで帰った。明日は、と彼女は自分で決めた、十一番のバスを反対方向へ乗り、チェルシーに行って芸術家たちを見よう。そこには病院の看護婦は一人もおらず、誰もポーリーンのことを見ていなかった。フラットに戻り、ミセス・パトリックが出かける前に、シードケーキとトーストでお茶にした。ポーリーンはひとり考えていた、自分が夢見る少女であるのは本当にいいことだ、興味は尽きないし、蓄音機をかけるのも好きだし、と。

セント・ジェイムズ・パークに影がかかり、黄昏が空いっぱいにベールを投げた。窓までにじり寄るとポーリーンは、野生の菫色の夕暮れと微光が話し相手だった。別の窓のほうに行ってみた。Eの字の形をした中庭を横切って、低い明るいランプがたくさん花となって灯り、たくさん並んだ他所の客間のほうを照らし、お茶はもう下げられていた。ポーリーンは溜息をついた。いまは親しく会話する時間なのに。私はここで一人、目がくらむようなロンドンの空中にぶら下がっている。

ポーリーンはスイッチに指を触れたが、光は何枚もある絵画に当たっただけで、部屋の中心は冷えびえしたままだった。北風に吹かれてねじれたオリーブの木々、聖堂の鐘楼が太陽を浴びて平たく見え、物陰からほとばしり出る白い水、ウサギの血がグラスに滴り落ちている、そのすべてがまぶしく元気で、画面から意地悪く陽気に彼女をにらみ、間違った世界の窓を開けたみたいだった。

物陰のような家具が詰まっていた部屋は、すっかり空っぽになっていて、ポーリーンはそこに自分が存在しているとは思えなかった。素敵な部屋だと彼女は思い、おじである男が住むのにふさわしい――知的な寡黙な贅沢さがありすぎる、暗い色合いのラグ、深い椅子、なんだか悲しげな安らぎ。書棚にある金箔の背文字は、光を捕えていない――だが女性の手が必要か……。ビッグ・ベンが鳴っても、彼女がいつもやるように、これでラジオを思い出すのと言う相手は誰もいなかった。

ポーリーンは、少女はあたりをなごやかにする存在だ、と言い聞かされていた。彼女の感じでは、ジュリアンおじは打ち明けてくれる人だと思われた。そのつもりがあったから、彼女の視線が探るように彼から離れることはほとんどなかった。「可愛いポーリーン」と彼が言い出すかもしれない。彼女はこのランプが灯る時刻を待ちわびていた。彼は恋に破れて……。あるいは女性が一人、菫と毛皮を着てフラットに来るかもしれない。しかしポーリーンはいぶかった、それってお行儀のいいことだろうか……。彼女は堅信礼の授業で、みんなで「十戒」を通して学んでいるところだった。その第七の戒め[*5]について、もっぱら不純な好奇心について、一夕、授業があった。彼女が差し出されて受け取った本は非常にデリケートなもので、何を考えても頬を赤らめないではいられなかった。不純な好奇心がないのに、このデリケートな本を受け取ったのは間違いだったと感じたが、堅信礼を志願するほかの生徒はみな目をそらしながらも、本のほうに両手を上げているので、彼女は仲間外れになりたくなかった。だからいま花々が彼女を赤面させ、復活祭のシンボルのウサギとくると恥ずかしいくらい赤面した。私はもう卵も食べられない。鉱物だけは見つめても大丈夫……。またスイッチを試してみて、ランプを一つ鏡のほうに移してから、ポーリーンは唇を丸めて、歯列矯正をしている金（ゴールド）のはめ具を確かめた。このせいで、バスで誰も話しかけてこなかったのかしら、それとも、謎めいた純粋さが顔に浮かんでいたかしら？

彼女は、自分は寂しい子供だと感じないではいられなかった。長椅子(ディヴァン)の上で体を伸ばし、頬杖をついていても、ジュリアンは帰ってこない、窓は暗くなり、そこに映る彼女はみなしご、フランス人の大おばとトラブルのある家族歴があり、十三歳で堅信礼を受け、金持ちのおじの五階にあるフラットで一人ぽっち、好きな詩人はマシュー・アーノルド[*6]だった。彼女の人生におけるこれらのドラマティックな事実が、一時間の空白を十分彩ってくれた。

そのときフラットのドアでジュリアンの鍵が鳴るのが聞こえた。彼は一瞬、クッションに埋もれた彼女の物思いに沈んだ姿が見えた、彼女が飛び上がって彼を抱き締め、耳のすぐ上にキスすると、これが自分の妻ではないことに感謝しないではいられなかった。

「ひとりだったの？」彼は心をこめて言った。

「すごく幸せだったの」ポーリーンが言った。

返事のしようがない言葉だった。「だけど、それはよくない」ジュリアンが言った。彼は自分が悪かったと感じ、チョコレートか何か食べるものを持って帰ればよかったと思った。

ポーリーンは、バスに乗って素敵な「探検」をしたのよと言った。

「よかったね」ジュリアンはそう言って、手紙を一目見やり、開けたいと強く思った。

「バスって、好きだわ」ポーリーンはぽつんと言った。「中に座って、全部見たの。雑誌の『パンチ』にそっくりね。すごくかわいい尼さん(ナン)が乗ってきて。二人で微笑み合ったんだ」

「尼さんが好きなのかい？」とジュリアン。

「すごく可愛い顔をしているんだもの」ポーリーンははっきり言った。「十一番のバスだった。戻ってくるとき、シティがとても魅力的に見えたっけ」

「僕には魅力的じゃないな」

彼女は近づいて彼の肘のところに立ち、彼がウィスキーとソーダを混ぜるのをじっと見た。「本当にそれが好きなの？」彼女が尋ねた。「それとも、疲れているから飲んでいるだけ？」

「そうだよ……、いや、そうじゃない」

「恐ろしく古いオフィスがあなたを遅くまで縛るのね」

「じつを言うと、お茶に出たんだ」

「あなたはお茶に出たりなんか、全然しないと思ってた」

「いや、出るんだ」

「楽しかったら、いいけど」とポーリーン。そして彼の顔をチラッと見ただけで急いで目をそらし、頬を赤らめた。微妙としか言いようのない沈黙が垂れこめる。彼はポリテクニック[*7]で映画を見ようと提案した、ふざけた映画じゃないよ、ライオンの映画さ。

＊1　受洗後に聖霊の恵みを再確信する礼典儀式。カトリック教会では幼時洗礼を行うので、十歳をすぎる頃に行うことが多い儀式となっている。とくに女児は白いドレスで正装する。
＊2　Ian Hay、スコットランド出身の小説家 John Hay Beith（1876-1952）のペンネーム。第一次世界大戦時は陸軍少将。*The Right Stuff*（1908）など作品多数。戯曲も書いた。
＊3　P・G・ウッドハウス（Sir P. G. Wodehouse, 1881-1975）。英国きってのユーモア作家で、とくに英国

紳士バーティ・ウスターに仕える執事ジーヴスで大評判をとる。晩年にはアメリカ市民権を取得した。

＊4　The City とは The City of London のこと。英国の金融・商業の中心地で、テムズ川北岸の約一マイル四方のこと。

＊5　モーセの十戒（Ten Commandments）の第七戒「姦淫してはならない」のこと。

＊6　マシュー・アーノルド（Matthew Arnold, 1822-88）、英国の詩人、批評家。「ドーヴァー・ビーチ」（Dover Beach, 1867）、『教養と無秩序』（*Culture and Anarchy*, 1869）は代表作。

＊7　工芸学校のこと。

6　マーキー

「マーク・リンクウォーターって、いったい誰なの？」とレディ・ウォーターズが言ったのは、その約三週間後のことだった。

「セシリアの友達です」

「ねえ、エメライン、訊いてはいけないことだったのかしら。だからこそ訊くのよ」

「法廷弁護士です」エメラインは、一瞬考えてから答えた。

「ああ、そう……。セシリアの話では、あなたは彼が嫌いなんですって？」

「いいえ、好きよ」エメラインは思いがけない返事をした。「ほかの人とは違うから」

レディ・ウォーターズの態度が固くなった。「どういう風に？」彼女が言った。

「傲慢、と言うのかしら」エメラインはそう言って、微笑んだ。

「彼のマナーはどうでもいいのよ」

「誰のことかな、その傲慢とかいうのは？」サー・ロバートが突然訊いて、『タイムズ』を手から降ろした。彼はエメラインを敬愛していた——彼女の会社にお客を紹介したのじゃなかったかな？——それに、週末に別荘のファラウェイズ荘で彼女と一緒に過ごすのを楽しみにしていた。ファラウェイズ荘は小ぶりなカントリーハウスで、グロスタシャーにあり、ジョージーナの最初の夫であり、セシリアのおじだった人からジョージーナに終身遺贈されたものだった。セシリアとヘンリの新婚旅行に使うよう提供されたが、彼らはスペインに行くほうがよかった。見た目は地味だが楽しげなヴィクトリア様式の屋敷で、大きな張り出し窓があり、窓枠は低くて眺望がきき、斜面の先はコッツウォルズだった。今週末に来たその他の客は若い夫婦で、ブライ夫妻と言い、レディ・ウォーターズは確信していた、もし彼らが人々から逃げ出して、言いたいことを言えたら、結婚生活を維持できるかもしれないと、そして、ファーカソンと呼ばれる若い男は、レディ・ウォーターズの助言を入れて婚約を破棄したばかりだった。目下のところ、土曜日の五時半ごろ、もしレディ・ウォーターズが二人だけにしてくれていたら、何とか幸福にしていられただろうに、ブライ夫妻は庭園の向こうで喧嘩の最中であり、一方、ミスタ・ファーカソンは、誰とでもうまく結婚できた男だっただろうに、皆に宛てた婚約解消の説明の手紙を階上の彼の部屋で書いていた。サー・ロバートと妻とエメラインは、客間の張り出し窓の中に置かれた小テーブルを囲んで座っていた。エメラインは立って出ていく理由が見つからなかった。カントリーでのサー・ロバートは、犬みたいだった。長い散歩に連れ出してもらうのが好きだった（エメラインが招待される主な理由がこれ）。彼は室内では人の近くにいたがって、妻とか彼女の友達からほとんど離れないくせに、会話の相手はしなかった。何でも議論にできたのに、サー・ロバートは何も気づかなかった。彼の今日の口出しは前例のないことで、エメラインがいるからだった。レディ・ウォーターズには迷惑だった。

「セシリアのお友達なのよ、ロバート」彼女は口止めするような言い方をした。

「セシリアのどの友達かな？」

「ミスタ・リンクウォーターとおっしゃる方よ」

「聞いたことがない人だな——君も彼が傲慢だと思うの、エメライン？」

「あら、あなた、いまエメラインがそう言ったばかりでしょ」

「じゃあ、こういうことか、エメラインの言うとおりなんだね」

「でも私、彼が好きなんです」エメラインが言った。

「もし私たちがおやかましかったら、ロバート」とレディ・ウォーターズ。「お庭に出ましょうか」

「いや、それはしないで」サー・ロバートはそう言って、そそくさとまた『タイムズ』を取り上げた。

　エメラインは、角砂糖を一個口に入れたところで、考えて言った。「傲慢と言うのは当たらないと思う」

「ああ、彼は間違いなく利口よ。でも私は彼の表情が好きじゃなかった。あの目のあたりに、私が好きになれない何かがあったの。バジリスク[*1]を思い出したわ」

　エメラインは心中密かに訊いていた、レディ・ウォーターズはどこでバジリスクを見たのですかと。そして言った。「彼は自分のことなどまったく気にしてないわ」ジョージーナには通じない彼の資質を暗に言い当てようとして彼女は言葉を選んだ。

「どうして彼が気にするの？　分かってるのよ、彼はとても素敵な時間を過ごしているんでしょ。セシリアは、見るからに彼に夢中ね」

エメラインは透き通るような肌をしていて、かすかに頬をピンクにして言った。「彼らはあまり顔を合わせないけど」

「ナンセンス」レディ・ウォーターズが言った。その表情はピンクの頬を楽しんでいる。彼女はエメラインのことを苦手だと思い続けてきた。「ほらご覧なさい」彼女が言った。「あなたは私と同意見ね」

「よくわかりませんわ、いま私たち、何を話し合っているのかしら」最高に優しくエメラインが言った。そして悲しそうに外の庭園を見た。彼女はまっすぐグロスタシャーまで来たのではなく、彼女はピーターとホイットサン[*2]の交通渋滞を考えていた、その最中に、車内に座って、ラトランド・ゲイトにいるつもりで、そこに好んで行く理由があるか議論していた。エメラインは、セシリアがマーキーについて、自分が知っている以上のことを彼女のおばにすべて話したに違いないと思っていた。エメラインは、ディナーの前にどうしてもテニスがしたかったから、余計に悲しくなって角砂糖をもう一つ取って、音を立てて噛(かじ)った。

「そんなにお砂糖を食べたら、体に良くないわよ、エメライン――私に言えるのは、大袈裟にならないといいけど、ということ」

「そんな心配はないのでは」

「あなたはまだとても若いわ、エメライン」

「どうなの、ほかの人もテニスがしたいのでは?」

「みなさん、それほど乗り気ではないと思う」女主人が陰気に言った。

「それで明るくなるのではないかしら?」

「お相手しようか、エメライン」サー・ロバートが楽しげに言った。

「そんなに熱くならないで」彼の妻が言い、二人はフレンチドアから外に出た。サー・ロバートはとても熱くなっていた。ペアになると、彼はテニスコートに走り出していった。しかし彼は慎重にプレーして、ミスの多いエメラインを打ち負かした。ゲルダ・ブライがブナの生け垣のアーチの中に姿を見せ、カサンドラ[*3]のように悲しげなその一方、ティム・ファーカソンはボールの音に惹かれてペンを置き、ぶらりとコートに出てきた。彼は彼の元婚約者の友達だったエメラインが少し怖かった。彼女のほうは、彼のことを無害だが並みの青年だと思っていた。

「手紙を八通書きました」試合が終わると、彼はゲルダ・ブライにそう言わないではいられなかった。

「もう月曜日まで出せませんよ」サー・ロバートが陽気に言った。「郵便配達夫に手渡すべきだったね」

「誰も教えてくれなかった」

「ああ、それはひどいな。郵便配達夫に手渡すしかなかったんだ」

「午後の便は来るの?」エメラインがいきなり言った。白いセーターを両肩に回し、袖は首の回りで結んでいたが、彼女はサー・ロバートのほうをじっと見て、彼の言葉をどう受け取るべきかとまどっているみたいだった。髪の毛を後ろになびかせた彼女が一瞬見せた奇妙な遠い視線は、女らしいものには見えなかった。

「当然来るさ」サー・ロバートは言い、ファラウェイズ荘に心ならずも長居をすることになった瞬間から、彼はありのままを一定の決まった順に受け入れることにしていた。

エメラインは立ち上がり、その場を去った。そしてややゆっくり歩いてブナの生け垣の前の白い椅子を離れ、もう二度と戻らないみたいだった。手紙を期待していたのか？　彼女はどうして自分が室内に入るのかすらよく分からず、玄関ホールを抜けて郵便物が置いてあるテーブルのほうにどうして行く気になったのか、それも分からなかった。ベルが鳴って、彼女はマーキーの手紙を見つけた。四角い青い小型の封筒――すると突然、彼が手紙など書かないでくれたらよかったのにと思った。

「あなたにお手紙が来てるわ、エメライン」レディ・ウォーターズがそう言いながら姿を見せた。

「ええ、そうね、ジョージーナ」

「自分で見つけたのね」

この言葉には答えずに、エメラインは二階へ上がった。レディ・ウォーターズは当然手紙を調べていなかったが、玄関ホールから見えた力強い筆跡は見慣れないもので、不審に思った、どうして見知らぬ人が二日間しかいない彼女の居場所を知ったのか、それほど親しいのか。話は簡単だった。マーキーは、エメラインがグロスタシャーのどこかのウォーターズ家にいることを知って、『人名録(フーズフー)』でサー・ロバートを調べたのだ。

彼は書いていた。

ディア、エメライン――水曜日に都合が悪いなら、金曜日はいかが？　僕は何かを延期してもいいですよ。僕らはこれを逃がしてはなりません。だからどうか黄色いドレスで、二度と遅刻しないでください。あの晩の僕を君は退屈だと思ったかもしれないが、僕はそれには同意できません。あんなことは前にはなかった？　まったく普通のことだけど。べつに言うことはそんなにないと思ったけど。君は人が持ち出す些細なことを意に介さないね。とはいえ、時間がたてば、僕らには言うことがもっと見つかるでしょう。

それで信頼が戻るなら、代わりに、金曜日にはどこかへ行って踊りましょう。あるいは列車の話をもっとしてくれるかな――君は僕の本のことはあまり考えてくれないらしい。君の好きなように。すごく会いたい。君の目の中にあるあのへんな眼差しだけど、風に逆らって君を調べにくる仔馬みたいだ。君が面白がってくれるなら僕は何でもするが、君は目が眩（くら）むばかりに美しいから、君が面白がるかどうかなど、じつはどうだっていい。金曜日は遅刻しないで。時間があまりないんです。それにキャンセルしないで、先週のように、さもないと僕が君を連れ出しに行く。セシリアが仰天するだろうか。彼女はとても素敵な人だ。列車の中で彼女と話せてほんとによかった。おばさまに――おばさんだった？――僕のことを発展家だと言ったその人によろしく。

君のものなる、

マーキー

追伸、――金曜日、八時十五分

エメラインはこの傲慢な手紙を引き出しに入れたが、まだ自分が一人孤独だとは感じなかった。引き出しを乱暴に閉める癖はないのに、青い封筒のはじが出たままだった。彼女の部屋は午後の遅い光にあふれ、鏡面いっぱいに映る芝生からの照り返しが大きな窓を通して入ってベッドエンドのマホガニーの巻貝模様を照らし、マントルピースの上に置かれた静かな廃墟の銅版画が見えなくなっている。エメラインは、誰かに体を触られたみたいに、奇妙な快楽と震えに戸惑っていた。マーキーの声が聞こえ、疑わしげな彼の視線が見え、その上の眉がもの問いたげに歪(ゆが)むのが見えた。彼女の身体機能は立ちすくんでいた。鏡で自分を見て、視線をそらし、そこに、たとえ自分の思いであれ、思いが浮かぶのを恐れた。部屋の照り輝く壁から、空間と広大な瞬間という印象を受けた。
　彼女が受けているマーキーの影響は、彼女の人生とは釣り合わなかった。誰も彼女を煩(わずら)わせたことはなかったし、彼女の何かが間接的で繊細でないものをすべてはねのけてきた。心の中の氷のかけらが、溶け出すというよりは、爆発した。窓辺の机で、熟考が邪魔をする前に素早く返信をしたためた。

　ディア、マーキー――ええ、金曜日には行けます、ありがとう、でもあなたがほかの何かを延期するなんて、申しわけないわ。時間は守るようにしますが、最近はオフィスに遅くまで足止めされています。踊りに行っても行かなくても、どっちでもいいわ。私のこと理屈が通らないと思っているのね、ごめんなさい。ほかの人たち、私にはみな驚いています。でもどうしてセシリアが「仰天する」のかしら?
　私の車をお宅の角に置けますから、迎えに来るには及びません。

あなたのものなる、

エメライン

この手紙が月曜日にならないとここから出せないと思い、自分でロンドンに持参するほうが早いだろうということで、彼女は引き出しの中のマーキーの手紙のそばにそれを滑らせ、晩餐の時に、手袋とハンカチーフにまぎれた奇妙な仲間のことを思った。

セシリアは友人関係とのトラブルをたくさん抱えていたが、性格からはずれた行動に出る人がいると思ってはいなかった。彼女は、エメラインがマーキーのことを恐ろしい人だと思うにきまっていると感じていたので、その先入観を既成事実としておばに話し、彼がディナーにオーデナード・ロードに来るにあたり、大いに頭を痛めて準備にあたった。タクシーを使うのを減らすという決意に従い、セシリアは自宅で友人に会うようにしていた。だから彼女の軌道とエメラインの軌道が交わることがよくあった。セシリアはエメラインについて自分なりの固定観念を前から持っていて、それは、好みにうるさく、穏やかだが難しい人だというもの、そして、いま現在の親しい友を非難するのは心が痛むが、エメラインの友達選びの趣味の悪さ——または彼女がエメラインにあると思いたい悪趣味——を知って、むしろ爽快で刺激的だと思った。セシリアは人のことを意に介したことなどほとんどなかった。エメラインの立ち位置は、セシリアの数少ない道しるべの一つだった。

彼らが旅した数日後、マーキーが電話してきて、会いたいので招いてほしいと言ってきたとき、セシリアは、こういう関係で会いたくなかったが、その場でディナーに招待することにして、すぐそれを後悔した。「彼は利口よ、言うまでもなく」彼女はエメラインにそう言っていた、「そして、やり手よ……」と。しかし彼女は自信がなくなり、熱があるので寝室に行こうと思った。それでも、エメラインに同席してほしいと懇願しておいた。彼女は、マーキーが彼女の友達の多くとうまく折り合えるとは思えなくて、あとで、彼らの上品な沈黙よりは、エメラインの冷静さに接したかった。そして数合わせに四人目として、ケンブリッジ大学を出たばかりの若い友人エヴァンを招待したが、彼はその場にいられるだけでありがたくて、相手のマーキーを批判したりしないはずだ。

マーキーがやってきて――一般論としてみれば――座を制圧した。セシリアとエメラインに挟まれて素早く右と左を両方見て――首がないみたいに腰から体ごと捻じ曲げるので、全勢力を相手に集中しているようだった――あるいはテーブルを一周して火のような弁舌をふるい、ディナーの席を支配した。その機知のほどは鋭くて、壮観で、辛辣だった。ケンブリッジ大を出た青年は、セシリアをちらりと見る余裕すらなく……。いわゆるワンマン・イヴニングの一つで、成功ではあったが、みな圧倒されてしまった。セシリアは、みながいなくなると、暖炉の前で金色の靴を蹴って脱いだ。

「マーキーは」と彼女。「私が覚えているよりも太ったわ。そして可哀相に、エヴァンは口もきけなかった」

「太ったというより、がっちりしてるのよ」エメラインが正確を期して言った。「それに、エヴァンは聴いてたわよ」

「ああやって聴くものじゃないことを学ばないと、魚みたいだった。彼がとても若いことを忘れていたわ。マーキーはエヴァンの年齢の人たちみたいに話が長くて、でも彼を勝手に話させることはなかったのよ」

「でも、それぞれに楽しんでいたと私は思う」

「それは間違いないわ」とセシリア。「でも私たちは？　それが問題よ」

「私はマーキーが好き」エメラインはそう言って、マントルピースに頬を寄せた。「彼って、すごく笑えるわ」

「あなたは彼を本当は気に入らないだろうと思う。全然あなたのタイプじゃないもの」これを言ってしまうとセシリアは、マーキーが座り、自分が横になったソファのクッションをゆすって形を整えた。「だけど」彼女は言葉をつづけ、足首を十字に組んだ。「人って、誰を本当に好きになるのかしら？　私はいつもそれを自分に問いかけているの。いまはここで人をディナーに招待して、自分で破産してる。私、食事にはまた外に行くことにするわ、エメライン。タクシーだって、実際は大してお金がかかるわけじゃないし、そのほうが人を簡単に避けられる。ここで私、マーキーの話を聞いて疲れちゃった。何かが退屈してあくびしているのを見ているみたいだった。それにまだあるのよ、彼とランチなの、木曜日に」

「あなたが？」エメラインはそう言ったが、土曜日に自分が彼とランチをする予定だった。

セシリアのマーキーとのランチは、うまくいかなかった。彼はあまりにも無礼で、彼女に上品さを捨てろと言っているようだった。彼女は鼻白み憂鬱だった。別れる時、彼は快活に言った。「今日は楽しかった」彼女は同意できなかった。事態はさらに悪化した、レディ・ウォーターズに出くわしたのだ……。だが、セシリアの配当金が入り、新しい洋服が届いていた。彼女は愉快に時を過ごし、マーキーに抱いていた多少の関心は薄れて消えた。彼のことをレディ・ウォーターズに話したことだけが悔やまれた、彼女は絶対に忘れない人で、過去の内緒話の主題はすべて哀しい記念碑として残り、王様が化石と化してホールいっぱいに……。マーキーは、セシリアとは電話で話せることになり、ウォバン・プレイスのエメラインの電話番号に行きついた。

エメラインはここ数週間、マーキーと頻繁に会っていた。彼は良いセンスと、ヨーロッパに関する広範な深い知識、物わかりの良さ、それにほとんどすべての話題を掌握していて、彼女に好印象を与えた。彼がしゃべっている間、彼女はいつも思慮深く彼を見ていた。彼女は何の自覚もなかったのに、彼が君は難しい人だと書いてきた。しばらくの間、彼の肉体上の個性は何となく不快だと思っていたが、それらがいつまでも心に残ることはなかった。彼が彼女の行く手に熱い無神経な手を出した最初の時、彼女は攻撃されたかと思って飛び上がった。彼は彼女の身体機能を不快にしないで宙づりにしておく技を心得ていて、大きな音にもいつしか馴染む、という技だった。レストランで彼が褒める女性の種類に驚き、彼が君は美しいと書いてくるまで、そう思ったことはなかった。しばらくの間エメラインは――実際には、彼ら二人の友情がしっかり成立するまで――彼は家族の友人であるという目で見ていた。やがて、それが移り変わった。彼はセシリアの船旗のもと、彼女の水域に進水してきた。

エメラインは、セシリアが彼とはもう会っていないと気づくと、警戒した。エメラインとマーキーを閉じこめてドアが閉じたように、彼らは初めて二人きりになった。彼らの関係の本質が彼女にとって変化した。彼女がいまなおマーキーと会っていることをセシリアが気づかずに、彼はもう当然家族から外れたものと見ているのを知って、エメラインは啞然とした。自制心が常に働きセシリアとは友人の話をしないようにした。セシリアには好奇心のかけらもない。この時点で、激しい内気さがエメラインを封じた。無垢との訣別である。彼女の防御の姿勢が弱まり、もっともいままでも防御の姿勢は無意識で、通り抜けできないほどではなかったが。彼女が彼にひたすら注ぐ柔らかな、もの問いたげな仔馬の目は、その裏に新しい影を作った。セシリアと話したあの啓示の夕刻、彼女はマーキーと食事をする約束をした。行くまいとしたが、行って、動揺して別れた。彼はひるむことなく解釈した、彼女の瞳の裏の新しい疲れた影のことを。

「水曜日に」彼は真夜中を過ぎて見送るときに、車の中にもたれかかって繰り返した。しかしエメラインは、その衝撃で全神経が震え、彼から身を引き離して、白い毛皮にくるまった。「行けないわ」と彼女は絶望して言った。彼女は急いでギアを入れ、アクセルを踏むと、小さな車はスピンして、怖くなったが、そのまま無人の道路を上がって、セント・ジョンズ・ウッドに向かった。エメラインは震えながら自分の部屋に入って泣いた。彼の心のいいところを拾い集めた、ゆるぎない友情、出会ったときの彼の輝いた顔。間違いはいくつかあった。あれほど楽しく身に着けた黄色のドレスをまたいで脱いだとき、彼女は悔恨に苦しんでいた。翌日は一日中、猛烈に働き、考えを追い払い、そして今日、二日後に、ファラウェイズ荘まで行き、サー・ロバートと話すつもりだった。

ファラウェイズ荘の客間で彼らはディナーを待っていたが、かすかな薄暮が明るみ、エメラインが入ってきた。ギルバート・ブライはブラックタイを忘れてしまい、やむなく本当は嫌いなティム・ファーカソンから一本借りた。ギルバートはあえて粗忽な妻ゲルダを責めなかったが、どうせ彼女は私は下僕ではないと答えただろう。召使の数が足りないのは、彼女の悲劇の一つだった。ティム・ファーカソンは、手紙を投函することができず、仕方なく何通かを開封して、自分は真価を発揮できなかったと結論した。サー・ロバートはピアノにもたれて、素描の画集をゲルダに見せていたが、彼女は自分の部屋で思い切り泣きたかった。レディ・ウォーターズは、スパンコールでいっぱいのドレスの肩の上に毛皮を整え、訪問客たちに磁石のような視線を注いでいる。エメラインは、事実、獲物がまだ羽ばたいている蜘蛛の巣に引っかかった……。だがこの客間は思いきり広い窓があり、白いライラックを生けたたくさんの鉢、起こしたばかりの暖炉の炎とで、友達同士が大勢集まったように見えた。彼女は微笑み、遅刻しなかったでしょうねと言った。

「エメラインは、今宵は素晴らしいとお見受けする」サー・ロバートはゲルダ・ブライに誇らしくもそう言わないではいられなかった。

「彼女はまるで」とゲルダが言い、溜息をついた――彼女の時間はこれで終わったから――「ラヴレターを読んでいたみたいだったけど」

サー・ロバートは、彼のエメラインを知っていたので、上品に微笑むと、素描の画集をわきへどかした。

＊1　一息で人を殺すというアフリカの砂漠にいる伝説の怪物。

＊2　十字架のイエスの復活を意味する聖霊降臨日（ペンテコステ）（White Sunday）のこと。洗礼者が正装して「白衣」を着ることから。「ペンテコステ（Pentecost）」はギリシャ語で「五十日目（五旬節）」の意。復活祭後の第七日曜日。

＊3　ギリシャ神話で、人々の忌み嫌う予言をする女予言者。とくにトロイア戦争時にトロイの敗北を予言した。

7　ファラウェイズ荘にて

ゲルダ・ブライは実際は愚か者ではなかった。エメラインと変わらぬ年齢の正直な女で、ヒステリー気味だった。結婚をめぐる小説をたくさん読んでいて、サイエンス・フィクションは言うに及ばず、いまや彼女は自分がなぜ不幸なのかだけでなく、この先も不幸になりそうだということもよく分かっていた。ギルバートは夕刊を買ってきて殺人事件を読み、ゲルダは「女性のページ」に直行した。精神的には多くの若妻たちと同様に、その無念のほどは夕刊紙上で報じられていた。なるほど、彼女は投稿者のミセス・A（ミル・ヒル在住）とミセス・B（シドナム在住）と「失望した妻たち」よりは幸運だった。彼女の夫は、例えば、ガスストーブの周りでパイプをふかし、お茶を入れている彼女を無視するような会社の人を連れてくることはなかった、ギルバートの友達はディナーにくると、ゲルダのことで大騒ぎして、彼をうんざりさせた。夕食の料理がすんで給仕をするまでの間に二階へ行って、笑顔と魅惑的なクレープデシンのドレスを身につけるようにという助言は、彼女には関係なかった。同情のなさに悩んでいても、それでアイロンかけの一日が終わるのではなかった。しかし彼女の問題は、要するに似たようなものだった。夫たちは、ハロッズで買ったヒラメとツナ缶の見分けがつかない。ゲルダが客間の模様替えをした。ギルバートは、気が付かなかったくせに、前のほうが僕は好きだと言った。彼女は片づけただけなのに、何かなくしたねと彼は言った。シェリーの時間にコルクの栓抜きの置き場所を間違えると、彼女は怒りに震えて言った、「あら、私、食器の管理人じゃないもの」と。彼の返事はこうだった。「しかし毎週新しい栓抜きを買ってるだろ」

ゲルダは寂しかった。彼女は退役した将軍の娘で、結婚はハンプシャーにいる親戚から彼女を遠ざけたが、結婚前から知的な不満があって、彼女は彼らと縁を切っていた。ギルバートはポーツマス近くのダンスパーティで彼女と出会い、ギルバートの友達は、彼はポーツマスには近づかないほうがよかったと言った。彼女には同情心が欠けていた。ゲルダを完全に動揺させるにはレディ・ウォーターズだけが必要で、アドラー[*1]についての講演に二人が参加し、彼女はそこでレディ・ウォーターズと出会ったのだ。分かってみると、レディ・ウォーターズはゲルダのことを知っていて、ギルバートの母親をまったく信用していなかったので、この若いカップルに特別な関心を抱いた。何度か話し合ったあと、ゲルダは自分がかくも長く結婚したままである理由が想像できなくなった。ブライ夫婦は二人揃ってラトランド・ゲイトで頻繁にディナーをとったが、ゲルダが知って大ショックだったのは、彼らがファラウェイズ荘に来てみると、レディ・ウォーターズはギルバートに先取権があり、隔週のランチだけに彼ら二人を誘ったのを知ったことだった。ギルバートは、その土曜の夜にティム・ファーカソンから借りたブラックタイを外しながら、感想を述べた、レディ・ウォーターズは彼を完全に理解していると。彼らの結婚が話題になったと知って、ゲルダは衝撃を覚えた。ゲルダ自身のことがいまやレディ・ウォーターズにとって夕刊各紙をしのぐ存在になったのに、それが喜べなかった、ギルバートがレディ・ウォーターズとともにブナの生け垣の後ろの歩道を散策しながら、何もかもしゃべっているのを見たからだった。

エメラインはゲルダが大好きだったが、ここにいて欲しくなかった。日曜日の朝食のあと、ゲルダが庭園で彼女を待ち伏せていた。

「どちらへおいでになるの？」ゲルダは哀れな口調で言った。

「どこということもないわ」

「とても美しいドレスね」ゲルダは言ったが、ゲルダ自身もライムグリーンで目を見張るほどだった。アッシュブロンドの髪の毛を額の上にかき上げ、うなじのところで巻き、表情がありすぎる大きな目が表情のない美しい顔についていて、その顔は彼女が悲しみを感じると少なくとも一インチ長くなった。話すときに眉を寄せたが、物腰は驚くほど落ち着いていた。「さっきお聞きしたけど」彼女は続けた。「教会に行ってらしたんですか？」

「あとで行きます」エメラインはそう言い、サー・ロバートと行くことにしてあった。

「私も行きたい。古い村の教会って、可愛らしくて大好きなんです」

「ぜひどうぞ」

「行けないんです」ゲルダは言った。「ええ、考えが決まらなくて」彼女は日時計の階段に腰を下ろし、訴えるようにエメラインを見上げるので、エメラインもやむなく座った。ムラサキナズナが房になって石段を覆っている。パンジーの明るい黄褐色の顔がその周囲を囲み、樹木のくすんだ根元から露に濡れた新鮮な吐息が上がってくる。太陽はロックガーデンの上に降り注いでいる。ゲルダは自分の緑色のハイヒールの小さなサンダルをちらっと見て、エメラインのもっと長くて幅の狭い蛇革の靴を見た。「ずっと教会を愛していたのに」彼女は言って、溜息をついた。

「でも、讃美歌は一緒に歌えるわ」

「讃美歌にはすごく動転するんです。晴天も私には恐ろしくて」

「もしかしたら、雨もよいの夏になるかもしれないわ」エメラインが言った。

「あなたはとても幸せそうに見える」ゲルダはそう言いながら、暗い病的な視線をエメラインに据えた。

「朝食をたくさんいただいたから」とエメライン。

「だけど、あなたは幸せでしょ、違う？」

「ええ、そうね」エメラインが言った。彼女は幸せすぎて、日時計にキスしたいくらいだった。ものみなすべてが後光の当たったガラスに描かれているようだった。哀れなゲルダの髪の毛に射した一筋の日光に微笑んだ。悲哀は彼女の知らない言語だった。「何かいい匂いがする」彼女が言った。

「タイムかローズマリーじゃない？」

「イヌハッカ（キャットミント）です」とゲルダ、彼女の母は本格的なガーデナーだった。「男性との関係って、誰にも無理だと思いますか？　ときどき思うんだけど、女性は生まれつき孤独なのではないかしら」

「私の義理の姉も同じ考えよ」

「義理のお姉さんに、お会いしたいわ！　ねえ、エメライン、私は本当に結婚してはいけなかったの。感情的な決断をしたら、一生そのままじっとしているなんて」

「ジョージーナがそう言うの？」

「いつも私がそう感じているの」

「だけど、結婚しないのも味気ないかもしれない」

「ああ、エメライン、あなたは知らないのよ！」

「私は知らないわ」エメラインは言って、木の葉を一枚、落ち着いてちぎった。花々は百花繚乱、このよく晴れた朝、香りと色彩で合唱していた。彼女はつれづれに考えた、自由意志は間違いだと。しかしこれが意味することを知らなかった。ゲルダは言葉を続けて、母親になれなかったら、哀しいでしょうねと言った。エメラインは彼女に何人子供がいるのか覚えていなかったので、訊いた。

ゲルダは二人いますと言った。

「まあ、素敵ね。もっと欲しいの？」

「今はいいんです」ゲルダは暗い口調で言った。

「一人ずつ、お持ちなのね？」エメラインは言い、段取りが素晴らしいと思って微笑んだ。

「一人ずつではなくて、娘が二人。エメライン、あの子たちに何を話そうかしら？　彼女たちが育って、恐ろしい同じ間違いを犯すのを見ているだけなの？　あの子たちが私のところに来て、生まれなければよかったと言ったら、どうしましょう？」

「そう言っても、本気じゃないと思うわ。みんなよくそう言うのよ」

「でも、分からないわよ」

「何歳なの？」

「四歳と二歳。あの子たち、いつまでもあのままじゃないわね」

「そうよね――だけどどうしたの、ゲルダ？　誰かと駆け落ちしたいの？」

「それはできないと思うの」ゲルダが言った――これが彼女の大問題だった。「なんだか疲れ果ててしまって。エネルギーがなくなったみたい。それに、異常に聞こえるかもしれないけど、エメライン、男性にはもう興味がなくて。あなたと私は同い年だけど、あなたには未来がたくさんある。想像できないくらい。でも私には、心に訴えてくるような人との出会いはもうないのよ。それに、私はギルバートが本当に好きだから、大騒ぎになるわ。それに駆け落ちしようなんて言う人はいないわ」

ここでティム・ファーカソンがロックガーデンに出てきて、曲がった小道をやってきた。今朝はいつもより気分がよく、おしゃべりでもできたらと思っていた。彼は立ち止まると、太陽が熱すぎるのか、頭を神経質になでた、彼は昨夜、ゲルダに無礼を働いたのだ。ブライ家では物事がどうなっているか見極めようとして、不幸な夫婦は退屈しているとゲルダに話したのだ……。ゲルダとエメラインは無帽の美しい頭を並べ、日時計の下で肩と肩を寄せ合っている、まさにティムが望んだとおりだったが、どうやって彼女たちに近づいたらいいか彼には測りかねた。

「ははぁ、ここにいらしたんですね」彼が言った。

「ええ」エメラインは答えた――しかし、ゲルダはまだ感情が鬱積していて、睫毛を伏せた。

「教会へ行くとかいうお話でしたが？」

「行くのは私です」エメラインが言った。「あとで」

「僕も行こうかな？　決心がつかなくて」

教会の鐘がはや屋敷の向こうの渓谷にこだましていたので、エメラインは、決心できない恵まれないコウノトリみたいなティム・ファーカソンをムラサキナズナの中に残してその場を離れた。女は男に対して、一人前の女なら、男のためにもっとあれこれできただろう。彼は婚約を後悔しはじめ、とくにレディ・ウォーターズが、あなたはこれから人生を再構築するのよと述べただけで、今週末は彼にさほどの関心を見せず、サー・ロバートのほうは、物忘れして現在に追いついていけず、結婚式の日取りを何度も訊いては、婚約者だったジェインによろしくと言うのだった。

「これは何です？」彼は鼻をひくひくさせて訊いた。

「イヌハッカよ」ゲルダが言った。「私は嫌いなの」彼女は憂鬱そうに背中を向けた。

エメラインは光を浴びて咲き誇るチューリップの間を歩いていった。「ずいぶん長い間」と彼女は思った。「ジョージーナがみんなと愉快にやっているかぎり、誰もロバートを失望させなくてすんだ……」彼女は色々な内緒事に戸惑っていた。私は何らかの機能、迷路の鍵とかが欠けているのかもしれない、あるいはどこかもう一つのレベルで間が抜けていたのか。いままで、近づいてこない顔または固定した対象が彼女のうつろう空想を一瞬足止めし、ついには蒸気のような陰影もない薄い雲になって木に掛かっていた。彼女は何もつかんでいなかった。いま、雲が堆積して白い岩のようなまぶしさになり、主体性を得た喜び、マーキーの主体性にある喜びが、彼女の晴れた空を統治していた。

彼女はすぐ屋敷には向かわないで、庭園を下った。ブナの生け垣の中に作られたアーチから外をのぞき、明るい田園地帯の下方にある低い石壁の途切れた影と、光の粉を浴びた青い朝に輝く木々を見つめ、教会の鐘が目に見えないパタンを描いて空中に響く中、彼女はマーキーのことを思わなくなる反面、彼の存在感が慕わしくなり、確信と喜びで歩調を速めた。先週のショックははがれて落ちていた。

空がアーチを光で満たし、芽を伸ばすのに忙しい生け垣の若い葉は、新緑に燃える五月だった。彼女は生け垣から一枚の葉を手前に傾けると、繊細な水分をたっぷり含んだギザギザした葉脈がわり、その葉を通して太陽を見た。指先も透明になる。木の葉の葉脈に春のすべてが通っている……。鐘の音が変化した。サー・ロバートが待っている。木の葉は枝ごと一回はねて生け垣に戻った。

マーキーはエメラインにブナの木に関する物語をしたことがあった。去年の十一月に、と彼は言った、週末を田園地帯(カントリー)で過ごしたが、不純なカントリーで、ロンドンの最高にお上品な指先がブナの森に触れた。彼は楽しめなかった。彼の友人の妻は、たいていの妻と同様、見掛け倒しで、ドアは凝った合鍵で開け、屋敷は不完全な暖房で冷気がにおった。彼は肝臓が少し悪かった。

「彼とは仲が良かったの?」

「いいや、ただの知人だ」

マーキーは肝臓に良かれと、日曜日のランチのあとは一人で散歩に出て、丘を登って森に行った。鳥は鳴いていなかった。キーツの詩のあの日[*2]より悪かった。落葉は腐って悪臭を放ち、彼の足音を殺した。その午後は土砂降りで、音はかき消された。暗くなるのも早かった。ここでは、ブナの木々の暗鬱な幹に周囲を囲まれ、家々は霧の出た渓谷のコップの中の沈殿物のようだった。大きな切妻屋根の骨組み、荘園屋敷をサル真似しただけの別荘群、車が冷えびえするだけの鐘楼付きのガレージなど。照明は一つもなく、煙突から立ち昇る煙もない。昼下がりの気だるさが居座っていた。彼らが欲しいものはもう何もなかった。彼らはそこに、暗がりの中に座っていた。庭園は広くて手入れもよく、小道は舗装され、パーゴラ[*3]がいくつかあり、渓谷に沿って先へ続き、湖もあって、細長い平底船(パント)は浮かべても方向転換は無理、鳥の水浴場がいくつかあり、雀が溺れにやってきた。マーキーにとって、奥行きが短くなった別荘は巨大に見え、腐敗して膨れているのか……。そのとき、誰かの妻が冷たいピアノの蓋を開けた。そしてポロンと音を立て、間違った和音を奏で、またやり直しても同じだった。彼女は何をしているのやら。音符が彼の神経に障(さわ)り、冷たく濡れたブナの木の枝にまとわりついた濃い霧が滴(したた)っているようだった。マーキーは左の肩先が痒(かゆ)くてたまらなくなった。肩先を木の幹に擦(こす)り付けた。あらゆる不快さが体を走り抜け、裸の柔和な森の中で荒れ狂い……。ピアノが止まり、彼はまた道を下ってお茶に行った。

炎は、思ったとおり、死に絶えていた。しかし部屋は息苦しいくらい暖かだった。マーキーが戻ってきたので困惑したホステスは、役立たずの粉白粉(こなおしろい)で顔をはたいた。彼が「お上手ですね！」と言うと、彼女が言った。「あら、演奏なんかしていないわ。私は何をしていたのかしら？」彼女の夫にも分からなかった。彼は煙草の灰を暖炉の中にばらまき、火が消えてると言った。「いい散歩ができましたか？」彼らはそう訊いてきた。

「どこへ行ったんですか？」マーキーは思い出せない。「ああ、そう」と彼ら。「散歩はいつもこの辺り、ということかな。しかし美しいカントリーじゃありませんか？」ほかには誰も入ってこなかった。彼らが言った、静かに暮らしているのだと。「それでも」とマーキーの友達が言っていた、「だんだんと好きになるものだ」と。

エメラインは、マーキーが怒って話を終えたときに、よく考えて、訊いていた。「それって、ゴースト・ストーリー？」

マーキーはただ彼女を見ただけだった。

「でもあなたはどうしてそんなに怒ったの？」

そのストーリーは要領を得ないものだったが、聞いているうちに彼女は哀しくなった。苦悩が思い起こされ、マーキーはすっかり詩人になっていた。しかし、彼が何を言っているのか、彼女にはよく分からなかった、人は結婚すべきでないと言っているのか、バッキンガムシャーに住むべきではないと言っているのか。人生の流れにある静かな水たまりを彼が侮蔑するのが、彼女には驚きだった。

サー・ロバートと並んで道を急いで下りながら、彼らは滑りがちな芝生を踏んで近道をとった。ファラウェイズ荘でマーキーは何をするのだろうとエメラインは思った。

「君のおばは、この午後は外でお茶をと言ってるが」サー・ロバートはそう言ったものの、自分の妻がセシリアのおばなのか、エメラインのいとこなのか、分かっていなかった。「君たちがみなローマ時代の別荘を見たがっていると、彼女は思っているようだ」

「あなたはいかが？」

「あれはどう見ても石と岩の庭だよ。敷石の道を発見したようだが、日曜日は開いていない。だが――」

「私はテニスをするか、散歩に行くほうがいいけれど。二人でプレーできますか？」

「大丈夫でしょう」サー・ロバートはホッとして言った。「きっと大丈夫。そのほうが車にもっとゆとりができる。実際、そうなると、車は一台でいいかもしれないな。土地がどうなっているか、分かるだろうし……」

「遅れそうだわ、最後の鐘が鳴ってます！」

「あの牧師さんはいつも聖具室で時間をとるから。置き場所を間違うんだ。先週の日曜日には結婚の予告を紛失してしまってね、気の毒に。彼のこと、覚えているかな、エメライン？」

「お目にかかったことはないと思います」

「お茶にお呼びするところだったんだ、ローマ時代の別荘に行かないなら」と言って、サー・ロバートは白い門を開け、彼らは急いで教会の庭を横切った。最後の鐘がユーモラスに、「カン、カン！」と鳴った。日が当たる真っすぐ立った墓石は社交的に見え、新鮮な花輪が墓の中ほどにかかっている。人が来ることになっている訪問日の障害者のように、死者たちは花を抱いて座り、音楽を聞こうとしているようだった。ごく新しい死者たちは、掘り返したばかりの生々しい土の下、墓石もまだないままに、望みを絶って平らに横たわっている。大きな盛花全体が萎（しお）れている墓もあった。さらに花を供える人がもういないのだ……。サー・ロバートが近づくと、幼い少年が二人、かぶっているキャップに手を触れることで挨拶し、墓石の後ろにさっと消えた。

祭壇には赤い蠟燭の炎がおぼろげに揺れて、日光が長く斜めに射していた。鐘は鳴り終わり、オルガンはまだ始まっていなかった。すっきりとした垂直型に建てられた教会は静寂そのものだった。祭壇では聖歌隊が呼吸を整えていて、牧師は忙しそうに、まだ何か探していた。

＊1　アルフレッド・アドラー（Alfred Adler, 1870-1937）、オーストリアの精神医学者。フロイト、ユングと並んでパーソナリティ理論や心理療法を確立した一人。第一次世界大戦には軍医として従軍、戦傷者と

りわけ神経症患者を大勢観察した。劣等感の意味を追求した。

＊2 ジョン・キーツ（John Keats, 1795-1821）、英国ロマン派を代表する詩人。"Ode to a Nightingale", "To Autumn"（1919）などの絶唱で知られ、「美は真美、真美は美」は彼の有名な詩句の一つ。「キーツの詩のあの日」とは、キーツが一八一九年に書いたバラード「つれなき美女」（La Belle Dame sans Merci）を指し、"The sedge has withered from the lake, And no birds sing" という詩句が、第一連と最終連でくり返される。「スゲも枯れた湖、鳥も歌わぬ」とある。

＊3 つる植物などをはわせた棚を屋根にしたあずまやのこと。

8　日曜日の午後

ピクニックバスケットの蓋をキイといわせて開くと、レディ・ウォーターズは魔法瓶を二つと、キュウリのサンドイッチが入った箱を取り出した。続けてジェノヴァケーキ[*1]が出てきた。「残念だわ」彼女が言った。「まだイチゴには早すぎるなんて」

客たちは微笑んだが、何も言わない。二十五マイルを車で来たので、彼らはローマ時代のヴィラの土台に腰を下ろし、足をその窪みに入れていた。車はやや離れた樫の木の下に移動してあった。運転士が憂鬱そうに車の周囲を歩いている。その後ろ、別荘の上は、渓谷のこちら側に日曜日が棲んでいるような静かな森があった。ポストに打ち付けられた緑色の掲示板には、別荘を開放している日がきれいに書かれ、条件はあるものの、日曜日以外はいつでも見学できた。柵はなくて石造の建築部分に踏み入ることができたが、サー・ロバートの予想のとおり、モザイク部分はすべて施錠されていて、腹ばいになればガラスと網が張られた中を見ることができたが、セメントのようなものに映る自分が見えるだけだった。

レディ・ウォーターズが言ったように、お茶で気分が一新された。管理人は近場に住んでいて、掲示板とマッチさせた緑色がよく目立つゴシック風のコテージがその住まい、彼は自分の家族と一緒にお茶をしていた。そして格子窓越しに彼らのほうを皮肉な目で見ていた。ギルバート・ブライは、磁石に引きよせられたみたいに、コテージをちらりと見たその目が離せない。

彼が言った。「あれはいい仕事だな」

「とくに日曜日に」ティムが苦々しく言った。

「誰が仕事をするんだろう。誰かの庭師とか……」

「庭師が機嫌を悪くするわよ」彼の妻が言った。「でも彼らは概して無礼じゃないわ」

「彼はいまは無礼じゃないさ」ギルバートが言った。「彼はちょっと僕らを見ているだけだ。結局、ゲルダ、気にしないで、トタン屋根の上の猫みたいに――」

「――ギルバートったら！」ゲルダが大声を出し、唇を噛んでねじった。ギルバートが自分の話に諺を無理に入れるのは、いつも変わらず迷惑だった。ギルバートの論法は、民族的な良識の主流に従っていた。彼はしばしばある一点で総括し、引用を避けたり、警句をすり抜けたりすることがその一点で貴重だったのだろう。斜にかまえた秘密主義が珍重されるいま、ギルバートは、明らかなことをなぜ確認してはいけないのか、その理由が見つからなかった。シェイクスピアだってそうしていた。「どうしたの、ゲルダ？」彼は穏やかに言った。

「さあ、さあ、子供たち……」とレディ・ウォーターズが言った。彼女は感じていた、ブライ夫妻は傾向として、週末の役割をオーバーしていると。無関心なアクロバットのダンサーの二人組のように、アンコールもしていないのに、別棟から何度も何度もこっちへやって来る。これはティム・

ファーカソンには耐えられなかった。あとに残るサー・ロバートとエメラインのことがレディ・ウォーターズには不快だったが、事情が事情なので彼女は不快感を隠していた。彼女は当てにしていたのだ、サー・ロバートにはゲルダとともに廃墟巡りをしてもらい、エメラインにはギルバートを引き留めてもらい、その間に哀れなティムと長い間延期してきた身の上話をすることを。ランチの前にかけた一言か二言の親切な言葉、そしてランチのコースの間に交わした含みのある視線が、ティムにもう一度フットライトを当て、少なくとも彼はそう見た。彼はすっかり陽気になり、ブライ夫婦の乱調を見て、結論付けた、レディ・ウォーターズは彼らにたのんで、彼が何を免れたかを見せたのだと。

ブライ夫妻が目下のところ、互いに相手をじっと見て感受性をもてあましているのは、まるで恋人同士みたいだった。ディナーのときに会話をいきなり中断して、テーブル越しに睨み合う。一方がしていることを見て邪魔しようと、屋敷や庭園を犬みたいに走り回って追いかける。彼らのこの憂鬱症状は興味深いものとしてホステスに認められ、それを差し控える理由が彼らにはなくなった。レディ・ウォーターズはこう言った、近くにいることで起きるストレスを避けるために、彼らには別々の寝室を用意した、廊下を挟んだ向かい側に。しかし二つの寝室の間を行ったり来たり、これはエメラインとティムに代わるがわる不快感をもたらしただけ、戦闘の波は昨夜遅くまで荒れ狂った。一方のブライが休戦しようとして出てくると、他方が飛びついてまた新たな衝突が生じる。攻撃するほうが引き下がると、初めのブライは、何か収束できることを言おうと考え、スリッパの足を怒りでパタパタ言わせて追いかける。ギルバートは、一見物静かな風貌なのに、ゲルダに劣らず熱くなっていた。

レディ・ウォーターズは運転士にお茶を持っていくようギルバートに頼んだ、彼女は心配だったのだ、運転士は日曜日に駆り出されて不満なのではないかと。彼女は召使たちを、彼女の菜園(プロテジェ)と同じように威圧していたが、ポイントを一点かせぐのはきわめて重要なことだった。ギルバートはお茶のカップと一番おいしいサンドイッチを持って出て行った。ゲルダは、何か壊滅的なことを言おうとしてさっと立ち上がり、ハイヒールのサンダルでよろよろしながら彼の後を追いかけた。

「彼らはむしろ動揺しているんじゃないかな」彼らを見送りながらティム・ファーカソンが言った。

「不幸なのよ」とレディ・ウォーターズ。

「まあ、僕は幸福すぎるとは感じませんが、あんな風には、やっていけないでしょう」

「あなたは不幸じゃないのよ」レディ・ウォーターズが言った。そして彼を鋭い目で見た。「いまはね。あなたはただ、再調整をしているところよ」

「それはどうかな」

「マイ・ディア、ティム、人生は再調整の連続ですよ」

ティムは、がっかりして、間違いなくあなたは正しいと言った。レディ・ウォーターズは彼の素敵な横顔が暗く沈むのを見た。ゲルダのヨチヨチ歩きには一種の依存関係があり、彼は郷愁を掻き立てられた。追いかけてくる女がいるのは、喧嘩相手だとしても、悪くないことだ。

「僕は嫌ですよ」彼は言った。「自分の気分を人に押し付けるのは」

「だけどあなたは異常なくらい寡黙ね」

「でもね、変な気がするな、人の気分は他人には関係ないと思うと」

「エメラインが気づいたの、あなたは不幸だって」

「心配なんですよ、彼女には僕が退屈だろうなって」ティムはそう言って、足を延ばし、暗い目で自分の靴下を見た。

「あら、私はそうは思わないけど。でも彼女のマナーはとても控えめね」

「控えめな人は物事をいっそう厳しく受け取ると僕は思う。僕は控えめな人間じゃないといいけど」

レディ・ウォーターズはもの思わしげに渓谷を見下ろした。「感じることって」彼女が言った。「内面で成長することなのね」

このときに不運にも、ブライ夫妻が戻ってきた。管理人がまだ見ているとゲルダが言った。

「マイ・ディア、ゲルダ」ホステスが叫んだ。「そんなにあなたが気にするなら、みんなで渓谷の上に行きましょう。でもこの古い場所に人生が戻ってくると思うのが私は好きなの。中庭(アトリウム)にいるみたいね」

「アトリウムには何があるんですか？」

「ラウンジのようなものよ」

ゲルダは灰皿と籐椅子がいくつかあるのだと思った。「きっとものすごく寒かったでしょうに」彼女が言った。

「ええ、ものすごく寒かったわ。ほら、本国では丘の日陰の側に建てることになっているけど、ローマの人達は順応できないのよ」

「だから彼らはいい植民地の統括ができなかったのね」

「いや、そんなことないさ」ギルバートが困ったように言いながら、ジェノヴァケーキを切った。

「彼らって、イギリス系インド人（アングロ－インディアン）みたいだったの？」*2 彼を無視してゲルダが訊いた。

「はっきりしないのよ」レディ・ウォーターズが言った。ギルバートが口を開いて、ローマ人はセントラルヒーティングを持っていたと言おうとしたが、話はもう終わったみたいだった。レディ・ウォーターズは記念碑みたいで、そこにスカーフがまとわりついていた。

　短い静寂が一行の上に垂れ込めた。ゲルダは青いビーズのネックレスをくわえて、考え込んだ。ギルバートは不思議だった、ホステスのマナーに同時に見られる当然なことと夢見がちなことがどうしてヤマネ（ドーマウス）を思い出させるのか。「『だから彼らは』」と突然彼が大声で言った。「『病気になったんですよ』」誰も聞いていなかった。ティム・ファーカソンはいまの短い話をゆっくり噛みしめながら、エメラインのことを優しく考えるようにした。彼が思う彼女は、パーティにいる一人の娘で、まだ紹介されていない相手に見えた。その点からいうと、彼にとってほとんどすべての娘がコースからはずれていた。やがて彼は気がついた、ジェイン（彼の婚約者だった）は自己中心的になるだろうと。ジェインのとても魅力的な外観は、彼が自分のことを話そうとすると、さえぎったり、目をそらしたりする彼女の癖の償いにはならなかった。エメラインは、さえぎるどころか、長めの一秒後には返事をする。彼女がヴィラに来てくれたら、と彼は思った。しかし彼は恐れた、これは急ぎすぎた再調整だと彼女が思うのではないか、それは、跳ね返り（リバウンド）と呼ばれるものかもしれない。

　レディ・ウォーターズと会話したあとのティムはいつも落ち着きをなくし、スタートラインに立つまでいかず、彼が言ったことは彼女にとって期待外れか、彼女が聞きたかった以上のことのような気がした。彼は家庭用のピアノのような気持ちになり、訓練をつんだ期待の星が気紛れに和音をいくつか叩いたあとで、蓋がバンと閉じられ、中で弦がもつれて哀しく唸ったようだった。彼は疑っていた、彼女は彼にとって本当にいい人なのか、しかし、あえてこれは深く追求するまい、彼女の励ましがなくても、彼はまだジェインと婚約していただろうかなどと。しかし、彼の虚栄心を彼女は容赦なくつかんでいた。彼女の田園屋敷とティーテーブルには近づけるとしても、自分のものだと考えてはならない……。向かい側の丘が明るい金色に染まり、冷気が渓谷を上がってくると、ティムは婚約しないで結婚して数年たっていたらいいのにと思った。ジェインに対する後悔の霞の向こうに、エメラインが見えた。

冷気が渓谷に這い上がり、森は金色の輪郭線を見せる中、夕暮れがささやき声で名乗り上げ、暗がりと神秘の中に引き下がってゆくと、ゲルダはギルバートにすり寄っていき、体のぬくもりを求めてもたれ掛かった。彼らの煙草の煙がゆらゆらと昇って溶けた。死んだ屋敷は、石造建築のプランが追いつかず、空想ははかないと言いながらひたすら空想に頼り、生きているまなざしには色彩が宿り、心臓は早鐘を打ち、見知らぬ丘を身にまとう。ここは亡命者たちが住んでいた所、今日の亡命者たちの小さな一行は心の中であれこれ探し求めるが、何も発見しない……。レディ・ウォーターズは今日は美しい日だと言っていたが、彼らはもう帰宅しなくてはならなかった。

サー・ロバートとエメラインは、悪びれつつも楽しくテニスをちょっとして、近道を通り、ライムの木の下でお茶にした。牧師も子供礼拝と夕拝の間に立ち寄ってお茶をした。受洗式が三回あると牧師が言った。

サー・ロバートは牧師におめでとうと言った。「村が村らしくなりますね」

「ええ」牧師が苦行中のように熱をこめて言った。「結婚式と洗礼式のバランスがとれております。若いカップルはよくやっている。そうやって家族ができていくんですな」エメラインは長椅子にもたれて、ライムの木の向こうを見た。彼女はサー・ロバートと一緒にいることを愛し、牧師が好きだった。屋敷のほうに視線を戻し、開け放した窓から部屋を見たが、影になって見えない部屋はどれも無人で平和に見えた。レディ・ウォーターズが哀調を帯びた興味深い一行を連れて出立すると、屋敷と庭園は安心した。屋敷と庭園の内部には土着の伝統的な精神がにじみ出て部屋や小路に棲みつき、長い間に積もった軋轢を振り払い、振ってしわを除いたシルクの円形スカートのように、ライラックが園亭（アーバー）*3を覆っていた、愛が人目を忍び、哀しみが秘密を求めるライラックをはわせた園亭を。庭園全体は西に向かって斜めに下り、滑らかに刈り込まれた芝生と五月の花壇の縁取りを午後の日光に添えている。

　ここでエメラインは、この不安な世紀の継子（ままこ）は、私は生きていたいと思った。ここ――広い河口を見下ろすこの家で、実在に目覚め、眼にまぶしい反射に目覚めたかのように。潮が満ちて――彼女は目覚めて幸せだった。しかし月曜日と火曜日の漠然とした予想が心を満たした。ライムの木陰越しに見ると、彼女がさっき見た家は、白い窓枠に子供時代のイメージを浮かべ、わけもなく懐かしく遠かった。

「――エメラインは僕と同じ考えなんだ、そうだね、エメライン？」サー・ロバートがそう言っていた。

「ええ、はい」

「では、本当なんですね？」興味を覚えて牧師が言い、椅子の中でこちらを向いた。

「私は……」

「エメライン！」サー・ロバートは言って、首を振った。

「ライムは眠気をもよおす効果がありますね」牧師はそう言って微笑んだ。言葉では牧師のこの喜びは表現できなかった、レディ・ウォーターズが家にいない上に、天使のように受け身に徹した社交をわきまえた、このほっそりした女性が、ライムの木の下で優雅にも左手で危なっかしくお茶を注いでいるのだから。実際のところ、もし彼が礼拝を司式しながら、レディ・ウォーターズのまぎれもない車の警笛を、門番小屋が付いた門のところでいつも鳴らすあの警笛を聞かなかったら、牧師はここに立ち寄らなかったかもしれない。牧師はレディ・ウォーターズに借りはなかった。私が仮にも教会に行くとしたら、ハイ・チャーチ[*4]ではありませんよ。あれは感情に付け込みますからね、と彼女は言ったのだから。

「ライム・ティーはお好きですか?」エメラインは牧師に訊いた。だが、サー・ロバートは良心が敏感で、ほとんど同時に言った。「そう、奴らが来てもヴィラは閉じているのが分かるだけだ。僕が三度もそう言っているのに、彼らは信じようとしない。もう一度そう言うべきでしょうか?」

「あなたはできることをなさったのだから」牧師が言った。彼は理解していた、サー・ロバートは彼らを行かせたことで自分を責めるどころか、彼らがいない幸せを喜んでいるのを。「彼らは間違いなくドライブを楽しんでますよ」

「いや」サー・ロバートはまだ心配して言った。「彼らはドライブが好きじゃないんだ、みなそう言っている。しかし、あえて言えば、彼らはどこにいたって同じですよ」

牧師が言った。「現代生活は、果てしなく複雑になっている。車に乗るのが快楽だったのは、あっという間に過ぎたような気がします。じつは、私にはまだ快楽ですが。私が最初に兄の高級車、赤のミネルヴァに乗車したときの心の震えは忘れられるものではありません――あの型式は、ミス・サマーズ、あなたは覚えていないでしょう。後ろにドアがあって。私はダストコートを着てゴーグルをしていました。ご婦人方はベールを何枚もしっかりと巻き付けて。物が飛ぶように過ぎたあのスピードには、いまでも驚いている。しかし昨今では、車に乗る動機とは、別の場所にいたいという願望ですから」

「分かります」エメラインが同意した。

「車に対する無関心があなたにもあると？」牧師は不安そうに問いただした。

「あら、私は自分の車を走らせるのが好きなんです」

「その返事はあまり正直じゃないな」サー・ロバートは自分の想念を追いながら言った。「僕の感じでは、君たち若い人たちが車を運転して遠くまで行き、高齢の夫婦を訪問するのは素敵なことだ。だってほら、ファラウェイズ荘では娯楽として提供するものがほとんどないから――ラジオもないし、泳げるプールもないし、分かってますよ、彼らが慣れ親しんでいるものは何もない――君の友達がほかに慣れ親しんでいるものは何かね、エメライン？　もっとも彼らは自分で自分の楽しみを見つけるさ。仲間内でいれば幸福なんだ、間違いない。あの若いファーカソンは、ちょっと体調がよくないようだ。妻が言っていたんだが、彼はひどい仕打ちをされたらしい。結婚式の前夜に娘に振られたんだ。それでも彼はよくやってるよ。ところであの若いブライ夫妻は献身的なんだねえ、いつも離れたことがない。見るからに麗（うるわ）しい。日がな一日、一緒に庭園にいる少年と少女みたいだ。あの若いミセス・ブライは気取りがなくて素敵だね、それにインテリだ。ミノア文化[5]に関心を持っている。エヴァンズ[6]の本を彼女に貸してあげよう、街に帰ったら。あんなに若い美人にしては、知識が豊富だ――そうでしょ、エメライン？」

「ええ、まあね」エメラインはそう言って彼を見て微笑した。

次の朝、ティム・ファーカソンが車でエメラインをロンドンに連れ帰った。来るときは彼女は電車を使い（彼女の車は新しいピストンを装塡中だった）、また喜んで電車で戻るつもりだった。彼女はティムに急な仕事があるのでとせっつき、同行する彼に早起きを条件にして、日が出るとすぐにファラウェイズ荘を出た、眠っている人たちの部屋のドアをこっそり通り過ぎて。霧がまだ渓谷いっぱいに降りていて、チューリップが立ったまま眠っている。出発するときに何かが心に引っかかったが、彼女は置き忘れたものは何もないとひそかに思った。

道路はガラガラだった。オクスフォードの町は、ここで朝食をとるつもりをしていたが、まだ眠っていたので、チルターンへ急ぎ、ハイ・ウィコムで朝食をとった。ティム・ファーカソンは彼女が彼のコーヒーを注ぐのを見て、またぜひ会えたらいいと願っていると言った。アクスブリッジで少し北にそれ、ロンドンにはウェスタン・アヴェニューの広くてガラガラのバイパスから入った。小さな新しい店が咲き乱れるバターカップの間に散らばって立ち、遠方にはガラスのような白い工場が、さびしげなサンザシの木々を縫って、分岐線路と錆びた梁の間に続いている。そこここにエルサレムの建設を始めているのだ。[*7] エメラインはロンドンを見て微笑した。彼女の友達はみな、輝く煙の漂う下でまだ眠っている。

ホワイト・シティの馬車道を迂回しながら、ティムはいつ会えるかと訊いた。彼女は決められなかった。

＊1　アーモンドなどを上に置くフルーツケーキのこと。
＊2　アングロ－インディアン（Anglo-Indians）。英国はインドを中心とした東南アジアの貿易・植民活動の拠点として設置した東インド会社（The East India Company, 1600-1858）を一八五八年に解散し、インドの直轄支配を開始。一八七六年にはヴィクトリア女王が「インド皇帝」として即位、一八七七年にインド帝国が成立した（一九四七年まで）。「アングロ－インディアン」はインド在住の英人のことをいうが、英人とインド人の血を引く人のこともいう。
＊3　つる性のバラなどをはわせた格子作りの「あずまや」のことで、園亭とも言う。
＊4　英国国教会の内部にあって、カトリックに近い教会制度と聖礼典を重視している。
＊5　紀元前三〇〇〇～一一〇〇年頃のクレタ島の青銅器文化のこと。クレタ文明とも言う。
＊6　アーサー・エヴァンズ（Arthur（John）Evans, 1851-1941）、英国の考古学者。エーゲ文明の中心地だったクレタ島の古都のクノッソス宮殿を発掘した。
＊7　聖地エルサレムを地上の楽園ロンドンになぞらえている。

9　ロウワー・スローン・ストリート

金曜日の曇って肌寒い夕刻に、エメラインはロウワー・スローン・ストリートにある濃い赤色の背の高い邸宅のベルを鳴らした。ドアの上に光が射し、男の召使がエメラインを薄暗い玄関ホールに通した。

マーキーは完全に独立したフラットに住んでいて、それは姉の邸宅の最上階にあった。姉はミセス・ドルマンといった。顔を合わせないように取り決め、お互いの友達はドアのところで振り分け、別々の電話番号を持ち、問い合わせには応じないことにしていた。事実、一方がガス洩れで何日倒れていようと、他方が怪しむのはそのあとだった。ということなのさ、シンプルこの上なしだ、とマーキーはエメラインに言った。彼女にはそれが入念に練り上げたものに聞こえた。マーキーの食事は別個に調理され、給仕用リフトで最上階に運ばれ、姉のコックを相手に、注文するのも叱るのも伝声管を使ってした。コックが怒り狂って辞めると、ミセス・ドルマンは深刻になって別のコック探しを始め、マーキーに電話で警告した、通知するまで外食するようにと。マーキーの家族にはデリカシーが存在せず、家族内では、情け容赦のない良識だけが、自分を話にすぐ持ち出す自己顕示欲（エゴティズム）に歯止めをかけていた。マーキーと姉は、良心を痛めることなく互いにきつい言葉を吐き、階段の途中であっけらかんと口論したり、電話で相手をののしったりした。どちらの側にも取り決めがうまく働いた。彼は何の心配もなく居心地の良さ以上のものを手に入れていた。ドルマン家は、細心の節約生活を心がけて、不愉快な威容を誇るこの大邸宅の維持につとめていたが、その賃借権は大戦中にタダ同然で買い取ったものだった。

エメラインは、マーキーはテンプル地区に住んだらいいのにと思っていた。彼女は自分を招じ入れる召使の顔つきが嫌いだった。見知らぬ女の家に無理やり入っていくような気がしたからだ。マーキーの他の友達はこんな偏見を持つことはなく、エメラインは自分が恥ずかしかった。

「まっすぐ上へ」召使は、エメラインがマーキーをと言うと、そう言った。召使はおざなりで、彼女がここに来たことがあるのを承知していた。彼女が最初の階段の踊り場に進む前に、召使はホールの電気のスイッチを切った。明らかに節約しているのだ。階段に窓はなく、もっと上のフロアから階段の手すりを通して光が階下に通っていた。エメラインが、長い黄色のドレスを着て、道に迷った幽霊のように、昇り階段を手探りしていると、階上でドアがぴしゃりといって閉まり、しっかりした急ぎ足で、明らかに方向が分かっている女が降りてきた。ハミングしながら、ブレスレットを手首に留めながら、ドレスの硬いタフタが階段をかすっている。エメラインが気遣って目を上げると、がっちりした精力的な人影がドレスの裾を引きずってくるのが分かり、上から射しこむかすかな一条の光線がふわふわした髪に当たっている。内気すぎると意識したことはほとんどないが、気がついてみれば、エメラインは壁に埋もれて姿が消えたらいいのにと思っていた。事実、彼女らは鉢合わせした。

「階段でくるんじゃなかった。ついてないわね」見知らぬ女は階段の手すりをつかんで言った。エメラインは、見えない目が自分を冷笑的に観察しているのを感じた。この女には強烈な存在感があり、驚くほどの馴れなれしさで、暗闇の中ですぐそばに来ていた。ゆっくりした重々しい息遣いが聞こえ、タフタが階段の手すりをかすっている。

「マーキーのところへ上がるのね？」

「ええ」とエメライン。

「行き方は大丈夫ね？」

「ええ、ありがとう」

「じゃあね」むき出しの筋肉質の腕をブレスレットと一緒に上げて髪の毛を軽くたたいてから、ついでに肩の吊り紐を直している。「では、いい夜を。楽しく過ごしてね――ああ、上に行くついでに、そこの電気を消していってね。私は一切無駄をしないの」

女は急いで降りて行った。エメラインはシフォンのドレスで、音もなく上がっていった。マーキーの部屋のドアは開いていた。そして彼が階段の上に立っていた。

「ハロー」彼が言った。「僕の姉に会った？」

「そうね、ええ」

「ご退屈さまでした――入って、エメライン」

セシリアだったら訊いてみようと思ったかもしれない、なぜマーキーは、姉が階段の途中で自分の友達と話しているのを聞きながら、階段を降りてきて二人を紹介する代わりに、上にいて冷笑的に耳を澄ませていたのかと。エメラインは何がいけないのか分からなかった。彼女は運転してきて冷えた手を彼に預け、彼らはそろってフラットに入った。ここにはマーキーのカーテンが引かれて最後の日光をさえぎり、ランプはすべて灯っていて、絵画とグラスが光っていた。人は夏から一歩引き下がり、遅い日光が四角い広場と庭園に射し、季節のない輝かしい祭礼の時に入ってゆく。エメラインの世界は、その週を通して、神の息に湧く泡のように光っていたのに、それが急にこの部屋に小さく収縮してしまった――こっちを睨む強気な部屋と棚とテーブルでいっぱいの部屋――やっと逃げてきたはずの恐怖の場面だった。今日はやっと来た金曜日だった。「やっと着いたんだわ」と彼女は思い、微笑して元気を出した。

マーキーは彼女がコートを脱ぐのを手伝った。二人は微笑を交わし、何も言わなかった。マーキーは白い毛皮のコートをたたんで下に置き、彼女の到着という静かな親しみが好ましかった。近視のせいで視野がかすみ、その目が不安そうに彼の顔に留まり、見分けのつかない誰かがいるようだった。明るいドレスのような何かが、その瞬間、滑り落ちて、彼女はいっそう寒くなった。

「シェリーでも」マーキーが言った。

「あなたのお姉さんは結婚してるの？」

「ああ、もちろん、夫がいますよ」

「どんな人？」エメラインは真面目に追求した。

「ああ、男性だよ」マーキーはそう言い、うんざりして、ワインクーラーの上に身をかがめた。

「新しいシェリーが手に入って、君に試してもらいたいんだ。開けておくべきだったかな――ガスに関係した仕事をしてる。会社をいくつも経営しているよ」

「彼女はあなたに少し似ているわね」

突然彼は姿勢を正し、彼女を凝視すると、ボトルとコルク抜きを持ち上げて言った。「ほんとに愛らしい顔をして、エメライン！」

エメラインは、背の高いクリスタル・ランプの中の炎みたいに、いまの言葉でさらに高くさらに明るく輝いた。呆然としながらもしっかりと彼のほうを向き、まだ耳を澄ませて、彼が無言だったかのように彼の目をじっと見て、彼の快楽が命じるままになり、従順に目をそらすことができなかった。

「外出はしたくないんでしょう？」彼はある程度の自信をもってそう言った。

「ええ。ここがいいわ」

「僕だってそうしたい」彼はコルクを抜いて、二つのグラスを満たした。エメラインは自分のを取り上げて、飲んだ。

「口に合いそう？」

「合うわ」彼女はそう言って、少しだけ飲んだ。

「あるいは、よく分からないのかな？」

「悪いけど、私は何でも多少ドライなほうが好き」

マーキーはエメラインを見捨てて、シェリーを楽しんだ。「どうなの、君は何かがすごく嫌いなんでしょう？」彼は言い、自分のグラスを正確にまた満たした。「だけど、君とはどうなるのか、不思議でしかたがないんだ、いつだって」

マーキーのやや威圧的な出来上がった悪いマナーの数々――いま彼は我を忘れていたので、神経過敏と慣れない感覚に気おされていた――は、エメラインには通じなかった。彼はまったく普通の男として通ったかもしれない。無垢にも皮肉にも取れそうな穏やかな驚きを見せて、エメラインは言った。「知りたいの？」

マーキーは、一瞬黙考してから、おそらく知りたくないと言った。彼の目は暖炉のほうに伸ばしたエメラインの涼しげなあらわな腕に注がれていた。寡黙を通すエメラインは、神経に障るものもない、無感覚な女のように静かだった。

「とはいえ」――彼が話しだした――書棚から葦の葉が鳴るような幽霊がささやくような声がして、エメラインはぎょっとした。ひどく驚き、シェリーがこぼれた。「あれは何なの？」彼女は悲鳴を上げた。

「コックが口笛を吹いてるんだ」

「でも、どうして？」エメラインはそう聞いて、慎みを忘れて大声で笑った。「なぜ口笛を吹くの？珍しいコックねえ！　うちのコックは口笛は吹かないわ」

ユーモアのセンスが働かないマーキーは、彼の家庭の取り決めのどこが可笑しいのか分からなかった。それに彼は笑いを巻き起こすほうで、笑いに驚かされることに馴れていなかった。彼は素っ気なく説明した、コックはほかに連絡方法を持たないので、伝声管に口笛を吹いて、ディナーが上に行くと伝えるのだ、と。

「だけど、あなたのコックが口笛が吹けなかったら？」

「呼び鈴が必要になるだろうね」

「だったら、なぜ初めから呼び鈴にしないの？」

「うちのコックは口笛が吹けるからだろうね」彼はコックの合図に応え、歩いて行ってハッチを開けた。エメラインは、彼を困らせたのが分かり、心配して待った。ソファの後ろに小さなテーブルがあり、銀食器とグラスが緑色のダマスク織りのクロスの上に出ている。自分を責めて神経質になったエメラインは、リフトが詰まったらどうするのか不安になった。ここでディナーをとったことはなく、いつもはレストランのあとでここに来ていた。

「ごめんなさい、マーキー」彼女は言った。「お宅のコックがあなたの書物の後ろにいるみたいに聞こえたものだから、猫みたいに、分かるでしょ」

リフトが上がってきて、マーキーがスープ容れ(チュリーン)と皿と銀の皿を一緒に取り出し、それをエメラインが受け取って暖炉の火のそばに置いた。「知らなかったよ」彼はどこかしら馬鹿にしたように言った。「君が家庭的だったとは」

「この部屋では何でも魔法に見えるのね」

「どうして君は、そうペラペラしゃべるんだ?」

「ごめんなさい。ペラペラしゃべっているとは知らなくて、うるさかった?」

「マイ・ディア、君は焼けたレンガの上の猫みたいだ、ここに来てからずっと」

エメラインは、熱い皿をテーブルに置いて、打ち明けた。「驚いたのよ、お姉さまに会って」

「彼女はここに住んでると、君には言ったよ」

「ええ、そうね」

「それで?」マーキーは、呆れ果てて眉をしかめて言った。「それで君がどうして動揺するのか、僕には分からない。彼女が退屈なのは知ってるさ」

「彼女が？　お姉さまとはきちんと会いたいわ」

「何だって、お茶でもして？　もちろんそうするよ、そうしたいなら。でも理解できないよ、なぜそうしたいのか。一つには、姉は無礼だし。僕の友達にはいつも無礼なんだ」

「私は売春婦だと思われたみたい」エメラインは一気にここまで言った。

「それは違う」マーキーはきっぱり言った。「だけど君は一向に気にしないだろう、もしそう思われたとしても。彼女が君にどう思わせたか、僕にはよく分かる。子供みたいなマネはやめなさい、エメライン。理屈が通らないよ！」

この議論が続く中、彼らはテーブルに着いた。

マーキーは怒ってグラス越しに彼女を見た。エメラインは絶望してうつむき、テーブルクロスのはじを襞（ひだ）にたたんだ。「ナンセンスだ」マーキーが続ける。彼の態度は冷酷で攻撃的だった。

「あなたが訊いたからよ」哀れな声でエメラインは言った。彼女は戸惑っていた――ヴィクトリア駅にいる静かな外国人のように、切符をどこに出したらいいのか、ともあれ、誰にパスポートを出すのか分からず、自分が着いたのかどうかもあやふやだった――彼女の友達はみな一度も怒ったことがない。彼女はマーキーと目を合わせないようにした。

すると「すまなかった」とマーキーが言い、態度を急変させた。「僕は君が怖くなる。さあ目を上げて、にっこりしてよ……エメライン、君は知らないんだ、僕が今日をどれだけ楽しみにしていたか！」

「私だって」と彼女は言い、眼を上げて微笑んだ。

「だから僕らはぶつかったのかな？」

「そうだと思う」エメラインは急いで言った。

「でも僕らは楽しんでいるさ」マーキーは権威をもって言い、彼女はもう一度いそいそと同意した。ディナーはたちまち祝典のような雰囲気になった。エメラインはやっと晴れやかになり、気分が高揚して、あまねく光の中を漂った。あまりにも幸福だった。

「スープでやけどしないで——」やけどしたマーキーが叫んだ。しかし、エメラインはスープを忘れていた。急いでスプーンを取り上げた。「リフトって、とってもいいわね」彼女は言った。「こんなに熱いスープを運んでくれるなんて！」その言い方には心がこもっていた。彼女はもっと褒めるものがないかと、あたりを見回した。

「エンジェル……」マーキーは言い、彼を困らせ、彼に武装を解かせたことを許し、彼の望みが届かないのを初めて感じさせたことで彼女を許した。「エンジェル……」マーキーは繰り返し、テーブルに身を投げた。「エメライン——僕はほかのことは何も考えられない！」

エメラインは位置がずれたフォークを一本、真っすぐにし、もう一本も真っすぐにしてから、自分の手を見た。

「本当に怖かった」彼は見せかけでなく驚いて言った。

「でもあなたは思うことがたくさんあるのね」彼女は何か言おうと努め、心配のあまり眉が吊り上がった。

彼女の懸念は彼の仕事のことではなかった——彼のエネルギーが恐ろしかった。体中に野心という字が書かれている。彼の能力は、いったん発揮が許されたら、疑いないものがあった。彼女は彼の評判については知っていた。マーキーは「上昇株」で、点火した気球が上昇するのは当然だった。

だが言葉に正確を期す彼女は、友達と恋人の間にある恐れるもののない厳正さを信じていた。誇張表現は惑わしと嘘の語調で彼女を悩ませた。恋愛にあっては、彼女はありのままの真実を語り、あるいは、ほのめかすのは許した。無意識なマーキーを大いに尊重し、その姿勢で接してきたので、マーキーが自分のことを話したとき、彼女は唖然とするほかなかった。彼女は暖炉を求め、彼は彼女を劇場に連れ込んだ。気が進まないのに、彼女は英雄風を茶化した遠景もない風景と、帆布の岩の後ろのバロック風の雷雲を勝手に押し付けられた。彼は自分のことを自然に話すことができないようだった。彼がわざと黙るのは自己を開陳する前触れで、いまから耳にする彼の話の何が怖いのか、彼女には分からなかった。彼女は彼を愛するかもしれないが、彼が二人の愛について話すのを聞くのは、たまらなく恐ろしかった。彼が彼女の体中に彼自身を書いているのは、言葉ではなかった。彼女が引き寄せられたにしろ、ほとんど気づかない力によって、マーキーの中に彼自身も知らぬ間に存在したものに引き寄せられたのかもしれない。「もう黙るべきだ」と彼女は思った。「もっとほかのコミュニケーションがあるはずだ」

魚料理が終わると、彼は皿をリフトに押し込んだ。またコックがすぐに口笛を吹き、マーキーは鴨料理とスイーツとガラスの丸いドームが付いたコーヒーマシンを取り出した。今日のコースは、エメラインには大いに気に入り、美味しかった。立ち上がって、コックに口笛のお返しをしたいと本気で思った。マーキーは、しゃべりすぎた、しゃべるのが早すぎたと感じて静かになり、この先続く長い夕刻を覚悟しながら、グラスにまたワインを注ぎ、彼女は何をしていたのかと質問した。彼女はウォバン・プレイスのことを話し、セシリアと一緒に行ったパーティや、一緒に行かなかったパーティのことを話し、週末はファラウェイズ荘で過ごしたと話した。「素敵な屋敷なの？」彼が言った。「どのくらい古い屋敷？」彼女は考えた。「七十年かしら」そして、とても素晴らしくて、あの田園地帯も好きだと言った。

「僕は好きじゃない、と言わないと」とマーキー。「君は一日、何をするの？」

「とくに何も。テニスはしたわ」悔恨を込めて彼を見ながら――というのも彼女にはもう話すことがなかったから――彼女は思い出していた、彼が作者だった至上の幸福感のことを。どうしていま、生け垣や、牧師、廃墟の銅版画、サー・ロバート、鐘の音、などの話ができよう？ 急に内気になり、親しみと孤立のパラドックスに戸惑いながら、彼女は一瞬彼を見たが、彼はその場にいないみたいだった。

その瞬間に、彼は彼女が遠く去るのを感じた。彼は立ち上がり、暖炉の火のそばに心もとなく立ちつくし、不満と倦怠（アンニュイ）が内面を暗くしていた。彼はなぜ彼女が欲しかったのか、なぜ彼女は来たのか、不審に思いながら、彼女のいかにも美しい長い首と、ランプの光で白っぽくなった髪の毛と、彼の動きを追う従順な顔を見たが、その顔は何も見ていなかった。

「僕の手紙は読んだ？」

「もちろんよ、でなかったらここにいないわ」

「じゃあ、万事いいんだね？」

彼を意識した優しさが彼女の表情にあふれ出た。うなずいてから、彼女は手を差し伸べて、何も言えないことを示した。その手を取りながら、苛立たしくその手を放し、彼は反論した。「だが、それで君はこれからいつも――」

「――分からない」彼女は言ったが、声が震えている。そして彼をもっとはっきり見ようとして立ち上がり――というのも彼の顔はテーブルの上で怒ったようににじんでいた――もう一度瞳をこらして彼を見て、きびしく尋問するような目で、答えを求めるように見た。その無知、その心映え、その従順さにあって、マーキーの目に映る彼女は、うっとりするほど愛らしく若かった。我に返った彼は、手を片方ずつ順に彼女の肩に置くと、エメラインにキスした、強く、軽く、そして嬉しそうに。「さあ……」彼は言って、彼女を解放した。

とても賢くなされたキスを受けて、エメラインの瞼はひくひく動き、誰かがキンポウゲで顎の下をくすぐっているみたいだった。彼女はあの海軍の兵士のことを思った。彼女がマーキーを見ると、彼はそこに突っ立っていて言うこともなく、彼女は思わず笑ってしまった。それだけのことだった……。あの夜の、あのキスの歪んだ恐ろしい恐怖はこれで消えた。彼女は、先週の日曜日の朝、生け垣のそばにいるときと同じように、幸せを感じた。彼女が黄色のドレス姿で彼を見て笑っている間に、コーヒーマシンがぶくぶくと言い始め、マーキーは二脚のアームチェアをそろえた。満足感のようなものが完全に戻ってきた。マーキーがコーヒーを淹れ、エメラインがその彼を見た。ドレスの長い襞をなでながら、彼女はホッとしてアームチェアに座った。マーキーは片方の足をなでてから、グラスにブランデーを少しずつたらしながら、早口でしゃべりだした、部屋いっぱいに彼女があふれているみたいに。彼が話している間、彼女はまぶしいまでに美しくて、彼は、実際、彼女が楽しくてもそうでなくても、どっちでもよかった。この平穏な宵が終われば、また別の宵が始まる。

10　学校に行く

セシリアは、四月はポーリーンをお茶に誘わなかった。ジュリアンと一緒にいればいるほど、その子が彼女の良心に突き刺さった。悲しそうな幼いあの子がジュリアンのフラットですることもなく過ごしている一方、彼と彼女は利己的な快楽を追っているという考えが、次第に苦しくなってきた。六月になると彼女の感受性が炎症を起こし、棘が刺さった傷口のようになった。彼女は自問してみた、ジュリアンに代わって負った責任に心が騒ぐのは、愛着が増していることを意味するのかどうか、セシリアはこの問題をもはや放置しておけなかった。物事が彼らの間に一瞬でも重く垂れさがると、セシリアは非難するように訊くのだった、「可哀相なポーリーンは元気なの?」と。

セシリアがポーリーンについて尋ねると――それは、彼がたちまち学習したように、雰囲気が一挙に落ちる合図だった――ジュリアンは憂鬱になり、ポーリーンは学校では楽しくしているらしいと言うのが精一杯だった。セシリアが彼の良心に穴を開けるのは賢明な策ではなかった。そのたびに彼は自己反省に引きこもり、そこから彼を浮上させるのは、彼女が陽気に振る舞っても無駄だった。暗い鏡に映る彼女の魅力と美しさを見て、彼は自問していた、果たして彼女は、彼女が彼に期待しているらしい不変の努力に値するかどうか、と。これは不公平だ、なぜなら彼女の中にあると見た、花咲くような、何の苦もない、無邪気な異国性が、彼の無能な不安な良心から離れていて、同時に彼の人生からも離れているのが分かったからだ。

だから、セシリアが、二人とも楽しめなかった芝居から彼の車で帰る途中で、四月以来三度目に、「でもどうしてあなたに分かるの、彼女が学校では楽しくしてるって？」と言い出したとき、ジュリアンは癇癪（かんしゃく）を起こし、女みたいに頬を赤くして、脅すように、人が何を知っているか君にどうして分かるんだ、と訊いた。セシリアは悪かったと思い、「今宵を台無しにしたようね」と言った。彼女はうるんだ大きな黒い瞳を彼のほうに向け、車は照明が明るいピカデリー地区を這うように通り抜けた。

「私が何をしたの、ジュリアン？」

「僕を組織化している」ジュリアンは言ったが、もう恥じていた。彼は身をかがめて、車のフロアに滑り落ちた彼女のゴールドの小さなバッグを拾いあげた。

「私はすることが山ほどあるの」セシリアはかっとなって言った。「私自身を組織化するのもその一つよ。あの子のことを私に言わないで欲しかった！」

「ああ、なるほどね、セシリア……」ともあれ（彼女が内心言うように）、普通のことだ、姪がいるのは。セシリアはときどき暴走してみた、ポーリーンはジュリアンの私生児なのではないかと。これはむろん彼の落ち度ではない。

彼は言い添えた。「来週は向こうへ行くよ。自分の目で見たほうがいいからね」

「どこへ行くの？」

「学校へ行くんだ」

「つまり、私も？……ぜひ行きたいわ。女学校って、見たことないの」

「女学校に行ったんじゃないの？」

「冗談じゃないわ、行ってません！　きっと素晴らしいでしょうね。何か向こうに持っていきましょう、哀れな幼いあの子に何か食べるものを。女の子はいつも飢えているそうだから。彼女を組織化してもいいかしら？」


彼女がこうして衝動的にやり返すと、光線が彼女の黒い目を捕え、青白い彼女の顔と毛皮を照らし、ジュリアンはどうでもよくなってきた。セシリアはちらりと下を見てオーキッドの香水瓶に満足した。平和が回復した。ジュリアンが、今日は一日出かけてカントリーでランチをしようと提案した。だがセシリアはノーと言った。バッキンガムシャーは小さくて、彼の車の長さの何倍もないのよ。すぐ学校など通り越して、カントリーの外に出てしまう。学校を通り越してはいけないわ。実際、カントリーの旅籠（はたご）でランチをするには、人は恋をしていなくては（と彼女は思った）。かび臭い赤い入口、帽子掛け、隙間のない長いメニュー、短いワインリストが最近の彼女には魅力がなかった。これをジュリアンにやらせてはいけない……。そこで彼らは土曜日に行くことにして、その前に彼女の家でランチをすることになった。

土曜日（エメラインがマーキーとディナーをした翌日）になり、セシリアとジュリアンは上機嫌で出発した。ポーリーンの丁寧な手紙からは、彼らの訪問が学校に受け入れられるのかどうか、判断できなかったが、彼らは二人とも、正しいことをしていると感じていた。太陽が輝き、セシリアは——大きなベントレーのオープンカーにゆったりともたれ、車が次々とひきも切らない道路を走った——回想していた、慎重に見て、彼女にはつねに十分な金がある一方、ときには金がありすぎるのもいいことに違いないと。彼女は楽しげにほかの車に目をやり、土曜日にカップルが乳母車を押して歩道を行くのを見て、自分は子供が好きだろうかと考え、ジュリアンに家々を指さして、あんな家に住まないでよかったと言ったときは、もう通り過ぎたあとだった。

突然彼女が言った。「私、アメリカに行くの**かしら**?」

ジュリアンは、道路の障害物に合わせてギアを入れ替えてから、言った。「だめだよ、どうして行くんだ?」

「母がいつも来いって言うのよ、でも本気で言っていないのかも。でも私、ニュー・イングランドが好きになるのが分かってるの。いまでは母もお気に入りよ、まさに優雅な古きアメリカだって。母と私はすぐ色に染まるのね。母が入るどの部屋も、高価なプレゼントのようなもの、母は柔かな包み紙から出てきたみたいに見える。母と私には、なぜもう言うことがないのか、よく分からないけど。彼女の夫はすごく素敵よ。だけど、あえて言うなら、彼らはまたヨーロッパに戻ってくるんじゃないかしら」

「アメリカ行きは真剣に考えているの?」

「ただの考えよ」セシリアはあっさり言った。彼女は自分の値打ちをそんなレベルで上げるつもりはなかった。「アメリカ人の母がいるのに、会わないなんて、バカみたいでしょ」

「会わないなんてバカだよ、会わないなんて」ジュリアンが言い、速度計を真面目にちらりと見た。

「でも、エメラインはどうするんだ? 一人だけ残して行けるの?」

「あら、私は向こうに永住なんかしませんよ。きっとエメラインが恋しくなるわ、彼女が私を恋しがるより」

「エメラインは結婚するんじゃないかな」ジュリアンが言い、そう思ったらなぜか哀しくなった。

「私は彼女が結婚できないとは思わないけど、どうやったらできるのかが分からない。彼女にとって十分に素敵な人はいないもの。彼女がする結婚はどれも間違いになるんだから。それに、彼女は超然としているわ——まるで天国のような一日ね、ジュリアン。あなたってなんて段取りが上手なの！」

　彼らはロンドンを出て、カントリーに向かって走っていた。セシリアは目をむいた。時速七十マイルで直線道路を飛ばしている。ジュリアンは黙って運転していた。セシリアは前を向いて太陽に幸せそうに顔を向けた。

　肌寒く曇っていた昨日は（だから彼女はこの遠出が心配だった）、もうすっかり忘れられていた。栗の木は花盛りで、日光がキンポウゲに彩色し、ブナの木は自分が作ったエメラルド色の影の上で輝き、牛はセイヨウサンザシ（ホーソーン）に膝まで埋めて立っている。チルターン丘陵は暖かい赤いレンガの農家を覆うように連なっている。カレンダーに見るようにすべてがきれいで明るかった。カントリーサイドは車の進行とともにきらめき、誰かが明るい色の旗をセシリアに向かって振っているみたいだった。「ああ、ディア、もう着いたの？」彼女は声を上げ、ジュリアンは壁に開いた白い門に入った。

　彼らは学校の門前についに到着し、そこで少し議論した。見た目はたいへん気持ちよく、壁にはライムがかぶさっている。しかし、ジュリアンがセシリアは女学校を見たがっていたねと改めて言ったのに、セシリアは中に入ろうとしない。そして彼がポーリーンをここに連れてくるほうがいいと言った。彼女は眠たくて、顔を直したかった。女校長に合わせる顔ではないし、このままでは若い女学生に話すこともできないと言った。ジュリアンに車で小路に入ってもらい、そこに彼は彼女を置いて出て行った。セシリアはニワトコ（エルダー）の木の下で、うっとりと目を閉じた。彼はそうとうに腹を立てて、一人で校舎に向かった。

　学校は明るいレンガ造りのカントリーハウスで、別棟がついていた。ポーリーンは心配のあまり口もきけず、正面ホールで彼を待っていた。髪の毛がきつくおさげに結われていたので、彼女の目が顔から飛び出していた。肉屋（ブッチャー）のブルーの制服を着ていて、彼に無言のキスをした。

「車はどこなの?」彼女は不安そうに言った。

「小路の向こうに置いてきたんだ」

「あら、だって、すごく素敵な車なのに。ここまで運転してきてもよかったのに……。あなたのお友達はどこに?」彼女はそう言い、頬を赤くして、彼の目を避けた。

「車の中にいるよ」

「そう」ポーリーンは明らかにホッとして言った。ジュリアンはいま確信した、セシリアを連れてくるべきではなかったと。事実、ポーリーンは、彼が重大な犯罪行為に加担するところだったと感じているようだった。ポーリーンは、校長先生は申し訳ないがロンドンにお出かけです、と言った。ジュリアンは元気が出た。ポーリーンはさらに言った、私には友達がいて、ドロシアというのだが、クリケットの授業を免除してもらい、話をしに来てくれると。この言葉が出ると同時にドロシアが、手品師が取り出す即興のウサギのごとく、アーチを通って現われた。ドロシアは、きわめて愛想よく、すぐに状況を把握して、流れるようなおしゃべりでポーリーンの赤面をカバーしてあげた。

「男の人には、すみませんね」彼女が言った。「女学校にわざわざ来るなんて——お友達はどちら、とおっしゃいましたか？」

「小路の向こう、車の中に」

「あら、あら」ドロシアが叫んだ。「おもてなしが悪いと思っているのね！」彼女は急いでセシリアを探しに行った。ポーリーンは大事な友達を見送りながら説明した。「彼女はオーケストラにいるの」

セシリアは、眼を開くと、ドロシアがそっと車内を覗きこんでいるのを見て驚いた。ドロシアは、私はポーリーンではないと説明し、セシリアに車から降りて、一緒に行きましょうと言った。そして呆気にとられているセシリアの手袋と毛皮とハンドバッグをまとめて持つと、庭園からホールへ急いだ。「さあ、着きました」彼女は言って顔をほころばせた。そして一行四人を二人組にしてから、ドロシアは脇のドアから芝生を横切って彼らを進ませ、木々を迂回して運動場へ向かった。クリケットを見る予定だった。

セシリアはほどなくポーリーンと合流した。想像したあとにくる現実のショックに呆然としたが、思っていたよりポーリーンが子供っぽくなくて、背も高く——しかしセシリアは結婚にはほど遠いと表現するしかなかった。ドロシアは、太い足をどたどたいわせながらジュリアンと一緒に先を行った。彼女は友達の家族が来ると引く手あまたの状態になり、その明朗で率直な態度は父親やおじたちに大人気だった。

「あなたのことはたくさん聞いているわ」セシリアは魅力たっぷりにポーリーンに言ったが、子供は息が切れそうだった。バットがボールを打つ音がして、セシリアは言い足した。「あなたはクリケット、するの？」

「ええ」ポーリーンが言った。「でも、嫌いなんです……。サマーズと呼ばれている女の子がいるんだけど腕をねじってしまって……。オーバーハンドで投げる人がいたんだけど、あなたの親戚ではないし、あなたのことも知らないと言ってます」

彼女らはクリケット場と森を背にした小型の観覧席に近づいていた。「あの人が試合のキャプテンです」とドロシアは言って、パナマ帽をかぶり守備についている、がっしりした少女を指さした。「捕手の位置で草を食べている子がサマーズと呼ばれているの。彼女は、あなたのいとこに違いないと言って、あなたに会ったことがあると思うって」

ポーリーンは怖いような沈黙を保っている。少女が一人、もう一人の少女と走ってきて、バットを持ち、ホッとした様子で観覧席に戻っていった。「試合じゃないんです」ドロシアが説明した。「試合だったら、感情がもっと高く舞い上がるのに」競技の参加者は、意識して硬くなり、訪問客を無視するように見えたが、一人か二人の少女は同情の目でポーリーンを見ながら、セシリアの服装で話がわき道に入った。ジュリアンの居場所が分からなかった。一行はあと二ラウンド見て、それからドロシアの後について学校の庭園を見に行った。

庭園はこぎれいな小さな墓石の列みたいに植樹がされていて、セメントのウサギが置いてあったり、誰かが築いた腰掛けがあったりした。ポーリーンは、一年生植物の芽生えを怖そうに見て、ドロシアと私は庭を持っているけど、コンクールで一等賞を取ったことはないと言った。予備のドアから体育館に入り、そこでドロシアは青いショーツをのぞかせて、堂々たる宙返りをゆっくりとして見せ、縄跳びをして、跳馬台（ヴォールティングホース）を飛んでから、スタジオも見てくださいと言った。

「ここの作品は」彼らが天窓の明かりの下で疲れて立っていると、ドロシアが言った。「大したことはないの。一つか二つ、私のがありますが……」「彼女は絵が神さまみたいに上手なの」ポーリーンが囁いた。セシリアは立ち止まり、つつじ（アザレア）の枝の絵に見とれたが、ドロシアが先を促した。

「ここに私のが少しあります」彼女は控えめに言って、画帳（ポートフォリオ）を開いた。

「足が痛くて」スタジオを出たとき、セシリアが我慢できずに声を上げた。「そのうち座れるかしら？」

　少女たちは少しまごついて、思案した。教室に行って机の前に座らないとしたら、ほかに思いつく場所はなかった。ポーリーンは、ものすごく静かにするなら礼拝堂で座れると、言ってみた。それで、オルガン階の下で、みんな黙って座った。瞑想が指示されているみたいだった。セシリアは爪先を見つめ、ジュリアンは壁にはめ込まれた銘板の碑文を読んだ。「ここの少女の三名が死亡、二十六名が結婚しました」とポーリーンが小声で説明した……。ポーリーンの緊張が目立ってきたが、ドロシアは不動の岩だった。

「お茶をそろそろ」セシリアが言い、彼らは礼拝堂から並んで出た。

「でもまだ実験室を見てませんが……」

「すまないけど、私はどうしてもお茶が欲しいの。さっき、素敵なホテルを通り過ぎたわ。あなたち、一緒に外出できるんでしょ？　イチゴを少し持ってきたのよ」

　初物のイチゴは高価だったが、セシリアは、少女たちはきっとイチゴを喜んでくれるわと言っていた。少女たちは互いに目配せをした。ドロシアでさえ紅潮していた。「どうもご親切に」声を低くして、みんなが言った。可哀相に、きっとおなかが空いているんだわ。ホテルに入るのは許されていないが、学校が認めている素敵なティールームがホテルにいくつかあるとのこと……。彼らは歩いて運動場を通り過ぎた。まだクリケットをやっている。

ティールームに入ると、数名の少女が家族と一緒にいて、お茶にしてもらっていた。彼女らは遠い目をしてポーリーンとドロシアを見て、母親たちは疑わしそうにセシリアとジュリアンを見た。母親には見えない。ポーリーンは胸が苦しくなった。セシリアの外観には、もちろんジュリアンに対する彼女のマナーにも、何らかの説明が必要だった。

ポーリーンがジュリアンの手紙を受け取ると、友達のミセス・サマーズと一緒にそちらに行きたいと書いてあったので、彼女は途方に暮れてしまい、お導きを祈った。そんなことは前にはなかった。セシリアが母親のように見えるといいなんて、望みが大きすぎる。ポーリーンのジュリアンおじは、母親のような人を乗せて車を走らせたりしない。打ちのめされてポーリーンはドロシアのほうを見た。友達がいてラッキーだった。

「あら、彼らは大丈夫だと思うわよ」ドロシアは前から言っていた。「彼ら二人はそのうちきっと婚約するわ。お茶のときにそう言うかもしれない。彼女は未亡人でしょ、まさか、離婚女性じゃないわね？　私のおじの一人が先だって結婚したの。すごく楽しくて分別のある人と、みんな彼女が大好きよ。若くないわ、当然だけど」

「彼は分別のある人とは結婚しないと思う」哀れなポーリーンが言った。

「どうしてよ、彼は審美的なの？」

「孤独なんだと思う。フラットに泊まって気がついたの。男の人は、周りに女性がいないと寂しいのよ」

「ああ、なるほど。彼らは婚約してるはずよ」ドロシアが請け合った。「さもなければ、彼は彼女の名誉を危うくしたりしないわ、彼女をこんなところまで連れてきて。あなた、何かそうなる印が見えた？」

「いいえ——問題は、彼女は私たちを危険にさらすのかしら？」

「最善を望みましょうよ」

「助かるわ、ドロシア」ポーリーンは溜息をついた。

四人がそろって蒸し暑い小さな部屋でプリント模様のテーブルクロスのお茶に座ると、ドロシアとポーリーンは、おもてなしの重責から解放され、このカップルに注目することができた。セシリアのまばたき一つ、ジュリアンの身じろぎ一つ、彼女らの精密検査を免れることはできなかった。しっかりと、夢中で食べながら、少女たちは何一つ見落とさなかった。その目はカップのふちの向こうから監視している。清らかな楽しさにお祝いの気持ちがこもり、それがドロシアのマナーに現われてきた。ポーリーンは横目を使い、あらゆるやり取りを注意深く見届けている。

セシリアは訳が分からず、煙草に火を点けた。そして煙草を消すようにとまた注意するウェイトレスに合図した。ジュリアンは、インドティーは僕には合わないと言った。ウェイトレスは、チャイナティーはないと言った。「そんな無茶な！」セシリアが叫んだので、母親たちが一斉に振り向いた。セシリアは、キャットショーのシャムネコみたいに不貞腐れていたが、イチゴを入れた籠がテーブルクロスにシミをつけているのを見て嬉しくなった。

「ケーキをもっと？」皿が空になったのを見てジュリアンが言った。

「どうもありがとう」ドロシアが言った。「女学生の食欲は、評判が悪いでしょ」彼女とポーリーンは評判どおりだった。招待したほうは少女たちにはおかまいなしに料理を互いに次々と回し、謝罪を込めた視線をセシリアに送りながら、グラスをまた満たした……。重苦しい沈黙が続く中、セシリアは腕時計に目をやり、涼しい道路のことを思った。

少女たちはイチゴのお礼を繰り返した。

「私が思いついたのよ」セシリアは澄まして言った。彼女はポーリーンとここで初めて目を合わせた、まともにセシリアを見ていた——不安そうに、目を見開いて、懇願している。この堅物の子供と、気紛れな同情をやたらに注いでいたフラットにいる孤独な半分幽霊のような子は、結局のところ、大した違いはなかった……。だがドロシアが親しくなれそうな瀬戸ぎわに雷を落とした。

ドロシアは——タンニンが内部で発酵して、イチゴが麻酔剤として作用したのか——ジュリアンが大っぴらに時計を見るので、演説を開始、体を前に傾けて印象づけてから、ティーカップを持ちあげた。「さて、いいですか」彼女は思い切りよく言った。「みなさんに、グッドラック！」

セシリアとジュリアンに投げた彼女の視線は彼女が掛けている眼鏡で拡大し、間違いなくからかっていた。ティールームに短い休止が入り、関心が集まった。母親たちは動きをやめ、ティーポットが娘たちのティーカップの上で宙に浮いている。ポーリーンはうつむいて、顔は真っ赤、ジュリアンおじさま（振り向いて請求書を注意深く手に取っている）にお茶をご馳走さまとお礼を言った。

その後、「あれはうまくいったと思うわ」車にさようならと手を振って、学校まで戻ってくると、ドロシアがポーリーンにこう言った。

「でも彼らは何も言わなかった」ポーリーンが反論し、深い落胆からまだ回復していなかった。

「もし彼らが婚約していないなら」ドロシアは偉そうに言った。「婚約するべきよ。そうでないなら、彼女のマナーはとても奇妙だと思う。もちろんよ、ポーリーン、私はあなたのおじさまを批判するなんて、夢にも思っていませんから――だけど、もちろんあなたが感じるなら――」

「いいえ、あなたは素晴らしかった」ポーリーンは盛り上げてあげた。

「言っとくけど」とドロシア。「自分でもうまくいったと思ってました」

　ブナの木の下は日没の太陽が射しこんできらきら光り、ジュリアンとセシリアは数マイルにわたり黙って車を走らせていた。カントリーは美しく見えたが、彼女は前に見たことがあった。そして言った。「とてもいい学校だったじゃない」

「君はポーリーンが幸せそうだと思った？」ジュリアンが照れたように訊いた。

「女であることが、いけないのよ」セシリアは情熱をこめて叫んだ。「だけど、私には考えられないの、あの年頃の少女たちがどうして生まれるのか！」

　ジュリアンは同意しているようだった。二人はまた黙りこくった。「何と言ったっけ」彼がやっと言った。「あのもう一人いた少女の名は？」

「ドロシアよ――いやというほど聞いたわ」

「彼女はとても親切だった」ジュリアンは言ったが、窓から前方を石みたいになって見ていた。

「彼女は内気じゃないのね。神の摂理(プロヴィデンス)のおかげだ、という気がする」

「どうして？」

「彼女はとても器量が悪くて、可哀相に。どこかの牧師補みたい」

ジュリアンは真っすぐ前を向いたまま、効果をねらっていきなり言った。「彼女が言ったこと、君は聞いた？」

セシリアは、煙草のケースをのんきに見ながら、言った。「ええ。あなたは？」

彼は彼女の横顔を盗み見した。「そうならいいのに」彼は言ってみた。

「でもそんなの無理でしょ？」

「婚約のことだよ」

「ええ、それは分かってる」セシリアは言ったが、腹を立てている。「私が言いたいのは、どうして私たち、婚約できるの、あなたが求婚もしていないのに？」

「だけどねえ、僕がしているのがそれだよ」

「ええ、分かってる、怖いの。蝿が体の上を歩いているみたい。あなたはまったく鈍感なんだから、ジュリアン――あの食べ過ぎの子供がいたばかりに！　ときどき思うの、私はあなたと結婚したいのかしらと、でもあなたも分かると思うけど、私は求婚されたくない。あなた以上に私と結婚したい人と結婚できないなら、私は結婚しないわ。私は今のままで十分に幸福なの！」苦悩の涙が日没の中にいる彼女の瞳に光った。彼女は繰り返した。「わたしはエメラインと二人で完全に幸福なの！」なびくブナの木が彼女の顔に影を落とす。「私はあなたを愛していない。あなたは私を愛していない！」

「頼むから、セシリア――」ジュリアンは蒼白になって言った。

「頼むから、何なの？」

「そんなに興奮しないで。言うんじゃなかった、申し訳ない」

「私も……。あなたは何が欲しいか、分かってないのね」

「間違いなく、君の言うとおりだ」彼は苦い口調で言った。

ロンドンに近づくと、セシリアは口紅を取り出した。そして言った。「この話、降ろしましょうね？」

11　レディ・ウォーターズ宅にて

セシリアは、ナイツブリッジに着いても元気の出るものがないので、ラトランド・ゲイトのレディ・ウォーターズに電話をかけた。一時頃だった。彼女は疲れていて、シェリーとランチを暗い静かなダイニングルームでとりたいと思い、「本当の話」をその代償にする覚悟もあった。レディ・ウォーターズは、外でランチをとることは滅多になく、じつにもてなし上手な人でもあり、それは楽しそうね、と言った。「私は一人よ」彼女は言った。「でも、あの可愛いゲルダ・ブライはいるけど」

「可愛いゲルダ、何ですって？」

「ギルバートの妻よ」

「ああ、そう」セシリアは何となく言った。「とにかく、どうもありがとうございます、ジョージーナ、お伺いするわね」

レディ・ウォーターズは家に誰かがいるのが好きだった。エメラインとセシリアの動静が不明なことに気を取られていて、それがゲルダにチャンスを与えた。レディ・ウォーターズと彼女は一緒に買い物に行った。ランチのあとはレクチャーを聞きに行く予定だった。セシリアは、到着して、いきなりうんざりした、ゲルダが黙って元気な様子で客間を平気で歩き回っていたからだ。ファラウェイズ荘ではエキゾティックに見えるように、ロンドンでははっきり田舎風に見えるように工夫を凝らしたゲルダは、大きな麦わら帽子をかぶり、三角形の肩掛けのついたフリル付きのドレスを着ていた。冷たい目をしてセシリアは、ゲルダが手袋を外してソファのクッションの後ろに押し込むのを見て、甘やかされたリスが拾得物をこっそり隠しているようだと思った。

この天井の高い真紅の客間は、そのクッションに至るまで、いまなお多くがセシリアのものだと感じられた。ここでセシリアとヘンリは出会い、この部屋はすみずみまでもが礼儀正しく彼女に微笑み続けていた……。サー・ロバートの母親から紋織りの壁紙、銀箔の金具覆い、シャンデリア、鏡、セーブルの花瓶、そしてメッキ物のオルモル時計が、譲られてきていた。装飾への無関心というか、ウォーターズ家に対する積極的な敬意から、ジョージーナは客間をほとんど元のままにしていた。彼女はもっと好感の持てる照明器具を取り付け、あとはアームチェアを近づけて対面式にした。それは正解だった。部屋は彼女の個性の介添えとしての威厳を保ち、客たちは驚くうちにその無分別に引き寄せられていた。

ここでヘンリは、暖炉の白い敷物に足を乗せ、燃え盛る火を背にして、ランプの下に座っている若いセシリアに初めて微笑したのだった。ここで二人は、ジョージーナのかなり露骨な無視に気づくことなく、ディナーのあと、離れたソファに引き下がった。無視、軽率な言動、意図的な冷たい心が、何年もの間、セシリアのこの思い出にかぶさっていた——黒板はあまりにも小さくて、それほど多くは書き留めていない——しかしここに入ると何かがかき混ぜられ、あたかも春は乾いてもいないし、凍ってもいなくて、埃をかぶった樹木の葉で窒息し忘れ去られたみたいだった。

セシリアは、暖炉の白い敷物に足を埋め、火のない夏の暖炉を前に、セーブルの花瓶と花瓶の間にある鏡を見て、魅力的な帽子を少し傾けた。ヘンリのことを思っていたのではない、何を思っていたとしても。

レディ・ウォーターズは、黒と薄黄色のドレス姿で、自分の姪を真剣に見つめていた。「最後に会ってから、だいぶ経つわね。何をしていたの?」

セシリアはちょっとゲルダを見た。そして心の中で言った、彼女は心が広くなったという感じはするが、いまどうして話ができよう? 「光陰矢の如し、ね」彼女は言った。「いったん夏になるともう……。私は新しいドレスを試着していました」

「ずいぶん外出しているそうね」レディ・ウォーターズが言ったが、つまらない女たちの前置きのような空気があった。「小鳥さんが話してくれたわ」——しかし、彼女の「腹心の友」は鷲だったようだ。「やりすぎていないでしょうね?」

「何を?」セシリアが言った。「ほかのことなど、したことがないわ。疲れた顔してる、なんて言わないでくださいね」そして補足した。「試着しただけで。もうがっかりよ、仕立て屋の鏡って、全身像は素敵に映るのに、顔の映りはひどいんだから。どうしてかしら——新しい顔は、売ってないのね」

「疲れた顔はしてないわよ、正確には……」レディ・ウォーターズはそう言ったが、セシリアが平然として立っているのが気に入らなかった——毛皮が片方の肩から垂れ下がり、薔薇がボタンホールに突き刺してあり、煙草の吸い方は、自分の人生を自前でうまく運んでいると言わんばかり。暗然として彼女は思った、姪はたくさんの男たちと出歩き、あまりにも自由にしゃべり、愛想がよすぎる……。一方、そこに座ったゲルダはチェリー・ライプ[*1]のように両手を組み、甘味ファンの広告モデルみたいだった。しかしながら、この若い友達の愛らしい敬意の念をよそに、レディ・ウォーターズは感じていた、ゲルダには見る目があり、セシリアに比べてはるかに繊細な性格をしていると。

「ゲルダと私は」彼女は愛情をこめて言った。「羽毛布団(アイダーダウン)を買いに行ってたの」

「アイダーダウン？」とセシリア。その全身像が疑問符の形をしている。彼女はこのおばが家庭用品のディスカウントデパートに行くなど、想像もつかないことで、ヨーガ行者がそこにいると想像できないのと同じだった。

「いいアイダーダウンでしたのよ」ゲルダがうなずきながら答えた。

「もう暑いんじゃないの？」

「アイダーダウンは、一年のこの時期になると、値引するのよ」レディ・ウォーターズはこの発見が嬉しくてたまらぬという風だった。「毛皮のコートもなの、ええそうよ、ゲルダがその広告を『オブザーヴァー』で見てね。覚えておく価値はあるわよ、セシリア」

「知ってます」セシリアは憤慨して言った。事実、走り回って家に物をため込むことで、人が彼女に教えられることは何一つなかった。経済は彼女の砦ではないにしろ、彼女はきわめて有能だった。その気にさえなれば、この時期、イヴニングドレスであれアイダーダウンであれ、必要となれば、現実的に即決できた。「エメラインと私のアイダーダウンは、擦り切れたりしないものなの」彼女が言った。「私たち、静かに寝るから」白い小さな羽毛が数片、空中に浮遊したみたいだった。彼女はむずむずしてきて、くしゃみが出そうになった。

ゲルダが溜息をついた。「ギルバートは、ベッドで煙草を吸うんです。私たちのアイダーダウンには焼け焦げをいくつも」

「ギルバートって誰?」セシリアは問いただし、ランチには何が出るのかと思った。

あとで判明したのは、その質問がデリカシーに欠けていた、ということだった。レディ・ウォーターズはゲルダの腕を自分の腕に通して、セシリアの後をドレスのすそで掃くように進み、やや不機嫌にダイニングルームに入った。セシリアは非常に後悔していた。彼女はその小柄な人を正視できず、彼女が結婚していたかどうかも忘れていた。テーブルをはさんで、ゲルダが息を詰めてジョージーナの口元を食い入るように見つめているのを見て、すぐに哀れゲルダは幼な妻なのだと位置づけた。ゲルダは、玄関ホールを通ったときに帽子を落としてしまい、短い金髪の髪の毛を何度もせわしく後ろに掻き上げていた。セシリアに対するマナーは、いまも丁重そのものだった。しかしセシリアは、小柄というのが当てはまる女は好きになれなかった……。セシリアに思いつかなかったのは、準正式なランチョンに招いてもらい、持ちよった素材で調理されたラトランド・ゲイトのやんごとなきお料理にあずかりながら、自分の相客は自分が見たままに受け取っていいということだった。彼女は相変わらず人を寄せ付けないでいた。「だって」と彼女は思った。「もしこれがジョージーナの最近の友達なら、彼女は下界に降りているのだ」

ランチは最高だった。このテーブルは予備の自在板を引き出せる、宴会用にデザインされた大型テーブルだった。薔薇と孔雀が織り込まれたダマスクに光が当たり、早咲きのスイートピーが六束、執事によって生けられ、小さな銀の花瓶から顔を出している。

「エメラインが、ファラウェイズ荘で私たちが過ごした数日の話をしたでしょうから」とレディ・ウォーターズは姪のセシリアに言った。

エメラインは、明るい涼しい顔で戻ってきたが、ほとんど何も言わず、セシリアは、人との付き合いを楽しめないエメラインを知っていたので、質問もしなかった。セシリアは、ジョージーナにとって「事件」がもっとあったことも、誰も彼女にその話をしないことも了解していた……。「もちろんよ」セシリアはしらばっくれて言った。

「静かな週末だった」彼女のおばが言った。「お天気がよくて穏やかで、エメラインには退屈じゃなかった？」

「いいえ、彼女は気に入ったみたい」

「エメラインって、素晴らしいと思います」ゲルダは言って溜息をついた。「少しだけですけど、楽しく話し合って」

「あら、そう？」セシリアは言ったが、そんなことはあり得ないと思った。

「とても理解してくださって」

「そうね、話を聴いてさえいればね」

「セシリアは」とレディ・ウォーターズ。「エメラインを過小評価しているのよ」

「そうよ」セシリアは澄まして言った。

「だけど」とホステスが言ったが、優しい声に非難があった。「ゲルダは私の哀れなティムが気に入らないの」

「あら、そんなこと言うもんですか、レディ・ウォーターズ！　自制心があまりないと言っただけです」

「いい時の彼ではなかったのよ、きっと」

「どうして？」と言ってセシリアはカツレツを一切れ自分でとった。

「ジェインとの婚約を破棄したばかりで——エメラインがあなたに話したはずよ？」

「だけど、ジョージーナ、なんて異常なことをするんでしょう！」

これは、事実がはっきり伝わった時点で、サー・ロバートが使った言葉だった。話の経緯として、彼がまず力説したのは、哀れな「ティム」を彼の屋敷に招くのは難しいということで、彼はあとで思い出した、屋敷とはジョージーナの屋敷のことだったと。「あなたは人生を伝統的に見るのね、セシリア」レディ・ウォーターズが言った。同意しないという重苦しい沈黙があった。「ティムは」彼女が続けた。「感受性があって、勇気を持って振る舞ったと思う」

「若者にはありがちなことよ」セシリアが言った。「でもこのこと、議論する必要があって？」

「何であれ」とゲルダは言い、溜息をついた。「間違った結婚よりずっといいわ……。だけど」彼女はどこか特権階級みたいな言いまわしで言った。「ほんとに思うんです、彼は面倒を起こしたって。彼の感情は刻一刻手に取るように見えたわ。不幸は人を変えるのね。私はいくら不幸でも、注目を集めるのは嫌だわ……。でもあなたは彼には素晴らしい振る舞いをなさって、レディ・ウォーターズ」

「ティムって誰？」セシリアが突然言った。

ゲルダを好ましく思っていたが、レディ・ウォーターズは、感情という主題となると、セシリアの事情をむし返すことになるこの機会を後悔していた。セシリアは、おばのほうに半ば視線を走らせ、口を開くかと思えばそうでもなく、好奇心とふざけて遊んでいる。ゲルダの率直な視線はそのすべてを追っていた。レディ・ウォーターズは自分が見られているのを何度も何度も感じていた。セシリアが急に動いてワイングラスをひっくり返したとき、レディ・ウォーターズは、執事がそこにいてまだ拭いているのに、感想を口にした。「あなたはたしかに、いつものあなたじゃないわね」

「そういうことは滅多にないけど」セシリアが言った。

目を丸くしてスイートピーを眺めながら、ゲルダは、いつもの彼女らしいセシリアって、どういう人なんですかと今にも訊きそうな顔をした。ランチが続くうちに、ゲルダはレディ・ウォーターズに歓迎されなくなっていくのが気になって、セシリアが来なければよかったのにと思った。アイダーダウンのせいで午前中の会話ができなくなったが、ゲルダはギルバートについて言いたいことがまだたくさんあった。

「あなたは度が過ぎるのよ」レディ・ウォーターズが続ける。

「神経のせいね」セシリアが控えめに言った。

「煙草もずいぶん吸ってるわ」

「問題はやっぱりそれか」

二人ともそうではないことが分かっていた。この月曜日の朝、セシリアは、実のところ、たしかに興奮状態だった。決定できない苛立ちもあって——グリーン、白、あるいは炎の色か?——彼女は、新しいイヴニングドレスをオーダーすると、運命を感じないではいられなかった。着古すまでに、どのくらいの出来事があっただろう?……日曜日は、ジュリアンと面倒なやり取りをした。家に入り、熱い風呂に入り瞑想したかったのに、すぐにドレスを着て、晩餐会に行かなくてはならなかった。危機的な時に社交活動が加わると、セシリアには食後あまりにも早く運動したのと同じ刺激的な影響があった。消化不良の感じが精神に重く残った。日曜の朝は、落ち着かない気持ちで、ベッドにいた――これは心臓のせいか、肝臓のせいか？――そして、腹立ちまぎれに一日中ほとんどエメラインと顔を合わせないでいた。あとになって友達が数名やって来て庭で話したが、みんな長居しすぎた。

「私、思ってるの」長い間を置いて、サラダのあとで、彼女が言った。「本当にアメリカにに行くのかなって」

「ナンセンスよ、マイ・ディア」おばが言ったが、彼女は前にもこれを聞いていた。彼女はセシリアが自分のことを誰も知らないような田舎が好きでないと思っていて、セシリアの母（彼女は最初の結婚でレディ・ウォーターズの義理の妹になった）が理論上は招待するつもりはあったが、セシリアが到着すれば、かなり困るだろうということも知っていた。最初の一点で、彼女は間違っていた。セシリアは、社交的なコロンブスで、未知の人にあふれた大陸よりも望ましいものはなく、また、一日で噂を作り出す方法も知っていた。

「――ああ、ディア・チャイルド」レディ・ウォーターズは話を続け、ゲルダのほうを向いた。「忘れないでね、私に代わって電話をして欲しいの、ランチのあとで。とっても助かるの」

哀れゲルダはこれが別れの言葉だと気がついた。「かしこまりました」彼女は答えた。「でもよろしければ、ついでに乳母（ナニー）に電話して、赤ちゃんたちが大丈夫かどうか訊いてみます」

「もちろんどうぞ」レディ・ウォーターズは驚いて言った。「赤ちゃんたちが心配な理由でもあるの？」いったん生まれたら、彼女はもう赤ん坊には大して関心はなかった。それにこれは彼女のゲルダにしては進歩だった。彼女はいままでラトランド・ゲイトで、何の不安もなく何日も過ごしていたからだった。

「あら」セシリアがすかさず言った。「赤ちゃんがいたのね？　双子？」その表情には、身近に子供たちを置いていないゲルダに対する驚きが出ていた。セシリアは母親の献身について非常に厳しく考えていた。「どうなの」彼女が言った。「とてもいいナニーがいるの？」

「素晴らしいナニーなんです。それでも、うるさく言いすぎないように、心がけています」

「ゲルダは」とレディ・ウォーターズ。「いま言ったとおりよ」

「私は分かってるの」とセシリア。「もし私に子供がいたら、火事になったか窒息したか、想像しないではいられないと思う。でもはっきり言えば、私はヒステリーね」

ゲルダは哀しそうに、グースベリー・フールの入ったカップを覗き込んだ。ありがたいことにランチは終わった。レディ・ウォーターズの親戚がみんなエメラインみたいだったらいいのに……。

「あなたはいけない子ね、セシリア」彼女らが客間に戻り、ゲルダが急いでまとめた伝言をメモした長いリストをもって、書斎の電話室に去ったあと、レディ・ウォーターズが言った。「ゲルダに優しくしないんだから」しかし時間はあまりなかった。「さあ、話して」椅子にゆったりと座り、両手を組んだ彼女が言った。「誰に会ってきたの？」

「あら、一人ひとりに」セシリアは幸せそうに言った。

レディ・ウォーターズは大胆に出た。「エメラインは」と彼女。「あなたのお友達のミスタ・リンクウォーターのことがあまり好きではないみたいね。彼女のマナーが印象的に思えたの。エメラインの判断についてはあれこれ考えているの」

「マーキーのこと？　あら、違うわ、エメラインは彼を憎んでいるの。でもそれはどうでもいいのよ、ジョージーナ。彼と私はもう会ってないの」

「あなたは男性のことを、トミーとかバートとかアルフなどと呼んだりしないでしょ」とおばが不愉快そうに言った。「どうして彼を『マーキー』って呼ぶの？」

「みんなそう呼んでるから。彼のシガレットケースにはっきりそう書いてあるし。ほんとに恐るべき青年よ」セシリアは軽く言った。「だけど、この頃は彼のことは名を呼ぶこともないわ」

　レディ・ウォーターズは姪を見て不満そうに考え込み、いわば宇宙的な欲張った好奇心をうまく要約して質問してみた。「では、あなたは誰を何と呼ぶの？」誰かがいることは明らかだったからだ。この明眸（めいぼう）、春もそぞろの空気、この気紛れさは、あまねく知られた魅力的な女性のもの、今日は神経質になっているとはいえ、読み誤るはずもなかった。セシリアは愛していなくても、愛されている。そのうえレディ・ウォーターズには分かっていた、彼女は社交界で着まわすのに十分なイヴニングドレスを何着も持っている。いま新しいのが要るということは、誰かに何度も会うからに違いない。セシリアをもう少し親切な目で、つまり、もうすぐ開きそうなカキの殻を見るような目で見ると、または、きっと気に入る面白そうな新しい小説を見るような目で見ると、もっと違うアプローチの仕方があるような気がしたが、その間セシリアは、微笑を浮かべて何も気づかず、自分の美しい手を見下ろしていた。

「ねえ、あなた」おばが言った。「ときどき私、あなたのことが心配になるの」

「あら、あら、ジョージーナ、どうして?」

「まだとても若いからよ」

「まあ、いつも若いといいけど」

「大丈夫よ、それにあなたは隠し立てしない寛大な性質をしているし、同情心にも富んでいる。ときどき恐ろしくなるの、騙されているんじゃないかと」

セシリアは、こういう対決が始まると、教会のバザーでジプシー・クイーンに扮した牧師の妻に六ペンス渡して手のひらを広げる人物になったように感じて、反論に出た。「騙されてなんかいないと思うわ、ジョージーナ。私はとても利己主義だから」

「あなたは感情的な人よ」

「影響されやすいのが好きなの」

「エメラインが」とジョージーナは言って、相手を制した。「あなたの心配をしているみたい。彼女に何かこだわりがあるのが、私には分かるの」

「もし彼女がマーキーのことを考えているなら、もう時代遅れもいいとこだわ」セシリアは軽く言った。「でも彼女はそこまで無分別じゃないと思う」

「そうよね」レディ・ウォーターズは表情を消して言った。

「あの哀れなマーキーは世間体が悪いというわけじゃないの。スリなんかしませんから。でも私の友達はいまや、みなとても世間体がよくて。私を女学校の見学に連れて行くのよ」

「あら、まあ」おばが言った。「みなさん、男やもめなの?」

「いいえ、姪がいる人たちよ」

「なるほど」ジョージーナが言い、不気味な静けさが残った。

セシリアは、ランチはウッドランドでとればよかったと思い始めていた。軽はずみな自分に嫌気がさし、ジュリアンのことを話すか立ち去るかのどちらかだという土壇場に来ていることに気づいた。ヘンリ、そしてエメラインも、ジョージーナでさえ、いつもこうだった。全部吐き出さないと。エメラインの涼しい顔、ジョージーナの底なし沼のような受容性は、どちらも同じように彼女の流暢な弁舌を刺激した。蝶の羽の影のような感情を追いかけるのが嬉しくて、セシリアは自分の空想について議論するのがあまりにも好きだった。サー・ロバートの白ワイン、そして、この暗赤色の客間は何千という議論を殺してきた。ジョージーナの磁石のような凝視は、セシリアの頭を真っすぐ見ていた。ここではヘンリでさえ迷い、打ち明けるものがなくなったら、自分から作り出してもいいし……。無数のシーンが浮かび、セシリアの頭の中を言葉が踊った。ジュリアンとの関係がますます注目すべきものになった。

たった一つの事実が彼女を足踏みさせていた——誰が見てもジュリアンは理想的な結婚相手だ。彼女は自分の心の議論はできたが、将来性の議論はできなかった。女予言者のごときその威容にもかかわらず、ジョージーナはつねにおぼである。怖いのは、彼女の承認が取れるかどうかだ。ジュリアンを突き止め、評価し、ディナーに、いやヘタするとお茶に格下げになるか。

レディ・ウォーターズは、何かが記憶から滑り落ちる人ではなく、普通の名詞は全部、参考のためにすべてファイルされ、見出しを付けて参照するようにしていた。この上なく曖昧な関係でも見逃さなかったし、ニワトリとか自転車のような罪のないことが話に出ると、ベルが鳴った。些細な話でも彼女にかかると、もう引っ込められなかった。

「姪たちだけど」と彼女。「ほんとに不思議よ、どうして私は姪たちのことばかり耳にするのかしら……」彼女が言葉を切った。不安を感じたセシリアは、ファイルキャビネットがカチリといって開くのを聞いた。「エメラインの友達で顧客の人だけど、ミスタ・タワーよ、彼女のオフィスで出会った背の高い男の人で、彼には姪がいたわ、私、覚えているの。彼とエメラインはスイスにある学校の話をしていた。彼女はとても乗り気だったと思った。『あら、エメライン』と私は言ったわよ、『あなたの会社に教育課があるなんて知らなかった!』と」。

「乗り気だったって?――あら、それはないと思う。ジュリアンがエメラインをうんざりさせるの。彼らが会うなんて、あり得ない」

「じゃあ、あなたの友達の一人としてなのね、きっと」彼女のおばは気安く言った。「彼女が彼に回覧紙を回したのは――」

ゲルダが息を切らしてドアから入ってきた。「私です」と彼女は言って、膨らんだスカートの音をさせ、パトロンの足元の白い毛皮の中に座り込んだ。「すっかり時間がたってしまって、私が迷子になったと思ったでしょう! どの番号を回しても、ツーツーという不在の音ばかりするのよ。電話でどんな感じを受けるか、ご存知ね、レディ・ウォーターズ、ほんとに嫌になる! でもあなたの伝言は全部お伝えしました、たぶん」

「ありがとう、ゲルダ」

「レディ・ツワイバッカーは、私のキーキー声がお嫌いみたいでした。あなたをしきりに呼んで欲しいと。『レディ・ウォーターズは手がふさがっていて』と言いました。『電話に出られないのです』と。それでよろしかったでしょうか?」

「それでよろしかったのよ、ゲルダ」レディ・ウォーターズが言った。

「あら、またあの猫がいる」セシリアは憂鬱になって思った。「放っておきましょう」話題がもうオープンになり、話はなかなか終わらなくなった。困ったと思ったが、残念な気持ちは全然なかった。

＊1　ジョン・エヴァレット・ミレー（Sir John Everett Millai, 1829-96）が一八七八年に発表した少女画のこと。一八五一年発表の『ハムレット』のオフィーリアの絵も有名。

12　庭園にて

「収支はバランスが取れています」エメラインは、ウォバン・プレイスで二時間近く静寂が続いたあとで、言った。秘書はその午後、外に使いに出してあった。秘書は、オクスフォード大学で英語を学んでいて、会計は自分が思った仕事ではないのが不安だと言い、そのせいで彼女がいるとエメラインは神経質になった。ピーター・ルイスはその秘書のことを「速記者」と呼びたがり、その単語は有能な響きがして元気が出たし、物事がスムーズに進み、アメリカの映画に出てくるオフィスみたいな感じもあったのだ。いまでは速記者が受ける個人的な電話は減る一方で、彼女の顔は暗くなった。エメラインのロールトップ・デスクの上に手を伸ばして電話する人がいなくなってホッとしたものの、いまは彼女がいつもいるというのが彼らに共通の不安だった。

ピーターは、指の関節をポキポキ言わせながら、爪先立ちで部屋を歩き回り、どっちつかずの苛立ちで何かを開けたり閉めたりして——彼は数字に対する頭もなかった——咳払いをしてから言った。「じゃあ、我々は大丈夫なんだね？」

「ええ。じつは、六ポンド七シルと九の純益よ、説明がつかないけど」

「会計監査人を呼ばなくてもいいんでしょう?」

「この調子なら、必要ないわ」

「この種のことに現金払いなんて、言うことないね」ピーターは嬉しそうに言った。「僕の友達の一人だけど、書店をしていて破産しちゃったよ。彼の友達がみんな来たけど、彼は友達には借金ができなかったんだ」

「あら、気の毒に」とエメライン。「それで彼はどうなるの?」

「僕と一緒に住んでいるんだ、やることを何か思いつくまで。もちろん僕は部屋にピストルなど置いてないさ、人がぶら下がれるような柱もないし、でも見ると彼はガスの火をじっと見てる、僕が毎晩消そうとすると」

「彼はタイプが打てるんでしょ?」

「まったく打てない。ともあれ、僕は彼をここに置きたいとは思っていない。僕が落ち着かないからね」

　エメラインは、何ができるか考えながら、黙って暗い顔をして座っていると、ピーターがお茶にしようかと言った。「ええ、そうね」彼女は考えながら言い、やかんが沸くのを見ていた。「ここの経営が信用貸しでうまく行ったら、誰であれ、どこにでも行ってもらうわ。でもそれでは問題解決にはならない」

「そんなの狂気の沙汰だよ」ピーターが結論を出した。彼女は同意するしかない。

　仕事は最近閑散としていて、どこでもいいから宣伝しようというエメラインの熱意とピーターの決意は、多くの顧客を引き寄せたことがあり、その多くがいまも残っていた。彼らのプロパガンダは簡単なものだった。ファラウェイズ荘からの帰り道で、エメラインはブライ家とティム・ファーカソンと海で出会った牧師にそれぞれチラシを送っておいた。彼女は新しい客を進んで受け入れ、親切に接し、一方、顧客のインテリジェンスに合わせてピーターが心にもない敬意を見せると、相手は大いに喜んだ。彼らは有能（もっとも厳格な意味で）ではないとしても、面倒見はよかった。魅力的な真面目な若々しい顔が二つこちらに向くと、顧客はみんな自分がユニークなのだと感じることができた。彼らのやや高めに設定された経費は、その都度新たに細かく加えられる個人的な手配によって正当化されていた。目的地に着くと絵葉書が待っていて、そこには楽しみを味わいつくしてというオフィスの謳い文句のスタンプが押してあった。マーキーは明言した、彼が会った女性の顧客は、賄賂を払い、不正チケットでベオグラードへ勝ち進み、自分の部屋に入ってみたら、エメラインがオーダーした薔薇の花でいっぱいだったと。彼らは説得するのがうまく、一人は建築物を見るためにストックホルムに予約していた。旅行者たちは、ヘイスト砂丘から砂を踏んで入りたがり、出てきたら遠方の田舎風の町々の抽象的な純粋さを情熱もなしに眺め、そこに彼らを送りこんだエメラインが、ブルームズベリーで彼らの反応を熱心に評価しているのを承知していた。北から来た一人の紳士は、ヨーロッパ中東部にあるシレジアでの恐怖の二週間の後（彼はシレジアはイタリアの爪先にあって、オーケストラで満ちていると期待していた）、オフィスに殴り込んだところ、逆にどうか泣かないでとエメラインに、大型のハンカチを取り出して、懇願する羽目になった。「さあ、さあ」と彼が言った。「あなたのような女性はこの種の人生には向いていないんだ」彼女は泣いていたわけではない。彼女の眼鏡の奥の瞬きを、彼が勘違いしたのだ。

誠実さは彼らの資産だった。ピーターは滅多に、エメラインは絶対に、嘘をつかなかった。彼らは言った、「立て続けに楽しめないかもしれませんが、来てよかったと思われますよ……」と。「あまり快適でないときもあるでしょうが、みんな素敵なマナーがあって、きっと退屈など……。ええ、お料理は脂っこいかもしれませんが、お体にはよろしいのよ……。いいえ、もし奥様がそういう方なら、現地の劇場にはお連れになれませんね……。そのとおりです、日没時にお体をくるんでなかったら、肺炎で死ぬかもしれませんよ、でも、素晴らしいショールを現地で買えますから……。ええ、そうなんです、あちらはお寒くて、でもそんなに気になりませんよ……。あちらは暑いですよ、夜になっても、だけど、カフェにとても冷たいアイスクリームがありますから……。ええ、健康には悪いけど、ヨーロッパで一番美しい場所ですから。何かで死ぬなら、私はそれで……」シレジアとシチリアを誤解されて、エメラインほどがっかりする人はいなかった。「私は彼に言いました、とても抽象的ですよと、でも彼は『はい、はい、それこそ僕が思っていることですよ』とさかんに言うだけで」

レディ・ウォーターズとジュリアンがオフィスで会った日は、ピーターが訪問日と呼んでいる日だった。みんなが覗きに来る日だった。その日の朝は大した仕事にならず、ただ不審そうな顔をした速記者に手紙を数通口述しただけだった。そこへかつてエメラインと結婚しようとし、いまもうろついている若い男が入ってきて（先の発展はない男）、その夏にエメラインを通して南に行くようおばを説得したと言い、夫が死亡したばかりのおばは夫なしで旅行をしたことがないので、その点考慮してやってくれますかと言った。「ええ、ええ」とエメライン。「静かなのと、騒がしいのと、どちらがお好きかしら？　けっこう暑いのはご存知なの？」……するとジュリアンが——たまたまこの世界に来ていて――中部ヨーロッパのことでエメラインに話があるのでここを覗いてみたと言った。彼は彼女のデスクのそばに座り、ピーターがよく見えた、ピーターは、これは社交の場だと踏んで、彼らから少し離れてマントルピースにもたれ、自分の長い指を賛美し、鵞ペンの先で爪先の手入れをした。彼らはスイスの共学制度の話をしていた。ジュリアンがすぐ言った、それはポーリーンには向かないだろうと……。そこへレディ・ウォーターズが顔を見せ、倫理学の講演にユニヴァーシティ・コレジに行く途中とのこと。エメラインはジュリアンを紹介し、彼らの姪の話をしているところだと説明した。レディ・ウォーターズは二人の顔を交互に見てから、姪のことは即座に無視した。男女共学はいいと思わないと言って、衣擦(きぬず)れの音をさせて去った。

「君のおばさんかい？」ジュリアンが訊いた。

「いいえ、姻戚関係でいとこなの」

「でもセシリアは彼女のことをおばさんと言ってるよ」

「彼女はセシリアのおばなのよ。私の父のいとこと結婚した人だから。彼女は」とエメラインは注意深く説明した。「二度結婚したの、ええ」

ジュリアンはいい印象を受けた、もし自分がセシリアと結婚したら、エメラインは自分にとって二重の親戚になるのか。しかし彼は、レディ・ウォーターズとの関係を二倍にするのは望まなかった。

「僕はときどき感じるんだ、彼女は僕のおばじゃないかと」そう言ったピーターはお茶に誘われていて、性科学者のハヴロック・エリス[*1]について議論しようと……。ジュリアンは長居できなかった。新しいポスターを誉めてから、残念そうに出て行った。ビジネスには都合のいいことに、ジュリアンの車のベントレーとレディ・ウォーターズのダイムラーが曲がり角に並んでいて、建物に風格を添えていた――訪問日はあまりないのだ。ピーターとエメラインは、六ポンド七シリング九ペンスを、たゆまぬ努力と社交生活を六時まで犠牲にしたことに対するボーナスとみなした。

この午後は、エメラインが決算で好成績を出し、彼らは気持ちが軽くなっていた。速記者がいないのでオフィスはとくに快適で、まだ家に帰る気はなかった。最後の手紙を片付けて、仕上がったグラフを壁にピンでとめた。ピーターは、ポスター用に描いたエメラインのスケッチを丁重に断った。ハンドレー・ペイジ[*2]航空の乗客でいっぱいの航空機が輪を描いているスケッチだった。彼は煙草のゴールド・フレイクをもうひと箱、包みを破いて開け、ロシアの旅行会社インツーリストともっと密接に連携し、ロシアに進出する見通しについて話し合った。電気ケトルが届いた、マーキーからのプレゼントで、彼は部屋がガス臭くて嫌だと言っていた。ピーターは一瞬気落ちして言った、これでまた電線を架設することになるのか、と。「ああ、まあ」エメラインは明るく言った。「それは何とか賄えるの。でもきっと左のプラグで沸くと思う」彼女が試してみると、そのとおりだった……。彼女は自分の車を出して、ピーターをイムホーフの店の前で落とした。彼はそこでレコードを何枚か買うつもりだった。哀れな友達を楽しませたかった。

エメラインは――いまほど人生が楽しいときはなく、このチャンスにかけていた――西の方向へセカンドギアで静かに車を這わせ、ユーストン・ロードを下ると、大型トラックがスチールの車体をがたがた言わせて正面にいた。むさくるしく唸る騒音と大いなる恋愛映画のポスターをあとにリージェント・パークに入り、威容を誇る家並みの下を回り、ふたたびパークの外に出て、あとはセント・ジョンズ・ウッド目指して登って行った。まず化粧漆喰（しっくい）塗りのヴィラが庭園にくすんだように沈み、博覧会のあとで型を取って造ったような展示館を思わせながら、遠慮して忘れられて後ろに控え、すれすれに行きかう何台ものバスからの視線に晒されていた。バスルートを左にそれると、静かな通りを家々が明るく磨き上げていて、空気が新しく入れ替わった。ここ全体が庭だった。セント・ジョンズ・ウッドの家々の間の空き地は、どこももう短い夏を迎えていた。壁面が木々の間に鈍く光り、赤いサンザシは深紅に密集、キングサリは歩道に金色の雨を降らせ、煤煙でくすんだ葉はまだ一枚もなかった。高台は今宵、都会風を遥かに超えた空気があった。テニスボールの音が響き、ピンク色のジェラニウムを積んだ一輪車を押している男が一人、ヴァイオリンを合奏する者が何人か、音響と夕暮れの日光が、生えそろった木々を交互に通っていく。誰かが壮大なパーティをしている。金色の椅子が追加された。温室で一瞬照明が点くと、棕櫚のような背の高い物陰がガラスに映る。エメラインはみんなにおめでとうと言いたかった――しかしパーティの音楽を耳にすると、セシリアは気持ちが沈んだ、招待されていないパーティなんて。

オーデナード・ロードでは、客間の窓が全部開いていた。セシリアは、階段に出てクッションに囲まれて座り、芝生を見渡していた。今夜は外出しないで、ランチのあとシャンプーをして、髪を結い直した。顔を取り巻く柔らかなウェーブが若く見せ、ピンクのコットンのドレスが似合っていた。「ダーリン?」彼女が言った。エメラインは、車をよそにやり、屋敷を回って、下の階段に座り、帽子を脱いでから、庭園を見つめていた。手前のところに猫のベニートがいて、片方の足を帆のように高く上げて体中を舐めて洗っている。「もうやめなさい……」エメラインがそう言って、その足をそっと引っ張った。

「疲れたでしょ?」セシリアが言った。一日かけて洗うんでしょ。

「いいえ、いい一日だった。決算をしてきたの」

「どうしてピーターにやらせないの?」

「彼は合計できないの」

「あの若者のどこがいいのか分からない——エメライン、あなたと会うのは何年ぶりかしら、昨日はどこへ行ってたの、あの恐ろしいコニー・プリーチと? 私は彼女が好きじゃないの、私のことを寄生虫だと思ってるのよ。もしそうだとしても、余計なお世話よ。誰が見ても、あなたに対する彼女の執着心は、神聖ではないわ——どこへ行ってたの?」

「サセックス州まで、彼女のお父さんに会いに」

「あら、彼女にお父さんがいるの? 彼女の執着心が神聖でないとしても、彼女はあなたが車を持っているから好きなのよ。私には散々な一日だった。ジョージーナとランチに行ったの」

「あら、彼女が誘ったの?」

「いいえ、私が誘ったの。狂気の沙汰だったと、あとで分かった。ランチにはかなりおいしい卵が出たのよ——レシピをもらうから、あとで言ってね。少女みたいなのがいたわ、童話作家のハンス・アンデルセンの嫌な挿絵みたいな」

「ゲルダ・ブライね。彼女は嫌な女じゃないわよ、実際は。不幸せな結婚をしたのよ」

「ギルバートはベッドで煙草を吸うの。私は新しいイヴニングドレスを注文しているって、あなたに言った? オーキッド・グリーンで、肌触りがうっとりするの、あなたはそう思わないかもしれない——ああ、あのねえ、ジョージーナは確信してるわ、あなたは思いこんでるって、私がマーキーに恋してると!」

エメラインはベニートを撫でていたが、その手を仔猫の上でとめて、何も言わなかった。その態度に見えた警戒心がセシリアの注意を引いた。

「やましいのね！」彼女が言った。「あなたの首のうしろが赤くなってる。私は思ってました、誰一人私について話さないとあなたが言ったとばかり。すごく素敵であなたらしいわ、ダーリン、五十年も遅れてるのよ、いざあなたが噂話を流すときは！」

「私は何も言ってないけど……」

「あなたは天使よ、私が気にするはずないでしょ？」セシリアは声を立てて笑い、もたれかかると、階段の上からシャンプーのいい香りが漂ってきた。「あなたは可哀相なジョージーナを、一週間以上、完全な幸福状態にしてあげたのね。ヘタしたわ、――あとで分かったのよ――彼女を落胆させてしまった、もちろん、こう言ってね、最近マーキーを見かけないわ、彼は太りすぎて、退屈だし、無作法者だし、自分のことばかり言うエゴティストだし、はっきり言って恐ろしい若者で――」

「――もういい！」エメラインが熱っぽく言った。

「どうして？」セシリアは中途で言葉を詰まらせて言った。

「そう言わないで。あなたはこのトラブルを理解すべきよ、それは真実じゃないと！」

「何が真実じゃないの？」

「彼は私の友達よ、私は彼がとても好きだし、彼とはしょっちゅう会ってるわ」

「それって、いったいどういう意味？」

「私は彼が好きなの」エメラインは繰り返して、身震いした。

セシリアは急いでいくつか調整して一点にまとめた。「へえ」彼女は落ち着いて言った。「もし彼が好きなら、好きなんでしょ。奇妙な趣味のように私には見えるけど、どうしようもないわね」自分でヒステリーだと受け取ったものに対抗すべく、彼女は母親みたいな感じを出して、具体的に分別を見せた。「一生のお願いだから、やめなさいね」と彼女は命じた。「心の問題にするのは」彼女の口調と態度が、震えているエメラインの心を撃った。セシリアはエメラインをうまく乗せたことはほとんどなかったが、ここまでのところ見事に乗せていた。これはセシリアの手腕で、長年にわたる達意のジョージーナ節はすっかり影をひそめていた。

「ごめんなさい」エメラインは前よりずっと落ち着いて言った。「でもやっぱり思うの、あなたは正しくないと」

「間違いなく私は正しくないわ」とセシリア。「結局のところ、あなたの大切なマーキーは、実際上、私を無視したの——本当に彼に会ってるの？　信じられないわ、どのくらい頻繁に？　あなたはとんでもないダーク・ホースね」

これは不運な言葉だった。「そんなつもりはないんだけど」みじめなエメラインが言った。「すごく心配になる」

「物事を厳しく受け止めないこと」セシリアは焦って叫んだ。「マーキーはあなたの友達で、私の友達じゃない。あなたは彼に会っている。私は会っていない。それで私たちはハッピーである。あと何が欲しいの？　当然私はあなたが謎かけをしているとは思わないわよ、そんなこと、まさか？　私が異常な自己中心主義者でなかったら、気がついたかもしれないわね。不愉快でごめんなさいね。何も言わなかったことにしてください。彼は大胆だという噂だし、たしかに楽しい人だわ——でもね、エメライン、これだけは言わせてもらうわ、私はマーキーのことは一ミリだって信じるつもりはないって。彼の口が嫌いよ。だけど、あなたは彼がいいのね――もう落ち着いた?」

「ええ」エメラインは素直に言った。

「あなたが落ち着いたら、私は自分の話を続けたいの――ジョージーナとランチするのは、のぼせすぎだって、言ったでしょ。その訳を話してあげる。彼女はマーキーを奪われてしまったから、私のあとを追いかけてるの、雌ライオンみたい。もう私はバラバラよ。おかげであなたに言いたかったことから、新鮮味がなくなったわ――新鮮味があったかどうか知らないけど、実際はそんなものなかったのよ。心配なの。ジュリアンが私に求婚したの」

エメラインは、ぎょっとして、言った。「彼女には言わなかったでしょうね?」

「ええ、言ってないわ。でも、彼女がどのくらいつかんでいるか、それが分からないの」

「ああ、セシリアったら……」

「ものすごくみじめだった。ジュリアンは、何かあったのかしら?」

「で、あなたは返事を――?」

「猛烈に腹が立って――当然、ノーと言ったわよ。彼は、そうだろうと思ったみたいなことを言ってたわ。お茶の時に何か子供が言ったことが、彼の頭に入ったのね」

「お茶って、どこの?」

「あの学校のよ、ダーリン。的はずれな質問しないでよ!」

「お願いよ」エメラインは、関心が浮かんだ穏やかな顔を上げて、そう頼んだ。「いじわるしないでくれる?」

「あら、してないでしょ。蝿のことで、何か嫌なことを言った覚えはあるけど。あのあと彼は、少し沈んでいるみたいだった――失望していなかったけど、悔しがっていたというか。きっと私がいじわるだったのね……。でも物事をおざなりに言うジュリアンの言い方は、どうせそうなるとさも分かったような言い方だから、腹が立ってしかたないの。あの愚か者が！」セシリアが叫んだ。

「どうして男たちは、素養がないの？　彼らが言うことに、脈絡があったためしがないわ。一日中何を考えているのかしら？　ロンドンのシティについて、何かと聞くけど、ジュリアンはちゃんと聞いているのかどうか。彼は生まれつきお金持ちで、お金を引き寄せるけど、こちらは分かってるの、時間の半分をあのオフィスで過ごして、お騒がせしているだけでしょ」

「オフィスでは、お騒がせするしかないの。なんだかそういう気がする」

「だけど、それって、重要じゃないでしょ？」

「説明できない時間がたくさんあるのよ」

「とんでもない」セシリアが言った。「刻一刻自分が何をしているか、それは知らないとしても、何をしようとしているかくらい、私はちゃんと知ってるわ。でも何かというと、男たちは働いているのだと信じてほしいのよ。彼らは一種の麻痺状態にいるだけだと思うけど」

セシリアがそれほど考えているとはエメラインには思いつかないことだったので、彼女らの話は続き、久しぶりに新鮮で、話題もあれこれと出て尽きなかった。ジュリアンが心配で気の毒に思ったエメラインは、黙って座っていた。

セシリアは苛立ち、怒って両手の指先を突き合わせながら、話を続けた。男の人って、正気のまま自分の話はしませんよ。何も知らないか、すっかり病気になったか、どちらかよ――ええ、そうよ、私はジュリアンにむごいことを、とあなたが思っているのは承知してるけど、彼は本当に頭痛の種なの。キスをする前に鼻をかむような人よ……。ジュリアンについて言うことはたくさんあるわ、見方によっては愛すべき人だし、求婚なんかしなければ、彼は私にはチャーミングだった。財力には目がくらむわ――私は間違ってると思う、エメライン？ なんだかすっかり丸め込まれたような気がして、悪い気はしないけど、ジュリアンと出かけると、彼はいつもラグを運んでいるみたいなの。彼のハートを傷つけたとは思わないけど、彼の虚栄心を傷つけたのは悪かったわ。ある意味、婚約しようなどと言わなければ言わないだけ、求婚すべきだと感じた彼はますます株が上がるわけよ。そういう風に見るべきだとは思うの。これでも私は不親切だったと言える？――何か言ってよ、エメライン！」

エメラインはびくっとした。セシリアだけをじっと見つめていたので、セシリアが消えていた。代わりに彼女が見ていたのは、紡(つむ)ぎ出てくる文章で、小さな歯車が嚙み合い、ぶつかり合って回っていた。彼女が目を丸くして見ていた攪拌するこの機械は、二日前に話された言葉がやっと出てくる機械だった。エメラインは熱心だが理性が働く聞き手ではなく……。「それであなたはノーと言ったの？」彼女がやっと訊いた。

「私はその話をずっとしていたのに。――これだけは言わないでね、私が後悔してないといいけどって」

「私はずっとその事を考えていたのよ」エメラインは率直に言った。「またジュリアンとは会うの？」

「もちろんよ。彼がいないとすごく寂しくって」

「難しくなるんじゃないの？」

「どうして？　あなたの騒ぎようからすると、ダーリン、そんな前例はないと思っているみたいよ。むろん気分のいいことじゃないけど。男性は求婚するとなると、いつも動揺するのね」

「でも、彼は本気じゃなかったとあなたが思うなら、どうして彼がまた同じことをする？」

「一連の思考が始まったのよ」セシリアは分かったように言った。「あなたはとても若いのよ、エメライン。いまよりももっとあなたの面倒を見ないといけないような気がする。マーキーのことでは分別をわきまえてね。私が彼をディナーに呼ぶべきね、それで格好がつくわ」

「マイ・ディア、セシリア！」エメラインが驚いたように叫び、セシリアはまごついた。

「じゃあ、呼ばないほうがいいの？」

「意味がないように思うの」エメラインが穏やかに言う。

「ねえ」セシリアは心配そうに言った。「私はジュリアンを愛してないの。なぜかしら、そうならないの。残念な気がする——私は恋愛に向いているのに」

　エメラインは、それはないと思った。彼女は、関心と好意をおぼえて、気づいていた、セシリアは勤勉さで情熱に求愛している、小鳥が巣をかけそうにない場所に巣箱をかける子供のように、心をさらけ出せば希望がかなうと思っている。ロマンティックな、巧妙な、物悲しい、など、セシリアは自分の気質の総力を挙げて、これに期待していた。彼女の耳は、いつも巻貝の渦に押し当てられて、いつも何か聞いていたが、海の音は聞こえなかった。

　何が間違いになるのか？　センスとか能力が彼女にないのではない。いつもヘンリだったわけではない。来て去った彼は大体いつもいたが、このようにではなかった。たしかに彼は、この無気力ゆえに、セシリアのことをもっと悪く思っていたかもしれない。彼女の心は——彼女はいつも聞いていたから――正常に見えた。彼女は愛していた。彼女は正直で、貞節という考えにのぼせてはいなかった――一度起きたことは、また起きる。彼女はここで静止状態になり、彼女の構想は半分しか紡げなかった。そしてときどき自問した、果たしてヘンリすら愛していたのかと。そこで、より若いセシリア――群衆の中に彼女の恋人の肩のあたりに一瞬見えた少女の紅潮した顔――が走り抜け、セシリアは侮辱されたと感じ嫉妬した。彼女は愛していた、が、花嫁だった頃の主旋律を再びつかむことができなかった……。いつもヘンリであったわけではない。

エメラインは知っていた、やはりヘンリではなくて、彼の死であったことを。思いがけなくこれがショックで、その出来事によってやや委縮してしまい、セシリアはそのとき何が苦しかったのか、いまは判断できなかった。薄暗い記憶は彼女のコンパスを超えていった。死が去ると、人は直ちにその試練を拒否する。哀しみは、過ぎさる瞬間は強烈だが、残された者を小さくする。苦しみを執拗に拒絶して、精神は防御を固める。おののいた心は、ささやかな方法で治癒していく。崇高さを保てた者は、無きに等しい。人は生きられるように生きる――いっそう劣った生を、けばけばしくて貧しい、手近な快楽ばかりの、貧困者の人生を生きるように。

広壮な屋敷が火事で倒壊したら――漂白された亡霊のような壁が残され、口を開けた窓は寒々しい空を見ている――おそらく当主は再建しようという心も金も持っていない。屋敷の仲間だった樹木は切り倒され、地所は投資家によって買い取られる。ヴィラが赤い列になってずらりと並び、それぞれが誰かの家で、勇気ある小さな商店と輝く映画館を擁する。おそらく湖の周囲に公園が残され、カップルがそこでボートを漕ぐ。恋人たちの小路はアスファルトになって、緑の馬車道を占領する。通路がなくなったオベリスクは、取り壊される。暗くなると――かつては静寂があり、樹木の影が月影があってもなくてもゆっくりと芝生を横切っていき、暗闇が息づいていた——窓が何列も浮かび出て、ピンク色やオレンジ色のランタンをともす。明るい光の箱の中で、何百もの生活が型どおりに続く。ラジオが拾った音が、通りから通りへと渡る。商店の明かりが歩道に洩れ、夜遅いショッピングの動きをとらえる。大きなバスが曲がり角に群がり、小さな車は家路を急いでガレージを目指し、自転車の子供たちは鳥の影もない暗闇をかわして飛んでゆく。映画館の明るい正面入口が、快楽の予想をわざと無視した客たちの顔を照らしている。恋人たちの笑い、入口の開閉音、揺れる自在ドア、照明が階上へ上がってゆき、カップルはつつましやかなベッドに横たわる。ここの生活は生きられる生活、親切めかしていて、ときには陽気。空間や静寂という幽霊はいない。あたりを支配していた広壮な屋敷と馬車道の輝きは忘れられている。春が空気を甘くし、マツユキソウ（スノードロップ）が柵の下に、青い秋が道路の前景を曇らせ、冬の低い太陽が窓を金色に光らせる——何かが心に触れ、誰かがふと立ち止まる、村の門に手を置いて。だが問うなかれ、何がそこにあるのかと。流れる空想、そして全神経と五感によって、セシリアはほとんど恋をしていた。ささやかな親しい安らぎを楽しみ、感じやすさを自制し、情熱の回想はときとして彼女を支配した。彼女にとって、楽しい通りは華やかだったが、家に来ると強気になり、精神の全体像を復元できなかった。無能は勇気の無情な報酬らしい。

＊1　ハヴロック・エリス（Havelock Ellis, 1859-1939）、英国の心理学者、性科学者。

＊2　フレデリック・ハンドレー・ペイジ（Frederick Handley Page）によって一九〇九年に設立された英国

の航空機メーカー。第一次世界大戦では英国海軍のための爆撃機を製造、戦後にはロンドン—パリ間の民間飛行機を製造。その後ジェット機の登場に対応できず、一九七〇年倒産。

13　朝早くに

もうほとんど真夏だった。薄いオパール色の幕の後ろで、太陽が早く昇る——間もなくエメラインが目を覚ます。彼女はぱっと起き、誰かが話しかけたかのように、夜の霧は彼女の頭脳に一片もしみついていなかった。その日は、目ざした頁で本を開いたみたいに、その瞬間から始まった。起き上がって庭を眺めた。彼女は昨夜、セシリアとそこで夜が更けるまで話し合ったのだった。鈴懸（すずかけ）の木の中で何かが動いた。ベニートではないか——あまりにも小さくてあまりにも高いところで——と不安になった。エメラインは、その木がぼやけていたので、眼鏡をかけた。だがそれは耳が片方しかない隣家の猫で、他人の庭をうろつく遊歩者（フラヌール）として名が知られていた。鈴懸の木の葉は、一枚一枚がデリケートな輪郭を見せていた。昨夜二人で話していた時、その木は塔のように高くそびえ、輝く夜空に輪郭もなく黒ずんでいた。隣家の猫はエメラインを横目で見てから、落ち葉を掻きわけて進み、頭を先に、まだら模様の木の幹まで静かに歩いた。それからその木の根元に豹のようにに身をこすりつけ、流れるような丸めた背中に悪意がある豹のようだった。静寂。舞い降りてきた雀の平和な囀り。庭の静寂を覆う透明な皮膜は愛らしかった。マグノリアの花のようなその日はまだ眠りから覚めず、ほの白い蕾のままだ。アビー・ロードの先では、車の往来が始まったばかり。

エメラインは、窓の外をときどき眺めて手を休めては、マーキーに手紙を書いていた。


ディア・マーキー――お手紙ありがとう、オフィスで見つけました。銅製の電気ケトルもありがとう、昨日の午後受け取りました。すぐ沸くのね。ガスの匂いなしで、お茶ができるので嬉しいです。

ええ、土曜日はあなたのことを考えました。あなたが何をしているかと。私はサセックス州にいました。残念ね、あなたがランチに行った人たちが好きじゃなかったなんて。あなたはどうして行ったの？　あなたが手紙に書いたことが、私をとても幸福にしてくれました。でもあなたは、そんなことばかり考えているはずはないわ。私はまったく普通の人間です。あなたが一緒のときの私は、ときどきぼんやりしているみたいに見えるか、どこか別の場所に行っているみたいでしょ。こんなこと、初めてなんですもの。

今朝は、とても美しい朝でした、早朝は。あなたが起きていたらいいと思ったわ。月曜と火曜の間に滑り込んだような一日で、一週間とは関係がないみたいな一日。あなたがここにいたらいいのに。言いたい事がたくさんあるようなのに、何も言うことがないわ。ほかの日には、言葉が違うでしょうし、別の言葉があるかもしれない。あなたがこれを受け取るのは火曜日の夕方、いま私が見ているものは消えているでしょう。

セシリアが昨夜のあなたはどうだったと訊き、あなたのフラットの話を聞きたがっていました。ロウワー・スローン・ストリートに住みたいんですって。いまちょっと外を見たら、片方の耳しかない猫がうちの鈴懸の木に登っています。降りてきたわ。昨日、オフィスの決算をして、利益が出ました。私のニュースはこれだけです。

エメライン

手紙を書き終えるとエメラインは溜息をついた。その一瞬でマーキーにさようならを言いたくなかった。封筒を取ると、二人の間の小さなドアが閉じた。赤い革のスリッパをはいて、こっそりと階下へ降り、そこで軽いコートをパジャマの上に羽織り、客間のフレンチドアの掛け金を外して外に出た。庭の底辺は夏のポプラの木で見えなくなっていた。隣家はまだ就寝中で、カーテンが引いてある。ここにはほとんど花がなく、彼らの白いアヤメが夏に終わると、来年のラッパ水仙まで花はなかった。庭は華やかなモノクロームで、銀色がかった緑色が様々に変化していた。つやのある菖蒲(しょうぶ)の葉、誰かが置いていったローズマリーが茂っている。ここに匍匐(ほふく)性の蔦(つた)の葉が光を受けて花びらのようになっている。デイジーがいたるところを略奪し、隣家のクレマチスが壁を越えて垂れ下がっている。エメラインはいたる所で正義を見た。隣家の猫は迷惑だが、クレマチスは楽しい。彼女はそこに立って花のない庭を恥ずかしいとも思わずに、周囲を見渡し、赤いスリッパのまま、露に濡れていた。

横のドアがカチッというのを聞いて、考えた。「牛乳屋さん」、は現われなかった。現われたのはマーキーだった。芝生を横切って彼女のそばにやってきたが、青白い顔はむくんでいて、白いネクタイがほどけそうだ。

彼女は叫んだ。「あら、私、横のドアには鍵をかけたと思ってた！」

「忘れたんだよ」マーキーはそう言って、奇妙な顔で彼女を見た。

「でもまだ七時にもなってないわ！」

「僕に言わせれば」とマーキー。「まだ昨日なんだ。僕はベッドにも入ってない」

彼女は驚いて彼の顔とネクタイを見た。言われてみれば、彼の目は灰のように生気がなく、視線は乱れ、まだ仲間にまじっているみたいに息が荒く、彼女は昨日の残照が消え残っているのが分かった。彼の疲れた目の裏に使い果たして空しく消えた情熱の刻印があり、煙が充満した夜の闇は、地獄のように暗く、時計もなく、失われた時間を取り戻す望みもなかった。[*1] 彼が言い足した。「僕はパーティに出てたんだ」

「よかった？」

「ただのパーティさ」マーキーは言って、眼を閉じた。

「誰かいたの？」

「君の知り合いは一人も――いないといいと思う」

マーキーのこの願いはエメラインの心に触れたが、失望させられた。彼女は彼の友達と知り合いになれるものならなりたかった。パーティという問題については、彼が思っているより、エメラインには偏見がなかった。たしかに、とても若い頃は、いわゆるパーティが好きではなく、空しくサイフォンが並ぶだけ、ドレスがダメになり、若い少女たちは飲む量が分からなかった。誰もいなくなり、ほかの人が謎めいて見える。パーティは好きではなく、人々は泣いたり吐いたり、だが感じがいいパーティは、一人で抜け出すのがつらかった。しかし彼女は、そうではない状況で静かな楽しい夕べを何度も過ごしてきた……。マーキーは頭がよかった。前は大酒飲みだったとしても、いまは飲まない。ただ、息に残る酒精のように、物寂しい予兆のようなものが彼の態度にまとわりついていた。彼の服装からするとパーティは盛大に始まったようだが、もしかしたら、場所がたびた び移ったのかもしれない。「でもあなたは、どうやってここに来たの?」

「僕らは車に乗って、ある男をハートフォードシャーの自宅に送ろうということで。戻ってくるときに環状線を回り、誰が運転していたのかな、きっと誰もしていなかったんだろう。僕は君のいる通りの名前が見えて――それはないと思ったんだが――車を止めて降りたんだ。好奇心で」

もっとも奇妙な先入観と好奇心は疲れた心を揺さぶり、その心が背負っている重荷を下ろせなくする。彼がオーデナード・ロードに一度しか行っていないのは本当で、それも昼間ではなかった。片蓋柱や階段や、歓談や、庭園のうねりが彼には未知のものだった。彼が言った。「君が見つかるなんて、思いもしなかった」二人は互いに驚いていた。エメラインは、一種不安げに、微笑した。

「いい家でしょ、どう?」

「とってもいい」マーキーが言った。

「でも、戻って少し寝たほうがいいのでは?」

「何をおっしゃる。まさか。僕を殺したいんだな!」睡眠は、事実、命とりになったであろう。彼は事務所に十時に出ることになっており、それまでに入浴とコーヒーだけは必要だった。寝ないほうが元気なのだと宣言した。その上彼は、まだ付き合いたい気分だった――「ただし、僕は美しくないね」彼が言い添えた。

彼は美しくなかった。マーキーはたしかに見栄も外聞もなく、今朝の訪問をしたのだった。彼は声に出して笑ったが、首の皮膚がきついのか、苛々して頭を振り、皺になったネクタイをいじったりした。ネクタイがこうなるには、誰かが彼の首を強く締めたに相違なく、車の中の出来事だったかもしれない。昨日の彼は見苦しくはなかった。だがマーキーの外観は、うっすらと目についても、エメラインにはほとんど意味はなかった。彼女にとって、分厚い雲が湧いてきて、彼女と彼女の思うマーキー像の間に一瞬割りこんできたようなものだった。その瞬間ですら、雲の周囲は明るかった。彼女は心を動かされた、よく来てくれたわ。休養が大好きとはいえ、眠っている窓を彼は望んでいなかっただろう。彼が彼女に会いたかったのかどうか、彼女には判断がつかなかった。彼らの庭は、今朝、訪問者が多かった――誰が最初？　あのトム・キャットだ。

マーキーは彼女のコートを、櫛を入れてない房のままの柔らかな髪の毛を、露で黒く濡れた赤いスリッパと素足のくるぶしを見た。彼が言った。「どうして眼鏡をかけてるの、まだ着替えていないのに？」マーキーは眼鏡がない彼女のほうがずっと好きなのを知っているので、エメラインはさっさと眼鏡をはずし、彼に瞬きをしてから、猫を捜していたのだと説明した。そして提案した。

「コーヒー、ここでいかが？」

「ええ、いいの？　それはいいや――ありがとう」

彼らは客間に入っていった。何が見たくてマーキーはここに来たのか、いま彼は何にも注目していない。召使はみな下がったところだった。エメラインはキッチン階段の上まで行った。「コーヒーを」彼女が言った。「いますぐね、お願い、それからトーストとか」それから彼女は、驚きを押し殺したようなつぶやきが聞こえるキッチンの戸を閉じた。マーキーは、パーティのことは訊いてくれるなと懇願した上で、色々なことを話し始めた。彼の回想は多くが復讐がらみだった。彼女の見るところ、彼は女性のすべてがパーティを遠ざけるほうがいいと考えている。

「だけど彼女たちは目に麗しいでしょ」

「それはないさ」しかし彼は、冷ややかな弁舌を繰り出しながらテーブルにもたれかかり、本を何冊か落として寄木の床が音を立てた。これがダイニングルームに運ばれてゆくトレーの音と一緒にエメラインの説明の調べになって、セシリアをうまい具合に起こした。

「どうしたの？　もうランチタイム？」

「セシリアだわ」エメラインが言った。

「ああ、そう。セシリアは最近いかが？」

エメラインは、スリッパのかかとをパタパタパタパタ言わせ、セシリアのドアまで息を切らして駆け上がった。「セシリアに僕からよろしくって」マーキーが叫んだ。セシリアは、腹を立て、まだ夢が絡んでおり、寝返りを打つと、降ろしたカーテンの黄色の暗がりの中にいるエメラインを睨みつけた。フリルの付いた枕の山の上で「熟睡」し、見張り役をしている電話がベッドのそばにあった。

「エメライン、いったい何事？」

「マーキーなの」日光が逆光になる中、エメラインが言った。「いま朝食をとってるわ」

「なぜ？　彼はここに泊まったの？」

セシリアは混乱しながらも、彼をディナーに呼んでもいいと言ったのをぼんやりと思い起こしていた。彼女の側から出たこの好条件に、彼が早くも便乗したらしい。

「彼はパーティに出てたの」

「お隣の恐ろしいやつに？」セシリアは、真夜中の金の椅子のパーティ（実際は道路何本か向こう）の音に悩まされていて、これこそマーキーが行きそうなパーティだと納得していた。「ベーコンはないわよ」彼女は言い足して、また階段をうっとりと見た。

「彼はベーコンは欲しくないと思う。コーヒーだけが欲しいみたい。いいかしら？　彼があなたによろしくって」エメラインは心配そうに言った。

「彼にありがとうって」セシリアが返した。「でも正直な話、私たちみんなベッドで寝ているはずよ」彼女はまた枕の下に潜り込み、またもや女神の休息に入った。エメラインはまた階下へ戻った。

　マーキーのコーヒーが来ていた。彼は美しい陶器のカップが乗ったトレーを厳しい目で見ていた。ダイニングルームは、空気のような白いカーテンと薔薇と細身の家具があり、食べるという明白な事実に矛盾するような感じがした。エメラインはここで朝を冷静に振り返り、グレープフルーツ一個のことを考えあぐねていたし、そういえばセシリアは美しい感情を蠟燭の明かりで切断していた。マーキーはここには場違いに見えた。エメラインはポケットから櫛を取り出し、うわの空で身づくろいしながら、マーキーの前に座った。「舞踏会（ボール）が済んだあとみたいな感じね」彼女が言った。

「どうして？」しかし彼は気分がほぐれた。セシリアのコーヒーが抜群だったのだ。

「あら、そうでもないのね……。ベーコンがなくて、セシリアはすまなく思ってるわ」

「君は見るからに愛らしい」彼が言った。「もっとも、鼻がちょっと光ってるけど」

「あら、いやだ……」

「でも、いい色だ――どうして君は僕に手紙をくれないのかな？」

　エメラインはびっくりした、彼女の理解では、男性は朝食時に非難合戦を避けるのに、女性は間違ってそれを始めてしまうのだ。しかし、考えてみれば、これはマーキーにとっては朝食ではない。

自分は彼の一日と自分の一日を同時に生きているのだと感じた。「でも、手紙は書いたわ」彼女は言った。

「いいや、君は書いてないよ」マーキーは言って、またブラックコーヒーを手に取った。

「書いたところよ。電気ケトルをありがとうって、いま書いたばかり」

「ああ、そうか」マーキーがまぜっかえした。「それは僕がいつも言うセリフだ」

「どうしてあなたに手紙を書いたなんて私が言うのよ、もし書いていないなら」エメラインは言った、頬が赤くなっている。

「分かった、分かった」彼が落ち着いて言った。「じゃあ、その手紙をいまくれないかな」

「ダメよ」エメラインは大声で言い、自分の声に驚いた。

「どうして?」

彼女は何も思いつかず、ただ言った。「投函するつもりだったの」

「でももらったほうが、切手の節約になるけど」

「とにかく」と彼女。「くだらない手紙なの」彼女は思慮深く彼を見て、顔から髪の毛を払いのけた。それでマーキーがその手紙を読むのは不可能になった。彼の存在、その黒と白の体が朝食のトレーの上に見えていて、彼女が手紙に書いたことを無意味にしていた。いままで彼女は、時間外の自分の時間を友人にすら与えたことはなかった。いま花開こうとしているマグノリアは、摘み取られ捨てられて、その香りはコーヒーの湯気に交じって意味なく漂っていた。質問もなく、微笑すらなく——彼女の時間、彼女の手紙が褪せていき、返答もなかった。話さないのが彼女の天性だった。秘密のインクであれ、彼女が話すことはなかっただろう。彼女はまだ話していなかった。手紙はまだ読まれていない。それでも、自分の廉直さをもう一度心に抱きしめると、エメラインの心が彼女自身を迷わせた。彼がここにいるからだ。その存在――キスしたいならキスできる所に、彼女があえて手を伸ばしたいなら手が届く所に彼がいる――この快楽は考えとして孤立し、冷ややかで、心だけにこだわって、エメラインには失意をもたらし、花が全部氷になった庭のようだった。冷たい花々を彩っている北の光は、彼女の敵になった。彼女の心は、温まったのか弱まったのか、孤独という寒冷地帯の内側で自分自身と戦闘状態にあると感じた。彼女は低迷と誤信を切望し、鏡を砕き、地面に触れたいと強く願った。

「それでも」と彼女。「渡すわよ、あなたが望むなら……」

「君はとても優しいね、エンジェル」マーキーは感動して言った。しかし彼の思いは彷徨っていて、銀のケトルの腹に映る自分を見つめ、そこに映っているおそろしくふくれ上がった「カエルの従僕」を見ていた。「僕はどうやら」と彼。「手紙を書きたくなる相手じゃないんだ」

　彼女の手紙を奪い取ろうと思っていた考えが、彼女が返事をしたので消えてしまい、彼は身の置きどころがなかった。彼女の奇妙な内気さと、彼女が空想を嫌がるのが、いままでは彼を怒らせてきた。どのくらい怒らせたのか、または楽しかったのか、いまの彼には分からなかった。彼女への感情が高まり、荒々しさとしたたかさとなって出口を見つけ、この二つが支えになりそうな局面にきていた。彼は自分の悪趣味ですぐ燃え上がるに十分な機知があった。全体として彼はエメライン以外の友達にとっては、いっそういけ好かない人間だった。感じやすい性質の中にある永遠の青春時代が彼のいけにえになっていたが、彼女の中では青春時代がまだ生まれていなかった。彼に渡そうとしない手紙のことで彼女と一戦交えるという考えは、いつ思いついたのか、彼はたちまち飽きてしまった……。それにしても、彼女の甘美な役に立たない手紙は価値があった。

「そうとうな見ものかな……」マーキーが言って、部屋を見まわすと、窓と鏡の間に彼と彼女が真水に浮かぶ魚のように、互いに向き合って日光をあびていた。貝殻とガラスの装飾品の上に置かれた小さなクリスタルガラスの水槽の中で何時間でもじっとしている金魚のように目と目を見ているわけでもなく、さざ波一つ立てない水よりも生きているとは思えない、ただの模様になっていた。しつこくちくちくする神経症がマナーに出ているマーキーには、この明るい静止状態が魚に似ているのは分かったが、一方エメラインには、こうした澄み切った数分間は、本来あるべき優しい要素だった。これが彼らが一緒にとった最初の朝食だった。

一輪の薔薇が花びらを落としていた。窓の外をほとんど音もなく自転車が道を下って行く。郵便配達が坂を上り始め、ドアからドアをノックしている。眠れるセシリアには、ただのディナーへの招待状であれ、大きな運命を携えた郵便袋が階段の上にドスンと落ちた。

「郵便だわ……」エメラインが言って、静寂が空しく絶たれた。

「何か来るの?」

「いいえ」

「僕からの手紙があればいいけど、そんなものはないよ」コーヒーカップに向かい、マーキーが独白した。

「いったいどうしたら、家に帰れるんだ?」

「電話してタクシーを呼んだら――でもここまで上がってくるタクシーはまだないわ。早い臨港列車を捕まえるなら、前の晩に予約しないと……」その声は続かなかった、どうでもいいのだ、マーキーは聞いていない。

階上ではセシリアがまた起き出している。「エ、メ、ラ、イ、ン！」彼女がせかすように呼んだ。

エメラインは、二人一緒の一日が終わったかのようにマーキーを見て、話すのはこの一瞬しかないのかと。「あなたが来てくれて嬉しかった」彼女は急いでこう言い、彼の椅子の背を手で撫でてから、階段を駆け上がっていった。彼は座ったまま、彼女がいなくなった場所を見つめ、花びらの山を見つめ、それは、彼女が何も言わないで座っていたエメラインが長い指で集め、ひっくり返し、一枚ずつ移した花びらの山だった。

セシリアはもうはっきり目を覚まし、ピンク色のガウンを肩から羽織って起き上がり、断固決意した様子だった。日光が部屋に降り注いでいる。「私が夢でも見たのかしら」と彼女が言った。「それともあなたがいま入ってきて、マーキーがいま家にいたと言うの？」

「彼は朝食をとっているところ」

「そう、だったら、マーキーは大したボヘミアンだと思うと言うべきね。そう言ったと思うわ、私にちゃんと起き上がる時間をくれていたら。彼は髭を剃ったりしなかったでしょうね」

「彼は入ってくるつもりはなかったのよ」

「まだわからないわ、彼がセント・ジョンズ・ウッドで何をしているのか」

「車で送ろうかと思って」

「マーキーを乗せてロンドン中を車で走るなんて、ダメですよ、あんな格好をした彼が一緒なんて。それに、あなたはまだ着替えてないじゃないの。タクシーでいいなら、どこかのガレージに電話したらいい。まったくもう、ダーリン、あなたに旅行会社の運営ができるのかしら、どういうことなの、こんな大騒ぎをしないと、男一人をスローン・スクウェアへ送り返せないなんて」

エメラインは浴室へゆっくりと足を運び、風呂の栓をひねった。セシリアとマーキーが、その間、何か取り決めなくても、彼女は車で送ると言うつもりだった。彼女の二人の友人のやり取りは、短くて堅苦しかったようだった。浴室のドアからピンク色に包まれたセシリアが少し見えたが、まだ怒っていて、手すりにもたれかかり……。寝室に戻ると、エメラインはインク消しの後ろにマーキーに宛てた手紙があるのを見つけた。彼女はマッチをその手紙の角に当てて、それが燃えるのを見ていた。エメラインの小さな一部が熱い煙の中で震えた。そして炎を吹き消すと、茶色の灰が音と日差しが渦を巻く空気にのって舞った。その日はすでに満開だった。

＊1　ジョン・ミルトン（John Milton, 1608-74）の『失楽園』（*Paradise Lost*, 1667）の第四章、エデンの園に闖入するサタンを思わせる。

14　ランチ

セシリアは、自分とジュリアンが婚約し、正式にキスし、多くは電話越しだが住む家を捜そうとしているのだと考えると、ときどき驚くことがあった。忙しいジュリアンには、この認識は突風を巻き起こし、心の習慣を乱し、書類でいっぱいの部屋を風が吹き抜けたみたいだった。彼は騒動に惑わされまいと努めた。同時に、引っ込めがちな衝動が一つあったが――カントリーサイドを疾走する車とつながっていた――それがほどけてきて、野性が名乗り出てきた。いわば、彼の理性の目が何かを見ても、まともに見ていない感じがした。感情が瀬戸際まできていて、ほとんど苦しかった。注意深く動き、いつもびくびくしながら、まるで初日の乗馬で硬くなっているみたいだった。口惜しさが彼の気分に一役買っているかもしれなかった。生まれながらの端役なのだと感じる。日曜に続くその一週間――その間、仕事の異常なプレッシャーに加えて、いい契約がたくさん取れた――彼女が送り返してきた彼の本を数冊受け取ったほかに、セシリアからの楽しいメモも受け取り、学校訪問とバッキンガムシャーで過ごした一日がいかに楽しかったかが書いてあった。

ジュリアンの姉が海外から戻ってきた。木曜日に、彼女の求めに応じて、彼はヴィクトリア駅で彼女の列車を出迎えた。彼女の挨拶は満たされぬ愛情がこもっていて、彼が家族から聞かされてきたものだった。彼の力不足だと、誰もが感じていた。疲れ切ってあまり話せず、彼女のクラブまで車で行き、明日はランチを一緒にと彼女のほうが提案した。ロンドンには三日いて、そのあとシュロップシャーに……。ジュリアンは、もう一つあった約束を、四苦八苦して、はずしてもらい、彼女をどこへランチに連れて行ったものかと考えた。どこへ連れて行こうが、彼女が嬉しそうにしたためしはなく、そのくせ、可能なことは全部なされたものと感じたい女だった。一度彼のフラットでランチをしたとき、彼女の失望ぶりはかってないほど深かった。そして、「もちろんあなたはシンプルに生きていいのよ」と言った。彼は決めた、少なくとも自分にいいランチをしようと。

ジュリアンの姉は、青白い背の高い女で、服装はイギリス風のいい趣味を見せ、外観は整っていたが、顔の造りはガーゼで包んだみたいにいまひとつはっきりしなかった。頭はアヒルのように長い首に乗っかっていて、微笑すると、その微笑は自己耽溺を思わせる、戸惑うような資質を帯びた。まず会うと、会わなければよかったと思う女で、人がしたか言ったことに、中くらいの反感を燻ぶらせるような女だった。殊勝にもほとんど騒がずに人生に耐えているように見えた。彼女はジュリアンよりも数年年長で、シュロップシャーに住み、言うことにもすることにも、不親切があらわになることはなかった。彼女は、金曜日のランチが始まる前にスエードの手袋をするりと脱ぎながら周囲を見回し、無言でレストランを値踏みしていた。ジュリアンがここが気に入るといいがと言うと、とても明るいみたいねと言った。

ジュリアンはカデナビア[*1]のことを尋ねた。まったくいつもどおりよと彼女は言い、もう行くつもりはないわと言った。そしてジュリアンに加減が悪そうねと言い、ポーリーンのことを訊いた。ここにきて彼女のマナーには、やや非難する気配があって、それがセシリアにそっくりだった。

「ああ、彼女はとても元気ですよ」ジュリアンは、姉がいつも嫌がる切り上げ方で言った。「土曜日に行ってきました」

「あら、そうなの、学校へ行ったの？　あなたが来ると思っていたと彼女は書いてたわ」

「僕に会えて、とても嬉しそうだった」ジュリアンはやや疑わしそうに言った。

「あの年齢の女の子たちって」姉が言った。「はっきりしないわね。ポーリーンは痛々しいほど内気だし。自分が感じたことを表現するなんて、彼女には不可能なのよ」

ジュリアンが他のテーブルを見回すと、カップルがランチをしていて、いかにも楽しげで親しげだった。この見た目の快楽と照明と人々の顔に囲まれて、彼はセシリアに会いたくてたまらなかった。ポーリーンのことで姉が頑として譲らない禁止事項がいろいろあるので、焦点がぼやけてしまい、あの明るい土曜日は後退したように見えた……。オードブルが出てきた。姉は疑わしそうにフォークを取り上げた。彼はこれらは特製なのだと保証したが、すぐに明らかになった、彼女はラディッシュとオリーブ一個のほかは手を付けようとしなかった。「メアリは連れて行ったの？」彼女がまた口を開いた（メアリは彼らの義理の妹だった）。「『ポーリーンが、みんな来る』と言ってたけど」

「いや、友達が一人、一緒だった、ミセス・サマーズという人が。学校を見たがってね」

「自分の娘たちでも入れるつもりなの？」

「いや」

「その学校が嫌いだったの？」

「彼女には娘さんなんかいないさ」

この対話の緊張感が――あらゆる質問が宣言の形を取り、たった一つの答えだけが受け入れ可能であることを明確にしていた――ジュリアンに告げようとしていた。彼はこれほどたくさん「ノー」と言ったことはなかった。そのたびに姉からくるかすかな怒りの振動を受け取り、姉が反論しようとする無用の衝動を彼の内心に嗅ぎつけているみたいだった。彼がセシリアには娘などいないと言ったとき姉は一息つき、霊感を受けていない聖母のような、面長でくすんだ顔を緊張させ、手におえない物をそっと置こうとしているみたいだった。「ジュリアン」彼女が始めた……。

「何だい、バーサ？」ジュリアンは思い切って言った。

「ジュリアン、傷つかないでね……この白ワインは上等だと思うけど、私はヴィシー水を飲むかもしれないと思わない？」

これ以上簡単なことはなかった（バーサは「内側」があったのだ）が、なんとか自分を元気づけてきた彼は腰が引けてしまい、セシリアが消滅したみたいになった。グラスの底を回してもう一つのグラスにぶつけて、彼は言った。「ねえ、僕は結婚すべきだとまだ思ってる？」

「ええ、思ってるわ、男の人の人生ってすごく空っぽで……心配なの」彼女は言って、辺りを見回し、あっけらかんとして、「私のヴィシー水が面倒を起こしているみたいね」ジュリアンは苛々してウェイターを振り返った。「でも、むろん」と彼女。「あなたが結婚しないなら、ポーリーンを連れていつでも海外に行けるわね、彼女が学校を卒業したら。少し旅行するのは彼女にはとてもいいことだし、彼女はあなたが好きなんだと思う」

「残念ながら、それはできないよ、たぶん」

「私がフィレンツェに連れていくべきかもしれないけど、天候が不安だから。それでもね、ジュリアン、自分の人生を決めつけてはいけないわ、人生を決めつけるのは中年になってから、私はそれが自分でも分かってきたの、あなたにもそれが見える。たいへんな事よ、ええ、若い人たちに関心を持つのは。あなたはいまにポーリーンに関心を持つでしょうよ、彼女が成長するにつれて……。もちろん、私たちは哀しいわよ、あなたが結婚しなかったら、でも私には分かるの、あなたの感じでは、いまは結婚できないのが。若い妻は不安定だし、同年齢の女は、あなたが期待する人生には、うまくはまらないかもしれないし」

「まったくだ……。ほら、ヴィシー水が来たよ」

「いまのところ、誰もいないのね、あなたが……」

「一人もいない」彼女の弟がきっぱり言った。

「じゃあ、どうしてあなたが結婚できるのか、それが分からない」彼女が落ち着いて言った。

この意見の正しさに打ちのめされて、ジュリアンは憂鬱な気持ちで目をそらせ、一瞬のずれで、マーキーの視線を捕えずにすんだ。マーキーは、角のテーブルでエメラインの前に自分の椅子を引きよせ、君の登場が、よりによってオーデナード・ロードの初日のディナーだったことに仰天したと説明していた。君は義理の妹だと聞いているが。でも、とエメラインは訊いた、義理の妹って、どんな様子をしているの？　マーキーのまなざしは、レストランを巡り、ジュリアンの姉のところで止まった。彼女はジュリアンの問題を完全に図解していた。「あれだ」彼は言って、エメラインの幸せに酔った視線をそちらに向けてやった。

エメラインは眼鏡をかけた。「あら」彼女は叫んだ。「大好きなジュリアンがいる！」彼女が華やかな笑顔になり、うなずくと、マーキーはジュリアンを知らないわけではなかったが、オーデナード・ロードと彼が結びつかなかった。「ああ」彼が言った。「君は彼を知ってるの？　彼とランチをしているのは誰？」

「見当がつかないわ」

「明らかに」マーキーはそちらをまた見て言った。「彼のいう楽しみとは、これじゃないな」

テーブルの上で頭を寄せて二人は笑った。彼女はまだジュリアンのことが気の毒だったが、彼は遠くに離れていて、望遠鏡を逆に見たように小さく見えた。恍惚とした放心状態になってエメラインは眼鏡をはずし、もう一度部屋を見回したら、彼女自身の幸福の反映で部屋が泳いでいるみたいだった。それから視線をマーキーに戻したが、彼はその目を捕え、二度とそらさせなかった。音もなく回るファンが冷たい円盤になって空中に浮かんでいる。彼女は手袋を下に置き、座ってその音に耳を傾けた。

ジュリアンは、エメラインが——見るからに姿勢がよくグリーンのドレス姿がほっそりと美しかった——マーキーの前に座っているのを見て驚いていた。この情景の説明がまったくつかない。この若い男の能力に大いに敬意を払い——しかし、どのくらい共感できるかは疑問だった——彼が掻き立てる騒音と個人的な活力に強い印象を受け、ジュリアンは耳に入るその他の音は黙殺した。彼はマーキーに会うのがいつも楽しかった。にもかかわらず、彼はエメラインの相手としては奇妙に見えた。そのうえ、エメラインはジュリアンにこう言っていた、週日はランチを外でとらないの、オフィスを離れる時間が長くなりすぎるからと。彼は彼女がでたらめを言うとは思わなかった。今日はきっと例外なのだ――彼女の表情と雰囲気に、その夢中な様子に、例外が光り輝いている。

「誰を」と彼の姉が不平を言った。「そんなに見つめているの？」

ジュリアンは、マーキーが我らの期待の青年の一人なのだと説明した。姉はオペラグラスを持ち上げて注意深く見た。「私の目には、放蕩者にしか見えないけど」

「彼は生きるのも厳しいいし、仕事も厳しいんだ。僕にはできない」

「試してみたら、なんて言わないわよ。あなたには向いてないもの。あの娘さんは誰なの？」

「ミス・サマーズ、という人」

「ああ、あなたの友達の娘さんね？」

「違うよ、バーサ。さっき言っただろう、彼女には娘さんなんかいないって」

彼の姉は、オペラグラスをまた一瞬マーキーのいるテーブルに戻すと、不愉快そうに言った。

「彼らはすっかり恋に落ちているみたいよ」

衝撃を覚えたジュリアンは、まさにそのとおりだと気づいた。

その衝撃は大きく、何かから完全に疎外され、面前でドアが音を立てて閉じたみたいだった。彼は自分が何を失ったのかを知らず、だがセシリアは失っていない。エメラインを失うことに疑問の余地はない。姉と顔と顔をつきあわせ、姉との憂鬱で無能な悲しむべき交渉で、まるで生まれる前から、いじわるな遺伝的なねじれに二人とも拉致されて、心に杭を打ちこまれた、孤独という杭に。バーサの語調が変わり、動きが遅くなったことが感じられ、彼は鏡の向かい側に鎖でつながれたような不体裁な親近感を抱き……。向かい側にセシリアが現われたら、彼は彼女の寛大な許しを激しく火のように嘆願し、薔薇を贈らせ、テーブルの向こうの彼女の指に触れただろう。生きた接触をその手にしたことは、彼には一度もないみたいだった。先週のあの鮮やかな日没のときにセシリアが流した無念の涙は、彼の記憶の中で光ってきらきらしていた。彼女の苛立ちは一種の恐怖に姿を変えていた。彼の内なる冷たく暗い合図の何から彼女は一歩後退したのか？　欲望というよりは絶望から、彼は彼女の温かい官能的な手に思いをはせた。

「あれは若い男じゃないわ」バーサが言った。「私ならどんな少女だって送りとどけるわ。彼女はすごく若く見える」

「へえ、そうかな、バーサ、君は少しいい気になっていると思う」

「間違いなく時代は変わるの……」ガーゼのベールのようなものがまた降りてきて、彼女は完全に興味をなくしてしまった。「これは何なの？　ヒラメ(ターボット)かしら？」

「ヒラメだよ」

　バーサはヒラメが好きだったが、全然美味しくなかった。ラディッシュが彼女の食欲を損なったわけではない。神経を刺す不愉快な対話にしばし間があいた。角のテーブルを避けてジュリアンの目は部屋をあちこち彷徨(さまよ)い、カップルに目をとめて一段落、彼らは黙って煙草を吸いながら互いをむっつりと見交わし、青白い顔の娘は目を伏せてレースのハンカチをむしり、断髪にした二人の女は互いに素知らぬ顔を決め込み、頬が紅潮した男はグラスのブランデーをくるくる回して、その目はうつろ、金髪女が一人、赤い帽子をかぶり、断固として怒っている——それから彼はやけくそ気味になって、鏡の中にいるマーキーとエメラインを見た。

　マーキーの両肩と不動の活力を見せる姿勢が組み合わさって、組んだ両腕に体をあずけ、征服者を宣言している。ジュリアンはもうその先は見なかった。彼は知った、エメラインは欲望のおよばぬ存在だと思っていたことを。

ランチョンの終わりにバーサはミルクを入れたホワイトコーヒーを上品にすすり、眼は腕時計を見ていた。配慮が足りないか、感謝が足りないか、どっちだろう――ラディッシュのあと、あの素敵なヒラメが出て、そしてチキン・アン・シャッセは結局ことわり、クレーム・ブリュレは自分で選んだ――ジュリアンが煙草を終わる前に席を立つのは、無礼になるかどうかと思い悩んでいる様子。しかし彼女のロンドンにいる時間は限られていた。二時半きっかりにショッピングに行きたかった。旅の終わりにはマッサージが必要だし、コルセットを試着し、寝室でミルクを沸かすためのシルバーのソースパン、それから担当の専門家とのおしゃべり、それから、犬のための広告で見たばかりのレインコートを買うことになっていた。行きつけの帽子店にはどうしても行きたかった。その店は、やたらに不気味な配慮からメイフェアの二階に隠れるようにあって、パネルを三度は叩くよう要求されているような、あるいは、鉄格子の向こうにやっと見つかるような店だった。席を立つのに好都合の理由は、ポーリーンに新しいパーティドレスを買う段取りをしていることだった。その子供は、堅信礼のときのドレスがもう小さくなっていて、手紙にこう書いてきた、今度のスピーチの日に学校の聖歌隊の歌で会を始めるのだが、ソプラノのパートで自分が中心になることになったと。だからバーサは、つつましくて無垢なドレスを見付けて、ジュリアンに請求書と一緒に送ると約束していた。

「どうかしら」と、あらんかぎりの思いを込めて、ついに彼女が言った。「もうお話しすることもなくなったようね」

この言葉で彼らは別れた。

　ジュリアンが勘定を支払い、バーサを見送った。彼はエメラインのそばを通るときに一礼したが、彼女は彼を見ていなかった。外に出ると、バーサのタクシーが出ていくのに目を留め、彼は一瞬動けなくなり、まぶしさと交通の振動で催眠状態になった――車体の長い車がサメみたいに鼻を突き出し、ワゴン車はギアチェンジの音を立て、背の高いバスは左右に揺れながら進む。彼はそれからもう一台タクシーを止めて、車の流れに合流した。そしてオフィスの自分の静かな部屋に戻り、電話に向かった。

「ハロー？」とセシリアが言った。「あら、ジュリアンなの、声が聞けて嬉しい！」

「電話をしようと思ってね」

「とっても嬉しいわ」そこで間があいた。

「都合の悪い時じゃなかったら、いいけど」

「あら、そんな。ランチのお客がいるけど、彼らは大丈夫、うまくやってくれるから。彼女は何も食べないのよ、夫にダイエットをさせていて、もう一人の男にも一切を禁じているの。とっても素敵なランチだったわ、私、全部食べちゃった。あら、ジュリアン？」

「何だい？」

　彼女はジュリアンは電話がヘタだと思った。「ちょっと考えていたのよ、あなたは何をしていたの？」

「姉にランチをご馳走していたんだ」

「彼女は楽しんだの？」

「分からないな」

「困ったわね。できれば――」

「いまなんて言った?」

「電話が混線しているみたいね?」と神経質になったセシリアが言った。

「何だか雑音がしてる」

「そう? 僕には――」

「ごめんなさいね、私が何か言ったら――つまり、私は言うつもりで言ったけど、あんな言い方をすることはなかったわ――聞いてる?」

「うん」

「顔を見せにこっちに来たらいいのに」

「それでうまくいくと思うの?」

「ええ、そうよ。この種のことはいつもうまくいくわ」

「じゃあ、行こうかな――」

「あら、い、い、い、いい、どうしましょ」セシリアが言った。「ドアが開けっぱなしだった!」

沈黙が鋭い振動を電線の向こうに送った。ジュリアンは受話器を置き、真っ黒な無言の受話器をもう一瞬一心に見つめてから、ベルを押して秘書を呼んだ。それから彼はピーターの言う理想どおりの日常業務を再開した。人々がカーペットを踏んで静かに入っていて、書類の乗ったトレーが下ろされたり持ち去られたり、音を消した仕事ぶり、苛立ちを自制した電話の応対、相手によって変化する面談のそつのない流れ、そして、ジュリアンが一回目配せすると、濃い緑色のブラインドが秘書の手で降ろされ、彼の机に近づいてくる午後の大胆な日光をさえぎった。

セシリアのランチパーティは、開けっ放しのドアから幕間の最初の部分が聞こえてきて、目配せは一度ならず、みんなが声を上げた元気いっぱいの対話が、彼女が戻るまで続いた。彼らはいたずらにイギリス人なのではない。

＊1　イタリア北部のコモ湖の西岸にある観光地。

15　ミス・トリップ

ランチのあと、エメラインはウォバン・プレイスの角でマーキーにさようならと言い、急いでオフィスに戻った。速記者が一人で座っていた。ピーターはパートナーの帰りを空しく待った挙句、約束を果たすために外出していた。実際、もう三時半だった。エメラインの時間無視は前例がなくはなかった。時計が信じられないという顔をしてマントルピースの上にあった。興奮気味でキラキラした目をしたエメラインは、説明抜きで部屋に入り、速記者を避けたが、速記者はタイプライターに新しい紙をくるりと挟み、わざと熱心にタイプを叩いた。「人生は」と彼女はほのめかした、「どなたかにはまだ重要なお仕事なんですね、いまでも」と。

「ミスタ・ルイスがメモを残していきました」彼女が言った。

「ありがとう」とエメラインは言ったが、もうメモを見つけていた。

「会えなくて残念がっていました。何か決めねばならないことがあるようでした」

速記者のピーター観は、ときとして憂鬱になるほど明らかだった。エメラインに対する態度は、目下のところ隠されていた。エメラインが帽子を脱ぎ、緑色の長い袖をたくし上げるのを見て、彼女は言った。「残念ですね、そのドレスでお仕事なさるなんて」

エメラインは、コートとスカート以外の服装で仕事に来たことはなく、麻のドレスなどもってのほかだった。雇用されている者としては、前例に反することが、コメントもなしに通用していいという、その理由が分からなかった。事実、エメラインのマナーにあるいじめに近い親しさが示しているのは、そうだとしても、どうせ二人は女同士じゃないか、という感じがあった。

「仕事に支障はないわ」エメラインは冷ややかに言った。

「グリーンって、どっちかというと、お似合いです」速記者がコメントした。

「誰かに会えなかったのでなければ、いいけど?」

速記者は、上品に遺憾の意を漂わせて、言った、ええ、はい、ここにさっきまで人がいましたが、スペイン国境のアンドラのことを訊いていました。私は何をしたか、ですか？　彼らには、ラバの列車のファイルと、ミスタ・ルイスのパンフレット、『エスパドリールズ』を渡しました。

「残念だけど、それは違うわ。彼らには『知られざる共和国』を渡さないと」

「すみません」速記者は毅然として言った。「すみません、アンドラが知られざる国とは思いもしなくて」

「でも、そうなのよ」エメラインは書類の中を手探りしながら言った。

「うちの人たちは、あちらにすごく行っていますが」

「めずらしく運がいい人たちなのよ」

エメラインはほとんど速記者を激励したことがなく、それはピーターが努力しており、その結果、ピーターは速記者に嫌われていた。欲しかった書類が見つかって、エメラインは一瞥したものの、何ひとつ読めなくて、夢の中にいるみたいだった。何かがしつこく邪魔をして、心とは言えない心の後ろで何かがハミングしている。彼女は思った。「私たちは二度と外でランチをしてはならない」と。あの熱心な顧客は、ピーターが女性芸術家たちのために書いた皮肉なホラー、『エスパドリールズ』を読んで失望して出ていったのか。彼女は自分の分担で恐ろしい失策を演じてしまった。

同時に、パリは素晴らしいかどうかと思わないではいられなかった。今日彼女はマーキーにピーターのプロジェクトについて話した。彼女がパリに飛んで、姉妹関係の支局を起こした二人のセルビア人と個人的なコンタクトを取らなくてはならないのだと、その協約によって、双方にとって他に先がけた新しい地盤が築けるかもしれない。ピーターが提案したのは（彼女はその点を明確にしていた）共同経営ではなく、彼の言い方によれば「相互作用（インタープレイ）」だった。相互作用という用語は雲がかかったように曖昧なので、書き記すのが容易でなく、個人的に会って話し合うのが望ましいと思われた。エメラインのフランス語はピーターより上手だったし、それに彼女は飛行機が好きだった。もしすべてがうまくいき、もしエメラインがセルビア人を、セルビア人がエメラインを好きになったら、ピーターと彼女は二人の「パリ支局」について晴れて話し合い、一方、セルビア人たちは彼らの用語でウォバン・プレイスに言及できるわけだ。英仏海峡の両岸で、顧客の信頼の基盤が広がるはずだ。

マーキーはエメラインのプロジェクトについて鷹揚に聞いていたが、突然、言った、僕も一緒に行きたくなったと。多忙だが、週末なら行けそうだ。

「でもセルビア人たちは、日曜にはいないかもしれない」

「いますよ」とマーキー。「僕の知るセルビア人なら」

「でも、知ってるの？」

「当然だよ」

彼女は額に皺を寄せて言った。「彼らが真剣かどうか、まだ分からないのよ。日曜日にひょっこり顔を出すなんて、第一歩としてはよくないかもしれない、真面目な仕事じゃないみたいで。だって、私たち、彼らに求婚するくらいのつもりでいないと」

「君なら、大丈夫さ。ほかの日に来るには忙しすぎて、会える時に会っていただきたくて、と言えばいい。いくらでも偉そうにすることさ、エメライン」

「ええ」とエメライン。「そうするわ」

そしてマーキーは二人で一緒にパリに飛ぼうと言った。きっと素晴らしいよ。エメラインはこの企画をそういう風にはとらえていなかった。しかし、マーキーがいると楽しいだろうと思った。ともあれ、彼が同じ飛行機を予約するなら、彼女にはどうすることもできない。「お願い」彼女は静かに言った。「邪魔はしないでね」

「邪魔しないと誓うよ」マーキーはそう言ってまばたきした。緑色のドレスの袖が一瞬机をかすり、エメラインの気持ちがそれたのは間違いなかった。日光を浴びたシルクはまだ暖かかった。彼女はマーキーの四角い指先を見詰め、肘の内側でシルクが少し皺になっていた。そしてスペイン語の持ってまわったお世辞めいた手紙を何度も読んだ。その調子から分かるのは、十五名の伯爵の訪問のためにマラガにホテルを予約すると彼女のほうから申し出たみたいだったが、実際は、イギリス北東部の街マクレスフィールドの美術専攻の学生十五名が、アンダルシア地方の徒歩旅行をしたいのだった。彼女が提示した諸費用込みの総額で必要なすべてをカバーすることになっていた。専用の大型遊覧馬車場（シャラバンク）、ワイン、アメニティグッズ、適切な宿泊施設など——というのも、彼らには名状しがたい抜け目のなさがあって、一行は混成団体になりそうだった。この十五名の熱狂者たちを思うと、エメラインの心臓は、ほぼ一日中、おだやかでなかった。目下のところ、十四のヒキガエルを思い描き、疲れきって、テトベリーの町まで駆け出そうとしているヒキガエルだ——彼女は青ざめる思いがした。ロールトップ・デスクは厳粛な静寂の中にあり、会社の体裁を保つ一種の記念碑だった。速記者のタイプの鋭い音も耳に入らず、時計も空しく時を刻んでいた。場所と時間が、細い輝く粒子になり、秩序が乱れていた。午後はなくなっていた。太陽は傾くのを忘れ、コインのように身勝手に回り、白昼の天空にあった。エメラインは、心霊術に襲われたように、ロールトップ・デスクのはじをつかんだ。「ミス・トリップ」と彼女は言った。「いまから口述しますから」

速記者は——エメラインの業務開始のかけ声とは、当然、気づいていない——喜んで目を上げた。彼女は、紫色の鉛筆で間違いを拾うのにうんざりしていた。間違いはたくさんあったが、機械のような仕事は、言われて納得していたものの、彼女の高い知性には不向きだった。ピーターにもエメラインにも失望していた彼女は、彼らの口述を速記でしたためながら呼吸は乱れ、手書きよりも時間がかかってしまい、正しく再読できないこともあった。彼女は目を上げて微笑み、ダンスに招待されたと思ったように。エメラインは警告と受けとめてしかるべきだった。

「マクレスフィールドの学生は……」

「もうみんなファイルしました」

「でも、今はまだでしょ。ここにあるわ。私が翻訳しながら続けますから、書き留めてもらいたいの。ここにマラガからの手紙があるけど、私はスペイン語では考えないから」

「そういう時って、ありますね」ミス・トリップが言った。

「用意はいい？」エメラインは少し声を上げて言った。お世辞の部分は省きながら、エメラインは長い手紙をゆっくりと訳して口述した。終わった。二人は一息入れて顔を見合わせた。「ちょっと読んでみて」エメラインが言った。ミス・トリップは、綱渡りをしているような感じで、訳したものを読み上げた。エメラインは不安そうに最後まで聞いた。口述したものではなかった。意味も通っていない。

「よく聞きとれなくて」ミス・トリップが言った。

「困ったわね」エメラインがほのめかした。「速記のはずでしょ。もう一度初めからやったほうがいいと思う？」

「私の考えでは」ミス・トリップが声を荒げて言った。「マラガには秘書がたくさんいるでしょうに」

「そうだわね。なぜ？」

「だって、マラガにいる秘書なら間違いなどしないのでは？」

「残念ながら、あんなにくだらない手紙を送ってくるホテルはないのよ――ああ、気にしないでね、ミス・トリップ。いましていることを続けてちょうだい。訳したのを私が自分で書きますから」

ミス・トリップは真っ赤になり、エメラインから顔をそらせ、発作的にマントルピースのほうを向いて、いまにも煙突に飛び込みそうだった。「私はどうやら」と彼女。「このオフィスでは落第みたい。私のすることで正しいことが一つもないんですもの」エメラインは一瞬感じた、二人して素人芝居をしているに違いないと。フットライトのこちら側では、それどころではなかった。オフィスは素人芝居をするところではない。ミス・トリップは体を震わせて座り、いま着ている派手で感じのよくない水玉のピンクのドレスは、さだめし去年の夏は、もっと幸せな日々を送ったことだろう。そのドレスを着て川遊び（パント）をし、その間、船に横たわっている友達に頭脳明晰なことを言い、その声はセイヨウサンザシ（ホーソーン）の茂みを抜けて、うねり流れるチャー川に響き、牧場の向こうに流れていく。その時の彼女はうたがいもなく評価され称賛されている。これはあまりにも残酷だった。エメラインがしたこととは——マーキーと一緒にいて遅れたこと、愛想のないオフィスを顧客に押し付けたこと、そしてミス・トリップが放置され、いま見てわかるように、憂鬱な内省のえじきになったことではないか？　自分はどこにいたのか？——エメラインはその説明をしたくなかった。あの明るい一日に、復讐の女神の斧が振りおろされた。彼女は小声で言った。「何が問題なのか教えて」

ミス・トリップは待ってましたと言わんばかりだった。「問題は」彼女は静かな分析するような声で言った。「簡単なことです、私は人間だということです」

エメラインは呆気にとられ、驚きの目で秘書を見つめたが、それがいかにも不運だった。「そうなの？」彼女が言った。

ミス・トリップは一息ついて、この注目すべきコメントが落ち着くのを待った。彼女は自分の立場を完全に掌握していた。時計の秒針が時を刻む。エメラインからもっと声が出ていい状況だった。

「でも、どうして？」エメラインは万策尽きて言った。

「あなたには分かっていただけないでしょう」

エメラインは一瞬思い迷った、ミス・トリップはここでもらう十シリングのほかにはお金が全然ないのだろうか、彼女は飢えているのだろうかと。

「正直に言うと」ミス・トリップが思いなおして言った。「人が椅子で死んでいたり、気絶していたら、あなたは気づくかもしれませんね」

「――あなた、病気じゃないでしょうね？」

「あら、まあ、いいえ」ミス・トリップは、苦笑いを浮かべて言った。「自分の視点でものを言うのは難しいことが分かりました」彼女は淀みなく続ける。「当然ですが、個人的な感情を仕事に持ちこむなど、もってのほかです。恐ろしい勘違いです。だけど、個人と関わらないといっても程度がありますね」

「ええ、そうね……ええ」

不幸な速記者がこのことを浴室で繰り返し自分に言ってきたのは無駄ではなかった。すらすらと出てきた印象的な弁論はエメラインを面食らわせた、彼女にとって――じつはすぐ感じとり、深く後悔した――ただの家具が文句を言っているのと同然だったから。「何が本当に言いたいの」彼女は赤面して言った。「私たちが人間的でないとでも？」

エメラインの後悔している澄んだ眼差しを見て、ミス・トリップは、実際とても若かったので、うろたえてしまい、声を落として何か口ごもった。

「何て言ったの？」エメラインは心配して言った。

「私が言ったのは、決めるのはあなたですと」

「でも、よく理解できないわ」エメラインは必死になって言った。

浴室の外であれ中であれ、こうした感情的な対話を練習すると、無意識に到達してしまう一点がいつも残り、カーテンの吊り輪が一個落ちたみたいになる。空想の中にすら内気さがある。ミス・トリップはいままでこの点を超えた自分の声を聴いたことがなかった。エメラインに理解してほしいことはたくさんあったが、それを言葉にする準備がなかった。ミス・トリップの浴室にはいつも遅れてくる一点があり、カーテンが――落ちたということは、芝居のプログラムにあるように、二、三分ほどの時間の経過を示すのだが――上がると、エメラインが完全に啓示を受けた場面になる、すなわちエメラインは、ミス・トリップの感情が現時点までたまっていたその総量に驚愕した。

停滞している仕事は天井知らずだった。第一に、ミス・トリップはミス・トリップと呼ばれるのが大嫌いで（カウンターの売り子のように響いた）、友達が呼ぶように単純にトリップと呼んで欲しかった。さらに彼女は、エメラインには、彼女の夏を意味するサマーズという姓の絶望的な娯楽気分を、もっとソフトな「ドリス」に置き換えてもらえればと思っていた。そして彼女は人目を引く服装を心がけ、もっぱらエメラインに見せたかった。彼女のドレスは、ストライプや、チェックや、水玉模様など、だんだんと目に付くものになり、ネクタイや上着はこれでもかというようにますます派手になった。ピーターは目を丸くしたかもしれないが、エメラインは何の注意も払わなかった。もし彼女が素っ裸でも、まったく同じデリケートで無知で抽象的な穏やかさで挨拶が交わされたかもしれない。電話の応対がまず問題だったころ、トリップは感情的な恐ろしい危機をかいくぐっていた。彼女が電話で呆然自失していても、エメラインは何一つ質問しなかった。トリップがタイプライターの上の虚空を睨んでいるときは、「頭痛なのね、ミス・トリップ！　帰宅して下さい」であった。親切は無効になって……。仕事の経験ということでは――トリップは雇主たちが無能であることが自分でもわかった（二人がペアになってお客をおだて上げている一方、トリップは、冷笑するように座り、人を魅惑するという意味で学ぶことが何かあるか、同情する中にも教訓があるのか、といったことが頭に浮かぶこともなかった)。もしお客が戻ってきたら、それはピーターが彼らを言いくるめたからか、またはエメラインの雰囲気が彼らの企画は天国に守られていると示唆したからだと、たんに思うだけだった。人はこんなことはどうでもいいのだ。給料といえば、十シリングは半週間のバス代とランチで消えた。ポケットはほとんどいつも空っぽだった。このすべてが無駄だったのではないか――いくら持っているのか、どのくらい残っているのか？　トリップは微笑することで半分でも金をもうけたくはなかった。彼女は（自認していたが）エメラインの専属秘書で、エメラインのために愚かしいピーターを黙認しているが、彼はケンブリッジ大学をけなす係で、彼女の周囲をきいきいと鳴いてつきまとい、青年というよりは蝙蝠みたいだった。しかしどこが専属なのか？　微笑みはどこに、風刺の利いた理解力の煌めきはどこに、不当な要求に一緒に耐え、ジョークをうんざりしながら共に受けた懐かしい感覚はどこに、それは女性間の連携をセメントでがっちり固めてくれるはずなのに？　目配せほど頻繁にではないがエメラインは言った。「私たち、苦労するためにここにいるのよ」ピーターが、集中していて、指の関節をポキポキやると、エメラインは身震いした――だがトリップはしなかった。エメラインは頭痛が高じて、唇を噛み、窓の光から手で目をさえぎるまでになると、黙ってアスピリンを飲んだ。トリップがエメラインの机のために持参した花々は美しいわねと認められ、机に書類が積みあがっていくと、マントルピースに移された。エメラインには空気と眉毛があって、どちらも同じ、ここにはいないという決定的な表情であり、それはまた、オクスフォード大学にいたときにトリップを完全無視したある青年の表情でもあった。日常的にこれがどんどん激化していった。相手は石になった。

トリップが自分の台詞で聞けなかったのは（リハーサル中の「一幕」で）、毎晩毎晩、風呂の湯をどんどん熱くして、大洪水後に口に出せた達成感を味わっていたのが、この言葉だった。「私はここに一瞬だって留まったりしません、あなたのためでなかったら」

エメラインがいなかったら、トリップの突撃人生は電撃的だっただろう。国会議員の誰かの秘書になっていたかもしれない。彼とともに政治的危機の嵐をかいくぐり、材料を種々集めてから、引退する――彼の愛情は解消しないで残したまま――結果、偉大な真の偉大な政治小説を書く……。こちらのキャリアは、日ごとますます詳細な地図になり、採用しなかったもう一つのキャリアが哀調をおびて輝いている。

トリップとエメラインはここに座り、互いの方向を半分見ながら、ブルームズベリーの午後の気だるいまぶしさの中にいた。座ったままで強烈なシーンを作るのは途方もなく困難だった。エメラインはまた繰り返した。「残念だわ、あなたが幸福じゃなくて」

「それほどでもありませんから」トリップは言ったが、浮かんだ微笑は苦悩に馴れた人のものだった。「私は何の役にも立たないらしいというだけです」

「あら、いいえ、役に立ってるわよ、本当に」

「あなたのお望みは、ロボット（オートマトン）でしょ」

エメラインの口から出そうになっていたのがそれだった。「私たちにはそれを買う力がないの」

その代わりに彼女は言った。「あら、でもね、私たちが主導権をとるのよ」

「私が主導したのは胴枯れ病をばらまくことだったみたいですね。ミスタ・ルイスが私のことを『速記者』と呼んでもかまいませんよ、もしそれで彼が本当に楽しいなら、でも私は嫌なんです、私が何か言うと彼が沈み込んだり、私の後ろで指をポキポキやるのが。彼のお好みは、明らかにプラチナブロンドなんです」

「それはちょっとないと思うわ。でもね、ミス・トリップ、私たちがあなたの時間を無駄にしていると本当に思うなら、あなたの望む経験が積めていないと感じるなら……。あなたに悪いと思うのよ。じつは私、気づいているのよ、あなたがここで働いても、それがほとんど無駄だと――」

「そうなの」と哀れなトリップは言ったが、気まずさと、哀しみと、金の問題が、彼女をますます惨めにしていた。「あなたとミスタ・ルイスの仕事のやり方は、あなた方自身のものなんです、ええ。ミスタ・ルイスがブロンドのロボットをお望みでも、その手の女の子はここでは一分ももたないと、私は思うの、はっきり言ってすみませんが。ときどき思います、どんな女性ももたないだろうって。ここには手順というものがなくて、私が肘を動かすと、どこかに骨がぶつかります。ミスタ・ルイスがあくびをすると、私の背中にじかに当たります。信頼されていないのに、責任を取るよう期待されるなんて」

「――ああ、それは違うわ！」

「それなら、認められていないのに、と言ってもいいです。私がラックに帽子を掛けると、ミスタ・ルイスが動かすんです。彼は掛け具のすべてを自分のマフラーに使いたいのね。私がそれを洗い場に掛けると、落ちてしまい、おとなりの考古学協会の人が踏みつけます。私は自分の帽子のことなんかどうでもいいの。一例として挙げただけです」

「あら、でもあなたの帽子は大切だわ！」

「あなたの友達が来ると、私は階段に座らなくてはなりません」

エメラインはうつむいたままこのすべてを聞き、そして言った。「あなたが感じているのが、そういうことなら、もう本当に……」

「どうなんでしょう」トリップが顎を上げて言った。「私を解雇しますか?」

「いいえ、いいえ、まさか。でも、ほかに何かできることがあると感じるなら……」

「ええ――国会議員の秘書になるべきかと。それなら何かに通じるかもしれません」

「もちろん、そうね」エメラインは同意したが、国会議員を憐れむ気配はおくびにも出さなかった。「そうなると、あなたをここに引き留めておく権利はないわね……。あなたには、私たちを解雇するチャンスを上げましょう」

エメラインは微笑み、優しく心配そうにトリップを直視したが、非常に面倒な、ときには残酷な対象物にはどうしても残る、近視眼的な曖昧さが伴っていた。レストランに眼鏡を忘れてきたので、トリップがいる場所は黒いしみが怒っているみたいだった。「わかるわね?」彼女は念を押した。

「よく分かりました」トリップは石になって言った。

「話し合えて、よかったわ」エメラインはそう言って、これでいいことにした。

「心配なんです、ほとんど何も始めていなくて……」

「まあ……。でもあなたの感じでは、そのほうがいいと――?」

「間違いなく私はバカなんです」トリップが言った。「でも、ここにいます、もし解雇しないなら」

「ここにいる?」エメラインはうろたえた。

「驚くのもごもっともですが、結局のところ、話すことは話したから。質問なさってもいいですよ、どうしてずっといるのかって」

「あなたは仕事を楽しんでいるとばかり」エメラインは言ったが、がっかりしていた。彼女はオフィスの大好きな淡いグリーンの壁を見回した、力を尽くし、もう少しでうまくいくという興奮を目撃してくれたその壁を。この場所は彼女にとってスタジオであり、聖堂ですらあった。

「もし私が学生たちをスペインに予約するのが楽しかったら」トリップは歯切れよく言った。「私は大手のクック社でそれをやり、私の帽子が歩いていくことも、午後の半分を階段に座ることもなかったでしょう。私は透明人間なんですね、ミス・サマーズ、でも、ときには困るでしょう、私がいると、通り抜けられないから？」

「それって、いったいどういう意味なの？」エメラインは言った。「まったく、この話はできないわね、あなたを動揺させるようだから。この部屋がとても小さいのは承知しています。オフィスの数は増やしたいわ。もし私たちが友達同士に見えないなら——どうしたらいいか——私に言えるのは、ごめんなさいだけでは足りない、ということだわ」

トリップはハンカチを取り出したが、涙をふくのではなく、憤慨してハンカチのヘリからヘリを調べるためだった。彼女はその場を取り仕切る人になっていて、目下のところは、混み合った川に平底船（パント）を一艘漕ぎだしたようだった。エメラインは彼女を尊重するしかなかった。彼女は眼のふちを赤らめ、歪んだ顔は消化不良にやられたみたいだった。「ごめんなさい、ですか！」トリップが叫んだ。「ごめんなさいですって？　私はこんなところで働いたりしません、あなたがいなかったら！」

「ああ……」とエメライン。彼女はマラガから来た致命的な手紙をじっと見たが、彼女の心は表面的な驚きを記録しただけだった。トリップがこうして出ていくなど、誰も予期していなかった。何を予期していたのか？　ほとんど何も――時間を守ること、毅然とした勤勉さ、教育を受けた若い女性でも雇用主に対しては否応なく庇護される立場にあることなど。その雇用主のほうはお門違いの大学を見事に落ちて、大学には行かなかった。だから彼女は安上がりで、キングズイングリッシュで文章を書き、ティータイムには姿を見せず、それに嗅ぎまわらない……。しかしその間ミス・トリップの中では、不当に長引いた思春期の果汁が猛烈に発酵していた。いまそれがポンといってボトルからコルクの栓を跳ね飛ばした。トリップに出た影響は、どうやら、破局をもたらすようには見えない。ボトルは難を逃れた。トリップの輪郭は（エメラインはこっそり見た）、また平静を取り戻していた、自然の経過が結末にたどり着くように。彼女の気分がずっと良くなったのは間違いなかった。身の証しが立ったと感じている。ドリス・トリップが言ったことが、彼女のよりどころだ。それが正しいのだ……。しかし、エメラインにとっては、空気に煙が混じって息苦しくなっていた。

エメラインには自分を責める材料はいくらでもあった。彼女はたしかに無節操であり続けた、それができる潔白な人間でもないのに。彼女の仕事に対する情熱は、私利私欲とは無縁だったが、トリップを搾取することにつながった――なぜ彼女が搾取できると、なぜ問うのか？――ピーターの皮肉の影響もあった。「彼女はとことんバカだね」に影響されたのだ。トリップの内面については、エメラインは考慮に入れるつもりは一切なかった。エメラインの高揚感は危険で、限度を知らず、旅行の予約のためには片方の手を切るのもいとわず、トリップの指の一本や二本も当てにしていた。仕事が立て込んだときは、トリップも夜勤するのが当然だと思っていた。仕事への献身は想定済みだった。彼女はしつこい何かが、彼女がその上を戸惑いながら浮きうきと歩くために広げられたコートに気づいていたか？　トリップがオフィスを出ると、空気は決まってきれいになった。あまりにも本当だった、彼らは彼女を笑いものにしていた、ミス・トリップの上品な自己満足が二人のパートナーの妖精気取りの悪意を招いたのだ。プラチナブロンドのそそられるような有能さとの比較が、ピーターの「速記者」と呼ぶ言い方にこもっていた。そしてこの午後――ああ、ランチが致命的だった、致命的なマーキー、マラガからの致命的な手紙――エメラインの能力が道にそれた代償を払ったのがトリップだった。

　道に迷う能力――嗚呼、この午後だけでなく、よそで熱に浮かれているエメラインには、オフィスはいっそう小さくて暗く、行為だけの献身にとっては、精神のほうは鈍って漏れるばかりだった。彼女は恋していて、天と地の中間で宙づりになっていった。その間、黒と紫のタイプの通信文は、少し埃が積もったまま、彼女の机の上にあった。地図は地図で、ルートの赤い線引きや、列車や飛行機の路線図で世界は小さくなっていった。ここは小さなオフィスで、広場の庭に面し、トリップが肘をぶつけ、ピーターが指の関節をポキポキ鳴らす場所。一人の人間を取り巻く光は、遠方から、彼女が旅行客を矢のように次々と送り込む大陸から、波打つ海から、重なる丘から、白い日陰の都市から引きこまれ、このオフィスはそこへ出ていくアーチ門だった。

　エメラインは、目がよく見えないまま歩き回る癖があり、通りで寄り添っている恋人たちを見て、自分自身の変容または病いがようやく分かった。そしていま、トリップの感情的な存在、素人役者のトリップは、針金のような短髪（シングル）の髪の毛と、幅広の赤らんだ手をしていて、驚くほど自分に肩入れしていた。ここには感情があり、熊のような爪と、天使のような羽をしていた。何か新たな弱点がエメラインの中にあって、開示を招いているようだった。昨夜、パーラーメイドが彼女の肩にもたれて裏切られたと言って泣かなかったら？——水路の隙間に潮が波立って上がってくる、最初はゆっくりと……。トリップは瞬きして、ハンカチをわきにやった。しかし彼女の口調に勇気の音はなく、あの人目をはばかる貪欲な視線は、あってても狙いに届かなかった。あのトム・キャットが疲れ切って密やかに入ってきたのは、マーキーが入ってくる前だったから、トリップの発作は百回の金切り声になり、興奮と快楽の回転舞台で彼と彼女の間を覆い、エメラインはいままでそれにまったく気づかなかった。

「もし私がこの最低のドレスを着て入ってこなかったら、彼女は話そうとしなかったかもしれない」しかし彼女は話をしないわけにいかなかった。エメラインの良心に激痛が走った。彼女のせいで、オフィスの平和が破壊された。

彼女はトリップに言った。「私たちは——私は本当に愚かだったわね？　私は人間じゃなかった？」

トリップは、またタイプライターに向かい、言った。「それはあなたが決めることです」

「でもね……。私にできることはある？」

「私は動揺していませんから、どうもありがとう」

「動揺する人だとは思ってないから」エメラインは恐縮して言った。

ピーターはしばらくしてからおもむろにドアを回って入ってきて、言った。「ハロー、どこにいるの、速記——」

「出ていったわ」エメラインが言った。その態度がピーターの注意を引いた。その午後とオフィスは異常に見えた。「どういうこと？」彼は言った。「逃げたの？」

「ああ、いいえ。でも彼女は具合が悪そうで、何かで動揺していたわ。一週間か二週間の休みをとってもらいました」

「彼女が休みたいと？」

「残念ながら、私がぜひそうしてと言ったの。一週間か二週間、誰かほかの人に来てもらいましょう。ごめんなさいね、どうか気にしないでね」

「お好きなように。その誰かは、タイプができる人にしよう。正直に言うけど、僕はあの女性の短髪にした襟足には、もううんざりだった」

「でも彼女はいい人よ」エメラインが言った。

「どうかな。神経があるのかな？」彼は気が抜けたように周囲を見回して、マーキーのケトルを見つけ、冷めた水を花瓶の中に空けてから、速記者のテーブルを押して暖炉からどかし、お茶の用意を始めた。「コップは？」彼は言って、水を満たしたケトルを持ってきた。エメラインは戸棚のほうに行き、そこでしばらく体の震えをおさめてから、砂糖を食べた。速記者のピンク色のハンカチが彼女の椅子の下に丸まって落ちていた。

16　小さなパーティ

　その同じ日に、ゲルダは小さなパーティを開いていた。オーヴィントン・スクウェアの客間では、すでにたくさんのクッションが十人ほどの女友達によって取り払われていた。ゲルダがティム・ファーカソンも招いたのは、男性客が足りないのが嫌だったからだ。青年たちの何人かはクッションを投げつけられ、ズボンを膝までたくし上げて、床の上にてんでに座り、二人組で立っている者、マントルピースにもたれている者、一方、厚いクッション(プーフ)やソファからは、彼らの相手になる者たちがおしゃべりしながら白粉(おしろい)で白くした首をのばしている。大声の会話や笑い声が上がり、パーティは順調に流れているようだった。ゲルダのホステスぶりは、見とれるほど能率が悪く、迷子みたいに客の間をうろつき、片方の手に持ったグラスからシェリーがこぼれ、もう一方の手には半透明の黄色い飲み物があって、その中に斜めになったチェリーが怪しい影を落としている。グラスを置くたびに小さなねばねばした輪が刻印された。彼女はこうした輪をハンカチでいちいちぬぐい、困ったわと小さく叫んだ（グラスの下を拭くように助言する人は誰もいなかった）。彼女は煙草の品質、部屋の暑さ、（目下のところ）ギルバートがいないのを嘆いた。オリーブの皿をうっかりひっくり返してしまった。そして海軍で知り合った青年に絶えず付きまとわれ、彼女が客に上手に飲物のグラスを置くたびに、彼はパーティの呼び物であるくじ引き券（ラフルズ・チケット）を完売したかのように、誇らしげに微笑み、また新しい飲み物をトレーからとって彼女に手渡すのだった、そしてトレーを下に置き、身をかがめてこぼれたオリーブを拾い集めた。彼の名はフランク、やや恥ずかしがり屋の男性的な男だった。

女友達と青年たちは、しかしながら、パーティのほんの泡沫だった。数人の重要人物が出席していた——非常に不幸そうな顔をした預言者みたいな男性、心理学者のサー・マーク・ブレインズ、ゲルダの産科医、結婚小説を書く作家が二人、彼らは落ち着いた母親のような妻と来ていたし、どこか胆汁質を思わせる風貌の南アフリカの実力者、そしてレーサーが一人、ゲルダは彼とディナーで出会い、五週間前から招待していた。もう一人高齢の提督がいたが、片隅で女友達の一人と一緒に座っていた。そして若い傲慢なプロデューサーは、自分の仕事について話しかけられるのが我慢できなかった。重要な人々はうまく溶け込めていなかった。南アフリカの人は平和主義者で、提督は全員が嫌いだった。作家たちは互いに避け合い、心理学者は深刻な顔で産科医を見つめ、そして一人の女優に無礼な態度を取り、彼女が自分の考えを盗むのではないかと疑っていた。重要な人々を見つけるのが彼の本職だったが、それを時間外にすることはなかった。しかし、女友達は一種の詰め物をして間をつないでいた。関心は深く、受け答えは淀みなく、一定の時間ごとに声に出して笑い、偉大な人物を互いに引き合わせ、椰子の木から椰子の木へと渡るコガネムシのように、自分たちもすごく楽しみ、ゲルダの小さなパーティに大成功の気配を与えたが、レーサーは作家の母親みたいな妻たちの一人のそばを離れるのを拒否し、そのあと早めに帰っていった。

レディ・ウォーターズはやや遅れて到着した。ドレスの裾で女たちとクッションを踏みつけながら、若い男たちの何人かに場所を空けさせ、腰を下ろすと公平な目で部屋を見回した。心理学者は彼女と面識があり、急いで目をそらせた。シェリーをこぼしながら、ゲルダが立ち止まった。

「どこなの」と友達が言った。「ギルバートは？」

ゲルダは絶望的に頭を振った。「手が離せないと彼が言うの、オフィスにいるんです」

「あら、あら。ずいぶんと運が悪いこと。でも……」

「何とか頑張っているところです」とゲルダ。「フランクがものすごく助けてくれて。フランクにはどうしてもあなたに会ってもらいたくて――」彼女は見まわしたが、海軍の兵士はもういなかった。シェリーが種切れになったのに、代わりになるものがないとあって、カクテルにするほかなかった。客たちはやがてこれでいいのだと学ぶはずだ。そのためにフランクは裏の踊り場で氷を割っていたのだ。

だが、レディ・ウォーターズは、すでにフランクを予定に入れていた。「フランクに」と彼女。「ええ、彼にはどうしても会いたいわ……。ああ、私の可哀相なティムのことは許してくれたのね！あそこにサー・マークといるのはどなた？」

「オンケル・ピエターとお呼びしてます、南アフリカの人です」

「ぜひお会いしたいわ。力強いお顔をしておられる」

「ぜひ、ぜひ会ってください！　サー・マークにはどなたかお相手を見つけますから」

「エメラインはここにいないの？」

「来ると、誓ってたのに。オフィスに足止めされているんじゃないかしら」

「で、セシリアはどこに？」

ゲルダはふくれて言った。「ミセス・サマーズは、私の小さなパーティなんか、気にも留めないのだと思います――レディ・ウォーターズ、シェリーでも？　あら、あら、どうしよう、もう残ってない！」

「オレンジジュースのほうがいいわ」

「どうしましょう、オレンジがないんです」

「いいのよ、ゲルダ。さっきのオンケル・ピエターはどちらかしら」

ゲルダは客間から飛び出して、驚く南アフリカ人とサー・マークを掻き分けて走った。彼らは英仏を結ぶ海峡トンネルについて議論しており、あれはよき国際感情を推進するのかしないのか？と論じ合っていた。若い男たちの足を踏んだりしながら、ゲルダは私の想像上のおじは想像上のおばにきっと会うと説明した。南アフリカ人はこの血族関係から何の喜びも期待していないように見えた。しかし孤独な男だったから、ゲルダの無邪気な空想に心打たれた――そのお返しにボンボンの入ったボックスをたくさん彼女に贈り、コリジアムへ夕食に連れて行き、そのあと、トロカデロで地下鉄に乗り、その帰り道で彼女の眉毛に何度もキスした――彼女は彼をボーア人[*1]と間違えてしまい、口もきけないくらい彼を怒らせてしまった。彼はゲルダのそばの椅子を引き寄せて座り、両ひざをくっつけて、妥協するつもりはなかった。

「僕は話の途中だったんです」彼は鋭く言った。「海峡トンネルのことで」

「だけど神さまは私たちに島国でいいと仰っているはずですわ」レディ・ウォーターズが言った。

彼女は英国国教を信じない非国教徒の単純さに改宗していたが、それが南アフリカにはふさわしいと考えていた。

エメラインが階上に上がってくると、ハンマーのやかましい音が聞こえた。氷のかけらが彼女の顔のすぐそばにあった絵にばらばらと当たった。シャツの袖をまくり上げた若い男がハンマーを下に置いた。「いやー、どうもすみません！」

「たいへんなお仕事ね」エメラインはそう言って微笑んだ。

「ちょっと待って、――僕ら以前に会ってませんか？」

「階段がとても暗くて」エメラインは自信がないままに言った。

「ダンスのときかな……アンティーブだったか、マルタだったか？」

「行ったことがない所だわ」

青年は事を決着させようとして、バーの後ろから前に回ってきて、窓のほうを向いた。

「ああ……」エメラインが言った。「ええ、会ってますね」

「お顔に見覚えがあったんです」

「オペラグラスか何か貸してくださって……」

「僕が？　覚えてないなあ」

「壊れていたので」

「ホテルで？」

「戦艦で、よ」

「おかしいなあ」兵士は言って、頭を振った。「すっかり消えている。それでも君の顔は覚えているのははっきりしてる……。会えてとても嬉しいです」彼はハンマーを拾い上げた。

「私も」エメラインが同意した。

「さてと……」兵士が言い、ハンマーをちらっと見てから、フランネルに包まれた氷の塊を見た。

「溶けるのが早いな」彼は憂鬱そうに言った。「もう一、二分長く置いておいたら、シェイカーに全部入ってしまう。でも、ゲルダが急いでいるから」

「お引き止めしませんから」

「あとで会いましょう、ぜひ」

「ええ、ぜひ」エメラインはそう言って上がっていった。客間のドアは開いていて、熱気と煙と人声が漏れており、オーヴィントン・スクウェアの木々を通して午後の遅い日光が客間にもこぼれていた。ここは大きなフレンチドアが付いた小さな客間の一つで、そのドアから外に出ると、木々に囲まれたベランダがあった。エメラインには、立っているだけの場所もないようだった。このころになると客たちはドアから押し出される感じになっていた。ピンク色の百合がくたびれたように花粉を不機嫌な花瓶に落としている。煙草が翡翠の小さな皿の中で煙を吐いて死にかけている。頬を紅潮させたカップルが声を立てずにののしり合い、世界を忘れている。存在しないことがパーティが進むにつれて加速し、セレブたちは丘の上に登りつめて、曖昧な霞の中に消えたようだった。ゲルダは入ってきたエメラインに飛びついた。彼女こそサー・マークの相手役で、南アフリカ人がいなくなったサー・マークは、ややむっつりしてマントルピースにもたれていた。

「こちらが私のサー・マークよ」ゲルダが興奮して言った。「ぜひ会ってほしい方なの――サー・マーク、こちらがミス・サマーズです、とっても頭がいいんですよ」

サー・マークは、話題をすぐには変えられない人で、エメラインに海峡トンネルの話をした。

「まあ」と彼女。「じつは、私、船舶代理店をしておりますの」

「アハハ」とサー・マーク。「それは素晴らしい、いや、ワハハ！」だが彼は親指を襟の下に入れ、いくぶん心配そうに部屋を見回した。会話しながら、相手のジョークの要点が分からずに笑ってしまうと、会話が危なくなりがちである。学生時代からサー・マークの温情は、何度も彼を困難に遭遇させてきた。エメラインは、できる限り自分の考えを集めようと努力した――あの海軍兵はまだとても若く、記憶の中に保存されているのだろう。「そのうえ」彼女は言った。「私は閉所恐怖症なんです」

「チッチッ――」

「あなたは？」

「とんでもない――しかし、その関連で、いくつかのことを思いつきますよ」サー・マークはここで一息つき、咳払いをして、エメラインをつくづくと見た。『この砦は彼女が自ら自然のために建てたもの、疫病と戦争の手先の盾として[*2]』」

「検疫制度はどうかと仰るんですか？　海軍はどうなんでしょう？」

「いやいや」サー・マークが言った。

「シェイクスピアを相当読んでいらっしゃるんですね？」

「車にいつも置いています――」だがこの時、不運にも、サー・マークは緊急電話に呼び出された。

「残念ですが」と彼。「これでお別れすることになるでしょう」明らかにそのとおりになった。彼は戻ってこなかった。人生の流れは一瞬も止められない。サークルの上にかすかな沈黙が降り、サー・マークの本業が意識された。

「お元気ですか？」ティム・ファーカソンがエメラインの肘のところで言った。

「ええ、とても」

「自分が話すのは聞くことはできない、でしょ？」

「ええ」

「疲れましたか？」ティムが気遣いを見せて言った。「さあ、ここの壁にちょっともたれて。何か持ってきましょうか？　もうシェリーはないようだが、ねばねばしたのはまだ残っている」

この時点で数名の者が到着し、その中にギルバートもおり、フランクがなにがしかの飲み物とシェイカーを持って入ってきた。「ああ、フランク！」ゲルダが叫んだ。そして彼を部屋に案内した。

「レディ・ウォーターズ」とゲルダ。「フランクが来ました！」フランクはトレーを置き、レディ・ウォーターズと握手した、まだ若い恥ずかしがり屋の海軍兵だった。ギルバートは謝りながら部屋をめぐり、「来ないよりは遅れるほうがまだましでしょう」と、誰だか知らない数人を面食らわせてから、彼がいなくて残念がっていた女友達の間に消えた。彼らはゲルダに同情し、哀れに思った。

「フランクって誰なの？」ティムはエメラインに訊いた。

「海軍の兵士なの」

「ゲルダの前の男ということ？」

「どうして？」とエメライン。

「彼女に夢中みたいじゃないか。ゲルダが結婚しただろうと、みなが予想したタイプだもの——彼がとてもいいとは言わないが」

「私は前に会ったことがあるの」エメラインが言った。しかしティムは聞いておらず、雑音がうるさくなっていた。「迷ってるの」周囲を見回しながら彼女が言った。「もう帰ってもいいかしら?」

「でも来たばかりじゃないか」

「分かってるわ、だから迷ってるのよ」

「疲れたの?」ティムがまた言った。気の毒に思ったのだ。彼女は本当に疲れており、経験に連れまわされた一日で、マーキー、ミス・トリップ、海軍兵ときて、とても長い一日だった。ティムが言った、「もっと話したかったのに」と。

「もう誰とも話したくないの――」

「エメライン」とゲルダが言った。「帰るんじゃないでしょうね? ねえ、あなた、まだ来たばかりよ――ああ、待って、フランク。一分だけ――行かないで、エメライン。ギルバートがシェリーを持ってきたわ、いまコルクの栓抜きを探しているところ」

「悪いけど――」とエメラインは言って、一インチずつ抜け出していた。ティムが後についてくる。

「さあ、さあ、タクシーを捕まえますから、二人で一緒に――」

「ありがとうございます、でも私は車があるから」

それもまたいかにも残念だった。ティムはエメラインの横についてカニみたいに横歩きで階段を降りた。「心配だったんです、前にお目にかかったとき、僕は名無しだったに違いないと。あなたを死ぬほど退屈させたに違いないと。でも、あれ以来ずっと、ある意味――」

「――これが私の車」エメラインが言った。

セシリア主催のランチパーティが終わったあと、彼女は両手で頭をかかえ、客間を見渡した。客がみんな去ったいま、疲労したふりをするのをやめ、カーテンを振って形状を戻し、灰皿をファイアスクリーンの後ろの火格子の中に置いた。いまからあとは、午後全部が自分のものだ。来る者はもう一人もいない。彼女はこれを自分の快楽と見ていたが、滑り落ちた何かを探しているような気配があり、テーブルの上の本の周囲で見えたのは、鏡に映る自分の顔か……。金時計は、沈黙との密かな会話を軽やかに再開していた。彼女は風のような動きを聞き、木陰になった庭園では木々が生き返り、フレンチドアから階段が下に降りていて、彼女を明るく招いていた。鈴懸の木の下に椅子が一脚出してある。しかし彼女は出ていかなかった。この部屋の明るい無人の空間は微笑も薄れゆき、彼女の神経の顕微鏡が明らかにしたのは、薄絹のような陰影と小さなしつこい音だった。時計と外の木々が、ブラインドのコードが叩く音、振り返って聞こうとすると、ドレスがソファの背をかすった。

召使たちは階下のドアの鍵をかけて、結婚式に出ていった。静寂が訪れた。動作が凍り付いて長い間が空き、その間、花びらの一枚も落ちず、無人のアーチがセシリアの地平に続いていた。彼女は一人でいることは滅多になかった。カントリーでの静寂のさざ波がロンドンを包んでいる。アビー・ロードの車両の音も聞こえない。木々が葉を落とした高い丘の上から何マイル四方を見回しても、近づいてくる者は一人も見えず、彼女はいつもの質問を抱えて立っていた、「次は何をする？」。

電話が自信たっぷりに黙っている、鏡は彼女が行ったり来たりする姿を映している、次第にそれらがセシリアの負担になり、彼女は客間を出て二階へ上がっていった。エメラインの部屋を覗き、ベッドカバー（カウンターペイン）が枕を覆っているのが死装束みたいに見え、ここで眠った人はいないように思えた。

友達の部屋というものはこれを限りの秘密を守っているようで、処刑室みたいだ。ここでは、いまも未知のままに、眠る人は何度も死んだように見える。エメラインは今も天井を横切って疾走する列車を見たのか、または今度は顔があったのか？　色のない、途切れることもない無数の願望が、彼女の意識の先端に触れたのか？　女たちは互いにあまりにも似ているのに、あまりにも違い過ぎる。セシリアは部屋の中には入らずに、ドア口にもたれたまま、ベッドのそばにある本の書名を読もうとし、考えた。「彼女は私の恋人じゃないし、私の子供じゃない」

エメラインと別れるのは、考えるだけでも耐え難いと思われたものの、セシリアがふと思いついたのは、彼女との付き合いは、付き合い以上のものではなかったということだった。「私はエメラインと一緒に暮らしている」と言いつつ、無知な目にペンキを塗っているのかもしれないし、親密さをそそのかすような絵に一瞬目が眩んだだけかもしれない。しかし彼女は、信じてもいないフィクションに身をゆだねていた。なぜなら彼女は誰とも一緒に暮らさなかったから。

寝室のドアで彼女を待つ者はいなかった。セシリアは中に入り、ネックレスを取り換えて、ヘンリの写真のほうを向いた。彼はオーデナード・ロードを見たことがなかった。彼と彼女は二人でいたロンドンのはずれから、この近辺まで、坂を下って点検したことがなかった。彼は死んだとき、この家があることとは知らなかったし、彼の人生の日陰の部分がここで続くであろうことも知らなかった。彼のこの無知が、一瞬、部屋を幽霊みたいにした。彼が一度ももたれなかったマントルピースの枠で身を支え、彼が体を温めたこともない暖炉の火に手をかざし——というのもヘンリはエメラインと同様、いつも立つ人であり、もたれる人だったから——彼は自分が一度も寝たことのないベッドの全体を見た。しかしここにあるたくさんの枕に——感情が孤独と一緒になり、過ぎた歳月が中心になっていた——セシリアはヘンリがよく知っていた悔し涙をさんざん流した。枠に照明がついたこの姿見の前でセシリアは期待に満ちて自分のパーティドレスを見た、そのフリルに触れる者も、姿見に映った彼女に微笑する者もいない。彼女は夜毎この鏡に戻り、枕に戻り、この世には寛大すぎる贈り物である自分の感覚に戻った。その感覚こそ、公園の一輪の薔薇であり、どの読者でも選び取る一冊の小説であった。

彼女は真夜中ならいいのにと思ったが、四時だった。立ち止まるものは一つもない。ロンドンはどこかでハミングしている。彼女は思った、「私は電話しない。郵便が来るかなどと見に行ったりしない」と。人生がそのとき目に見えてきた、グラスに注がれていく水のように。刻一刻が過ぎても影を落とす人もなく、刻一刻ベルも鳴らない。指輪を一つずつ外し、そのたびにテーブルの上で鳴るのが聞こえた。ガラス張りのテーブルは羊飼いの娘のように身もだえし、栓をしたボトルが虚栄に仕える侍従のように、ヴェネチアングラスの白粉（おしろい）の容器はそれだけで美しかった。彼女は想いの中で叫んだ、私のものよ、しかし返事はない。セシリア。衣装戸棚の中にはドレスが下がり、胸と胸を突き合わせて、冷たく、一度も着られたことがないかのよう。彼女は、両針が狂い、長すぎる一時間一分を指す時計のように走って降りた。時計は止まっていた。彼女は鏡に映った吐息のように消滅し、話す者がいないこだまのように薄れていった……。彼女はヘンリのことを想い、ジュリアンのことを想った。

電話が鳴った。

セシリアはベッドわきの受話器のプラグを差し込んだが、すぐには返事しなかった。耳を澄ませて立っていた。いつもの音楽が不協和音になった——すぐさま彼女は感じた、孤独がいかに貴重だったことか、静寂が家中にいきわたる、アーチや冷たい螺旋階段にも。あの愉快な静かな客間を思い、安逸がいたる所に記され、安逸を招くたくさんの本のことを思った。彼女のベッドとエメラインのベッドは間に壁一枚があるだけ。彼女は何かから切り裂かれるのを感じた……。その間、見知らぬ人が大声を立てていた。

「はい?」セシリアは言った。「ああ、はい?……あなたが?……私が?……とてもいいわ……では私たち本当に? よく分かりました、来週の火曜日に、八時ですね。いいえ、私だけですが、とても幸せよ。だって、私はいつも一人で幸せなんですもの」

＊1　南アフリカのオランダ系の移住民。南アフリカの支配をめぐり英国との間に戦争を二度起こした。
＊2　シェイクスピアの『リチャード三世』(一五九一年)より。

17 上空で

エメラインはロンドン南部の都市クロイドンでマーキーに会った。彼がなかなか来ないので、飛行機に乗り損ねるのが不安だった。灰色の薄手のコートとスカートで、小さな時計塔の周囲をかこむ六角形の座席に座って待った。巨大な六月の青い一日が空港いっぱいに満ち、ホールに反映していた。待機している飛行機が飢えたように飛び立つばかりにハミングしているのが聞こえる。スピード感が心躍るエメラインにとり憑いて、じっと座っていられなくなり、あちこち歩き回りたかった——だがそれをやるとマーキーが嫌がる、遅れたと彼に思わせてしまう。あと二十分で一時という時に彼がタクシーから転がり出て、急いで彼女のほうに来た、書類を腕に抱えている。

ダンスフロアのように広いセメントの空間にテールを下げて停まっている飛行機まで来て、まだ乗り込んでいないマーキーは、何か疑うような眼差しをしている。エメラインはプロペラに吹き飛ばされそうになりながら、陽気にその先を進んだ。タラップを上がって前方の客室に入ると、唸るような騒音に包まれ、振動が耳に伝わり、彼は、数分の間、手はずを整え、考えをすべて固めた。

その夏は、飛行機が騒がしかった。エメラインは、胃の調子は大丈夫だからと身振りで伝え、彼の向かい側の座席に座り、翼のほうを振り返った。小さなテーブルが彼らの間にあった。彼女はマーキーが文芸誌の『タトラー』を持参してきたことに感動し、なぜ持参したのかと思った。

爆音が増し、空港に加速の動きが出て、拳銃からいまにも撃ち出されるみたいな感じがした。制御装置が取り除かれ、機体は明らかに海岸に向かって全速力で進んだ。マーキーはもう地球に用はなく、言うべきことはなかった。しかし、エメラインの喜んでいる顔から、何かが起きたなと察した。地面が車輪から滑るように離れていき、高速回転して空中に浮かんだ。離陸した。傾き、平行になり、逆らう運動力から完全に離れ、相応な確信をもって、飛行機は本来の力に戻り、無関心な地球の上にいた。客室内に申し分ない日常感が自然に生まれ、マーキーは、ウェイターにうるさく注文してブランデーが二人分欲しいと伝え、それから退屈なレポートを開いた。

彼女は視線で彼にしきりに伝えていた、下を見てサリー州を楽しんでと。サリー州とケント州はますます平らになり、人が関係を持たなくなったもののように、みるみるうちに面白くなくなった――彼はどちらも好きではなかった。芝地も芝生も牧草地もが、彼の期待に反して肌理（きめ）が荒く、手垢のついたビリヤード台の布みたいに見えた。しかしエメラインには、フライトとフライトにまぎれて忘れていた、新しい人生のプランがもう一度姿を見せたようだった。彼女は座ったまま下界を見下ろして、庭園の配置を凝視していた。音もガラスも機内装飾もこの異例の事態から彼女を隔離することはできなかった。高く低く光り輝く元素を通過しながら、六月の青い靄（もや）に包まれた木々や草原がもはや物質ではない愛らしさをたたえるのを見つめ、大空に人が期待する異国風な強烈な力を見ていた。

マーキーはレポートから目を上げて彼女を見たが、やや鋭い目になっていた。彼女は『タトラー』を引き寄せて、女優たちを見ていた。エメラインに鋭く迫るのは不可能なこと、愚かしく喜んでいる無関心なビジネスマンの列にまぎれて彼女は座っていただけだ。帽子を脱いだ彼女の髪は、空の全方向からの光をとらえていた。子供っぽい喜びにあふれた顔は、彼のほうを見たときに、優しさにあふれた。耳栓のせいでかこまれていた無感覚から五感がよみがえり、快楽に向かった。冒険心が彼の目覚めた能力を揺さぶった。彼女は愛らしく向かい側にいる。二人はパリへ飛んでいるのだ。彼はただ聞いているのを止め、人が話そうとするときにのみ、音には、感覚があり、眼に見え、敵意があることに気づいた。指先が何かに触れたときの振動、明るい空気をさえぎるシルクのカーテンの影とフリンジの振動に気づいた。機内は光の世界の中では信じられないほど暗く、両翼と機体と高速プロペラが作る無色の円盤に真夏の日光をフルに受けて、飛行機は水平に飛んで海岸に向かい、その下にケント州が流れて川のようだった。

エメラインは地上をあきらめたが、マーキーはレポートから二、三度目を上げ、彼女が座って微笑しているのを見た。面白くない彼は『タトラー』を自分のほうに引っ張り、その余白に「どうした？」と書いた。

鉛筆をもらってエメラインは返事を書いた、「幸せだわ」と、そして『タトラー』を一回ねじ曲げた。マーキーは、もしそういうことなら、僕だってと言いたかった。二、三分後、また彼女が、少し不安そうな表情で、『タトラー』の別のページを彼に押し付けてきて、そこには、「『相互作用（インタープレイ）』のフランス語は？」とあった。彼はいくつかの言いかえを走り書きした。彼女はじっと見ていた。まずセルビア語で始まり、押し付けるつもりではないにしろ、この言語が第一位に来ていた。これでマーキーはレポートを後回しにし、鉛筆を持って次は何と書くか考えた。強い光は間近に、遠い爆音の静寂の中、彼女の顔には透明感があった。その背後に影のごとく浮かんでくる思想を見つめながら、彼はスコットランド女王[*1]の不運なかぼそい喉首を思い浮かべ、年代記の記者が言うには、その喉首の下を彼女が飲む赤ワインが目に見えて流れたのだ。

　彼女は笑って、突然書き出した。「マルセイユ号はセシリアを泣かせるの」彼はコラムの横に強調して走り書きした、「感受性過多」と。

「素敵」

「それなりに」

　エメラインはこれは要点を欠いていると思ったらしい。返事をする代わりに彼女は『タトラー』を手に取って、熱心に何かを気にしながら、アスコット競馬のグループに目を通し始め、それが気に入った。そしてレースを身に着けた柳のような女性たちを次々と親指で指していった。彼女に紙を任せ、彼はポケットブックから一枚破り、鉛筆を噛んで、しばし間を置いた。

「本当なの?」彼が書いた。「信じられない、丸二日一緒なんて。君は僕にとてもやさしい」

　エメラインは紙から目を上げ、付け足すことは何もないと表情が言っていた。しかし、返事を書いた。「セルビア人が二人いるわ」

　マーキーは、微笑みながら、一枚をしわくちゃにして、もう一枚を破いた。この意思伝達法は彼に訴えるところがあった。話すと伝わらない熟慮、大胆さもその振動を非難されない、投函した手紙に訪れる不確かさと忘却というベールから自由になり、彼の言ったことすべてが彼女に跳ね返る。手紙を書く無分別と、話す親密さが同時に彼のものだった。

彼が思案している間、座って気ままにゆっくり書いている間、明るい白波が窓ではじけた。彼らは雲を切り裂いていた。エメラインはもう一度下を見た。のこぎり状の金色の海岸線、寄せ来る海の波動が、本物の大西洋を証明していた。いっそう濃い青緑、自ら色を半透明にして、小さな十字の影が遥か眼下にガラスのように煌（きら）めいている。海の上に出ていた。純白の雲が重なり合って、青いエーテルの線に沿って危なげなく氷山のように浮かんでいる。フランスの上はさらに明るく、空中に煌めく崖だ。雲はそれぞれ、島のように、個性的な形を保ち、おのおの影を崩しながら、飛行機の周りに登り、それでも飛行機はこうした余計な仲間をものともしないでコースを先へ取り、そこで覚える感動は、目的地に向かうただの移動ではなく、雲の群島を通り、陰影のない深みをゆく楽しいクルーズの感覚だった。

すっかり魅せられていたエメラインが、一瞬視線を戻すと、彼のメモがそこにあった。

「で、君はどうなの？　この二日は果たして耐えがたいのか完璧なのか？　君は僕の願いを知っているはず。すべての願いをだ。僕がもし結婚できるなら、それは君だ。君がその意味を知っているのかどうか。こうなるなど僕は思っていなかった。お願いする、どうか僕に親切に。分かるね？」

最後まで来て彼女はメモから目を上げ、彼のほうを見たら、彼はもう待っていなかった。横を向いて、メモなど忘れたみたいに空を見ている。おそらく彼はほとんど望んでいないのだ、彼女のことはほとんどつかめているのだ。何週間も前にすべてたがわずに彼女は理解していた、そしていま、何と返事をするか、それはいかに返事をするかよりも明確でなく、彼女はうつむいて、彼のメモの裏にあてもなく図柄を描いた。この新たな雲の情景の現実に、あらゆる感情が彼女から奪われていた。彼の態度の遠さと冷たさを意識して彼女は感じていた、彼もまた書いたのだ、彼が書いたのは、本能や緊急事態で書いたのではなく、感情の瞬時の冷ややかさと明快さで書いたのだ、しかもそれは彼らがいまどういう状態にいるかを示していた。緊急性のないこの感情に差し止められて、エメラインは彼らの友情が経験した出来事を一つひとつ再検討していた、雲と雲がそれぞれ違うように、どの出来事もその他のものと違っていたが、彼女の感覚が増し加わり重なることでつながっていて、雲たちのように連続して働き、素早く強く性格を変えながら、そうした出来事は萎えることなく、動いていた。彼女は飛行機に乗りこみ、彼らは一緒に乗り込み、もう止められなかった。彼女がいま振り返っても、予見できない力ずくの偏向があっただけだ。見えない——そのために人としての名誉という考えそのものが危機に瀕していた——つまり、定められた道程からの彼らの逸脱。彼女はどの時点でこの軋轢が起きたのか分からなかった。どの時点で自分は身を投じたのか、しかし、身を投じたのは自分だと感じていた。

マーキーが我に返って、紙を取り戻し、急いで横書きした。「僕らは結婚できない」彼はそのメモを相手に返してから一息つき、明らかに返事を待っていたので、奇妙な微笑をたたえて彼女は書いた。「パリで話し合いましょう」

「もう言うことはない」

彼らは互いに見つめ合ったが、その視線は、彼女の側では、情愛を超えたほとばしりなしに交わされることはなく、交わす視線の長さと真剣さが——そこにこめた熟慮が、彼女のほうは穏やかに、彼のほうは探るように、感情を超えたさらに大きな役割を演じていた——間合いとなり、両者は何か得たか何か失ったかと感じ、両者共にどちらとも判別がつかなかった。飛行機は少し上昇して、影と森が点在する砂丘からなる青白いフランスの海岸を横切った。そのはるか向こうに霞がかかった河口が見え、物陰か橋をさかのぼって川が続いていた。フランスが間もなくピンクの原野に、緑色の濃淡を見せる原野に現われた。イングランドとは違い、もっと穏当ではっきりしていた。道路――彼と彼女は到着したという冷めた感覚で見下ろしている――鉄道は無人だった。建物は正確に設計され建てられていて、風景にピタリとくっついているようだった。地上はいくぶん魔力を失っていた。きっと照明が強すぎるのだ――あるいはこれがフランスか？　彼女が愛する土壌、彼が尊重する文化は、眼に見えてはっきりと金属的だった。しかしながら、森が深い真っすぐな道路とともに戻ってきて心を取り戻し、騎馬学校が広がった形の栗の木の中にあった。地平線の下は、幻影ではないと分かるが雲が重なって陣営をととのえた都市群をまだ建てていて、ボーヴェ大聖堂が煙幕の中に浮かんでいた。マーキーの最近の旅行を思い出して、エメラインは微笑み、『タトラー』に書いた、「あなたはいつも夏(サマーズ)たちと旅行している」と。

オアーズ県を過ぎると、パリを思う前にル・ブルジエ国際空港があって驚かされた。マーキーの指に力が入り、飛行機がエンジンを切ると血流が耳の中でうなりを上げ、恐ろしい音を立ててエンジンが止まり、終わりを思わせる下降が始まり着陸態勢に入った。片翼を傾けて決断をためらいながらル・ブルジエの上空を旋回する。郊外都市の図が目にまぶしく回転する。屋根のない建物が上を見上げている。しかし、誰も上を見ていない。地面が車輪と静かに応答して、色があせた空港を駆け回り、到着したという音を響かせた。それから小さな手荷物をつかんで、シャベルで掻き出される麦粒のように、彼らは信じがたい思いで、揺れている機体の外に出た。

ル・ブルジエ空港の周囲に、フランスが三色旗をはためかせているようだった。エメラインはサヨナラとパイロットに手を振り、カラシの花畑が空まで続いているのが見えた。飛行機の格納庫は看板で真っ赤だった。ホテルはいっせいに縞模様の日よけを出している。カフェの派手な日傘の下から老いた男たちが、おとなしく到着を見ている。少年たちがフェンスに登って揺らしている。あらゆるものが楽しげに素人らしく見えた。その上には晴れた空があり、速度を緩めて風が吹いていた。灰色に塗られた鉄製のフランスの役所が「税関」であると明言していた。風通しのいい二つの入口の間に彼らはスーツケースを置いた。マーキーはやれやれとばかりに背伸びをし、煙草に火を点けた。「さあ、着いた」彼が言った。彼らは到着した。

「次は何だい？」

「セルビア人に電話するわ」

「ああ、ダメだ、しないで」とマーキー。「それはまだだ」

パリは、不気味な北側から近づくと、まったくパリらしからぬ第一印象を見せるか、予想する以上のパリらしい印象を与えるかどちらかだった。何時間も速度と付き合ったあとでは、灰色の高層建物群の印象は薄くなった。形だけのバルコニーがついているファサード、熱い埃を避けている日よけ、カフェの椅子は油断なく、歩道は生きて走り、一瞬目を惑わし、精神を黙らせる……。エメラインは、ブールヴァール・ラスパイユにあるホテル・ド・パドュエが好きだった。マーキーは、あれは僕にも合っているよと言った。セーヌ川のもっと優雅な一帯に向かって進むと、高い泉水の白い泡や、気難しい栗の木の茂みが建物というよりは兵士に見え、日を浴びた建物はクリーム色がかった灰色で、漆喰のようにもろく見えた。調子はずれのこだまと静寂がアーケード街を通る。道路には水が撒かれていたが、樹木は夏のおかげで色が変わり、疲れている……。この薄暗い交通網にもう一度飛び込むと圧倒されてしまい、それまでは計画がはっきり見えていたのに、何か新しい人生が見えてくるようで面食らった。それは、自分のものではなく、すべてに二重の違和感を与え、エメラインはタクシーの中でマーキーの隣に黙って座っていた。川を渡り左岸を上がってホテルに着いた。

彼らの部屋は二つとも裏を向いていて、中庭と未完成の建物が見えた。午後は宙ぶらりんの危機感――瞬間がことごとく引き延ばされた午後、地上での最後の日みたいに、恐怖と別れの感覚が等しく離れてゆき、あとに残るのは本当に短い移動のみ――が勝手に広がって区切りをつけ、街中がせわしく動いていたが、何度訪れても完全に知ることはできない街だった。ホテルの受付からエメラインはセルビア人に電話した。彼らは気さくな人たちで、いますぐには会えないが、だいぶ先になるが明日の予約ならできると言い、驚いたのは、あなたの友達と一緒にランチにいかがと誘ったときだった……。気が付けば彼女はマーキーとともに、もっとも寂れたパリの片田舎で、天文台（オブザーヴァトワール）の門の向こうに永遠の秋の空気を見ているのだった。その後、彼らは庭園をぶらぶら歩いて、リュクサンブール宮殿に向かった。そして空中ブランコの話をし、公演中ではないのを残念に思い、どこでディナーをとるのがいいか思案した。

「もしかして君は言いたいのかな」二人でリュクサンブール宮殿の近くで腰を下ろしたときに、マーキーが言った。「僕は来るべきじゃなかったと」

「いいえ。どうして？」

「じゃあ、何を思っているの？」

「分からない」

彼女の態度がこう語っていた、「私は何か考えなくてはいけないのか？」と。樹木の影と熱気に包まれて生きているのに、生きるのを一時停止されたかのように。彼女は証人席に沿って五本の指を全部広げた。マーキーは彼女の手を見てから顔を見て、それから木の枝々の中を見た。近づきすぎて相手が見えない緊張感から、熱気がこもる物陰で二人の感覚が混ざり合い、座っている二人にとって、見つめてくる都会がゆらゆらとぼやけてしまい、マーキーにとっては、頭に刻まれているはずのパリの絵図が遠くなった。エメラインは、いま着ている白いドレスを緑陰に染めながら、自分の手に近づいてくる彼の手を見下ろしていた――エメラインのために、彼女のほうを見ているマーキーは一瞬怒りを消した、溺れるかのように。緊張がゆるみ、戸惑う午後の穏やかさが――その中で、彼は、記憶をなくした何者かのように、ためらいながら、依存しながら、彼女は、あらゆることを覚えている何者かのように、乗り越えていた――おだやかな水の流れのような夜へと二人を運び、鏡のような顔をした堕落の頂（いただき）に急がせた。

真夜中過ぎに、二、三の声か、あるいはさまざまな音が金属的なこだまを伴って、ホテルの裏手の常ならぬ静寂に落ちた。

＊1　本名はMary Stuart（1542-87）、スコットランド女王（1542-67）、イングランドのメアリ一世（在位1553-58）。通称Mary, Queen of Scots、Bloody Mary（カトリック信仰のゆえに多くのプロテスタントを処刑した）。エリザベス一世（在位1558-1603）の退位を策謀したことで処刑。

18 パリ

その日曜日の夕刻、マーキーは金色の籐椅子のソファに座ってエメラインを待っていた。ホテル・ド・パドュエの正面玄関で、目の前にはリフトの入口があった。彼女は新しい手袋と投函する手紙があるの、すぐ戻ると言って上っていった。まだ戻ってこない。マーキーの表情と態度に動きは見られなかった。忍耐心が燃え尽きて、燃え殻になっていた。視線はどこか死んでいて、貪欲な皮肉な知性をしのばせるものはなく、玄関ホールの市松模様の白と黒のタイルがちらちらと目に入るだけだった。通行人たちは冷たい光を膝の高さまで受けて通り過ぎた。高速で旅をして、彼は何かに――彼女の不在――頭をぶつけ、潰れはしなかったが鈍い痛さはあった。セシリアが信用しない彼の口――動きすぎで欲が深く、黙っているときもガードを解かない――は、受け身に徹してへの字に垂れ下がっていた。途方に暮れた様子が態度に出ていて、軽い同情を呼んだかもしれない。行く手をはばまれた小ナポレオンは力尽きた。彼はその日の予想以上の難しい内実を読んで、疲れていた。忍耐を通り越して無感覚になり、座ったままエメラインを待った。

重苦しい音を立ててリフトが溝を滑り、上から二度降りてきた。戸口が二度ガチャッといって開いた。エメラインの姿はない。ホテルの廊下に溶けてしまったのか、彼女の体が消えるのは、彼の理性の底流にある不安にとって、信じられぬことではなかった。なぜなら彼は、昨夜以来、度を越したという感慨、天かける彼女の高揚感の飛翔の中で、引き離されたという感慨に、圧倒されていたからだ。一瞬、心臓の鼓動を両手に感じていた小鳥が、さっと飛んで逃げたような感じだった。情熱なしに降伏し、彼のものになろうとする全き意志は、遥か彼方に彼女を送り、彼を通り越した。心ならずも諦めた彼女の態度が、彼女の純潔の恨みを晴らしていた。気が進まない出発を、彼らの情熱の表現が二つに異なっているその不均衡が彼を孤立させたことを、彼女が意識していたかのように、彼女の今日の表情に彼が読みとったのは、もてなそうとする一種の優しさだった。彼についてくる彼女は、何も見ず同時にすべてを見る目をして、一瞬であれ彼と離れたくないように見えた。指先を彼の手のひらに預けて、その手にタクシーの揺れや急停車が記録され、彼らはヌイイに行って、セルビア人とランチをとることになっていた。

彼らはセルビア人とランチをとった。奥まった小さな場所でガラスのドアに日光が熱かった。都会風の動きが活発になり、招待主はピンク色のワイングラスを満たした。マダム・シャーバツコフは、セルビア人の一人のほうのフランス人の妻で、用心深く笑いながら、四方に目を配り、スティール製のネックレスに触っている。エメラインは、顔色は青かったがいまは立派な仕事人として、この社交の流れに合わせて葦のようにそよぎながら、根っこは揺るがなかった。マーキーは敬意を深めた。青いイチジクのひと皿を前に、彼らの二つの「相互作用（インタープレイ）」が確定した。豊かな煙草の煙がランチテーブルの上の「協約書」の用語をなぞった。ランチのあと、マーキーはヴィラの庭園の突き当たりにある園亭でマダム・シャーバッコフと一緒に座り、仕方なく対話をした。一方、エメラインは室内で二人の共同経営者と仕事の話を終えていた。そして微笑みながら外に出てきて——万事順調——赤い砂利道をたどり、有色人である二人とともに園亭までやってきた。石垣と砂利が熱く揺らめき、焼けたガソリンの匂いとマダム・シャーバッコフのコサージに振りかけた香水が一緒になってイボタノキを覆っていた。彼らはさようならと言い交わし、タクシーに乗った。マーキーとエメラインは車で、ブーローニュの森を通ってサン・クルーの森を抜けた。

森は高いツガの木が木々とまじりあい、背後に湖が輝き、涼しくて麗しかった。サン・クルーでは都会の周囲にまだ環壕（リング）があった。ヴェルサイユもサン・ジェルマンも同じようなものだろう。欄干から、石造の噴水のない水場の縁から熱気が出て揺らめいている。彼らは向こうにある貯水池の半透明な緑色の水を眺め、ライムの木々（善し悪しの見分けがつかない）が密集して見通せない壁、石段に支えられた石像の列と丸く刈り込んだ青灰色の夏色になった栗の木が長く並んでいるのを見た。テラスと秘密の小道は人気の並木道だった。今日は潮風みたいな風が吹くモーパッサンのパリの日曜日[*1]、木の葉の後ろにドラマがある。森には人声が鋭く行きかい、森に静寂はなかった。山小屋の周りでは一団の人たちがシロップをすすっている。恋人たちは物陰に眠そうに座っている。内側が花壇になった坂道にそって群衆が高いテラスから町のほうをじっと見ている。彼方には、快晴で暑いこの日曜日、空中を行けば三時間もかからぬあたりで、リッチモンド、キュー・ガーデン、ハンプトン・コート、恋愛、家庭生活、レクリエーションが営まれている、いつもより角の取れた徹底しないマナーで、とはいえ相も変わらずに。パリの周囲、そしてはるか南に、無人のフランスが彼女のプラン、すなわち、レンガを敷いた平野と高速道路、植樹した河川と、石灰岩（ライムストーン）の崖のプランを広げている。ロンドンの西、車が殺到する斜面は日光で薄まっている。ファラウェイズ荘の生け垣はアーチの向こうに昔の夏があり、ライムの木陰はシャワーのように芝生に降り注ぎ、そこにセシリアが座っていた。空から見ると、たくさんの煙突が揺らめいている……。エメラインは自問した、この膨張した現在は、この空間の締め付けるような縮小は、航空機に関心を持つことと一体なのか。エメラインは、あまりにも多くの顧客を空中に送ってきたので、ブルームズベリーの彼女のオフィスはスピードを放射しているようだった。いま彼女はサン・クルーの木の樹皮に手を当ててじっと立っていた――彼らは馬車道で近道を行った――樹皮の実際の粗い手触りは、そのまま多くの森への想いにつながり、いつもこうしていたいと強く思った。そして突如、動きたくないと思った。明るい静けさを楽しみ、一時間でもいいからある物の周囲を全部見て、小さな光の変化を楽しみたい、馴染み深い、愛する場所一か所で、一日と一季節の細やかなるがゆえにいっそう偉大な循環を見極めたい、庭をめぐる物陰の移ろいを見守り、同じ木の春と秋を、そしてその冬の形を見たい。

「ここは怖いな」マーキーが言った。「どこかよそに行こう」

しかしエメラインはとても青い顔をして、栗の木にもたれて言った。「私は私たちがどこにいても気にしないわ、いまいるところにいられるなら」

マーキーは、彼女の疲労が分かり、恋人のやさしさと自責の想いから、彼女の肘の下に手を滑り込ませた。「さあ、行こうか」彼は穏やかに言った。

「どこへ？」

「そうだな、どこかで座らないか」

エメラインは彼と並んでゆっくり歩いた。座る場所は、どこにもないようだった。カップルがあらゆる場所にいた――そんなことはあまり意に介さない彼女を、彼は知らなかった。「ここはひどい場所だよ」彼は怒って言った。「君を連れてくるなんて」

「ほかになかったわね」

エメラインは――日照りですべりやすい芝生のいたるところで足音が聞こえ、下ばえを通るカップルが引きちぎる葉の音を聞き、近視のせいで漂う霞を通して、暑い緑の森影を見ていた――ぼんやりと辺りを見回しても、居場所が分からなかったが、ある思考が心をよぎった。彼らがはるばると飛行機でスマートに飛んできたのは、たんにこのためだったのか？　マーキーは彼女の表情に失望と困惑を見て、とくに今日は彼女をここに連れてくるべきではなかったと感じた。快楽をハミングしている森は、彼の苦しい感覚にとっては喧しいお祭り騒ぎになった。彼女の繊細さを思いやるといたたまらなくなり、彼はエメラインの肘の下に置いている手を引き寄せて、馬車道に継ぐ馬車道を行き、彼女を引き回し、前景が開けた所に来た。常に前方に描かれている孤独を追いかけるときに、前景が描いたのは、さらに遠い木の幹の間にあるまやかしの空間の蜃気楼、それなりに広い円環であり、彼らをテラスに連れ戻していた。

彼女はやっと言った。「私たち、どこへ行くの？」

「戻るんだ」

「でも、いま来たばかりよ」

「いや、君はここが嫌いでしょ」

「嫌いじゃないわ。時間がないの。動き回るのが嫌なの」

「じゃあ、どこか静かな所に行こう」

「私たち、パリにいるのよ」エメラインは理性的に言った。彼女を厳しく見つめながら、彼はホテルに戻るべきだと強く訴えたかったが、彼女がそれをどう受け止めるか自信がなかった。幼い少女が二人、通りがかりに好奇心から、島からきた者たちを明るい鋭い瞳で見つめた。マーキーは彼らしくセルビア人のことは忘れてしまい、パリにいる現在を感じていた。この都会すべて、その環境がすべて自分の責任だと感じた。この午後の俗悪さと混乱を過大に解釈し、状況のコントロールが不足している点で彼女が彼を嫌うのではと思い迷った。マーキーにあっては、情欲（パッション）は、気紛れに曲線を描いていた。彼の男性性（マスキュリニティ）は、手落ちなく体面は保ったが、その下では、不安定さ、強引さ、満足まで行かないことが渦巻く流れとなり、彼には自覚のない静けさが踏みにじられていた。休息を何となく見過ごしてしまい、彼が自分で休息をとれなくしてしまった……。手すりにもたれ、彼らはライムの木の頂（いただき）の向こうにセーヌ川とパリから上がってくるまぶしい光を見ていた。彼の態度にはっきり出ている謙遜を見て、エメラインは一日中驚いていた。彼女は自分が何を期待していたのかは分からなかったが、これではなかった。その日の彼女の感覚は、彼女の彼の感覚だった。彼に強く縛られていると感じ、しかも二人がどこにいるのか分からなかった。

サン・クルーから戻ると、時刻は五時頃、太陽がホテルから去り、また涼しく暗くなっていた。シャッターの隙間から細い光線が入っていた。彼らは黙って別れた。エメラインは入浴し、それからピーターに手紙を書いてセルビア人のことをすべて伝えた。明日はあなたに会えません、私とマーキーは月曜の夜までここに滞在しますから。一方、マーキーは飲物を持ってくるようにベルで知らせ、だいぶ回復していた。やっとわかった、自分は罪悪感があり神経質になっていたのだ。カラーを付けないでしばらく座り、何度も満たしたグラス越しに、壁紙で縞模様になった部屋の暗がりを見つめ、氷は徐々に溶けていき、こうしたことが、かつてエメラインに言ったように、結局のところ、まったく普通のことなのだと反芻していた。彼は廊下を進んでエメラインのドアをノックした。返事がない、まだ風呂に入っているのだろう。あるいはもう寝ているのか。彼はドアのノブを用心深く試してみたが、思い返して戻り、緑色のかたいソファで体を伸ばし……。目が覚めると、エメラインがドアロに立っていた。黒と白の衣服で、またとても新鮮だった。いつでも、と彼女が言った、外出できるわ。しかし、リフトから一歩出たとき、彼女は手袋を見て顔をしかめた。指先が汚れていたのだ。間違えたわ、と彼女は言い、ピーター・ルイス宛のとても大事な手紙も忘れたと言った。そこで彼女はまた姿を消した、ユーリディケ[*2]のように。わけ知り顔のコンシェルジェは彼らを待っていたタクシーにほかの人を乗せた。マーキーは、こういう関係で女性と出歩くのに慣れておらず、早く出る準備ができたように見える女性は、決して準備ができていないことをまだ学んでいなかった。

出かけるのは遅くなるだろう。ガラスのドアの向こうは、暑い残照が二重並木の道路(ブールヴァード)を満たしていた。黒っぽい電車がすれすれに通り過ぎる……。マーキーは目を閉じた。玄関の敷石に嫌気がさした、彼の瞼には赤と黄色に映った。「何時間かかるんだ」やっと彼女の足音が聞こえて彼が言った。

エメラインは微笑みながら、コンシェルジェに部屋の鍵を渡した。それから振り向いて、「ダーリン……」と言った。その声は一変していて不意をついた。彼女はリフトの扉の隙間から彼を一度見ていた——ほかならぬその美しい瞳、閉じた瞳は彼が座っている椅子に沈み、何か期待している様子はどこにもない——彼らが恋人同士だという事実が、彼女の身にせまった。新しい長手袋を手首のところで引き上げながら、彼を見て微笑み、彼女は魅せられ、魅せていた。彼は居ずまいを正して立ち上がり、彼女の表情にある無垢と全き信頼を正面から受け止めた。驚嘆するばかりだった、彼の内なる不安なモラリストが彼女を見てあえぎ、まだへだてのあるその日のどこか霞がかかった穏やかさから立ち現われた彼女は、事態を確信して輝いていた。彼はその輝きが説明できず、その事実が衝撃だった。だが、きわめて純粋な良心は、それ自身が法律である。不正を知らず、不快なものだけを知る。

コンシェルジェは、にっこりして、タクシーをもう一台呼んだ。エメラインは、彼らの計画に関して、一切態度に出さないで——彼女は仕事をしにここに来たのではないのか？——言った、「どこでディナーを？」と。マーキーが彼女に伝えた。

「夕方が半分過ぎた」彼が文句を言い、タクシーはブールヴァードに入り下って行った。

「でも、あなた、寝ていたわよ」エメラインが言った。「私、覗いてみたの」

「時間がまるで無駄になった」

「エレベーターボーイに言うのを忘れたので、リフトが最上階まで行ってしまって。どこにいるか気づいたときは、彼はもういなかったわ。だから歩いて降りたの。何年かかったかな」

「どうしてそいつをベルで呼びつけなかった？」

「頭が回らなくて。おまけに部屋のメイドに引き留められて。私の部屋の片づけをしていたから」

「で、相当おしゃべりした？」

「口をきかないわけにいかなかったの。パリを楽しんでくださいって。あなたのことを夫だと思ったみたい――召使の人たちって、人が結婚していると、すごく喜ぶのね。エッフェル塔に登ってきたかって。まだ、と言っておいた」

タクシーが曲がり角を鋭くカーブし、エメラインはマーキーにぶつかってしまい、抱きとめた、彼の腕から逃れた。「パリのタクシーって、好き」と彼女は言って、タクシーの窓枠につかまった。『最後の道行』[*3]みたいね――あの夜のお宅のコックのこと、覚えてる？ あなたはすごく心配してたわね」

「どこで君と一緒だったかなんて、誰も知らない」

「あなたには失望してるの――マーキー、あなたはまさか、私が人間じゃないと思ってないでしょうね？」

彼は熱心にそれは違うと断言した。彼女ははっきりしない恐怖から逃れたような気がした。この断言に対する不安がいかに彼女の降伏を証明しているか、彼にはそれを問いただす機知がなかった。リラックスしてエメラインが言った。「なんだか可笑しいわね、自分のすることを全部あなたに言うなんて。些細なことが大きくなってしまうわ」

「君はそういう可笑しい人生を送っているんだ、猫みたいな。行ったと思えば、帰ってくる」

「女はみんなそうでしょ？」

「僕は知らないさ、そうなの？」

「知らないわ」彼女は窓の外のパリを見つめた。観光客の見るにじんだパリ、木の枝や人影がピンク色がかった紫色の夕闇にくっきりと浮かび、真鍮色の明かりの列がカフェに灯り、サイフォンを照らし、疲れた木々を金色にしていた。人はそれぞれに熱に浮かれて動くか、熱っぽくじっとたたずんでいる。

「どこまで」彼が言った。「君はセシリアに話したのかな?」

好奇心以上のものがこの質問を持ち出させたようだった。エメラインは驚いて振り向いた。「あ あ……」彼女は言って、考えた。「彼女はすごく忙しいから。私たちはお互いによく知っているし。あまり話をしないと思うし——彼女は知ってるわよ、もちろん、あなたがいまパリにいることは」

「へえ、知ってるの?」マーキーが言った。

その場で見えた彼の関心の大きさは——彼はむしろセシリアを低く見ていた、猜疑心と世間的な抜け目のなさがある女だと疑っていたから——エメラインに思いがけない強い印象を与えた。少し不安になり、エメラインはセシリアとドアロで交わしたあの時の対話を思い出した。セシリアは、たしかに困っていたが、本当はあまり関心がないように見えた。セシリアは強く主張していた、マーキーがパリに行くのは不必要だし愚かしいと思うと。セルビア人に会うんでしょ? 手紙で頼んでおいたのよ、夕刻には、セシリアの友人が二、三人、エメラインを待っているから——エメラインには自分の友人もいたが、セシリアは彼らはいい人ではないと思った。惨めな暮らしをしていて、ディナーのもてなしもできないかもしれないと。

軽い寒気がエメラインの背を走った。マーキーに身を寄せると、彼は彼女の手袋を脱がせて手のひらを返し、そこにキスした。セシリアには言い訳が立たないと彼女は思った。口に出さない信頼感、人生はある一定のコンパスの外に出ることは許されないという理解に基づいた信頼感が彼女らの間に存在して、みだりにそれを外れてはならない。セシリアの途方もない振る舞いには、エメラインに対する彼女の関心のほとんどすべてと思われる何かが、後方に強く引く力が働いていた。彼女らの同盟関係は、セシリアの側では確実に防衛面が大きかった。ヘンリの死はどこかに荒廃をもたらし、バランスを崩していた。オーデナード・ロード周辺には一種の囲い地が築かれ、感情の一種を防いでいた。その規模ならもう何も起きないはずだ。彼らの共同の暮らしにあっては、穏やかな結婚生活にあるように、エメラインとセシリアは共に問いただすことが徐々になくなっていき、自分が描いた相手の肖像画に互いに愛情深く対面し、それがほとんど現実に近いのだと思っていた。家庭的なこの信頼感、もう一つある心臓を知らない幸せ、だがそれは苦悩にもっとも弱く、裏切ってはならないものだった。エメラインは英仏海峡を見渡し、突然自分の家に見知らぬ人がいると感じた。十分に住んだとは言い切れない家ではあったが。新たに湧き上がっていた信頼感が揺らめき彼女は地上すれすれに落下した。セシリアのエメライン観がしつこくつきまとい、それは幽霊のようにつきまとうのだと感じ、エメラインはいつもヒマでご満悦な猫みたいだという考えに対して、思うことを口にするつもりはなかった、「そんなの絶対に私じゃないわ」と。こういう女の誕生に立ち会う痛みが生まれた。この新しい力は、いまの彼女を支える力にならず、翼が引っ張られたように、肩が重かった。

マーキーの手にある自分の手を見ながら彼女は言った。「彼女の話はしないことにしましょう」

「僕だって、したくないさ」

「私はあなたをとても愛しているの」彼女はそう言い、立ち直ろうとして、自分の手を彼の手から少し引き離して、タクシーの横壁に付けた。マーキーは――手を引っ込めた彼女に抗議するのか、彼女に言葉を奪われたのか――奇妙な目で彼女を見つめ、皮肉な色も多少あったか。エメラインのいま言った珍しい宣言が――いつも自立を示す無意識のしぐさが先行する、できるだけ自分になろうとして口を開きたいというように——彼に与えた影響は、彼を黙らせてさえぎることだった。彼らは無分別または無意識に口から出たものと恐ろしいまでに関連していた。彼は知らなかった、いかに自分が感情的に敵意という意志に依存してきたか、いかに自分が彼女の中に、動揺する反応を、恋人たちが楽しむ貴重な非行の感覚の中で彼女をほとんど我がものにすることを、あてにしてきたかを。彼がまず女たらしだということは、無法という考えと、良心のうずくような痛みという考えの中にあった。有罪だという考えが彼を熱く燃え上がらせたので、無垢に屈した形（イデア）は、大理石のように冷たかった。タクシーはトラック二台の間をすり抜け、道路の中央分離帯（アイランド）に乗り上げ、バスをあやうくよけた。エメラインは声を上げて笑い、パリはスピンを繰り返し、光の氾濫に目を奪われた。マーキーは緊張して、悪態をついた。彼の神経は安んじることがなかった。

「いつもこうなの」と彼女は言い、落ち着いていた。

「よそ者め」と言ったマーキーは、運命論者ではなかった。

「まあ、いいわ、殺されるなら、殺されましょう」

マーキーは、自分はそうはいかないと言おうとしたが、そこで不運にも、いきなり車の根幹部分が止まり、タクシーはレストラン、高級レストラン、フォワイヨに横付けになった。

観光客の団体が月光に白く浮かぶサクレ・クール寺院の階段下をぶらついたり、じっと立って都市全体を見ている。マーキーはエメラインと一緒に最後の階段を登り切った。この高さに来て彼は驚いていた。エメラインは少し疲れてしまい、マーキーと一緒にパリを巡り歩くつもりはなく、室内のパリを熟知しているマーキーは、彼女のために計画した夕べをきっぱりと捨てていた。彼女はそれも楽しいだろうと同意したものの、息が苦しくなったのが心配だった。マーキーは、子供じみた二、三の楽しみは捨てても惜しくなかったが、月光の塵を浴びている自分に感動していた。彼女は夜気が好きだと言ったことがあった。「さあ、希望がかなったね！」マーキーはそう言って、階段の一番上の手すりを握りしめた。

エメラインは、プロの目で観光客たちを一瞥しないではいられなかった。彼らはどの会社の客たちだろうか、満足しているだろうか、この罪の都市をこの高みから見る段取りをつけるときに、果たして満月も契約に入っていたのかどうか。彼らの添乗員が階段の下で待っている。

月光は、氷河のように、不気味に都市の屋根に落ち、セーヌ川のカーブを捕えていた。パリの吐息は時間ごとに冷えて昇ってくる。間もなく真夜中。この安っぽいむき出しのテラスでは、人は冷たい月と付き合うだけだ。鳥影が見えたとしても、鳥は一羽もおらず、ガラスのような天空があるだけだ。

「とても幸せよ」彼女が言った。「これが永遠であって欲しい」

マーキーは、恐れていたことの第一弾がきたことに用心して、急いで言った。「どうせ続かないさ」

「ええ、そうね。でも私たちには、今夜ともう一日あるのね」

「しかし、君は僕と結婚したくなかったんだ、そうでしょう?」彼は、これを限りと、万事がこれで終わったみたいに言った。

「そういう期待はしてないわ」エメラインは言い、月光の中で彼のほうを不安そうに見た。

「さしずめ大失態になるだろうよ」彼はやや興奮して続けた。「僕は、誰かが結婚できるような人間じゃない、まして君が。失望するよ。僕にはそれが耐えられない」

「どうかしら」

「君は自分を騙しているんだ」彼は焦って言った。「僕は君とは暮らせない。はっきり言うよ、エメライン、僕は一緒に暮らしたくない。僕は君の目の前で、ばらばらに壊れる気がする」

「それはあなたの感じでしょ」彼女は打つ手もなく言った。

「まだある。君にはとうていあり得ない終わりになる！」

「でも私は、どうやって終わるの？」

「知らないよ」彼のその言葉には、彼女が恐れるあの神経質な冷たさがあった。

「でもみんな結婚するみたいよ」

「しないよ、君や僕のような人は」

「私があなたの邪魔になるというの？」彼女はこう言って、理解しようと努めた。

「それはないよ、まあ言ってみれば、僕が君の邪魔になるほどではないさ。あり得ないことだろうけど」

「私たちは互いに相手を愛していても——いつもこうやって別れて、いつも去ってゆくのね！」

彼は彼女の腕をやや強くつかむと、エメラインを引っ張って旅行者の一行のそばを離れた。彼女の言葉がはっきりしていて、立ち聞きされたかもしれなかった。月光の中で彼女に向かって顔をしかめ、説得しようとした——なぜなら彼は、穏当ではないにしろ、正直でありたかったから——そして繰り返した。「僕は君とは暮らせっこないんだ。あり得ない」

彼女の心は明晰さが奪われた。彼が怒っていることだけが分かった。「でも、私は何なの？　私が何かしたかしら？」

「君は結婚したいのかい？」

「いいえ――」怖くなって彼女は叫んだ。近視のせいで、彼の動き、月光、こっちを見ている教会、けばけばしい非現実的な情景は、前後のつながりが区別できず、彼女はうろたえたような仕草を見せ、それは捨てられた女の仕草だった。教会は――マーキーには威圧的な不毛の記念碑だった――高くそびえ白く冷ややかだった。その内部に暗闇が蓄積されていると思うと――しかもそれを隔てているのはドア一枚とカーテンだけ――すえたような罪の匂い、冷たい香の匂い、永遠に吊り下がっている真紅のランプの隙間に覗くイメージが、マーキーには一種の吸引装置を造り出し、不信感の冷たさにそぐわない神経的な熱狂をもたらした。彼の心の隅には迷信があって、そこが休まらなかった。帝国の勢力や野望や感情といった強力な侵攻に晒された土着民のように、精神上の感覚が内部ですべて理性の前から荒々しい奥地へと後退してしまった。そこでは征服者とどんな関係も結ぶことができず、無秩序に屈し、その果てに厄介者となった。祭りの日に町に来て、逃げ出す取引をする野蛮人のように、異様な振る舞いに身をやつし、その存在で征服者を油断させるようなお祭り騒ぎを演じ、彼の中で地図にない領域からこっそり這い出したと感じている。先が見えすぎる小ぶりな人生観が彼の脳髄にのさばっていて、頑固に循環していた。

エメラインは彼が不幸なのは耐えられなかった。優しく彼の腕をとり、それで新たなつながりを得て嬉しかった。「もうよしましょう」彼女が言った。「どうして話なんかするのかしら？　私たちはとても幸福なのに。私はあなたのおかげですごく幸せだわ、どうしたらいいか、分からないくらい」

「そうさ、僕らは恋をしているんだよね？」

エメラインはうなずいた。「さあ、ここから離れましょう」

「僕が怖いんだね、エンジェル！」

「いいえ」

「でも僕は心配になるんだ。君は自分が何をしているのか、知らないんじゃないか」

「後悔なんかしないわ」

「時間を無駄にしている」彼は熱意をこめた口ぶりで、初めて彼女を見たかのように、言った。

「僕らは時間を無駄にしているよ」

テラスに人影はなかったが、彼らは二人だけになったときの楽しみにふけらないで、階段を一緒に降りた――エメラインは思い出していた、男たちは、もっとも珍奇な時を選んで物事の説明をしたがる輩（やから）だ、とセシリアが力説していたのを――マーキーはとても明るくなって言った。「僕が誰かを撃っていたらなあ、僕は射撃型の男なんだ」一つの時計が真夜中を打ち、その時刻まであと少しあった。

＊1　モーパッサンの短篇に「パリ人の日曜日」というのがある。初出は一八八四年。
＊2　ギリシャ神話のオルペウスの妻。冥界に行き、夫が彼女を連れもどすときに、振り返ってはならない禁を破り、振り返って妻を見てしまい、ユーリディケは永遠に冥界にとどまる。
＊3　英国の詩人ロバート・ブラウニング（Robert Browning, 1812-89）が一八五五年に書いたいわゆる劇的独白（dramatic monologue）の詩。サイコ・セクシャルな内容（タイトルも）にフロイトのシンボルを見る人もいる。

19 週末

レディ・ウォーターズはさほど苦労せずにジュリアンと連絡を取り、サー・ロバートはその企てに心ならずも役立った。彼女はジュリアンは予想外の難物だと見たが、ポーリーンを通じて関係を保つように努めたのも、ポーリーンの学校長のアントニア・シェリルと、何年も前のスペイン旅行で生まれた友情関係を再発見したからだった。そこで彼女は学校を訪問し、ポーリーンに自分はあなたのおじさんのお友達だと言って自己紹介した――ドロシアですらドキドキだったと打ち明けた。彼女とアントニアはランチで思春期について議論し、アントニアとポーリーンはお茶に招かれ、この少女は歯医者に連れていかれた。最後に、ポーリーンは、学期半ば（ハーフターム）の休暇で外泊ができるのに、行くところがないと聞いて、彼女はその孤児をファラウェイズ荘に招待した。

ポーリーンは招待にびっくりしたが得意になった。六月の第三土曜日に彼女はバスで田園地帯に向かい、濃紺のサージのコートとスカートという姿で、付き添いはサイレンセスターの近くに親戚がいるという学校の寮監（マトロン）だった。運悪くその日は雨で、その悪天候は南に着実に移っていった。田園地帯は蒸気が出ているみたいで、道路は河のように流れていた。レディ・ウォーターズはポーリーンにおじさんがくると約束したのに、ポーリーンは彼から便りがあるわけでなく、彼が本当にファラウェイズ荘にいるのかどうかも分からなかった。彼女はレディ・ウォーターズに魅了されていた、彼女といるとよく顔が赤くなり……。ハイ・ウィコムで馬車を取り換えた。ポーリーンはチョコレートバーを食べ、マトロンは「マリー・ビスケット」を封筒から出して食べた。森を抜け、尾根を越え、雨で暗い村々を通った。大衆新聞の『デイリー・ミラー』が終わると、ポーリーンとマトロンは湯気で煙る窓の外を眺め、建物などを互いに指差し合った。二人は友達みたいになった。ポーリーンは、サイレンセスターでマトロンが急に庶民的になって、大きなグリーンの帽子をかぶって親切になり、バスからポンと降りて妹と抱き合うのを見て、心が沈んだ。ポーリーンは一人で歩きだし、ファラウェイズ荘から来た迎えの車のほうに行った。

雨が小降りになって止んだ。車はサイレンセスターを抜けて、雨後のせいで滑らかな音を立ててファラウェイズ荘に通じる道に入った。ダイムラーに乗っていると、車輪がついた温室のような安定感があり、ポーリーンはコートとスカートの白い毛羽を摘(つ)まみながら、いつにも増して自分は孤児だと感じていた。足元には大型のヒラメ(ターボット)が入った湿った包みとライムジュースの瓶と、サイレンセスターの食品雑貨店で買ったチーズビスケットの缶が置いてあった。数マイル行ったあとで運転手が車を止めて、気分はいいかと訊いたが、気分よりももっと気になっていたのはヒラメのことだった。

車が敷地内の馬車道の角を曲がったので、ポーリーンは帽子を真っすぐに直しながら、柱廊付きの年季が入った石の家を見た。たくさんある窓はよく磨かれていて白い枠がついていた。正面玄関の前にはライムの大木が芝生に枝を落としている。レディ・ウォーターズは水滴を払い、グレーのウールニットの服装で踏板の上に立ち、庭師に指図してクロックゴルフをするための番号札を置かせていた。小さな赤い旗を突き刺している……。ポーリーンは、自分の訪問のためのこうした準備を見て、たいへん興奮し、誕生日のケーキに蠟燭が灯ったみたいな気がした。車が停まった。彼女は外に出てレディ・ウォーターズにキスしたら、彼女はたしなめるように言った。「あなたのおじ様からは、何一つはっきりうかがっていないのよ」

「あら、いやだ」ポーリーンが言った。

「それでも……」レディ・ウォーターズが言った。そしてにっこりしてポーリーンの不安そうな顎の下をつつき、玄関のほうへ案内した。サー・ロバートは、窓から見ていたが、急いでそこから一歩下がった。光線が雲間から漏れ、それとわからぬくらいに別れた光線はブロンズ色の干し草畑に触れ、遠方の銀色の木々がその瞬間を狙って優雅にざわめき、そうやって雨模様の六月の天気がまき散らされる……。ポーリーンは自分がたいへん親切に留意されながら、まだ会いたくないと思われているのを感じ、それはサー・ロバートに違いないと感じた。しかしレディ・ウォーターズは無言だった。サー・ロバートのお相手は、書斎のずっと奥にいる鳥類学者で、ポーリーンにはおよそ興味のない人だった。

「何も聞いてないのよ」彼女は言って、ポーリーンを内緒話に誘いながら階段を上がっていった。「私の姪のことだけど、あなたもご存知ね。ミセス・サマーズのこと。この週末は少し面倒でした。でも作曲家をお招きしていて、その人のことはあなたは聞いているわね――ここがあなたの小さなお部屋よ、ポーリーン、本当にちっぽけでしょ」

「まあ、なんて居心地がよさそうなのかしら。天国みたい！」ポーリーンは叫んで、両手を握りしめた。実際とても小さい部屋だった。背の高い磨かれた家具の谷間に部屋があるみたいだった。窓からポーチが見える。ループのモスリンのカーテンを通して甘く湿ったライムの香りが漂っていた。「ミセス・サマーズはお隣のお部屋だから、寂しくないわね。あなたたち二人はもうすっかりお友達なんでしょう？」

「彼女が来るんですか？」

「彼女の義理の妹さんがパリにいるから、そうなるらしいわ」レディ・ウォーターズはソープディッシュ、インク壺、ビスケットボックスを見た。全部定位置にある。「ここでは内気は通じませんからね」彼女が言った。「ここは大勢の若い人達にとって家庭だったの。たくさんの少女たちがこの部屋で寝たのよ。だからあなたたちも私たちと自然に感じてくれるわね。あなたは鳥が好き？」

ポーリーンはここには鳥小屋があるのかしらと思った。「すごく好きです」彼女は言った。

「それはよかった」とレディ・ウォーターズ。しかしその意味は説明しなかった。彼女の目が彷徨っていて、軽い計算をしている表情が顔に浮かんだ。鳥類学者をセシリアから完全に遠ざけておきたいのだ。「私のもう一人の姪は」彼女が言った。「今日パリに飛んだの――本当は私の姪じゃないんだけど。今日は視界が悪いけど、飛行場のあるクロイドンでは悪くないかもしれないわね。分からないことって、あるわね」

「ありますね」ポーリーンは同意した。「飛行機って、夢なんです！」

「それと飛行機は関係ないようよ」レディ・ウォーターズはそう言って、面白い子だなと思って彼女を見た。しかしここで階下の電話が鳴った。彼女は振り返って言った。「夢は覚えていたらいいわね？」レディ・ウォーターズは若いお客を残して去った。ポーリーンはいままでで一番赤くなった顔を石鹸水にびしゃっとつけて、ぴかぴかになるまで顔を洗った。内気さのことを暗に言われてがっくりし、どうしたらもっともありのままに見えるのか考えた。ランチの銅鑼が鳴ったので、彼女はネズミみたいにこそこそと階段の上に行き、そこで悠然と足音を立てて階段を降りた。

ホールでは、しかし、ホステスはまだ電話中だった。そして怖いような笑顔で振り向いて、静かにと命じた。しばし延滞したあとで、ロンドンのセシリアと通話できた。

「私はてっきり」とレディ・ウォーターズが言っている。「彼が車であなたを送るものと思っていたのよ」

「彼の居場所も知らないわ。シベリアじゃないかしら」

「シベリア？　でも彼はセント・ジェイムズ・コートから手紙をよこしたのよ」

「じゃあ、そこにいるのよ」

「子供が着いたところよ」（ポーリーンはダイニングルームに逃げた）

「まあ、可哀相に。彼女、ちゃんと話してる？」

「マイ・ディア・セシリア、この電話、すごく高くつくの――差し支えなかったら、あなたが来るのか来ないのかだけ、教えてくれる？」

セシリアはためらい、溜息をついたのが聞こえてくる。ある声がした。「サーンぷんたった！」

「ああ、そう、三分ね、ジョージーナ、私は行きたいの――ダメよ、また三分間も、私にしゃべらせないで！――3・55で」彼女が電話を切った。

「3・55の列車なんてないわ」レディ・ウォーターズは誰もいない空中に向かって言った。

結局これは電報になり、彼らは車をチェルトナムに行かせることになった。セシリアは親族にとって重い荷物だった。ジョージーナにははっきりしていた、もっと面白いことが何か起きても、自分は絶対に関わるまいと。しかし、今回、彼女のためらいと態度は特別だった。きっと目に見えないものがあるのだ。心理的に道中ずっと爪先立ちで、レディ・ウォーターズはランチに向かった。

彼女の訪問客は、互いに呑み込みが不十分で、任意に選ばれた物品のような違和感があった。ポーリーンはさっき漏れ聞いたことで、まだ気もそぞろだった。「子供が着いたところよ」――セシリアはこれにどういう返事をしたのだろう？　マルセル・ヴィネスという不幸な女性作曲家は、最近、親友と喧嘩して、誰とも口が利けず、サー・ロバートの右側でくすぶっていた。彼女は午前中、帽子なしで雨の中にいたのだ。謝罪係のような白い犬が、椅子の背後を巡回している。彼はこの家の飼い犬で、出入りが多すぎて愛着が中途半端になって気落ちしており、新しく来る客たちを希望の消えた目で見ていた。神経質で不運な小さな白犬は、人に甘えるまでの行程が好きだったのだ。鳥類学者は、彼がどこにいようと一切お構いなしで、大きな声で嬉しそうにサー・ロバートに話しかけた。サー・ロバートは、しかし、心は友達に向いていなかった。優しくポーリーンを見つめ、鳥は好きかね、と彼女に訊いた。

「これはジョークに違いない」と彼女は思い、心から笑った。

レディ・ウォーターズは実のところ、ジュリアンをこの週末に数に入れる理由はなかった。彼は残念だと言いつつ、きっぱりと彼女の招待を断っていた。だから無念のあまりレディ・ウォーターズは、当然セシリアの名を出して、話し、この裏には何かがあるに違いないと察し、また手紙を書いた。彼女はこう書いた、万が一あなたに自由な時間があったら、ぜひ私に知らせてほしいと。ポーリーンはあなたに会えるものと思っているから、大いに失望することだろうと。ジュリアンは驚いたが、週末の予定はすでに詰まっていたし、ここでまた手紙を書くいわれもないと思った。セシリアの親族がねばり強いことがほのめかされていたが、これが初めてでもなく、彼にはそれが面白くなかった。

彼はこの一件をすぐ忘れてしまうわけにいかず、セシリアに電話したら、彼女は息まいた。「つべこべ言わないで、行って」彼女は言った。「あそこは死体置き場よ、それに、あそこですることは何もないから」

「いや、僕は別に……。君は行かないということ?」

「五分五分ね」

「僕が行っても……」

「行かない理由はないわよ」

彼は当然がっかりした。セシリアは、がっかりさせて悪かったと、あとで感じた。ジュリアンとの週末は楽しかったかもしれない――だがファラウェイズ荘で、ではない。彼女はここ数日彼がいないのが寂しかった。彼に会えないというよりも、彼の不在が長く思えた。彼らが恋に落ちる可能性はまだ残っていたが、まだ遠い……。なぜだか分からないが、エメラインのいない次の週末が怖くなり、セシリアはジュリアンに提案しようと決めた、彼がまた電話してきたら、日曜日の予定をみな断って、カントリーへ連れていってと。私は私の予定をもちろんさっさと断ります。しかし彼は電話してこなかった。自分の友達のうち、もっとききわけのいい人は何人いるか反省しながら、彼女は思った。「まったく彼は圏外だ。あまりにもピリピリしている」そこで土曜日のランチの前に、困りはてて、彼女はジョージーナに電話した。そして読む時間がない数冊の本と、よそでは着られない古いイヴニングドレス二枚を荷物に入れた。3・55の列車がないと分かって、彼女は人生が自分に逆らっていると感じて、パディントン駅で泣いた。彼女は電話で、ジョージーナに懇願した、チェルトナムに迎えに来てください、もしもっと楽しいことが起きても参加したくないという私をみんなが知っているのは十二分に承知しています、と言って。

　ポーリーンは、セシリアが本当に来ると聞いて、ドロシアの恐ろしいコメントを思い出し、頰を赤くしてライムジュースにうつむいた。だがすべてに反して、何だか楽しくなってきた。これからが楽しみな花が咲く前のライラックが見られたし、ランチには初物のエンドウマメの美味しいのが出た。そして髪の毛がジトッとした女性作曲家をじっと見て、ウィスキーを飲む女性を初めて見ていた。彼女はグースベリー・タルトをショートブレッドと一緒に食べ、カマンベールは中身がどろりとして美味しかった。スカートのベルトがきつくなってきて、満腹の印だな、学校では味わったことない事態だ……。不幸な有名人（セレブ）は、溺れた仮面のような顔をして、窓の外をずっと見ていた。どうしてここに来たのか自問し、言葉にできないのだ。どこにいても悲惨な人なのだ。大した問題ではない。彼女の無人のスタジオ、誰も上がってこない階段は、なすすべもない。だが人はどこかに居なくてはならない。彼女は招待主たちに対して悩むほどでもない軽蔑心を持っていたが、ほとんど彼らに会えなかった。手を伸ばしてビスケットをとり、せかせかと食べはじめた。一皿を終えて、もっとないか周囲を見た。サー・ロバートは哀れな婦人を見てびっくりした、一瞬のどが詰まったのに、乾いたビスケットをやたらに口に放り込んでいる。

　丸いテーブルを一周してビスケットを探し、作曲家の暗い空洞のような視線はポーリーンの視線と出会ったが、明るい目になることもなく、じっと少女をにらみつけた。ポーリーンに会ったことはなかった。子供がいるのが信じられないらしい。「あなたは誰なの？」彼女は物憂げに尋ねた。

　みんなに見られて、ポーリーンは息ができなかった。

「彼女は口が利けないの？」マルセルはテーブルに向けて訊いた。

「いや、なに、そうじゃない」サー・ロバートは言ったが、彼の妻は、彼女の患者に生気が戻った証拠を見て嬉しくなり、励ますようにポーリーンを見た。「マルセルに教えてあげて、あなたが誰か」夫人が言った。

　マルセルは混乱した頭でポーリーンを検査するのをやめなかった。主観に分厚く包まれている情熱が、霧の中を行くタクシーのライトのような陰気な明かりを放ち、霧が一瞬晴れて、自分ではない誰かを、または何かを示すと、マルセルは驚くほかなかった。こんなときに彼女は犬を一匹買い求めていた、なぜならそれがそっくりだったから、誰かに五ポンド札を与えたのは、それが、パリパリの新札だったから、あるいは、知らない人をディナーに招待した。これらがもたらす不都合を取り繕（つくろ）うのが彼女の友達の特権であり、彼女のスタジオの邪魔になるグレート・デーンを移動させ、あとで五ポンド札を取り戻すなり、予定されたパーティを取り消すなり。ポーリーンに夢中になった彼女は、顔が赤くなったらまた赤くなる彼女を観察し、それから少女のネクタイに視線を落とした。彼女は言った。「ぜひ教えてちょうだい、どうしてあなたはそれを付けてるのか」

「学校のタイです」

「似合うと思ってないでしょうね？」

「はい」

「そのとおりよ」マルセルが言った。「ぞっとするわ！」

「何がぞっとするの、マルセル？」レディ・ウォーターズが言った。彼女はポーリーンが感謝するといいと思った。何年もたったあとで、この子は憶えているかもしれない、マルセル・ヴィネスがスクール・タイのことで彼女と口をきいたのを。

「まあ、いいじゃないか」サー・ロバートが言った。「なかなか美しいタイだと思うが」

「学校は牢獄だったわ、私には」マルセルが言った。「あなたは、先生たちが言うことをしなくてはならないのでしょ？」

「……分かりません」

「どうして分からないの？」

「ポーリーンはまだ自分を見ることができないのよ」レディ・ウォーターズが口をはさんだ。「口に出すのが難しいのでしょう」

　鳥類学者は、意見は一つしかない人で、やり取りを聴いてもいなかったのに、我慢できずにサー・ロバートに言った。「我々の出発はいつですか？」彼らは小型望遠鏡を持って湿地牧場に出かけ、何時間もそこに根を生やしたように突っ立ったまま口もきかないでいると、彼らが観察する目的物に観察されるにいたる、柳に風の道理である。または、足を一足ずつ泥沼からずぶずぶと引き抜いて、用心して一歩ずつ、仕方あるまいという調子で前進する。というのもこうした湿原は雨が降ると水たまりや沼地があちこちにできて、おまけに春も遅くなると緑色のヒョウモンチョウがまだらの羽を釣鐘のようにぶら下げて休めているし、そこへ若い川が長く伸びた柔らかな草地からいまにもあふれ出し、水面から飛び立つ見知らぬ鳥類と混然となる。オオバン（クーツ）、カモの一種のミコア（スミュ）

イサ、アカアシシギ（レッドシャンク）、どこにでもいるイソシギ（サンドパイパー）など、黄色のセキレイ（ワグテイル）は数えきれないくらいいる。マガモの一種のシマアジ（ガーガニー）、クビワツグミ（リングウーゼル）、あるいは、セアカモズ（レッドバックトシュライク）の出現には画期的なものがあるかもしれない……。サー・ロバートは、一緒に来るかいとポーリーンに訊くべきかどうか迷った。しかし彼女には望遠鏡がないので、足が水浸しになるだけだし、話しもしてはいけないと言うのは酷だと思った。

　マルセルはホステスに軽蔑の目を一瞬向けてから、ポーリーンを解放し、そして押し黙った。もう一度霧が出て辺りを閉ざした。執事がさらにビスケットを出してきたが、もう興味を失って彼女はテーブルを離れ……。ポーリーンには分かっていた、二度と安心してはいけない。

「彼女は興味の尽きない気質をしているね」サー・ロバートが言った。彼の妻でさえ虚をつかれたような顔をした。目下のところ、マルセルは彼女の数少ない失敗の一例だった。ジョージーナは彼女をさらってきたのを後悔するばかりだった。破った手紙でいっぱいのスタジオで独り、マルセルは、哀れにも、ここ何日もウィスキーでふらふらだった。ジョージーナはそこから彼女を力ずくで連れ出した。カントリーの空気、静かな対話を何回かすればマルセルはよくなるはずだ。しかし彼女はここでもウィスキーを浴びるほど飲み、反応はいっそう悪くなった。真夜中にピアノを弾き、次の日の朝にはピアノが調子外れだと言った。「また濡れるぞ」とサー・ロバートが窓の外を通るマルセルを見て言った。というのも、彼女に集められたみたいに雲が重なり合ってきた。またしても激しい雨降りになった。

「喧嘩って」とレディ・ウォーターズが言った。「恐ろしいことだわ」そしてポーリーンの湿った小さな手を自分の腕に通し、モーニングルームに連れて行った。「喧嘩はダメよ」彼女が言った。

「あなた、友達はたくさんいる?」彼女は飴玉の壺を揺さぶって、ポーリーンの二つのほっぺに一つずつ飴玉をやり、ジャーの蓋を閉めた。ここまで若さに尽くしてから、彼女はマルセルの困難な人生についてどんどん話し、彼女とその友達のダイアナが互いに暖炉の道具で攻撃するという噂を流した。彼女がした話のこの部分は脚色されていたが、ポーリーンはすごくびっくりした。ホステスのもごもごしたアクセントは、彼女に重くこたえ、ますますはっきりしたのは、ほとんどすべてのことが不適切だということだった。

ディナーの前にセシリアが到着した。きもち罪悪感をにじませ、限度内で最善を尽くしたとのこと。着替えの銅鑼が鳴るまでの半時間、彼女はレディ・ウォーターズとともに庭園を歩いた。

ポーリーンは、自分のお相手にお茶に呼ばれたロレッタという子供と一緒に、嬉しくない気持ちで庭園を違うほうから回った。レディ・ウォーターズの声が聞こえるたびに、彼女は驚くロレッタに方向転換をさせて、もう一つの道をとった。ロレッタは、レディ・ウォーターズが言うには、引退した女優の娘だった。その女は村に住んでいて、献身的に教会の仕事に励み、去年のクリスマスには、気高いパントマイムでダンスを踊った。紫色のシフォンの衣装の妖精たちが、みんなが思うギリシャ劇のコーラスのようだった。彼女は次の冬には、『ピーター・パン』の迷子の少年たちの一人をするつもりだった。彼女には子役の完成したナイーヴさがあって、生まれながらのダンサーで、いつ出番が来てもいいように油断がなかった。ロレッタの振る舞いはポーリーンをびっくりさせた。濡れた花壇を横切って前後に飛び跳ね、小さな勝利の女神のように髪の毛を後ろにはね上げながら、ロレッタは男の子たちの話をした。ポーリーンは男の子をたくさん知ってるの? 男の子って可笑しいと思う? ポーリーンは男子なんか一人も知らないと言った。ロレッタは、それが可笑しいと思うと言った。池のそばに膝をつくと、水面の百合の花の間に映る自分の映像に微笑し、半ズボンから口紅を取り出し、唇にメーキャップを施してみた。お母様が、と彼女が言った、ものすごく怒るだろうと。彼女は本物の妖精みたいに、足と腕はむき出しで、かたわらのロックガーデンの池には、遅い春に散った花々が浮かび、日時計は、日影がないので哀しくも、そぼ降る雨が筋になって流れ……。ポーリーンは、じっと我慢、彼女はいつ出て行くかを考えていた。

「今夕は景色がないわね」セシリアと一緒に立ってアーチの向こうを見ているレディ・ウォーターズが言った。

「ないわね」セシリアは同意したが、彼女は景色のことなど頭になかった。ライムの花と花粉の香りが湿った庭園から漂ってくる。彼女はまたあくびをした。起きるのが遅すぎたのだ。カッコウの遅い鳴き声に揺さぶられて、セシリアは、曇った空の低いアーチの中に、水面に映ったようなはるか彼方のカントリーの中に、停止、悪寒、忘却されない死を見た。庭園を並んで歩きながら、ジョージーナが言うことは聴かないで、雨に打たれて倒れた薔薇を見ていた。雨に濡れた花弁は地面に散っている。もっと多くの白い薔薇が、無色の影のようなつぼみをほころばせながらまだ立っている。ラ・フランスはみな白くなっている。しかし早い黄昏の中で燃えるように、真紅の薔薇がまだぴったりと密集した完璧な姿で、香りを放つ雨水を飲んでいた。そのピンとした茎と黒ずんだ葉の上の真紅の薔薇は絵のようだった――水滴はあまりにも澄み切って、あまりにもリアルに花弁の先に宿っている――しかし、これは生きている薔薇、心に通じる生き方をしている。この真紅の薔薇が一族だったらと願い、セシリアはアメリカにすぐにも行こうと決めた。

彼女はアメリカに行こうと決めた。そこで彼女が見たのは、太陽を浴びた混乱するほど多くの柱廊付き玄関。夏の太陽の幽霊はもうたくさんだ、遅いカッコウの声もその汚された都市では記憶にある春の音の美しさをすべてゆがめる。彼女の青春を保持したあの大陸で、彼女はまた少女になった自分を見た。彼は一緒に来ないだろう、ヘンリのことだ。私たちはそれぞれがお互いを忘れていく、彼女はジュリアンのことを思った。高揚感がわく。モーターボートが確固たる太陽のもと、湖を横切っていく。馬たちが満月のもとゲートへと引かれていく。見知らぬ人たち、見たこともない人々の親切な触れ合い——もう海外に出ていいころだ。心は小さなもの、強制できる。彼女は心楽しく船内通路を登り、海外に行く。明るい甲板と金色のサロンが見え、霧笛が聞こえ、船舶は蒸気を上げて静かな唸りを上げて西へと急ぐ。かくして人は旅立つ、遺灰の入った小さな棺を残して。

「たしかに」彼女が言った。「今年はカッコウが遅いわね?」

「カッコウが?」レディ・ウォーターズはそう言い、マルセルのことを考えていた。「遅くないわよ」

「でももう六月よ」

「『六月（ジューン）には、調子外れ（テューン）』よ。でも私の理解では、あの鳥は八月までいるわよ」

何か月いても、大歓迎。「恐ろしいわ」セシリアが叫んだ。

「そうよ、可哀相なマルセル!」

「可哀相なカッコウ!　カッコウって、アフリカに行ったら、また最初から歌うの?」

「鳥について知りたいなら」おばはやや不快そうに言った。「グレアム・ワッツに訊いたほうがいいわ。彼は鳥の話しかしませんから。普通に話すときは、何も知らない人よ。彼はロバートを連れ出して、クビワツグミを見せたのよ。あの人たち、一晩中くしゃみをするでしょうよ。でもあなたが彼を気に入るとは思わないわ」

「気にしないで。マルセルを元気にしてあげましょう」

「あなた、目の周りにくまができてるわよ、セシリア」

「ああ、いやね、そうなの。私は見た目はもう四十歳よ」

「それにしても、残念ね、ジュリアンが来られなくて」

「ええ、そうなのよ、ええ。彼は人気者だから——ポーリーンだけど、一日中ずっと、どうするつもり？」

「ここが落ち着くみたいよ」

「ああ、そうね、でも彼女はウサギみたい。ディナーの時、私が薔薇を付けてあげてもいい？」

「お好きなように」レディ・ウォーターズは落胆して言った。セシリアが輝いて見せる必要のある人はディナーの席には誰もいないのだ。彼女は自分が光だと、または少なくとも反射鏡だと思っている。いつでも誰かと関わっていたい。サー・グレアムは数に入るまい。レディ・ウォーターズは言葉少なにセシリアにマルセルには用心するよう警告した。「もしかしたらあなたは」と彼女。「ピアノを弾くように彼女を説き伏せるかもしれないけれど、彼女の感情を逆なでするわよ。さもなければ、彼女は私たちが寝るまで待つでしょう」

「だけど私は彼女の感情なんて聞きたくないわ。そうだ、サー・グレアムといろいろな鳥で遊ぶわ、または、ポーリーンとラウンド・ゲーム[*1]でもしましょう」

「それはご親切なこと」おばは驚いて言った。

「どういたしまして」セシリアは可愛く言った。濡れた葉に手首を埋めて、彼女は薔薇を一輪摘んでだ。

「私はマルセルが好きだけど、彼女はあなたの友達にはなれないわ」

「ああ、いいのよ、ジョージーナ。私はアメリカにいるはずだから」

レディ・ウォーターズはこれを平然と受け止めた。薔薇の葉を叩いたら、驟雨が降ってきた。


セシリアはまったく正しかった。そこは死体置き場で、彼女はそこに長く居過ぎていた。昔の希望や空想が全部顔を上に向けて横たわっている。室内では、赤い薔薇が色を失っていた。セシリアが寝ていた部屋は、エメラインが寝ていた部屋よりも豪華で、背の高い三面鏡が降る雨を映し、四本柱の寝台は冷たいチンツ更紗のカーテンが輪から下がって溜まっていた。未亡人は特権があるが、彼女は幽霊とともに横たわる。セシリアの黒いイヴニングドレスはソファの上に広げられていた。そのみすぼらしさを傷心の思いで見つめ、自分の振る舞いがいかに下品だったか感じていた。隣室でポーリーンが、ランプの笠の中の蛾のようにバタバタやっているのを聞いて、セシリアは廊下に出た。「ハロー?」彼女は言って、ポーリーンのドアを叩いた。

「ハロー?」ポーリーンが答え、斜めに出てきた。

「ただちょっと——あなたにほとんど会えなくて」

「ええ」ポーリーンは同意したが、目を上げない。

「嬉しいわ、あなたが週末ここにいるのが」

「私もです」ポーリーンは上品に言った。

ポーリーンは、ただ相手を喜ばせたいだけで、次に何をするのかは分からなかった。この優雅なやつれた若い女性がドアまで来たのは、どうしてなのか？　セシリアは落胆して、この子はジュリアンそっくりだと思った――あの嘆かわしい戸惑い――だが同時に思った、可哀相なこの子は、ますますウサギに似てきたと。彼女が欠いているのは、彼の頭の回転、あの魅力的で慎重な微笑、そして分別を秘めた素早い視線……。広大な大西洋を思ったら、セシリアの喉元に何かがこみ上げてきた。

彼女は言った。「あなたのドレス、背中はちゃんと上がってる？　見てあげるわ」

「どうもありがとうございます、これは脇を上げるんです」

「私のころは、背中を上げるんだったのよ。髪の毛を梳かしてあげましょうか？」

「自分の髪は、自分で梳かします、どうもありがとうございます」

「あなたが庭園で話していた少女は、素敵だった？」

「いいえ」ポーリーンは自信たっぷりに言い放った。「彼女は最高に怖い少女でした」

「私もそう思ったわ」セシリアはそう言って、うなずいた。気まずい思いはここまでで、彼女らはなんとかうまく別れた。

＊1　組にならず、一人ひとりが単独でやるゲームのこと。

20　ある会話

「おじさまを静かにして差し上げないと」レディ・ウォーターズが言った。「運転したあとだから、お疲れでしょう」ポーリーンは、客間のドアにまとわりついていたが、慌てて消えた。

サンデー・ランチのために雨もよいの朝、車を運転する人間には、長旅になると思われた。彼が電話してそう申し出ると、みんながたいへん感謝した。セシリアだけは煮え切らなかった。ポーリーンとレディ・ウォーターズがドアから溶けていなくなると、セシリアはジュリアンに皮肉を言った。「ジョージーナはあなたが折れるべきだと思ってるわよ」

ジュリアンは、ロンドンを出るか出ないうちに、車で来るべきじゃなかったと思い始めていたが、レディ・ウォーターズがうるさく言わなければいいがと思っていた。しかし、彼女が神経質で憂鬱症だと知って、落ちこんでいた。だが彼は屋敷と安らげそうな部屋の空気が気に入り、レディ・ウォーターズがテーブルトークで称賛しそうな資質は、蓄音機の雑音まじりのレコード程度にすぎず、いつでもスイッチを切ればよかった。彼はサー・ロバートが好きになり、食事が素晴らしいブランデーで締めくくられるのも気に入った。実際のところ、彼はランチのあとはずっと気分がよくなった。隙間風の中に座っているいわれはないと、ジュリアンは立ち上がってドアを閉めた。モーニングルームではレディ・ウォーターズが客間のドアが閉じたのを聞いて微笑み、ポーリーンのためにチェスボードを出してきた。

「でも私、チェスはできません」

「サー・ロバートが教えてもいいって」

サー・ロバートは、しかし、新聞の『オブザーヴァー』をもって書斎に閉じこもってしまった。彼の友達が書棚を回り、何冊も本を取り出し、溜息をつき、取り出した本を床の上に積み上げげた。彼は事情がすぐ分かり、また取りかかりたいと思った。マルセル・ヴィネスは、煙草の吸殻に囲まれて、ライムの木の下に苛々して立っていた。いい食事と空気が、ホステスが予見したように、効果を上げて彼女を癒すと、激しい退屈が居座り始めた。苛立ちの極致を華やかなポーズにして、彼女はセシリアとジュリアンに気づいていないわけではなかった。彼らの視線は客間の窓を通して、畏れながら彼女に釘付けになっていた。隔離されているのが重圧になり、彼らは彼女が存在しているという思いにしがみついていた。

セシリアがあいまいに言った。「彼女は心が高ぶっているのよ」

「どうしたのかな?」

「あら、あなた――ジョージーナが教えてくれるわ」

「で、エメラインはパリにいるんだね?」

「彼女が言うには、先日どこかでランチしているあなたを見たそうよ」

「うん」ひと息ついて、彼が抱いたエメラインの印象が鮮やかに戻ってくると、彼は言った。「姉と一緒だったんだ」

「そうだったの?」彼女は好奇心のかけらもなく言った。彼らは窓枠の中のウィンドウシートに座り、できるだけマルセルの近くに陣取っていた。「彼女は相当退屈しているみたいだよ」ジュリアンが言った。

「気の毒ね。でも彼女は私たちのことなど思っていませんから」

「僕は知らなかったけど、エメラインはマーク・リンクウォーターを知ってるの?」

「ええ、そうよ。彼とときどきランチしているわ」

「やっぱり、そうか」

セシリアは怒ったように言った。「どうしてなのか、誰も知らないけど」

ジュリアンが変な目で彼女を見た。セシリアが続けた。「もしかしたら、彼女は彼が好きなのかもしれない。でも、エメラインは、誰かが何者かなど、考えたこともないわ。彼は愉快な人だと思っているかもしれないけど、それ以上は——まず無理ね。彼女は好みがとても難しいし——で、もしあなたがマーキーを知っていたら!」

「それはどうかな」ジュリアンが言った。

「まず彼には、バイロン・コンプレックス[*1]があるの」

「なにそれ?」

「あなたが知らなくても」セシリアは苛々して言った。「私には説明できないわ。この子分(アメ・ダムネ)は、とにかくつまらない男なの」

「それでも彼は、自身の分野では、ずばぬけて有能だよ、ピカ一とは言わないけど。どこにいたって、感情に左右されないんだ」

「ええ、そうね。でもみんな言ってるわ、彼はひどく汚れた生活をしてるって」

「本当のところは、僕は知らないんだ。彼は愉快でね、それがありがたくて、それに間違いなくある人たちには、たいへんな魅力があるね」

「もし彼に頭脳があるなら、きっとそれに信頼を置くしかないわね。彼の女性に対するマナーはたんに見せびらかしで、疲れるだけよ。列車の中で彼と話したり、するんじゃなかった――あなたはとても公平なのね」彼のマナーに気おされて、彼女は言い添えた。ジュリアンの見解は彼が判断のよすがとしたものから割り出したもので、セシリアは、眉をひそめたり、笑ったりした。実際は、彼の視点にはほとんど同調できなかった。

微笑すると、そのゆとりで彼女に血の気がもどり、彼は言った。「それでも、僕は思ってないよ、ああ、君が彼を追い払えるとは」

「誰が追い払えるの、あんなに腹の立つろくでなしを」

「それは、むろん、君が感じることさ」

「どうして辛抱しなければならないの?」セシリアが言った。「人生はもう、あまりにも短いのよ」同時に彼女は自身を笑い飛ばさなくてはならず、自分が代表している女性の偏見の実例を笑い飛ばした。背後の窓枠にもたれ、まだ笑いながら、できる限りの優しい悪意をこめて感想を言った。

「もちろん、彼は前向きの人よ。それはいつだって大事なことだわ」

突撃に気づいたが、ジュリアンは慌てなかった。思慮深い目でセシリアを見ながら彼が言った。

「彼は彼女にとてもご執心だよ」

「彼があなたに言ったの？　どうして知ってるの？」

「僕がそう思っただけだ」ジュリアンは言ったが、やや立場が悪くなった。彼女の皮肉で気づいた嫌味にはばまれ、彼はセシリアがいまにも攻撃してくるといいと思った。彼女の義理の妹の事情に立ち入り、過剰な関心を持ったことで罪悪感を覚えていると認めなくては。それに事実、レディ・ウォーターズ同様、悲しく感じていた。しかし彼は、レストランの向こうから彼に向かってうなずいたエメラインの顔が忘れられなかった。

セシリアはジュリアンを攻撃しなかった。睫毛が尖った細い影を彼女の青白い頬に落としている。パフで本物でない色が塗られた頬はいっそう透き通り、彼女はうつむいて持て余したように煙草を見ていた。話したいという不安な欲望と、真実の怖さに押されて静かにしていたが、彼女は心して単純に言った。「彼は今日、パリにいるの、ええ。二人一緒に飛んでいったわ」

「そうなのか」彼は驚いて言った。「どうして？」

彼の態度が彼女の警戒心を確認していた。彼女は関心をはっきり見せて言った。「彼がパリにいたかったからだと思うわ」

「どうして君も行かなかったんだ？　きっと愉快だっただろうに」

「マイ・ディア、ジュリアン――だって私は誘われなかったの。彼女は私に、いまから何をするのか、ドアを出る間際に言ったの。エメラインを追いかけたって、どっちにも意味ないことでしょ。私は編み物をもっておりて、彼女のオフィスに座っていたの。エメラインは結婚適齢期の乙女じゃないのよ、もう十二歳の時から、好きなことをしているわ。彼女は完全に明晰な頭をしているし、私より頭はいいの。私のほうが年上だし、結婚しているから、毎晩寝ないで起きていて、ホットミルクを彼女に持っていくものと思っているわけ？　ヘンリの付添をしているようなものよ。女の親戚のこととなると、男の人って変な考えを持つのね。女はみんな互いの胸に、よよと泣き崩れるとでも？　私はときどき本当に思いあぐねるのよ、彼女は何をしているのかと――ほかの女性に質問するの、エメラインには訊けないから。彼女にかかると、みんな庶民になった気がする。彼女のほうでは人がみな庶民だとは思ってないわ、人はみな狂っていると思っているだけ。どうしたら彼女に干渉できるって言うのよ？」

「言ってないさ」ジュリアンはそう言って、引き下がった。

「じゃあ、ジュリアン、大騒ぎしないで」

「でも彼女は若く見えるけど」

「彼女のお客はみなそう思ってるわ、それも請求書を見るまでよ」

「でも、これは仕事じゃないから」

「仕事とは言ってないでしょ、まったく、ジュリアンたら、あなたの話はオールド・ミスみたい！」

「ごめん。君が心配していると思ったから」ジュリアンは手もなく言った。

彼はセシリアから怒りも露わな視線を受けた。彼女は煙草を投げ捨て、ひと息入れてから、弱々しい声で言った。「あなたのせいで、私は大袈裟になるの。あなたがほのめかしているのよ、私があり得ないことばかりほのめかしているって。何も言わなければよかった。でも、だったら、私は誰に話しかけたらいいの？　これは絶対にジョージーナには内緒ですから……。私はたしかに心配なの、ええ、マーキーを列車で拾ったのは私なのよ。もしエメラインがいつも魅力的だと思うくらい彼が好きなら、彼女の手に落ちない彼は、気が狂ってるということよ。彼は愚かな人じゃないわ。それがいかにいいことか、彼には分かっているはず。でも結婚は大惨事に終わる。それを防ぐためなら、何でもするわ。彼は悪党よ、彼女を滅ぼすわ！」

「君が苦労する必要はないと思う。彼は結婚などしそうにないから——少なくとも何年かは」

「どうしてそんなことが、あなたに分かるの？『結婚しそうな』男なんか、ほとんどいないじゃない——もし結婚したら、たいへんなことだわ。でも事がエメラインの問題となると——」

「それでも彼は結婚しないだろう」ジュリアンが繰り返した。「彼の本にそうは書いてない」

「どうして書いてないの？」

「理由は何百もある」

「お金？」

「あえて言うけど、それも一つだ」

「だけど、あなたはマーキーの何を知ってるの？あなたはうろうろして、ためらってばかりよ、ジュリアン。アタマがどうかなりそう。彼は信用してはいけないと、ほのめかすし」

「マイ・ディア、君が大昔にそうほのめかしたくせに」

「私はそう思うと言っただけよ。あなたが知ったかぶりをしているのよ。どこまで彼のことを知ってるの？」

「ほとんど何も」

「じゃあ、彼のことで何を知ってるの？」

「とくに何も」

セシリアは苛立って立ち上がると、部屋中を歩き始めた。煙草を一本、音を立ててローズボウルに押し付けると、ピアノのそばに行ってためらって、また一本に火を点けた。庭園に降りて窪地を見下ろしていると、ガラスの向こうから、敵が進軍してくるような気がした。「あなたのおかげで物事が進まないわ」彼女が言った。「あなたの評価している人に誰か女性が害を及ぼしているという疑いが私にあったら、私は彼女について知っていることを全部あなたに話すわ。でも惨めなつまらない無分別が——もしエメラインがあなたの妹だったら、マーキーをあの場所に寄せ付けますか？」

「いや、物事がそういうことなら」ジュリアンは言ったが、質問そのものを嫌がっていた。

「つまり、彼らが恋愛していなくても？」

「どうだろうね」

「ランチの時に彼らを見たでしょ」セシリアが言った。「でもだからって——許してね、ジュリアン——あなたに何が分かるの？」

「君は聞いてるでしょ？」ジュリアンが言ったが、あまりにも優しく言ったので、彼女は彼を傷つけたに違いないと見て取った。しかし第二の冷徹な認知が、第一の認知に続いた。「もしかしたら」と彼女。「あなたはエメラインが好きなのね？」

「知らないよ」ジュリアンが驚いて言った。「考えたこともない」

彼女は面白くなさそうに言った。「だからあなたは、そうよ、想像するんだわ」彼女が彼から逃げてきた客間の一番奥の小部屋は、顔と顔を合わせるには大きくて寒すぎるように思われた。彼の存在か、または彼女の存在か、どちらにせよ、この堅固な正式な客間では、浮ついた気恥ずかしいものになっていた。というのもこの客間は、何週間もの忘却と閉め切った静寂のせいで、部屋の置物——真鍮のボウル、ピアノ、百合の花の絵の背の高い衝立など——の周囲に、相手に対するあざ笑うような無関心を結晶させていたからだ。彼はポーリーンに会いに来たのだと思いいたり、彼女はドアのほうに向かった。

「どこへ行くんだ?」ジュリアンが言った。

「ポーリーンを捜しに」

「いや、行かないで。僕は君と話したい」

「いやというほど一緒にいるでしょ」

「どうして君は僕と結婚してくれない?」彼女の後についてロングルームを進みながら、彼は少し手荒く彼女の手をドアノブから引き離した。彼の指が冷たい陶器のノブに触れると、彼女は自分の指を急いで引っ込めて、言った。「理由は何もないと思う」

「君は要求が多すぎるんだ」

「あなたは期待が少なすぎるの」

ここでしかし彼女は愛想よく彼の腕をとった。彼らは、ぶらぶらと窓のほうに戻り、窓のそばで始めた話がそこで終わるはずだとでもいうように。「言うまでもなく」と彼女が言った。「もし私たちが結婚したら、あなたはエメラインに干渉できるわよ。でも、それはあまりいいことじゃないと、私は思う」

その口調にある皮肉が、述べたこととの曖昧さと一緒になって、彼の沈黙が続いた。彼はまだ怒りが消えず、彼女の弁明に見えるあらゆる濃淡を探り出して否定しなければならなかった。彼らは立って、彼女は腕を彼の腕に通して、親密さを絵に描いたように、結婚して数年になる夫婦のように、庭園を見渡していた。ライムの花が二輪か三輪、雨が重くて、散った。彼女は昨日のカッコウかあるいは、調子外れのその弟のカッコウが鳴くのを聞いた。もしジュリアンに関するこの新たな理解――というか、彼らが多少なりとも幸福だった時点に少なくとも戻ったこと――が、低く垂れこめる空が高く晴れなくても、カッコウが調子を取り戻さなくても、セシリアの中では、快楽の時の多くを数えた時計がまたちくたくと時を刻み始めていた。思いがけない甘美なものが、空疎な午後のあくびで開いた口に落ちてきた。彼女はジュリアンに感謝したくなり、悔恨もあって、もし彼がこのエメライン問題からうまく立ち直ったら、安心して彼を愛せるかもしれないと思った。

午後の平和の幻想が、見知らぬ屋敷に確固としてあるのを怪しみながら、濡れた葉が垂れて、雨がしたたるライムの花を見つめながら、彼は述べた。「ここは死体置き場みたいではないと僕は思う」

「私はここに長くいすぎたのよ」

「たぶん人はカントリーで暮らせるよ、もし結婚したら。いや、どうかな？」

「あら、まさか、人はカントリーとは長く付き合えないのよ――そうなったら、マーキーのことで、私はどうするの？」

「もしエメラインが頼まないなら、君に何ができるか、僕には分からないよ」

エメラインは、彼らも知るとおり、人に頼むようことは一切なさそうだった。その件は、と二人は感じた、なりふり構わず、お願い、お願いと何度も彼女に繰り返すしかないと。しかしエメラインは、すでに遠く手が届かない。彼女のあの崇高な無知の顔、あの鼓舞するような感動的な絵に描いたような恋は、セシリアの近くではもう死んでいた。セシリアは彼のそばで目を伏せて、お願いするという風情、彼の中では家庭的な衝動が強く働き、難局に備え、心配事を追い払わねばならぬと思った。気遣い、そして優しさは、目的がただ一つで、幅がない。これから家庭の健全さが生まれる。この瞬間、彼女が再び我に返る前に、――要求が多くて落ち着きがなく、薄情な憂鬱症の切っ先を喜んで突きつけている――蜃気楼にすぎないこの平和のために、彼は何でも犠牲にしたことだろう。

彼女は思った。「もし私があのドアを通って外に出てしまっていたら、彼は本気で私をとめただろうか？」ドアノブのあたりの暗い格闘の気配を感じて、感覚が跳ねた。

「この犬、小さくて可哀相なの」ポーリーンが言った。「友達がいないの」

白い犬は彼らの後を追って庭園を走っていた。ポーリーンはおじを連れてきて景色を見ていた。レディ・ウォーターズは、チェスのレッスンを忘れて、飴玉の瓶をポーリーンのそばに置き、ランチがすむとすぐマルセルを追って出ていった。誰も見に来なかったので、ポーリーンは楽しい午後を過ごし、飴玉をなめ、『汝が与えし女』[*2]を読んだ。時間が飛び去り、彼女はこれは傑作だと思った。おじが入ってきたとき、彼女は幻惑から覚めて目を上げた。

ドアの外は悪くなかった。ポーリーンは、ペパーミントの茂みの上の穏やかな空気の中で深呼吸し、アイスクリームを食べたような気がした。何も言うことがないので、指を鳴らして犬に話しかけた。「彼の名前はロデリックよ」彼女は続けた。「でも彼は何と呼んでも返事をするの。きっと寂しいのね。犬には哀しい人生だわ、考えてみれば」

「犬の人生か」ジュリアンは言って、我に返ろうと必死だった。「どうして彼はロデリックなの？」

「知らない。私は鳥類学者って何のことか、辞書で見るまで知らなかった。そうなの、まさか鳥類学者に会うなんて、思ったこともないわ、作曲家にも。興味深い人をとってもたくさん知ってるのね、レディ・ウォーターズって。彼女は誰でも知っているみたい」

「僕もそう思うよ」ジュリアンが言った。

「だけど、彼女のお友達は、みんな不幸な人生を送ってるわ。それって、普通のことだと思う？」

「僕は……いま何て言った、ポーリーン？」

「不幸な人生は普通なのかって」

「僕には分からないな」ポーリーンと基本事項にたどりつくチャンスは、不幸な瞬間に来てしまった。彼は急いで訊いた。「友達のドロシアはどうしてるの？」

「とっても元気です、ありがとう。彼女はあなたに最高によろしくと伝えたかったんだけど、私があなたに会えるかどうか、分からなかったので」

「僕は行かなかったからね」

「でもレディ・ウォーターズは、あなたは必ず来るっておっしゃったのよ。あなたが今朝電話したら、彼女は、『私、何か言った？』ですって」

「で、君たちは、どうしてるの？」

「このハーフタームに私は学年のディベイト協会の会長になるんです。ドロシアと私はお庭の舗装をしています。コンクールで選外佳作に挙げられるといいけれど、受賞するとは思ってないの」

「受賞しないなんて。君の庭は素晴らしいと思ったよ」

ジュリアンは遠くでセシリアの声がするのを聞いた。「ここが楽しめるといいけど?」彼は最大級の集中力で続けた。

「とっても楽しいわ。たいへんなことだもの、興味深い人たちに会えるなんて。私の年齢の少女はすぐ邪魔者だと感じるけど、みんな私が居心地よくなるよう、かたく心に決めてくれてるから。ミセス・サマーズは昨日の晩に入ってきて、ドレスの背中のホックを留めましょうかと言ってくれたけど、ホックは脇にあるの。私たち、サマーハウスに座りましょうか?」

彼らはサマーハウスに座った。スイカズラ(ハニーサックル)のカーテンがドアに掛かり、あとをついてきたロデリックが、座ってブルブルした。教会の時計が四時を打った。転がるようにその音色が谷から上がり、切れぎれの蒸気のような雲をかすめていく。ポーリーンはロデリックを撫でてやりながら、もう何も言わなかった。パリは雨かと思いながら、別れる前にセシリアともう一言交わすべきだったかと思い……。ジュリアンは、間違えるはずもないレディ・ウォーターズの足音が通路に聞こえた。砂利がきしみ、足音が過ぎた。彼女は、あの道かこの道かと考えている。ハニーサックルを掻き分けて、サマーハウスの中を覗いた。水に濡れた庭園を背後に、緑色の蔦と緑色の光の中、彼女は非常に大きく海のようで、海の神ネプチューンの母親のような配偶者に見えた。ロデリックは彼女の脇をすり抜けて、走って逃げた。

「あれでいいのよ、ポーリーン」彼女が言った。「おじさまに景色をお見せしたの?」

「景色が見つからなくて」ポーリーンは板挟みになって言った。

「そうね、今日は遠くが曇っているから」彼らはサマーハウスに彼女の居場所を作ってあげた。

「あなたはさしずめ」彼女がジュリアンに言った。「ここの一番いい時を見てないのよ。また来ないといけませんよ。で、セシリアはどんな様子だった？」

「とても元気です」ジュリアンはびっくりして言った。

「私は彼女のことで心配なのよ。顔色が悪いし、張り切り過ぎるのよ。夜更かしも多すぎる。彼女を規則的にしてやれる人が必要ね。私の言うことは聞かないから」

「それはいけませんね」ジュリアンはレディ・ウォーターズにうなずきながら言い、おばであることは、さぞかし難しく、苦痛ですらあるのをかみしめているようだった。

「彼女はまたアメリカの話をしてるの。お母さんに会いたいのね。でも彼女を行かせてはいけないという気がするの。それがあるので彼女は気が休まらないのだと思う。身を固める気になったらどんなにいいか」

「とても難しいですよ、最近は。司教やジャーナリストやその他の言うことが正しいのじゃないかな。いまは落ちつかない時代なんです」

「時代はいつも落ちつきませんよ」レディ・ウォーターズが言った。ポーリーンはハニーサックルを摘んでばらばらにほぐし、熱心に賛同した。不満そうに園亭のあたりを見ていたホステスが、ここは湿気があると言ったので、みんなで一列になって外に出て、薔薇の花壇へ行く道を下った。ポーリーンはその後ろからぶらぶらと。「でもこの時代は」レディ・ウォーターズが続けた。「落ちつかないどころじゃないわ。分散してしまっているのよ。週単位で、誰がどこにいるか知れたものじゃないし。私自身は、めったに動かないけど、私は運がいいのね。友達はみな私の周囲にいるし、人間的な興味は無限にあるわ。人間の精神は文学には描けない。私はよく自問するの、本をたくさん欲しがって何をするのって」

「僕はあれこれ考えていますよ」ジュリアンが言った。

「思想の流れは、最近では尽きることがないようだし、この頃の新しい理論はどれも行動に興味深い光を投げているのはたしかね。同意なさるでしょ？　人はやり過ぎることもあるのよ、ちょっとした判断で、理論を人生に押し付けてる。私がいつも喜んで聞き手になるのを知っているので、友達は難題をあれこれ私にぶつけてくるの。いつも分かって驚くのは、ちょっとした対話なら、知識や洞察を少し加えれば、おさまる所におさまるということよ」

「たしかにそのとおりだ」ジュリアンが言った。

「セシリアはずいぶん本を読んでいるわね、走り回っていないときだけど、でも私は本が彼女にとって大きな意味があるとはまったく思わないの。彼女は感情的だから、何か中心になる興味が必要なのよ。エメラインには仕事があるでしょ、でもセシリアにはプロフェッショナルな女性にあるものは何もない。彼女は基本が女性的なのよ――そう思わない？」

「エメラインがプロフェッショナルな女性だという感じは、僕にはあまりないけど」

「それでも彼女には職務への適性があるし、判断も優れていて、もしかしたらあるわね、彼女は結婚しないということも。で、あなたは彼女の顧客なの？」

「だといいと思って」

「外国に行こうと思ってるの？　だけど、まさか、長期間じゃないわね？」

「ええ、それは僕には無理だから、不運ですが」

「あなたたちはみなさん」ホステスは面白がって言った。「イギリスから出たくてたまらないのね。それが凄腕のエメラインの宣伝工作？　私はといえば、善し悪しはともかく、島生まれの島育ちよ

――ポーリーン」彼女が言い添えた。「いい子だから走っていって、お茶ができたか見てきてね。サー・ロバートは待つのが嫌いだから」ポーリーンは後ろを向いて小路を進んだ、自意識たっぷりな小走りで。レディ・ウォーターズはジュリアンと薔薇の花壇を回っていった。「どういう子だと思う」と彼女。「ポーリーンて？」

「水を得た魚というか。あなたにはうっとりしますよ、彼女を招いて下さって」

「彼女はとても愛しい子だと思うの。どこか訴えるものがある。あの内気な表情の下にとても豊かな感受性があるのよ。もちろん彼女は内気だけど、受け答えはとてもいい。話したいことがあるみたい。あなたに一身を捧げてるのね。明らかに英雄崇拝のケースよ。あなたが来ないと話したときの、彼女の落ち込んだ顔、きっと忘れないわ。あなたから電話があった時の、あの輝いた顔も。そしてセシリアは、もうたしかよ、あなたが来るのを半分以上期待していた……。ポーリーンは、そう、学校を出たら、あなたと家庭を作るのを待っているんでしょ？」

「そんな先のことは見えませんよ」

「簡単にはいかないわね、私にはよく分かるの、現状のようにはいかないわ。若い少女は、あなたの現在の家庭（メナジェ）にフィットするのは無理だと思う。彼女には女性の同情が必要だし、女性の心遣いも……。とはいっても、四年間のうちにはあまりにも多くのことが起きるから」

　ジュリアンは彼女に同意せざるをえないと感じた。彼は柘植（つげ）の植え込みにいるカタツムリを、昨日の薔薇がもう見る影もないのを、そして明日は開く蕾（つぼみ）を見た。彼女は彼の非の打ちどころのない種々のマナーを認め、彼女が言ったことを礼儀正しく穏当にまとめている様子を認めた。

「ポーリーンには」彼女は温かく言葉を続けた。「情愛にあふれた性質が生まれつきそなわっているんだわ、それがとても有利。私の夫は彼女にすっかり参ってしまったみたい。チェスのやり方を教えているところ。それから羨ましいような共感が彼女とセシリアの間に湧き出したようよ。週末はずっと二人で離れられなくて。ポーリーンがセシリアを目で追っているのが分かるわ。セシリアは子供たちが好きなの。子供たちが彼女の一番甘美な面を引き出すのね。セシリアが見落としたものはもっとあるわ。彼女には何かがもっと奥に積もっていると思う。彼女の青春が終わったとは、色々な意味で、考えにくいことよ。彼女のすべてを表に出すには、幸福がタッチするといいのよ、花にとって日光のような。あなたが来てから、友達に会えた喜びで、彼女の顔が輝いているもの

——本当に今夜、帰らなくてはならないの？」

「悲しいけど、本当なんですよ。実際、もし失礼でなかったら、お茶が終わる前に出発しなければ。ディナーには戻る予定になっていまして、八時半の」

「不平は言えないのね」彼女は、諦めた哀しみを見せて言った。「来ていただけただけでも、たいへん助かりました。たいへんな長旅なのに、往復ともに。できたら」想いをこめて彼を見つめて彼女が言った。「ここに来た意味があったと思ってください」

ポーリーンが息を切らせて戻ってきた。

「ひどいじゃないの」その夜、訪問客の小ぶりな名簿を持ってホールを横切り、寝室に上がる途中でレディ・ウォーターズが言った。「ジュリアン・タワーは来たばかりでもう帰るなんて」

「ええ、本当に」ポーリーンは礼儀正しく言った。

セシリアは無言だった。そして肩にショールを巻いて、ポーチに出ていった。上空は暗い空に少し変化があった。雲の背後で何かがざわめき、銀色のかすかな光線がライムの木に射した。セシリ

アは目を上げた。重い暗さの中に一滴がまだ落ちてこない間に、紛争中の雲が乱れている。光が伝令のようにその隙を縫って走る。どこかで月が昇っている。どこかで満月が、地面に影など落とすことなく、太陽の満面の笑みを受け止めて輝いている。この一瞬の花嫁の時に、雲は彼女の愛する隣人(となりびと)を地球から隠し、花嫁の恍惚は雲の峰のみに届く……。雲が重なり、月は出なかった。再び暗闇が空を覆い、ライムと濡れた小路だけが一瞬銀色に光って、月の出を示した。木も小路も色褪せた。光の波動が空を掃き、雲が垂れ込め、満ちる月とその情熱を地球は疑うこともない。

セシリアが溜息をつく。「恐ろしく暗いわ」マルセルが言って、暗闇にマッチを投げた。

「あれはもうすぐでお月さまになったのに」ポーリーンが叫んだ。

「ええ、出ていたわね」セシリアが言い、片方の手を差しのべた、月がその中に落ちてくるようにと。

毛皮を掻き集めて、レディ・ウォーターズが述べる。「惜しかったわ。満月が見られるところだったのよ」

彼女はみんなを呼び集め、ホールのドアをしっかり閉めた。

「おそらく」とセシリア。「パリでは月が出ているわ」

＊1　ジョージ・ゴードン・バイロン（George Gordon Byron, 1788-1824）は英国のロマン派の詩人。熱烈な詩才と美男子で知られ、スキャンダラスで華やかな女性関係に囲まれていた。ギリシャ独立戦争支援のためギリシャに渡り、その地で病死。「バイロン・コンプレックス」は、一九二二年に文筆家キャサリ

ン・フラトン・ジェロルドが書いた記事"Men, Women and the Byron Complex"が出典である。これは一八六九年にバイロンの愛人だったテレサ・ジュチョリが書いたバイロンの追想記に反論してH・B・ストウ（『アンクル・トムの小屋』の著者）が『アトランティック』紙に"The True Story of Lady Byron"を寄稿し、レディ・バイロンすなわちアナベル・ミルバンクを悪者にしたジュチョリの追想記を攻撃した。ストウ夫人はアナベルの親友だった。しかし、"Men, Women and the Byron Complex"ではストウ夫人を偏見に満ちた「バイロン嫌い」と呼んでいる。「バイロン・コンプレックス」は彼の没後百年の時点でもバイロンへの憧憬が彼の醜聞をはるかに上まわる現象に対する複雑な反応を指す。ジェロルドの記事には、"Just how much of a cad was he?"という一文があり、「バイロンのどこが不良（a cad）なのか？」がマーキーのコンプレックスなのかもしれない。

＊2　ホール・ケイン（Hall Cain, 1853-1931）は英国の作家。彼が一九一三年に発表した本書 *The Woman Thou Gavest Me* はカトリック教徒の女性が間違った男と結婚し、その後の不倫、不義の子、離婚を扱い、ベストセラーとなった。一九一九年には映画化（無声映画）された。

21　雨ばかりの夏

　ぼんやりと降りてきたエメラインは、雨もよいのロンドンの寒さを感じて驚いた。雨で夕暮れが早まり、寒気は二月のようで、広場や庭園を包んでいた。すべて彼女が忘れていたことだった。彼女の人生は、この三日間が新たな、そしておそらく初めて意識した形を人生に与えていて、永遠に続く暑い太陽の虜になったようだった。しかし、彼女に驚いている時間はなかった。ウォバン・プレイスはさざめき、ミス・トリップは入れ替わっていた――ほんの数週間だったにしては、高くついたと彼らは言った――新入りはミス・アーミタージという人だった。人間の思い上がりを罰する女神ネメシスのように容赦なく、かつ有能なミス・アーミタージは、目を丸くしている同僚たちを追い立てんばかり。彼らはテンションを上げて働き、戴冠式を取り仕切っているみたいだった。仕事が大幅に――というか、この新しい社員の熱烈な書類調査が始まったので、そう見えただけかもしれない――増えた。この重圧に音を上げていたピーターは、エメラインが戻ってくれたのが嬉しくて、もう一日いなかったらどん底だったと言った。

エメラインはセシリアにセルビア人のことを話した。セシリアは彼女にファラウェイズ荘のことと、サー・ロバートが彼女のみすぼらしいイヴニングドレスを誉めてくれて、彼女に罪悪感を抱かせたと話した。月曜の夜にオーデナード・ロードで彼女らがディナーをとった時は、親密さを絵に描いたようだった。二人ともいつもよりしゃべり、それは二人が言明を避けたい事があったからだ。エメラインは長旅から帰ったばかりという感じに、セシリアはこまやかな心遣いに、あふれていた。カーテンを引いて雨の夕暮れをさえぎりながら、彼女は肩越しに、やっと聞いた。「それで、マーキーはどうだったの?」

「とても元気だったわ。あなたによろしくって」

「夏が過ぎてしまったわ、あなたがいない間に」セシリアはそう言って、溜息をついた。何かがエメラインの微笑を誘った。彼女が言った。「ゲルダが喜ぶわ」

「あのとんまな娘のこと――どうして?」

「お天気がいいと、彼女は不幸になるの」

誰かが喜ぶと思うと気持ちがいいとセシリアが言う一方、エメラインはファラウェイズ荘の日時計のことを思い、二度とつかめないあの日曜日の晴れた朝のことを思い、あれをまたつかみたいと思った。セシリアは、心配そうな目をいくらか和らげて彼女を見つめ、いくらか気が楽になった。エメラインは当然疲れていたが、我を忘れているような感じはしなかった。

「それでね、私はアメリカに行くと決めたところ」

「そうなの?」エメラインは静かに言った。「どのくらい長く?」

「様子次第ね。どうかしら、コニー・プリーチにここに来てもらって、あるいは誰かに、あなたと一緒にこの家にいてもらったらどうかしら。もちろん私はここの半分は持ちますから。その余裕はあるの、ええ、私は母と同居するつもりだから」

「でも六か月以上の滞在はできないわよ、受け入れる人数に定員（クォータ）があるから」

セシリアは、それに気づいて、困り果てた。アメリカそのものが、魅力と勢いを失った。「厳しいのね」彼女が言った。「自分の母親と一緒に暮らすことが許されないなんて」

「でも、ダーリン、一緒に暮らしたくなかったでしょ」

「面倒だなとは思うわ……。コネが使える、かしら」

「それとも、あちらで誰かと結婚するとか」

「心ないことを言うのねえ！　私に戻って欲しくないの？」

「あなたがいない私って、想像できない」エメラインが言った。そこでアメリカは棚上げになった。セシリアは一瞬心を打たれた、エメラインが自分のことをとにかく想像している、自分自身の影まで見ている、これは新しい考えだ。なぜならエメラインは自分のことはほとんど語らず、存在していないみたいだったからだ。だが曖昧な警戒心が戻ってきた。だから電話が鳴った時、セシリアはふいに迷った、「マーキーかしら？」と。

　もちろんマーキーではなかった。エメラインは彼に電話しないよう約束させていた。彼らは前と同じようにする、しかしもっと静かに、そして会えるときに会う、ということに。彼女はここの生活をあまりにも愛しい声で乱されたくなかった、それでも沈黙に脅えるのも嫌だった。小さな白い家は夕闇に青ざめ、雨が窓を流れ落ち、今宵は親しみがあった。ここで日ごとの生活が穏やかな輪郭を描き、パリのあとは、微妙な浅浮彫りとなっていた。彼女はマーキーとともにカントリーの奥に住みたいと切に願い、近づきがたく、緑と静けさ、電話も来ない、恋人たちの逢引きは旅になる、そんな場所で。ほとんど一緒にいられないなら、静かに別れているしかない。

エメラインは早めにベッドに入った。セシリアはしばし読書してから手紙に目を通し、暖炉の火が消えるのを見るまでそこにいた。気が休まらない彼女は、真夜中に階上へ上がり、そっとノックしてから、エメラインのドアを一インチだけ開いた。窓に雨音がしていて、時計が時を刻み、動きのない静寂がベッドに……。笠付き（シェード）のランプのそばで眠らないで起きていて、セシリアは、後刻、ジュリアンに手紙を書いた。

「エメラインが今日帰ってきました。疲れていて多くを語りませんが、見ていてとても幸せそうです。けれども私は、自分が言ったことを悔やんでいます。私が言ったことは、忘れてください。本気で心配していたわけじゃないの。パリは暑かったそうで――思えば、私たちがファラウェイズ荘にいたときのあの熱気！――。彼女の週末は楽しくて、セルビア人も気に入ったそうです。というわけで、私たち、老婦人の二人組なのね！

どちらが結婚に向いていないか。本当は、ジュリアン、私は結婚がいいとは思わないの。もちろん何かがあるでしょうが、私たちはすぐそれを使い古してしまうのよ。どうか私をスポイルしないで。争点を恐ろしく曇らせるから。私たち二人は何が欲しいの？　どちらも何も欲しくないか、まったく違うものが欲しいのか。でもあなたにはお礼を言います、どうもありがとう。

エメラインは、私はアメリカには六か月しか置いてもらえないわよと言います、定員があるので。あなたは知っていたでしょうが、私は知らなかった。どうして世界を心得ていないといけないの？それでも私は行く、とあえて言っておきます。

ジョージーナが庭園であなたに言っていたこと。ジーンとしたでしょう。でも私も同感よ、あそこは死体置き場じゃないわ。ただ何に似ているかというと、イタリアの素敵な共同墓地よ、墓石に写真が付いてるの。それにジョージーナはバランスが取れてないけど親切でしょ。サー・ロバートのような老人が死んだときは、私たちの文明も消えてゆく——そう思わない？

今朝、ポーリーンと私は乗馬に出ました。彼女は落馬したけれど、楽しんだみたい。愛らしくしていようと思っているようね、でも本当に好きな人が見つけられないらしい。私の感じでは（ここでしばし迷ってから、結論した）、これは投函しないかもしれません」（そして彼女は投函しなかった。彼女の机は、しかるべき友人に宛てた手紙でいっぱいだった、切手を貼ってある手紙ばかり。もし自分が死んだら、手紙は投函されるのかと思いつつ、手紙は破棄していない）

もう何週間も雨天が続き、新聞に悲報が流れた。重馬場の競馬ではシフォンのドレスが水浸し、社交界にお披露目のデビュタントたちは寒くて震えているのを写真に撮られた。数えきれない行事が雨でつぶれた。あきらめない傘または親切な絨毯が敷かれても、何千足もの白いサンダルがその夏、台無しになったに違いない。ローズ[*1]でクリケットのバットの快音は聞かれず、ウィンブルドンは試合を延期した。セシリアの社交生活はこの失意を銘記した。エメラインは顎までボタンを留めたマッキントッシュコートを着てマーキーに会いに行った。人生が逃げていくとセシリアが感じたのも無理はないし、エメラインはいまある明るい考え一つに必死でしがみついた。気晴らしになる官能的な日々の快楽をはぎとって、天候は神経を裸にした。人は予想した、金色に輝く十八歳でさえ震えながら、舞踏室に一歩入ることを。心の表面——そこには世界の憂慮、国内と欧州の緊張が重々しく書かれていた——を横切って、台無しになった夏の感覚、あまりにも多くが無駄に終わった美麗さが、こぼれたインクのように黒く広がっていた。道路は交通整理が必要になり、公園はうらぶれて、遊覧船は防水シートの下に、楽団は音がなかった。全ロンドンが不快な緊急網となり、人々の微笑みも散策もなかった。知られぬままに、月が欠け、太陽は水蒸気に乗ってなすこともなく一人笑った。

イギリス人は多くの者が無意識のうちに祈りを捧げ、平和を希求した。ホリデーの季節が近づくと、光り輝く峰や焼けた浜辺、葡萄園と湖への想いが、想像力を虜にした。ピーターとエメラインは、ミス・アーミタージにまだ多少面食らっていたものの、現状を活用することにした。柵に貼ったポスターが雨で白茶けていたが、それがお客をどんどん惹きつけたのだ。エメラインは、いまは注意力が分散していたが、彼らにはできる限りのサービスをした。マーキーに会いに出かけるときも、しばしば遅れるほどだった。

「夏の脱出劇(サマー・ラッシュ)」はマーキーにはほとんど意味がなかった。夏には彼はどこにも脱出しないからだった。彼女が遅れると、彼は不満だった。エメラインを手中にすればするほど、要求が増した。しかし、結婚問題は、彼らの間で再燃することはなかった。

彼のフラットのドアのところで、ある晩の八時頃、彼はエメラインがずぶ濡れのマッキントッシュを脱ぐ手伝いをした。こんな豪雨の中、彼女は車を運転したくなかったのだ。「でもどうして」彼が言った。「タクシーにしなかった?」

「十九番のバスがすぐそばだったから」

「それでそのバスで一時間、濡れていたんだ——遅れるわけだ」

「怒らないで」エメラインが言った。彼女はここ何週間のうちに微笑む力を獲得しており、マーキーにさほど文句を言われずにすんだ。手が冷たくなってると彼は言い、撫でてやった。彼らは中に入り、暖炉に向かった。彼が権威を持って言った、君は疲れている、このすべてをきっぱり諦めたほうがいいと。彼女の表情は一瞬深刻になり、顔色が変わった。彼女は思った、マーキーを諦めろと本人が言いたいのだと。彼が「君のあの仕事のことさ」と言い足したので、彼女は笑い、それは絶対にできないと言った。彼女は金を相当つぎ込んでいた、その他のことは別にしても。

「僕の言うのは、会社を売ってしまえ、当然だよ。売るには一番いい時だ、物事が非常にうまくいってる時に」

「でも売りたくない。私は一日何をするわけ?」

「知らないよ。何か特別なことをしたら?」

「知らないわ。なのに、あなたは知ってるの?」

この愚かしい質問を無視して彼は彼女の右の手を取り、非難するように調べ始めた。親指がかすかにインクで汚れている。彼らは相手の意見を、冷静を旨として、やり込める習慣になっていた。エメラインは認めざるを得なかった、女性とキャリアという事態そのものが滑稽に響き、マーキーは、連隊制度のスポーツにおける女子競技を見るような目でそれを見ていた。「私は華のある女じゃないから」と言って、彼女は暖炉のそばの床の上に座り、大きな椅子に座っているマーキーの膝に肩を寄せて、濡れた髪を梳かすと、暖かさにほぐれてきた髪に元の自然な柔らかさが戻ってきた。

「ずっと前に店を持っていた女性を知っていたが、いいことなどなかったよ」彼は重い口調で言った。

「何を売ってたの？」エメラインは興味を持って言った。

「うん、身の回りの物かな――ランプシェード、すぐ倒れる本立て、すぐ燃える灰皿、ペーパーウェイト、ねばねばするバルカン半島のおもちゃ――、ああ、そうだ、牡蠣の貝殻で作った花とか」

「それでお店はどうなったの？」

「僕の知る限りでは、まだあるよ」

「じゃあ、その女性はどうなったの？」

「ああ、デイジーか、もうバラバラになった」

「まあ、まあ。どんなふうに？」

「ばらばらに壊れちゃった。素敵な娘さんだったよ」

「そしてお店は諦めたの？」

「いいや、僕の知る限りは」

「それでは、教訓にならないわ」エメラインはそう言って、櫛をかたわらに置いた。

「一つあるさ」マーキーは言って、片方の手を彼女のうなじに当てて静かに座らせようとした。彼女は歩きたいのか、立ち上がろうとしたが、体も心もおぼつかなかった。エメラインは一つあるという教訓は何なのとは訊かなかった。ひねくれたわけではなく、たんに空腹だったのだ。「店が多すぎるのよ」彼女が言った。「どうしてやっていけるのかしら？　とくにギフトショップなど」

「それがどうした？」

「デイジーのような店だけど、そこで何を買おうと、人にあげるだけでしょ、自分は要らない物なのよ――そろそろディナーの口笛を吹いてくれる？　もうおなかが空っぽ」

口笛の合図をしに行きながら彼が言い足した。「彼女は僕のことなど大して思ってないさ」

「誰が、デイジーが？　まあ、もういいから、マーキー、どうしようもないわ」

二人か三人か、彼の友達で夢破れた者たちが、ときどき二人の対話に出てきたことがあった。デイジーの名は、その文脈から外れてはいたが、最近よく耳にする名だった。エメラインは、好奇心が薄れて無関心になるピークに来ていて、マーキーの友達のことから何度も逃げていた。彼らが不幸だと感じたくなかった。マーキーによれば、彼らはよく憤慨していた。これかあれかという具合に大騒ぎしてきたようだ。彼女は彼の人生観における彼らの立場が理解できなかったし、一方、明らかに目的のない一時の付き合いとして和解することもできなかった。彼の嘲るような気の短さときわめて狭い野心がもたらしたことだった。彼女はただこう推断した、彼が無駄と感じる時間なら、徹底的に無駄にしたほうがいい、そしてとどのつまり、愚行を褒めちぎればいいと。もしデイジーがすっかり壊れたなら――エメラインは察知するほかなかった、リフトが上がってきてマーキーがチキンのグリルを取り出したときに――マーキーは疑いもなくこれは彼の落ち度だと感じていた。お店のランプシェードに囲まれたデイジーの浮きうきした影は、印象に強く残った。

数々の小さな点では、マーキーは自分が間違っていると見るのが好きで、デイジーはたしかに彼をそういう立場に追い込んでいた。美徳と別れたとするデイジーの一貫した鋭い感覚は――マーキーが現われる少し前は、事実、彼女の振る舞いは批判にさらされていたが、彼らの会う回数が増えれば増えるほど、また彼が物事を控え目に言えばいうほど、デイジーはますます牧師の娘になっていた――これよりほかにサポートのない訪問に呪文をかけた。頭をキッと逸らせた彼女の叱責、頬を染めた魅力的な顔、物事をいつも非の打ちどころなくきれいにしておこうという決意、彼が店から出ていこうとするたびに必ず涙をこらえる、そのどれもがマーキーには尽きせぬ皮肉な快楽の源泉だった。多くの習慣がデイジーはマーキーとよく符合しており、ときどき彼は彼女のことを哀れに思った。彼女は片田舎から世間体という不滅の華を持ってきていた。奥の店で陽気に飛び跳ね、本立てをひっくり返し、灰皿を汚し、歪んだランプシェードを立てたりして、彼はアルカディアにいるような自然で新鮮な夕刻を何回も過ごし、からからと鳴る貝殻の花がランプの明かりを横切っていた。ちょっとした機知の塩、煙たそうに笑い飛ばそうとする身振り――なぜなら彼女はコンサートに行ったり、画廊を訪れたり、自分の心そのもののゆえに好きになってほしかっただろうから。抵抗して喜ばせ、悔い改めて満足させる、マーキーは女性の中にその道のりを見ていた。マーキーはじつは程度の低い女たちが好きだった。

マーキーは、料理の皿を取り出しながらエメラインを見つめ、デイジーのことで彼女に言うことがほかにあるか考えていた。彼らは、会話が回想的になる、ある一点に来ていた。それぞれの人生に立ち戻り、関心または楽しみとともに振り返る一点に。

今宵、エメラインはどちらかというと放心状態だった。空腹だと言ったのに、大して食べなかった。ワインをグラスに一杯飲み、そして座り、頬づえをついて、横目で暖炉の火を見ている。眉毛に照明が当たって光っている。部屋にはまだ最初のころの不思議さが幽霊になって残っていた。ほかの部屋は決してこうではないだろう――初めて入った時のように、彼女はドアの敷居の上に何かいると思っていた。しかし彼女の神経に触れた未知の感覚が馴染んできていた。ここで感じた人生からの孤立が、人生そのものよりも彼女を強く縛りつけていた。彼女には、部屋の描写ができなかった、時計がどこで時を刻んだか、どんな絵画があったか、またはその色合いや形や布地が好ましかったか不快だったかなどが言葉にできなかった。ソファがそこに、ここには――彼女が物を置いたから――テーブルがあるはず、部屋の隅はランプがないから暗闇が、ドアのそばの敷物に足をとられる。しかし差し迫った経験がベールのように、彼女とこれらの物事の間に介入した。彼が話すか近づくかすると、一瞬、ベールが分かれたようになった。何か知らない物がやってくる――彼は常に熱か光のように形もなく彼女のそばにいた。彼の存在は彼女の全身に書かれていた。彼がいなければ、彼女はいない。それで彼らは雲散霧消し、空中に漂う。しかし何かが休みなく空気をむさぼる、炎が焼き尽くすように。

＊1　トマス・ロード（Thomas Lord, 1755-1832）が創設したことでLord's（ローズ）と呼ばれるクリケット場。世界のクリケットのメッカとされている。

22 ふたたびロウワー・スローン・ストリート

マーキーにとって、彼女の沈黙は、ものを映す水面のようで、何があろうと乱してはならなかった――だから人は石を落とす。「起きて」とマーキーは言った。

彼女は彼のほうを見た。

「何を考えている？」

「考えていませんでした」と質問に微笑んで――彼女は、一つには、ものを訊かれるのを決して許さなかった――彼がグラスを満たしてボトルにコルクをまたはめ込むのを見ていた。彼がそれを終えると彼女が言った。「あら、もう要らなかったのに」

こいつが、と彼は思った、彼女らしい。俺が望めば、彼女は、宝石店まで一緒に来ただろう。そして俺のそばで何時間でもガラスのカウンターにもたれる一方、俺は店内を調べて彼女にネックレスを選び、ケースを手にして店を出るときに、彼女が言う、「でも私はパール(クラレット)は着けないの」と。彼女はおそらく物と自分を結び付けるのが遅く、そしていまは、赤ワインの赤い美しい流れを見て幸福だった。

彼が言った。「さア、飲むといい」

エメラインは思った、自分が静かすぎるのだろうと。セシリアと違って、つまりセシリアはこんな宵には、人の意見を鏡にしてそこに映る自分を何度も見つめるが、エメラインは自分が楽しいとか物事がどうなっているかなど、ほとんど自問しなかった。すべての出会いには異なる音色があることを心に、彼女は彼の気分の変化を自然に受け入れてきた。高く低く、何時間も漂うだけ、半透明またはもっと暗い影が行き過ぎ、彼女は二人の幸福が不滅のシャボン玉のようだと思い、その中にあるらしい物に一瞬触り……。それでも、彼女は自分が静かだということは分かっていた。セシリアは彼女が活発でないと文句を言い、マーキーはこれほど面倒が少ない女性は知らないと言った。静寂は彼を飽きさせるか？

「私って、退屈？」彼女が言った。

「退屈な連中はしゃべり過ぎる」

「私は違うといいけど」エメラインは言って、クラレットを飲んだ。「まだよく分からないけど、ある意味、どうしようもないわね」

「僕らは向き合わないといけない」マーキーが厳(おごそ)かに言った。

「私があなたを退屈させているとしたら、そう言ってくれるでしょ。あなたの友達はたいていが愉快な人たち？」

「いいや」彼は断言した。

「そういう人たちだといいわね。でもあなたは愉快な人よ、気が付いていないようだけど」

「人は誰でもときには可笑しくなれるんだ、もしそういう意味なら」マーキーは素っ気なく言った。エメラインに何の情熱もなく見つめられ、あなたは可笑しい人だと言われるとは、いささか興ざめだった。上機嫌がいつになくあふれているその向こうで、彼女の近さと彼らの引き合う力が固まり、実際のところ、彼が振りまく機智は無駄ではなかった。それは彼が親密さと社交性をはっきり区別していたからでもあり——彼女の存在は軽く受け止められた。彼女は孤独より扱いやすかった——彼の機智は、本質的に、神聖なるユーモアの欠如と彼が呼ぶ彼女の資質にかまわず、直截で断片的だったからでもあった。だがそれは実は、深遠なアイロニーだった。彼に分かった彼女は——純真（ナイーヴ）でユーモアのない人々はすべてそうなのだが、態度で自分を表現せずに、みんなが見るとおりの自分を受け入れている——可笑しい人だった。見事なまでに喜劇的だった。その真面目さ、天使のような上品さ、猫のような予測不可能性、そのすべてが彼の笑いに晒（さら）されながら、彼の嘲りは届かなかった。彼女が振る舞いの点で一線を越えてパリに足を踏み入れたときには、完璧な道徳上の冷静さが彼女にあった。だがそれは彼を驚かせ、ある意味でショックであった。彼女の寛大さの陰には捉えがたいものがあり、彼女が気づかずに保持している何かが彼の中のハンターを新たに刺激し、法令順守が破壊したかもしれない愛を回復させた。愛の可動性を。何かが五感を逃れ、彼が彼女について抱いている強固な知的な枠をくぐって何かが壊れた。彼女の無意識はいまも彼を意のままに操っていた。

　とはいえ、彼女はさっき自分が退屈な人間かと訊いてきた。そして彼は自問した——彼と火のそばに彼女を来させ、彼らは火の前に立ち、彼の腕は彼女の両肩を抱き、彼の指は、触れられると反応する腕と肩に触れていた——彼女は果たして反応できたかどうか。その可能性が共謀者のように彼のほうを一瞥した。彼は彼女を愛しすぎることにはためらいがあった。彼の性質から見て、最終的な移譲はまだ不可能だった。パリで彼は簡単に容赦なく、彼らは結婚できないと告げた。つまり彼は、日常的な感覚で彼女とは一緒に暮らせないし、結婚すれば必然になる昼間と夜のバランスをとる努力などできないと。彼らの関係が形をとり始め、彼らの感情の祖型がリズムになって現われ始めると、本能的な拒絶を求める理由がさらに見えてきた。事実上、彼女が彼を不安に追いやったのだ。彼女の受け身性が彼には安らぎである一方、彼女の好意に常に潜んでいて、彼女の情熱の大部分である高揚感が、いまにも飛び出してきそうで、警告し、苛立たせ、彼を過大に疲れさせた。彼にはいまだに、パリの最初の夜のあとと同じような、飛び越されたという感覚が残っていた。彼女の善良さには無意識な忠実さがあり、それが圧倒的だった。人生と彼自身について高すぎる理想を持った彼女のもとで、彼のある部分が我知らず呻（うめ）いた。彼女の気やすさ、追求しない彼女、把握する資質がある女性を彼は嫌悪したが、その資質が彼女にはまったくないこと――それが最初にセシリアの友達らしさを彼の腕に置かれた美しく安定した手のようにしたこともあり――そのすべてが彼女の中で論じられて、彼らはお互いのための存在なのだという深い無垢な前提となった。

事実、彼女はその他大勢ではなかった。彼女が占拠できない場所がいくつかあった。彼は彼のデイジーを欠いていた。デイジーは泣き、甘え、憐れみ、大好きな反逆児（バッド・ボーイ）と彼を呼んだ。ギフトショップを出るときに、体についたデイジーの白粉（おしろい）を払うこと、がらくたがチリンといって落ちること、暗闇の中のくすくす笑い、がないのが彼には寂しかった。

「つまりは」と彼が言った。「人はアルプスの最高峰では暮らせないんだ」

「アルプスですって？」彼女は言ったが、暖かな暖炉の火に包まれて、彼に愛撫されながら、彼女は思考の遥か先を旅していた。

「僕はトップギアでは暮らせないよ」彼はわざとたどたどしく言い、自分の意味することは半分が的外れだろうと意識していた。

「ああ、それはダメ」エメラインが言った。「きっと退屈するわ。でもどうして？」

「思いついただけさ。口から出ることだってあるんだ、うん」

「ええ、そうね。退屈まぎれに」

万事うまくいった――「それでも」マーキーは、彼女の向きを変えてから、肘を支え、あまりにも間近になったので少し寄り目になったお互いの目の虹彩を覗き込んで、思わず笑い出した。「僕らは同意していないよね、だろ」

「あなたの顔がすごく大きく見える」彼女はそう言って少し離れ、焦点が合うようにした。彼女の柔らかな大きな瞳は、だるそうで何も探らず、目鼻立ちを一つずつ通過して、その瞳が真に愛する肉の仮面を愛撫した。

肘を抱えた腕に力を入れて、彼が続けた。「僕らはまったく同意していない」

「あらゆることについて、そのとおりよ――やめて、マーキー、痛いわ――それが問題とは思わないけど」

「君が問題とは思わない。それが困るんだ」

驚いて彼女は言った。「どうしたの、マーキー？　それがあなたの本心なの？」彼女は彼の本心に出会ったことはなかったが、それが屋敷の回りをうろついているのは聞いていた。

「そうじゃない」彼は怒って言った。「常識だよ」

無理解を超えた影、不興の影、退屈の影すらもがエメラインの顔をよぎり、感情に対してはいつも透明なその顔は、いま、ランプの明かりにはっきりと青ざめて、実質的に半ば透き通っていた。彼女が言った。「あなたは保険会社みたい」しかし解説はしなかった。

「いつもこうは行かないことを理解しないと」

「そのまま行くものなどないわ」と彼女。「私たちは老いていくけど、気にしないわ。それから死ぬのよ。大したことだとは思わないけど」

「僕を見て！」彼が鋭く言った。

「見てるわ——私にほかに何が見える？」

「神のみぞ知る。君が何を見るかなんて、考えたことなど一度もないさ。君は何も見ていないんだ、ありのままには」

「もう少しで当たり」

「君にはだろう、正直」

「いじわる」彼女が叫んだ。

「僕は用心してる」

「私はしてない——そして、もちろん、私には分かるの、私は破滅しているらしいと——どうしてあなたが破滅するのか、それは分からない」

「ああ、分かった。お好きなように。だが僕らは転落に向かって走っているんだ」

「どうでもいいわ」彼女は微笑みながら指で彼の怒った自信のない唇を閉じて、これで議論は終わりとした。

「僕はどうでもよくない」彼はその指が離れると言った。「いいかい、君には手が付けられない」

「あら、転落？」

「ああ、僕は知らない……。しかし、悪魔だろう」

　悪魔なのだろう。彼女が精神に常になく触れたので、彼はめったに感じない気遣いに心が騒いだ。彼は彼女が心配だった。しかし彼は自分のほうが何倍も心配だった。彼の目に恐ろしいものが見えた――彼女が立って、真剣に彼を見つめ、時を選ばぬ彼のその場の考えの重荷を共有しようと心に決めながら、彼女には破局の外にいる明るい空気があった――非常に高い構築物が崩れ落ちるのが見えたのだ。その高い塔はある衝撃がその土台に加わったか構造に欠陥があったか、空中分解して、倒壊するのだ。損害は甚大。後退が不十分で、まともに下敷きになる。マーキーは、内部で何かにおじけづいてしまい、自分のことが非常に不安だった。彼女がそばで静かに立っているのに、彼は不安でたまらず、エメラインのことに劣らず自分のことが不安だった。肉体の不安といってもよかった。

　彼女に対する不合理なこの恐れが一瞬彼に触れ、肉体的な恐れがそうであるように、氷のように冷たく羽のように軽く、口の中に、手のひらに触れた。彼が見た彼女は、日常生活と保証と必需品を伴う行動を捨ててパリに入り、その無節操な領域で、我々は我を失う。ここには何の保証もない。悲劇が慣例である。悲劇はその専横的な破壊力で人生の裏をかく。ここで人は見知らぬ影を投じる。情熱は犯罪を知らず、意のままに動くだけ。鋼鉄と紐がキスに伴う。無垢（イノセンス）は暴力（ヴァイオレンス）とともに歩き、暴力は無垢、運命のように冷たい。愛人のキスと刀身のキスの間は髪の毛一本、差はない。ドアはすべて死に通じる……。カーテンが降りて、本が閉じる――しかし誰が言う、そうではないと？

エメラインが彼の条件で愛することを承諾したとは、彼女をより知るようになったマーキーには、意外だった。彼女に関する彼の考えは、彼の個別のフラットのドアにエメラインが現われるたびに、ぐるぐる回った。もし未知という要素が所有慾をそそるとしたら、不安定さにつながる。彼は彼女と一緒にどこにいるのかがどんどん分からなくなった。理性が力つきた。彼女の友人としては、彼女のヘタな取引（バーゲン）を嘆くことしかできなかった。彼には、彼女の業界における、市場の完全無欠さをよく知る世間知があり、不利益に対する鋭い法律的な不信感があった。法律の再調査をする、自明の結論に有効な点を数々持ち出す、不確定な立場を埋め合わせる、つまり、強いケースをまとめる、などをしなければ、必ず正しい者への敬意をかちとり、絶対的ではなくても、利点となる。心のほうは割り引かないで、というのも、それは裁決できないから（心についての彼の考えは、もやがかかっている）、彼女がもっと優れた頭脳を発揮しない理由が分からなかった。賞賛すべき方法がないにもかかわらず、彼女のブルームズベリーの事務所が見せた並外れた成功は、仕事に対する嗅覚を証明していた——ただ一つ（彼がまだ単純に信じていたように）彼女の魅力の売りこみ方を熟知してさえいればよかったのに。彼女はこれをさらに活用していたかもしれない。彼が発狂するまで彼女が頑張ったら、彼は間違いなく彼女と結婚しただろう。彼女が結婚を買いたくないのは信じがたく見えた……。これらを総合してみると、彼女の無謀ぶりはマーキーを慌てさせた。そしてこの無謀、この洪水、彼にはとらえられないこの勢いには、限度はないようだった。彼は転落が怖かった。彼女の邪魔をしなければよかったと思い、彼女を所有しないで、最初に会った時のままの彼女、向かいの部屋から微笑している見知らぬ人のままにしておくべきだったと思った。

エメラインは突然疲れを感じ、腰を下ろし、ソファにもたれた。そして言った。「これは終わるべきだと言いたいわけ？」

「とんでもない！」マーキーが叫んだ。彼女の美しさと直談判に不意をつかれて言った。「まさか！」

「じゃあ、もう話し合うのはやめましょう」と言って彼女は目を閉じ、部屋の照明が瞼に重いようだった。

「ただ言いたかった——僕は頼りにならないよと」

「結婚となると——こんなに議論はしないでしょう。結婚した人たちは議論するの？」

「君の言うとおりだ。僕らは時間を無駄にしている」

「時間はあるけど、無駄にもするのよ。でもこういう風にじゃない。私たちが結婚したら、あなたは私と一緒にいなければならないのよ、そうしない理由をあなたが思いつかない限り。それは嫌でしょ、どう？……でも結婚に反対する理由は、どれもすごく愚かしく聞こえる。いい結果になるんじゃないかしら。セシリアとヘンリは幸せだった。私たちが結婚しない一番の理由は、私たちが結婚したくないということね」

「僕らには合わないだろう」

「ええ、まったく合わないでしょうね……。それにあなたはセシリアとうまく行かないだろうし、私はあなたの姉上に好かれないと思う」

「家族ディナーか……」マーキーが言った。

「家族って、ときにはいいわよ」

「まさか——それで君は幸せになるというわけ？」

「私がその他大勢だったらいいのに」

「どうして？」

「その他大勢って、幸せだからよ、それに私はいつだってあなたにはいい変化になるでしょ」

彼は言った、「しかし僕は単調なのが好きだ」と。そしてソファに腰を下ろしたので、議論は終わった、致命的な余韻を残して。日影が後退し、敷居のところでためらいを見せ、隙間風が途絶えた、重いカーテンの中に隠れたのか……。暖炉の火が落ちた。降る雨が手すり壁を叩く。道路から上がってくる音はほとんどない。

「そのランプを消して」彼女が言った。「目に直接入るの」

23　ジュリアンとエメライン

八月が近づいていたが、セシリアはまだ夏のプランのことを誰にも話せていなかった。プランが何もないので、彼女は秘密ありげに煙幕を張らねばならず、そこから間もなく婚約したという噂が飛び出した。ジュリアンだけが問い合わせてこなかった。大いにありそうだったが、何も決まらないようだった。みんながアメリカの暑さに用心しろと警告した。心を酔わせる選択肢もあった——フランス・ツアー、クルーズ船、訪問地もいくつか——このどれをとっても、若い女性にはありがたかっただろう。一方、エメラインが曖昧なことを言い、私は八月はコニー・プリーチと一緒にウィルトシャーに滞在するつもりと言った。

「どうなの」セシリアは厳しく言った。「それでは、あなたの事務所（ビューロー）のいい宣伝にならないと思うけど。あなたが旅をしないと」

エメラインは、もっと厳しい決断をしていた——彼女のプランは、生まれて初めて、自分以外の人の都合で決まったもので、彼女は初めて暗闇の中を手探りで動かなければならなかった——そして言った、しばらくしたら海外に出るかもしれないと。そして常になく感情を見せないで、セシリアの好きなように決心すればいいとほのめかした。そして決めつけるように言った、事務所(ビューロー)じゃなくて代理店(エージェンシー)だと。

「カリカリしないで、マイ・スウィート」義理の姉が驚いて言った。

エメラインの気分が少し天使から離れたのは明らかだった。というか、彼女の率直さは、疑問の余地がないとはいえ、透明性がなくなっていた。彼女らはこれをウォバン・プレイスで感じた。レディ・ウォーターズは――代理店で電話で長く話した結果、少なくとも三人のうるさい客を追い出してしまい、仮説上の友達のための回覧紙を片付けた――同じ観察をしていた。エメラインは平静さを欠いている、エメラインは、親戚がセシリアに忠告した、いつもの彼女ではないと。彼女とピーター・ルイスの間にストレスが高まったのは明らかだ、その結果顧客が逃げている。セシリアがこれはみなナンセンスと切り返すと、すぐにレディ・ウォーターズはゲルダに、セシリアとエメラインの間に何らかのストレスが生じたのは明らかだと報告した、可哀相にセシリアは自分を見失っているのよ。

「私はミセス・サマーズに一度お目にかかっただけです」ゲルダは用心して言った。「そして覚えていらっしゃいますか、彼女はあの日も我を忘れていらしたわ。あるいは、あなたがそうおっしゃったかと」

「セシリアほどセシリアらしい人はいないわ。感動するほど開放的よ。ファラウェイズ荘ではとっても元気そうだったし、でももちろんあそこは彼女の家のようなものなのよ、見ればわかるわ、到着したとき、彼女の顔が輝いたでしょ……。私はときどき不審に思うの、エメラインには何かちょっと不自然なものがあるのではと」

「どういう風に不自然なんですか？」ゲルダは期待して訊いた。

「説明するのは難しいかしら」

「フランクは、一度彼女に会ったと言ってます。でも、むろん、彼女は彼のタイプではなさそう」

自分でフランクのことを言い出したので、ゲルダは意識過剰になり、レディ・ウォーターズは思慮深い表情になった。ダイムラーは、リージェント・ストリートの交通網に引っかかって、滑ったり止まったりしながら、セシリアとランチをとったレディ・ウォーターズを乗せて、ゲルダと一緒に絵画を鑑賞するはずだった。雨ばかりの天候が終わり、その日は誰かの理想の夏にしぶしぶ歩み寄っていた。ゲルダは、レストランのフラーズで一人、サラダとアイスのランチをとり、不愉快にも人目に晒されながら（と自分で想像していた）、キャリントンの角で時間を守らないレディ・ウォーターズを待ちつつ、せっかくのこの絵画鑑賞の午後を浮かぬ気持ちで予想していた。しかし、レディ・ウォーターズは、芸術家に会ったことがあった。女性パトロンとともにゲルダが果たす役割は、目下、あまりないと思われた。セシリアのことを嫌というほど聞かされていたので、彼女はフランクの紹介を話題にする必要に迫られた。

これはうまく行った。レディ・ウォーターズはゲルダの目を奥まで覗き込んで、フランクのことは心の中から追い出さなくてはいけない、少なくともいまは、と言った。

「でも彼はとても同情してくれて」

「私はフランクが好きでした」レディ・ウォーターズが言った。「だけど、同情する男性って、悲しいかな、決まって信頼できないのよ。ジュリアン・タワーは同情するように見えるけど、彼のセシリアの扱いは全然よくないと思うの。彼はいい加減に振る舞う人だとは思わないけど、自分が何をしているのかさっぱり分からない人よ。セシリアは、自覚している以上に、ジュリアンが好きなのよ。心配だわ、ゲルダ、ジュリアンとフランクは、自分の手に入らないもののほうを好む男よ」

「まあ、フランクはそんな人じゃないわ！」

ゲルダは掛け鏡をのぞいて自分が赤面しているのが分かった。友達の刺すような沈黙は、その赤面を強く批判していた。彼女はゲルダにさらなる興味を抱いて、午後の残りを過ごした。

ブライ家の八月の予定は、レディ・ウォーターズの膝の上にまだ乗っていた。彼女がゲルダに言い、少しあとでギルバートにはランチでそれを繰り返したのは、いますぐ二人で出ていって、話し合いなさいという命令だった。ギルバートは同意したが、ゴルフをしたい、ブリッジも少ししたい、という条件付きだった。ゴルフをしないゲルダは、友達がふさわしいと思う遠方へ出かけるのはいいが、話し合うことがなくなったら、何か見るものがあって欲しいと言った。カジノとか大聖堂には彼女は関心がなかった。神経のために日光浴すべきだと思った。「でも、そうね」彼女が言った。「私たち、向こうで喧嘩するべきかしら？　別々に帰ってくるのはみっともないし。それに私、手荷物の世話はできませんから」レディ・ウォーターズは、物事はいまより悪くなるはずはないと理解していると言い、ゲルダは大人しく同意した。だがしかし、赤ちゃんたちはどうする？　ギルバートの母親は利己主義で、ゲルダの母親はスイスに行く予定。ブライ家が思いついたのは、赤ちゃんたちをファラウェイズ荘でお願いできたら、どんなにいいか。しかし赤ちゃんたちは思春期にはあまりに年齢が不足しているので、彼らの友達に興味はなかった。

「お分かりね、私たちは話し合いなどできないのよ、あちらに赤ちゃんがいたら」

レディ・ウォーターズは、これは難しそうよと言った。ブライ家がホリデーを楽しむ希望が消えて、誰も彼らを利己的だとは言わなかった。それでも、彼女はゲルダに分かってもらう必要があると感じた、彼女とギルバートの関係は互いだけが相手なのではない。三角関係なのだ——または、赤ちゃんの数を思えば——はっきりいって四角関係なのだと。「ああ、分かってます」ゲルダが認めた。彼女は、フランクをよそに、小さな母親の気持ちになっていて、レディ・ウォーターズを待っている間に、フリルのついた小さなサン・ボンネットを二個買っていた……。彼女たちは画廊に着いた。レディ・ウォーターズは内覧会のチケットを持っていて、さっさと二階へ上がっていき、ゲルダはその後をこわごわついていった。ティム・ファーカソンらしき人が、真紅のドレスの若い女性をともなって、もう一つのドアから抜け出したのと、彼女たちが入るのが同時だった。

エメラインは、ジョージーナの訪問が長引いたので、朝の仕事が途切れたことと、ミス・アーミタージがその訪問を軽く見て、何度もくしゃみをして、あとは黙って数回睨みつけたことで、午後の仕事にもきちんと取り組めなかった。彼女は前夜遅くにマーキーと外出していた。頭がくらくらして、両目が重い。オフィスにある水入れがいちいち神経に障る音を立てた。四時頃に彼女はオフィスをピーターに任せて、オーデナード・ロードまで車で帰った。この仕事放棄によって彼女は自分の評価を下げ、呆然として車に鍵をかけた。庭から回っていき——帽子をとり、貼りついて重く感じる髪の毛を押し上げた——疲れた足で階段を登り客間の窓まで行った。動かぬ物陰、ドアと家具の静かな輪郭、蜂が一匹、スイートピーを生けた花鉢で室内の静寂をついてドラムをたたき、すべてが孤独を約束していた。

だがジュリアンが、一人孤独に待つ姿勢で、客間にいた。窓を背に彼は立ち上がって、セシリアの本のうちの一冊を見た。本が何冊もテーブルに斜めに乗っていて、不注意に置いたに違いない。煙草が二本、白い翡翠の灰皿に押しつぶされている。セシリアが到着する前に彼女の客間で煙草を吸ってもいいかどうか（エメラインが気づいたらと）、ジュリアンは内心異常に緊張して検討した。彼女が上がってくる足音を聞き逃したかと心配になり――というのも、耳を澄ませている彼全体の気配が、音に合わせてはいたが、徹底した注力が選り分けるように、玄関ホールから上がってくる音だけを拾おうとしていた――エメラインは窓のところにたたずんでいた。その影を見て、彼は振り向いた。

「ハロー、ジュリアン、私、早く戻ったのよ」

「素敵じゃないか！」

「セシリアはいないの？」

「彼女は動きが決まっていないので、僕が待ってるからと言ったんです」

この出会いは、どちらにも友達同士のもので、好意的だったが、気楽というほどではなかった。二人ともに、張り詰めた神経に存在感の重さを感じていた。エメラインはソファのはじに座って彼に微笑し、髪の毛を押し上げて、ここにはいられないのよと言った。入浴するつもりなの。そのマナーは、ぎくしゃくしていて子供っぽく、ジュリアンをとらえた。彼は機械的に煙草のケースを取り出して、気づいたら相手に勧めていた。

「煙草は吸わないの」

「覚えておくよ」彼は言ったが、まごついていた。

エメラインがいま一番したいことは、ソファに全身を伸ばして横たわること、そして眼を閉じて、足を外に出して、神経と筋肉を思い切り緩めたかった。これに支障が出てしまい、彼女には二階へ上がるエネルギーすら残っていなかった。ジュリアンに焦点を合わせない優しいまなざしで、帽子のリボンを長い指で引っ張りながら、彼女はもう何も言わなかった。

「いいかい、エメライン。このところ君は働き過ぎだよ」

権威ある忠告に心が動き――彼は心が休まる親戚になるかもしれない！――彼女は、いまがとくに忙しいシーズンなのだ、彼らのキャンペーンが功を奏し、お客は聞いたこともない場所に大挙して行くのだと説明した。そして補足した、ここには秘書がいて、待っているタクシーみたいに非難の警笛を鳴らすのだと。

「あのミス・トリップじゃない？」

「違うのよ……私たちが彼女をぼろぼろにしてしまったみたい」

「で、彼女は出ていったの？」

「休暇をとってるの」

彼は、彼女が遠くに思いをはせ、そこから話しているのだと感じた。彼女が周囲や遠くの何かを見るには努力が要り、その何かが前景のすべてを占めているに違いない。彼は束の間でもいいから彼女の人生全体を意のままにして、彼女がつばのところを指で神経質に抑えているフェルトの帽子をとって、言いたかった。「ちゃんと座るか、出ていくか、どっちかにしなさい、マイ・ディア」とりわけ、彼女の予定表からマーキーを消すこと――事実上、元に戻すことだ、戻されていないものを元に。軽い苛立ちと、敗北感、そしてセシリアに対する愛をチクリと刺し続ける好奇心が生きていて、ジュリアンはエメラインに対する感情に集中できなかった。彼は自問した、彼女の中の何がマーキーの情欲の第一目的物なのか、そして虚栄心の中でもとくに素早く、とくに性的に働く残酷なそれが、ただ一度の破壊行動で満たされるものかどうか？

　エメラインがそっと、しかし突然入ってきたときは、セシリアのことしか考えていなかったので、ここで最初に見たエメラインが新鮮に映り、困惑の度が減り、魅力や美ではないものを見た。彼女のたたずまいは、彼の熱っぽい不安な気分にくらべて涼しげで、純粋な気分転換になったかもしれない。だが彼はまだとり憑かれていた――いまもはっきりと見えるのは、最初の夜のあの彼女、シルバーのドレスで部屋の奥の壁龕（へきがん）におり、グラスの氷片を見ている――彼女には何かの資質が欠けていた。たんなる沈着さか。この空白の時間、彼らは互いにまごついて、二人とも打ち上げられていた――実際は難破していた、二人にとって何かが不発に終わっていた――打ち上げられた親密さという小島は荒涼としていて、探検するには小さすぎた。

　マーキーに対して彼は、心を乱す深い怒りを感じていた。しかしジュリアンの怒りは内に向かい、長い根で樹液を吸っているうちに、神経が芽生えて若枝になった。彼女の疲労と乱心が彼の中に交戦をいとわない同志を生んだが、彼に何ができたか？　いわれなき攻撃は論外、彼の宿命的な穏当な気質からすると、決闘するにはいたらない。彼はまた、内心、激しく苦笑しながら、セシリアとの関係がほとんど前進していないので、エメラインに代わって移譲された所有権を主張する権利もなく、もっと豪快な時代なら兄のヘンリを鞭打って追放できたのに。聖なる戦いでは、理性の果たす役割はない。ジュリアンにあっては、感情が冷静な良識によって切り刻まれていた。勝者は、受動性のみを女性に求め、いかに致命的でも彼女の分別にたよらなければ、彼女は元に戻せないことを否定しなければならず、それで彼女の分別は滅びる。彼にあらゆる特権があろうと、そして彼がセシリアの義理の妹の正体不明の求愛者以上の存在であろうと、エメラインが一瞬たりとも彼の干渉を許さないのは、彼にははっきり分かっていた。彼女はまだ自分は幸福だと信じている。誰にも触れられないその決意は疲労になって出ていて、明るすぎる空に浮かぶ山頂のようだった。さらに、彼女の静かさが、強情から狂信におよぶ意志の濃淡に仮面をかけた。怒りのまたは愛の自己主張は、ぶつかり合うが、一種崇高な自己主張といえる。純粋な怒りはその対象を結晶化し、誘惑者は食欲の抽象物にまたは盗人になる。だがジュリアンの怒りは不純だった。恐怖にかられた理性の果たしたことが大きすぎた。彼はマーキーを――人を惹きつけ、理性的で、機智に富み、高度に社交的な――ある考えの箱に詰め込み、そこに刀を通すことはできなかった。関心がないのではない、マーキーに対する一対一の嫉妬にかられ、関心は増すばかりだった。

エメラインは帽子を床に落とした。「いいの」彼女が言った。「そのままで――」そして座ってうつむいた。「ごめんなさい、眠いんです。あなたにはほとんど会えなくて。今が一年のそういう時なのね」

「そうだね」彼は悲しい口調だった。「我々は一度も会ってないね」

「あのパーティで、どうして会えないのかとあなたは訊いたわね。そして私は外に出ているか、お風呂を使っているか、どちらかだと。人がパーティで言いそうなことに聞こえるかもしれないけど、本当のことなの。この家がセシリアよ。私が入ると彼女が見える、そう、彼女がいてもいなくても。私には何の関係もない感じよ、でも私もここに住んでいるのよ。私が残すものは浴室の湯気だけ。あなたの家もそんな感じ？」

「そうかもしれないね。よく分からないが」

「誰が分かりたい？――あなたの言うとおりだわ。人の噂はバランスがとれている、またはとれているはず、でも、本人は一度も出てこない。時間の無駄だわ。それでも、私はどこかに住みたい。そのほうが自然な感じがするの。もしあなたが結婚するなら、ジュリアン、あなたの妻があなたの居場所になるのよ。どこかが特別になって、あなたは自分の居場所を知るのよ。でも私のためには誰もそれができないし、人のために私がそうするなんて、誰も期待していないし。私がカップとソーサーをオフィスの戸棚にしまったら、それが勝手にそこまで飛んでいったみたいな感じでしょうね。ケトルを沸かすのだって、ほかの誰かにとって喜ぶに足ることにはならないわ。ケトルのプラグを差し込んで、やがて、沸いてくるのを見ると、私にはないものがあるのが私には分かるの――あなたはマーキーを知ってるでしょ？」

「少しだけ」ジュリアンは言って、マントルピースにもたれた。シャンデリアが鳴り、美しい品々が並び、扇子、陶器人形（フィギュリン）、箱類などが彼の肩の後ろに続いている。

「もし私が死んだら」とエメライン。「どうかしら――あなたたちはみんな悲しむでしょうが――死んでもあまり目立たないでしょうね。でももしセシリアが死んだとしたら、私はこういう装飾品を見るたびに、きっと思うわ、『なんて恐ろしい』って――。マーキーのこと、よくは知らないのね？」

「ときどき会うけど」

「人は彼のことをとても思っているように見えるけど？」

「彼の年齢で、あれほど確かな評判のある人は、あまりいないと思う。彼にはこの先長い将来があるはずだよ」

「素敵でしょ、彼？」

「とても」ジュリアンはそう言って、微笑んだ。

「同意する必要はないのよ」エメラインが言った。「彼が好きじゃない人もいるわ。セシリアは、その一人、彼をとても嫌ってる……。彼はテンプル地区に住んでないわ、ええ。ロウワー・スローン・ストリートにフラットを持っていて、お姉さんの家の上にいるの。お姉さんがミセス・ドルマン、夫はガスか何かのお仕事を。あの辺りのお屋敷はとても大きいでしょ。物を運び上げるのに彼はリフトを付けて、コックと話したいときは口笛を吹くの。お姉さんと話すときは電話を使う。そのくらい独立しているのよ。そうだ、彼はあなたを少し知ってると言ってたわ。私たち、一度レストランであなたを見かけたわ」

ジュリアンはうなずいて、レストランの名前を言った。

「彼と私は共通の知人が少ないので、覚えていたんだわ。あなた、本当に覚えてるの？　暑い日だった」

「君はグリーンのドレスだったね」

「大昔みたいな気がする」

「僕は姉と一緒だった」ジュリアンが言ったが、そのあと何を言ったらいいのか分からなかった。

「人がどんなに幸福でも」彼女は続けたが、いつもの矛盾した雰囲気とは違うものがあった。「親しい顔は嬉しいものよ。だから人は友達を結婚式に呼ぶのかしら？」彼女はスイートピーの花の上で蜂が一匹、キラッと光って円を描いて窓から出ていくのを見ていた。「みんなすごく幸せそうよ、人が結婚すると。だからみんな結婚式に行くのね？」

「一般的な善意だと思う」

「それが本当に役立つと思う？——人の善意のことだけど。善意は先の面倒を見てくれるの？」

「きっと安心するんだと思う。みんなで物事を固めてくれる、『皆様、ご臨席のもと』、とか何とか。いざ飛び込むと決めたら、徹底して飛び込んだほうがいい」

彼女は急いで言った。「でも、人を飛び込ませることって、人が知ることじゃないわ。それに、どうして人は安心が欲しいの？」

「君は欲しくないの、まったく？」

「分からない、どうして人がそこまで……。セシリアが言うのよ、自分が幸福だと感じるのは、誰も人はいないのに、全面が鏡張りで、照明が全部ついているカフェに座っている時なんだって。自分を群集にしてくれるって。でも、何百もの自分の映像なんてすごく怖い——」彼女は突然話をやめて耳を澄ませた。「あれはセシリアかしら？」

彼らは二人とも耳を澄ませた。「違うな」

「もうお風呂に入らなくては——あなたとセシリアは何の話をするの？——ごめんなさい」顔を赤くして彼女は言い添えた。「私が言いたかったのは、ほかの人たちは何について話すのかしら、いつもああして？　きっと言うことがあるのね、でも、何を話しているのかしら？　私はよくものが言えなくなるの、まるで山登りをしているみたいに」

「僕は口がきけないと、一歩一歩足を引き抜いて泥沼を歩いているような気になる」

「ああ、ジュリアン、でもあなたは鈍い人じゃない！　あなたは人にしゃべらせる人だわ。いまも私に話をさせているじゃない。でも、私の言う意味が分かるなら、私があなたに話すことなんて、本当に一つもないの。どれも私の考えじゃない。みんながどういう人だか、あなたには分かるの？」

「どうだろう、僕らはみんな分かっていると思うよ」

「セシリアが言うには、私は分かってないって。期待できるの、いつも誰かに同意するなんて？」

「いつもは無理だ、でも――」

「あら、たしかに」彼女が言った。「意見の相違なんて表面的よね？　おそらく友達の間でも、表面は粗筋ということになっている。人は話す努力をするべきである。言葉がすべてを捻じ曲げる。人が賛同していることに、口は出せないのよ。話すとはいつも少し喧嘩をするというか、誤解することだわ。でも本物の平和を騒がす視点はないわ――そう思わない、ジュリアン？」

一瞬彼は答えなかった。やがて、「君は知っているんだ」と言った。「僕がセシリアと結婚したいということを？」

「ええ――彼女がそうなればいいと、心から願っているわ」

「さしあたり、彼女が結婚すべき理由はないんだ。でもエメライン、もしも――万が一、あり得ることになったら――君はどうなるのかな？」

「いったい」彼女はむしろ乱暴に言った。「誰がどうなるっていうの？」

「僕は心から願っているよ、マイ・ディア、君に何か考えがあればいいと……」

彼女があまり真剣に見つめるので、彼はたじたじとなり、自責の念に襲われた。だが彼のほうを向いている顔を見ると、その天使のような細面の楕円形は、実際には、思い一切を内に籠めて隠していた。彼女はもう立ち去っていた。彼女の善意も一緒に、彼女のまなざしも去り、彼女が狼狽して慌てて動いたのは、まなざしを注いだことを後悔してのことだった。彷徨(さまよ)って、宙づりになり、彼が心のすぐ近くにあることを話していた間、ずっと……！　彼女の唇は震えていて、彼がいま言ったことを問いただせなかった。

「考えがあれば？」彼女が繰り返した。彼はへまをした自分を呪った。彼女の心は対話をするために細い糸を紡ぎ出していたかもしれず、彼の質問が切りとった糸は、いまは空中に漂っている。将来のことを話すのは鬼門だった。彼はエメラインが委縮してしまったように感じた。もし彼女が難しくて、手に負えないとしても、彼女はあまりにも愛しくて、喜ばせてあげたかった。

この空白の間合いに、セシリアが入ってきた。表のドアが開くのが聞こえ、電話台でいったん立ち止まり、客間の扉がさっと開いて、彼らのところまで来た。

「ああ、ジュリアン、本当にごめんなさい――エメライン、ダーリン、帰ってたの？」

彼女は白い手袋を脱ぎ、ハンドバッグを椅子に落とした。部屋が目に見えて緊張した。「申し訳なかったわ」明るく幸せに彼女が言い足した。「でもどうしてお茶してないの？」

「忘れてたわ」エメラインが言い、身をかがめて帽子を拾った。

「あなたは疲れてるのよ」セシリアがすかさず言った。

「お風呂をと思ってたの」

「ランチはジョージーナと一緒だったの。で、ああ、どう思う、ジュリアン、彼女が使っているコックからもらったプディングをご本人にあげちゃった！」

彼女は話すのをやめて、エメラインがふらふらと部屋を出ていくのを見た。ドアが閉まると、「ジュリアン」と彼女が叫んだ。「エメラインに何を言ってたの？　取り乱しているみたいだったけど」

「話してただけだよ」彼は慌てて言った。

「彼女は少し疲れたのね。ジョージーナが断言してたわよ、オフィスで何かがうまく行ってないと」

「レディ・ウォーターズが大袈裟なんじゃないか？」

「ええ、そうね」セシリアが言って、お茶のベルを鳴らした。「それでも、あら、煙草がない……。あなたの午後をあらかた無駄にしたかしら？　ジョージーナがボンド・ストリートの上まで車で送ってくれたので、少し買い物をしたの。帽子を一つ……。彼女はあの不運なゲルダ・ブライを内覧会に連れて行ったわ」

彼は椅子にもたれ、セシリアに午後は無駄にならなかったと請け合った。そして帽子について聞き、自分が買おうと思っている絵画のことを話した。急いでベルで合図したランチの前に彼の心に何があったにしろ、いまはもうそれも延期になった。彼女は話すかたわら、一度か二度ほど、もの問いたげに目配せしたが、自分が嬉しいのか哀しいのか分からなかった。

ジュリアンは去り、セシリアは駆け上がって着替えをした。もう遅くなっていたが、ディナーを外でとる予定があった。最後に、大急ぎでブレスレットをもう一つ手首に巻き付けてから、エメラインのドアを叩いた。

「入って」一瞬してから、エメラインが言った。そしてドアまで来た彼女は、龍の絵がついたチャイナ・ブルーのガウンを着ていた。部屋の中は引き出しが開けっぱなし、手紙と書類が飛び出している。彼女はオフィスを家には持ち込まなかった。浴室の湿気で髪の毛が首にまとわり付いている。

瞼が垂れていて、額全体に頭痛と書いてあった。

「もう行くわ」セシリアが言った。「すごく遅れてるの――私を喜ばせたいなら、エメライン、二度と外に出ないで。あなたは――」

「ピーターには彼のパーティに行くと言ったの、だけど、彼に電話しようかと思って」

「そうよ、電話しなさい。私の引き出しに〈熱さまし〉があるから」

「探してみる」

「エメライン――悪いことなど何もないわね？」

「ないわ、ほんとよ。楽しんできて」

「ジュリアンの言ったことが苦しめたんじゃないわね？」

「いいえ、彼は優しかったわ」

「心から願ってるの、あなたがオフィスをやめればいいのにと、あるいは、ホリデーをとったらいいのにって。少なくともよく考えて欲しいの。みんな言ってる――」

「やめたくない」エメラインは言ったが、抜け道がない調子が声に出ていた。

「でも、急にやめたくなるかもしれないわよ、退屈だと知って、やりきれなくなるかもしれないし。束縛されるにはまだ若すぎるのよ。あなたの無駄だし、たいへんな時間の無駄よ――」いかにもセシリアらしく、大事なことに追われながら、片方の目で時計を見ていた。エメラインが言った。「セシリア、遅刻するわよ！」

「あなた、結婚したらどうかしら――」

エメラインは微笑んで、ガウンの紐を締め直した。そして言った。「誰も私と結婚したくないのよ」

24　電報

「それからもう一つ」ミセス・ドルマンが続けた。電話線から聞こえる鼻声で。「友達を静かに追い出せないなら、一晩中置いといたらいいのよ、ええ。二人の男がスキーブーツを履くような音を立てて、うちのドアにぶつかったのよ、三時頃に。オズワルドも私ももう一睡もできなかった。それからあなたの友達がくすくす笑いながら降りてきて、イヴニングバッグを落としたの、鍵がいくつかと小銭がたくさん、全部かき集めるのに、うちのドアに何度もぶつかるのよ。言っておくけど、彼女は電気をつけっぱなしで行ってしまいました。あなたはどうして外で彼女と会うの？」

「誰のこと、デイジー？　僕だったらもっと喧しかっただろうね。あれが彼女の用心なんだ。ほかの連中とは出かけたりしない」

「では気をつけてね、空の瓶を下の屑籠に持っていくように、あなたのドアの外に置かないでね。今日あの猫がひっくり返したけど、お恵みのおかげで、屑籠は階段の手すりの間から落ちて、誰かの頭にぶつからずに済んだのよ。それからもう一つ――」

「猫は閉じ込めておかないと。昨日の夜は、首を折るところだった、暗闇の中、姉さんの階段に猫がうずくまっていた。それに、汚れるよ――。ああ、もう黙って、それでいい。僕は急いでいるんだ」

「今週末はコックがヒマをとっているの。理由など、知るもんですか。もしヒマをやらなかったら、彼女はもう戻らない、ということ。彼女の目にそう出ていたわ。あなたのことで面倒ばかりかけてるのよ。たった十分前の口笛の通知でブールスティン・ソース[*1]を用意させたいなら、あなたがどこかよそに出ていかないと――」

「――喜んで」

「だから、月曜日まで、食事は外で」

「面白くないな」マーキーが言った。「僕も週末は出かける。たまたまそうなってね。十分前の口笛はやめろなんて、まったくアタマにくる。姉さんの年で使用人たちのコントロールができないなら、商売なんかやめたほうがいい。ともあれ、僕がソースのために送り届けたシェリーはどうなったの？　ウィスキーは鍵をかけなかったけど、どこに行った？　あの女はほろ酔いかげんで、口笛も吹けない。もう電話は終わりにしてよ、頼むから。僕もかけたい電話があるんだ」

「もし出かけるなら、使用人たちにフラットをきれいにしてもらったほうがいいわ。前に私が入ったら、バーみたいな匂いがしてた――前もって送って欲しいものがある？」

「ないし、僕は月曜日には戻っているよ。ああ、掃除をしてもいいさ、でも紛失した物があったら、僕はすぐ出ていくよ。そして、本にも絶対に触らせないで。それだけかな」

「いい週末を」彼の姉は気をよくして言った。

「ありがとう。僕はウィルトシャーに行ってくる」

「では、この次にあなたの友達が来るのは――」

「ああ、もういいから!」マーキーは言って電話を切った。

朝のこの時間、フラット全体は眠り込んでいるように見えた。いつものかび臭さ、敷物はめくれ、床に落ちたクッション、灰が灰皿以外のいたる所に。デイジーがマントルピースに櫛を置き忘れ、グラスの底の丸い輪が家具のあちこちに付いている。マーキーはガウンのままで髭を剃り、浴室の棚からスーツケースを下ろし、その中に物を落とし始めた。ウィルトシャーにはさほど関心がなかった。電話がまた鳴った。「チキショー!」彼はうんざりして言った。またもエメラインから、だった。

「マーキー、私は一時には準備してるから。あなたが煙草を持ってくる、それとも私が?」

「僕が持ってく。それから飲物も、もちろん」

「コニーのマッチはきっと湿ってるわ。ハムかタンが欲しい?」

「何でもいいよ、何でも。十一時にある男に会うんだ。長い話はできない、そう、いい子だから」

「わかった――コニーが石鹸を置いてると思う? 私が持って――?」

「洗濯するわけじゃないさ。一時きっかりに行くから。さよなら、エンジェル!」

エメラインは車を轍(わだち)に沿って走らせて、差掛け小屋(リーン・トゥー)[*2]に入った。マーキーはスーツケースをまとめて取り出し、彼らは道を回って行って、小屋の鍵を開けた。コニー・プリーチがエメラインに貸してくれたこの小屋は高原地帯に面していて、ウィルトシャー中部の都市デヴァイジズから遠からぬ所にあった。

彼らはドアを押し開けた。エメラインはここに来たのは初めてだったが、最初の呼吸で、マッチのことでは自分が思ったとおりだと感じた。「通いの女」は火を点けており、小枝がぱちぱちいいながら燻ぶりはじめて薄い煙を吐き、その上のフックにやかんがかかっていた。二つの窓から見えるスカイラインは、灰緑色の静かな高原地帯の中腹を走っている。無人地帯が描く美しい絵は、刻一刻光を変化させ、灰色の小さな部屋いっぱいにあふれんばかり。窓は、閉じてあったので、キャラコのカーテンから漂白された湿った匂いが漂ってきた。オイルランプの匂いもあった。金色の大型ハープは、コニーの先祖伝来の家宝の一つで、彼女の地下のフラットには収容できないとあってここに置かれ、火格子のそばのはめ込み戸棚を効果的に区切っていた。赤いレカミエ・カウチ*3は中綿が減っていて、あとは紐を編んだ、背もたれのないスツールが二台、背部に数本の細い柱があるウィンザー・チェアは壊れていて、コバルトブルーに塗られたキッチン・テーブルがあった。

「どこに」とマーキーが周囲を見渡して言った。「あの女性は座るのかな?」

「座らないんだと思う、あんまり。彼女はだいたい歩き回っているから」エメラインは晴々として腕にかかえた荷物をおろして言った。「でもここに座りましょう」赤いソファに座り、彼女は彼の方に両腕を伸ばし、到着して幸福だった。彼は彼女にキスした(彼らはいつでもデヴァイジズの宿屋に戻れたから)。ソファに並んで、彼らはまだ見まわしていた。プラハの大きな白黒のポスター(エメラインが描いたポスターの一つ)が、三個の画鋲でとめただけなので、一方がはずれてひらひらしている。写真も数葉あり、一枚はやや古びたヴァン・ゴッホで、コニーが「少年禁酒団(バンド・オブ・ホープ)」にいたと書かれた証明書が額に入っていた。かすかなかび臭さがあり、彼らは書棚に注目した。「少なくとも」彼女が言った。「本はたくさんあるわ」

「ああ、あるね」

「いまは読まないで」エメラインが言った。だが楽しそうに文句を並べるマーキーがいて、彼女は全然不安を感じなかった。瞳が輝き、頬が染まっている。新鮮な大気があり、ロンドンの重圧から逃れてきたことで、彼女は平常心を取り戻していた。家庭的な役割が楽しかった。すべて一流の物をと決めて朝はピカデリーの高級食料品で有名なフォートナムで買い物をしたではないか？ サーディンもチーズも地元の店の物で、マーキーを怒らせてはならない。彼女がジュリアンに話したカップとソーサーと彼女の人格が分裂しているというのは支配的なセシリアと一緒に暮らしていたせいだろう。ここでは物品はそれぞれに魅力と神秘の輪を描いている。彼女は赤いソファを軽く叩き、後ろにもたれてハープを爪弾いた。それから立ち上がり、ハープをどかして戸棚の中を覗いた。そこにはシロメ(ピューター)の皿、戴冠記念のペアのカップ、ブルターニュの花鉢、高級なクラウン・ダービー磁器のクリーム・ジャグ、庶民的なウルワースの陶器がたくさん、それにへこんだ灰色のスプーンがいくつか。ネズミの臭気もあった。「ウスタシャーのソースがあるわ」彼女が言った。「カレー粉かマスタードかどっちかな、それに――ああ、可哀相なコニー、石鹸を置いていってる！」

「幸せかい？」とマーキー。

「ええ――ハープをどこかに置きましょうか？」

「グラスは見つかった？」

一瞬これがエメラインを悩ませたが、すぐに目の高さにグラスを発見、一列に並んでいた。マーキーが飲物を荷ほどきしている間に、彼女は食料貯蔵庫に行った。オイル・クッカーがあった。彼女は窓を開けた。角のない柔らかな日影が温和な日光を浴びて高原地帯をまともに包んでいた。窓際にタチアオイ(ホリーホック)が三本、赤いフリルのような花を咲かせている。暖かな窓枠に身を乗り出して、エメラインはタチアオイに触ってみた。

「ねえ、マーキー」彼女が呼びかけた。「階段はないのね」

コルクを抜きながら、彼が叫んだ。「戸棚の中を見てみたら」

彼女は見てみた。階段があった、丁寧にたたまれて、屋根裏の正面に立てかけてあった。

「おりこうさん」彼女が言った、頭を上に向けているので、声がかすれている。「どうしてこういう小屋のことに詳しいの？」

「いろいろと聞いてるからさ」

実際のところ、このコニーの小屋のことを、彼はまず大きな不信感とともに受けとめていた。彼の快楽全般にはファンシーはほとんど役割がなく、彼は生活を楽しくする品々(アメニティーズ)を軽々しく捨てなかった。彼はこう予想していた、彼女は困ったような顔をして二人の時間の多くを使い、みじめになって、物はどこにあるのと訊くことだろうと。彼はこの種の週末をお笑い草としてさんざん聞いていたので、コテージかどこかで我が身を不愉快な目にさらすまいとしてきた。缶切りで大仕事になり、バケツを引きずって、ミルクだビールだと、行ったり来たり走り回らなくてはならない。元気をもたらすものは、筏(いかだ)のような働きをして、生き残ったといって感謝される。彼はこれが楽しいなどとは感じられず、その種の招待を断ってきた――あまりにしつこい招待だったので、今回、彼はスーツケースを引きずって敷居を乗りこえ、悪夢に見るような邪悪な快楽を思いつつ、他人の話を聞いているような心地で……。しかし彼と彼女は長い間、遠出する計画を立て、彼らの短い不規則などデートは――天候に祟られて、最後の霜が降りたり、別れの挨拶もそこそこになるなど――どちらにとっても不満が残り、彼女は惨めだった。彼らに許された空き時間は旅行するには足りなかった。イギリスのホテルは危険だし、つまらないしで、彼女は考慮に入れなかった。ファラウェイズ荘を使用人とワインセラーもろとも（彼はレディ・ウォーターズを見くびっていた）借りようとは、マーキーだったら言い出しかねない冗談だった。これは不可――エメラインはこれを冗談にして笑う気もせず、言い出すのも無理だと思ったようだった――そこで残ったのがコニーの小屋だった。マーキーはエメラインのはからいに任せた。彼女と家で二日間遊ぶのは、魅力的でなくもなかった。携帯用石油コンロのプライマスを初めて使うときは、男性の能力に全面的に奇特にも依存することをエメラインに強いるだろう。二日間邪魔されずに彼女を独占する、パリからもロンドンからも離れて、という思いは抗しがたく甘美だった。マーキーは出発前に地図を親指で計っておいた。そして頭に入れていた、デヴァイジズはすぐ近くだと。

「マーキー」彼女がまた呼んだ。「ポンプがあるけど」

「ポンプを使うの？」彼は疑っていた。

「コニーから聞いてないけど」

彼は自分と彼女の飲物をそれぞれ持って入ってきて、ポンプを調べた。ハンドルをゆすったら、ゴロゴロと言っただけだった。

「気にしないで」彼女が言った。「お水は樽にあるから。または、あの通いの女性に頼んで、井戸からもらってもいいし。とにかく、おやかんは満杯――あら」彼女はグラスを横目で見て言った。

「どうして私にこれを？」

「飲むんだ」

「でも、私、お茶のほうがいい」

「だけど、とっくに六時は過ぎてる」

「気にしないわ」彼らはパーラーに戻り、エメラインはそこで膝をついて、旧式のふいごを使って枯枝に風を送った。暖炉の周りに白い灰が回り、煙突の上には、エメラインが見ると、細い空がのぞいていた。暖炉の火は起こせなかったが、彼女の様子には無言の賛歌があった。マーキーが目をやると、荷物が無数にあるのに気がついた。「これは何だ?」彼が言った。

「ハムよ」エメラインは誇らしげに言い、彼が包みを開けるのを見つめた。

「だがね、マイ・ディア・ガール、二日でハム一本は食べられないだろう!」

「私たち、おなかが空くと思ったの」

「穴に埋めることになるよ」

「店で見たときは、もっと小さかったのに」彼女はがっかりしていた。

「加熱したものだね?」

「ええ、そう言ってた」元気を出してエメラインが続けた。「おやかんが沸いたら、色々並べて、ハイ・ティーにしましょう」

マーキーはためらっている。予想どおりのトラブルだ。「じつは、デヴァイジズで食事でもと思ってたんだ。いい考えじゃないかと思って。宿屋もとてもいいし、一度食べたこともあるんだ」

「ああ、マ、マ、マーキー……」彼女はふいごを下に降ろした。「ギリシャの蜂蜜やビスケットや、すべて持ってきたのよ。あなたのために淹れようと、特別なコーヒーも……。中途半端だったわね……。

すごく楽しいと思ったのに」

「ああ、エンジェル、素晴らしき明日よ。けど今夜は普通のいいディナーが僕はとりたい。朝食は抜きだったし、ランチはサンドイッチ半分だった。ごめんよ、男はみんな野獣だね。でも君も分かるだろう、皿や何かで夜の半分を使い、あとの半分は皿洗いになるよ」

「一つひとつ素敵にしたかった……」彼女は、二つの窓の間にあるテーブルを前にした二人を思い描いていた。

「分かるよ。しかし、僕は」彼はきっぱり言った。「感じるんだ、ディナーで元気になると」

エメラインはもう何も言わなかった。火を見て瞬きし、やかんはもうハミングして、気持ちのいい湯気を立てていた。小屋は、遅く到着した安堵感もあって、彼女の心を手ぐり寄せていた。「さあ、着いた」と思って彼女は中に入る。だがそうではなかった。着いていなかったのだ。行ったり来たりするだけで、平安はない、平和などない。マーキーがいつも避けたがっていたものは何か？彼女はまたこの差掛け小屋から車を出して、脇道のあのでこぼこ道を五マイル戻ってデヴァイジズへと戻ることを考えた。何もない道路、息苦しい部屋、椅子にぶつかってきた無様な優しいウェイターのことを思った。どうでもいい、と思った、これが何かいいことになってもならなくても。彼女は目を伏せた。「あなたが言ってくれたら」彼女は言った。「ハムなんか持ってこなかったわ。すごく疲れたのに、マーキー。もう運転はしたくない」

「君は空腹なんだ」マーキーがきっぱり言った。「それが君の問題なんだ、マイ・ガール。この時間に缶詰の冷たい食べ物を詰め込むなんてできないよ、消化にどれだけ悪いか。君に必要なのは暖かい普通の――」

「ええ、でもハムはまだ缶から出してないわ」

「残念だ、僕は運転ができなくて」彼は苛々して言った。

許せなくて、彼女は返事をしなかった。この種の事が起きないわけがないというマーキーの確信は、おそらく危機の前触れだった、中程度の危機ではあれ。彼はコニーの取り巻き連中——エメラインはこれに疑う余地なく共感していた——には腹立たしいものを感じていた。イグサのむしろの上に座り、塩漬けの牛肉を前歯で引き裂きながら、アートについて語る、なんて。「もちろん君がそう決めていたなら」彼は彼女の沈黙にこたえて言った。「ここにこのまま滞在して、君のハムを食おう」

「あら、そんな……いつ発ちましょう？」

「ディナーがおなかにあれば、君は気分がよくなるんだ」マーキーが明るく言った。「七時頃に？それから真っすぐ戻ろうよ」

「残念ながら、そうするしかないわ」エメラインが冷ややかに言った。「私たちには、ほかに行く所がないのだから」

彼女を混乱させるのもどうかと思い、彼はこれを無視した。問題のありかを知らない空腹の女ほど手に負えないものはない。マーキーは誰も予想できないほど我慢していた、何の得にもならなかった。

「私は」彼女は多少なりとも自分に言うように言った。「それでもお茶を淹れようと思う、おやかんが沸いてるから。お茶を淹れたいの」ほかのことはともかく、彼はこれに反対することはできなかった。彼女は暖炉の前のラグに膝をついて、紅茶のマグカップを両手で囲み、分かったように悲しそうに湯気の中を覗き込んでいる。

マーキーはおよそ機械は彼を退屈させるので、車の運転はしなかった。それに、誰かが代わりにできることをすることはないという主義もあった。自分が卓越できないことは、何もしなかった。ディナーの見込みを確保したので、辺りをうろつき、書棚を嬉しそうに見て、黄色いのを一冊取り出して、上部にかぶった埃を吹き払うと、それを持ってソファに戻った。そこに両足を乗せると、でたらめに開いたページを声に出して読み始めた。

「恋をすると、議会の窮屈な席におさまって討論に耳を傾けているときも、敵の砲火を冒して前哨中隊の交代に馬を駆るときも、なにか眼とか記憶を刺激する新しい事物にあうと、人は必ずそれまで恋人について持っていた観念に新しい美点をつけ加える。あるいは恋人からもっと愛される新しい手段（それは最初は素晴らしいものと映る）を見つけたりするものである。想像の一歩一歩は恍惚のときによって報いられる。こういう境地をすてる気になれないのもむりはない。

嫉妬が生まれるときも同じ魂の習慣は残っている。しかしその生む結果は反対である。諸君のほうでは愛しているが、どうやら他の男を愛しているらしい女の王冠に諸君が加える美点の一つ一つが、諸君に天上の喜悦を与えるどころか、心臓に短剣を突きつけることになる。一つの声が諸君にいう、『このすばらしい快楽、それを味わうのはお前の恋仇なのだ』。

そして、諸君を刺激する事物も、前に書いたような効果を生まない。以前のように愛される新しい手段を諸君に示す代わりに、恋仇の五十分で十マイル行く駿馬を持っていたとする。

こういう状態では、とかく狂おしい怒りが生まれやすい。恋においては『所有するとは何事でもない。楽しむのが大切だ』ということを忘れてしまう。恋仇の幸福を誇張し、その幸福が自分に与える侮辱を誇張し、苦悩の極みに達する。つまり一抹の希望が残っているだけになおさら苦しいこの上ない不幸に。

唯一の療法はおそらく恋仇の幸福に近寄ってよくながめることだ。諸君は問題の女のサロンで、その男がいとも安らかに眠りこんでいるのを見出すだろう。諸君のほうでは、その女の帽子に似た帽子を通りの遠くに見かけるごとに、心臓が止まりそうになる――」*4

「――たわごとだ」マーキーは言って、本を書棚に戻した。

エメラインはすでにスタンダールの『恋愛論』に親しんでおり、セシリアがそれをよく朗読していたこともあって、お茶をかき回すのをやめて、聴き入っていた。そして言った。「どうして?」

「そんな時間は誰にもないのさ」

「スタンダールは軍隊とともにアルプスを越えたのよ、馬に背嚢を紐で縛りつけて」エメラインは考え深く言った。

「ああ、そのとおり」マーキーが言った。「彼は車の運転もできただろうね」

デヴァイジズに向かう前に、エメラインは草地の庭へ歩いて行き、矢車草（コーンフラワー）を何本か摘（つ）んだ。そして独り言を言った、長くはかからないだろうと。マーキーが彼女の後をついてきて、二人は立ったまま小屋を振り返り、そこまで行く階段が付いた、面白い明かり採りの窓（ドーマーウィンドウ）を見た。数本の柱が庭を果てしない高原地から守っている。視野に入るものはほかに何もなかった。彼らがおこした小さな火は煙になって、晴れた夕暮れに溶けていった。高原地帯は円を描いて、空の下、無色に横たわっている。親切な両腕という子供じみた考えに見放なされて、エメラインが言った。「今夜は二人だけね」霊感のように、この冷えびえとした静寂は彼らの愛の概念に触れていた。彼らは煙のようにここで霧消するのか、果てしなく？　低い屋根に慰めがあった。が、小屋の扉が開いていて、彼らがいた暗闇を見せていた。

ある思いで、マーキーの指が彼女の指をしめつけた。しかし彼は、スカイラインを見渡して、コニーがハープを置く場所としては、ここはじつに奇妙な場所のようだと、言っただけだった。

「気分がよくなった？」彼が訊いた。全体としてみれば彼らはうまく切り抜けたが、マーキーは疑わしそうにコーヒーカップを覗き込んでいる。ウェイターが立ち去らないで、請求書を持ち出すべきかどうか迷っていた。高いところで青白い電燈がカーテンの金具に囲まれた天井を照らし、一方日光がまだ通りを照らしていた。二、三人の人が小銭のことで手間どっていて、エメラインをじっと見ている人は、彼女が気づかないので、エメラインからマーキーに視線を移している。この一日の糸を見失ったいま、彼女は座ったまま窓の外を見ており、帰ろうとする気配はまったくなかった。

「残念だな」マーキーが言った。「そんなに疲れた君は嫌いだ」

「ディナーはいい考えだったわ。あなたは眠そうな顔をしてるわよ、マーキー。遅くまで仕事だったの？」

「十二時頃に人が来て、一晩中いたものだから」

「会わなくてはならない人たちだったの？」

「いつも電話なしで、いきなり入ってくるんだ。ドアまで出た僕が馬鹿なんだ」

「誰なの？」エメラインはぼんやりと聞いた。

「男が二人、と――ああ、うん。デイジーと」

「ああ、そう」エメラインが言った。

「あの店の人だ」マーキーがいともあっさり言った。「彼らはちょっと覗いてみたくなって、と言っていた。どうしても出ていかない連中なんだ。僕はそうとう無礼に応待したんだが。じつは、デイジーが、人に会いたくなったけど一人で来る気になれなかったそうだ」

「そうでしょうね。みんな、楽しんだの？」

「そうでもないと思う。それでいいんだ。さんざん酒を飲んで、動き回って、特別な話もなかった。デイジーはレコードを何枚か踏んづけてさ、僕はいいフラットを持っているわねって」

「前に見たことなかったの？」

「忘れたんだろう」

「デイジーって、どんな風？」

「ああ、とても素敵だよ。彼女のおじ上は国教会の大参事（アーチディーコン）の一人なんだ」

「そんな、いちいち言わないで、マーキー！」

「ほかに言うことがなくて。彼女は親切な心の持主で、きれいな顔色をしている。体重は増えているが。面（つら）の皮が厚いし。口をきかなければ、大丈夫なんだ。君にはきっと退屈だろうと思う。そうでもないか」

「私たちが会うことはないと思う」

「彼女は電話代がかさみ過ぎて。誰かが電話してくるのを待てなくてすぐ自分でかけるから――」

「――どうしてそんな話をわざわざするの？」

「いや、君がけしかけるからさ、エンジェル。そこに座ってそんな顔して」

「どんな顔？」

「死の顔さ」

「大袈裟だわ、マーキー」彼女は冷たく言った。

「ごめん」彼は酔った口調だった。

「私はあなたを愛してる」

「じゃあ、大丈夫だ」

「デイジーはあなたの友達をみんな知ってるの？」

「知ってる。彼らは彼女を知っているとは限らないが、残念だけど、それは確かだよ。ああ、そうさ、彼女は楽しくやってる。うまくやってるよ、君が言いたいのがそれなら。昨夜、彼女が連れてきた二人の男は、彼女がパーティで拾った奴らさ」

「彼女はあなたに会いたがるの？」

「彼女は絶対に旧友を手放さない」

「彼女が楽しく過ごせてうれしいわ。愉快な人なんでしょ」

「ああ、うん」

「彼女がいないと淋しいの？」

「淋しいというほどでもない。いい人だよ。お行儀はとてもいいし、ね」

「そうね、みんなそうよ」

彼女をいきなり奇妙な目で見て、彼が言った。「コテージに戻ろう」

「それはまだ」エメラインはさらにコーヒーを注ぎ、神経質にカップをかたかたいわせただけで、コーヒーは飲まなかった。その瞳は彼を盗み見したが、すぐブロンズ色の睫毛の下に退却した。

「昨夜、彼女はまったく静かだった」彼が言った。「それが君の知りたいことなら。ただ少し哀れを誘ったけど、それがいつもの彼女だから。ベストな頃の彼女は、ヘレフォード市のイーストナーにある小さな教会をうたった歌みたいだった。それがつまり、デイジーの楽しみなんだ。僕らみんなちょっぴりセンチになる」

「二人の男性は何をしていたの、彼女が哀れを誘ったときは？」

「彼らは車をスタートさせたんだけど、彼女はあとに残って、自分の櫛を捜していた」

「見つけたの？」

「さあどうだろう――いや、僕の時計の下にあった」

「話してくれなくてもよかったのに」エメラインは突然そう言い、目を上げて彼の目を見た。マーキーの眉が吊り上がった。「何だって」と彼。「デイジーがあとに残ったこと？」

その誤解に真っ赤になった彼女は急いで言った。「彼女に関するすべてよ」

マーキーは、口惜しいというか――というのもエメラインは、批評家どもをほとんど意識しないのに、大失敗は見過ごさないので、彼は自分の言動の多くを嫌悪する彼女を意識させられていた――口惜しさと自然な感謝の念の板挟みになって、彼は言った。「君が気にするなんて、どうして僕に分かる？」

「私は気にしてないわ――なぜ私が気にするの？」

「分かった、じゃあ、君は気にしない、気にしないんだ。そんな必然的な理由もないし。ただもう少し静かにしよう、エンジェル。ウェイターが困ってるよ。君は哀れなデイジーを安物の蓄音機みたいな話にしている。君はよく知っている――」

「――知ってるでしょ、私があれこれ話してもらいたくないのは。マーキー、宥（なだ）めてくれなくてもけっこうよ。あなたの考えていることときたら！　私は詮索なんかしたくなかった――ああ、ダーリン、どうなるの、私たち？」

「べつに」彼が短く言った。

　彼らが一種の見せ場（シーン）にもっとも近づいたのはこの時だった。彼女は手袋を捜しながら言った。

「この前の夜、アルプスって言ったけど、どういう意味？」

「山脈だ。さあ君の私物を持ったら家に帰ろう。ああ、あった、君の手袋は僕が持つよ。テーブルの下にあった。うん、君は愛らしく見えるよ」――というのもエメラインは、勢いよく振り向いて、サイドボードの鏡に映った自分を見ていたからだ。何か新しい要素が加わった美しさに心が騒ぎ、彼は座ったまま繰り返した。「愛らしい」と、ややわざとらしい静かな口調で。「ちょっと白粉（おしろい）をはたいたほうが。出てくるときに、君は何もしなかったから……。そう、それでよくなった。君のためなら僕は何でもするよ、エンジェル。家まで車を押そうか、君が眠くて運転したくないなら。急いで戻ろう、あの道路を行くんだ――エメライン、そうやって僕を見てばかりいるなら。僕は叫ぶよ。いったいどうしたんだ？」

「そうだ」エメラインが言った。「コテージの鍵をかけるのを忘れてきたわ」

　誰かが鍵をかけていて、ハープは盗まれていなかった。通いの女が入ってきて、何か必要なものがあるか見に来たのだ。それに、間違いなく僕らの様子が分かっただろうとマーキーが言った。エメラインは手を伸ばしてランプを灯し、吊り下げランプは少し揺れて、梁のあたりに影を投げた。高原地帯の残照はもうなかった。ランプの明かりで窓が暗くなっている。彼らが敷いた茶色の紙がきちんとまとめてあり、新しい薪の下で炎が上がっていた——それでも小屋の空気は冷え切っていた——ハムは片づけられていた。ハムが無視されたのを女がどう思ったか、それはコニーだけが知るだろう。

「彼女は卵を持ってきたんだね」マーキーが言った。「十二個、皿に入ってる。僕らが巨人族だと思ったに違いない」彼はグラスを取り、サイフォンをテーブルに降ろした。エメラインは窓枠に一匹の蛾がいるのが聞こえた。捕まえて外の暗闇に投げた。蛾は窓の明かりを受けてくるくると舞って消えた。彼女はカーテンを引いた。「ハロー」マーキーがそう言ったのが聞こえた。「彼女は電報も持ってきたようだ、取ってきてくれたのかな。君に、だ、エメライン、ほら——」

彼女はまだ窓辺に立っていた。「何事かしら?」

「まあ見てごらんよ！ コニーがグッドラックと言ってきたんだな」

「あら、いいえ、彼女は——」ランプの下に立って、彼の腕に抱かれながら、エメラインは電報を読んだ。全文を二度読んだ。

ニチヨウモドラレタシ、キンキュウノヨウケンコレアリ——

セシリア

エメラインが言った。「彼女はジュリアンと結婚するんだわ」彼女はセシリアのものとはまるで違う郵便局の文字をじっと見つめていると、何かが彼女の中で滑り落ちた、身動きできなくなった。材木が一本また一本、オーデナード・ロードがばらばらと崩れてゆく、小さな家々が毎日のようにとり壊される、ロンドンの怒号を拡大するために。彼女はドアが無人地帯に向いて開いているのを見た。大火のあとに白くなった壁を見るように。女同士でシェアした家は全部砂の上に立てられている。彼女は思った、「私の家、私の家」と。

「彼女はジュリアンと結婚するのよ」

マーキーは、当然彼女の肩越しに電報を読んでいたから、一瞬、もっと面倒な解釈をした。「君はまさか彼女が――」

「いいえ、とんでもない、相手はジュリアンよ」

結局、これが妥当だった。安堵してマーキーは、心からの祝意をこめて言った。「ああ、上出来だ、素晴らしい。彼女にできるベストなことだ」

「明日、帰ってきてほしいって」

「ああ、そうらしいね。だけど、彼らがそんなに急ぐ必要があるのかな」

「私がコニーと一緒にいると思ってるのよ」

「僕らは、君がそうじゃないのを知っている」彼は腕に力を入れ、エメラインがたとえようもなく震えているのを感じた。瞬間が二つ、セシリアのとマーキーのが相争う。彼は電報を手荒く奪い取った。デヴァイジズで交わした対話の背後にあった薄暗い影が上がってきて、彼の心中に荒れ狂う苛立ちを募らせた。花嫁のセシリアなどくそくらえとばかりに、彼は電報の紙を丸めて部屋の隅に投げ捨てた。彼らは二人きりになるために、ここに来たのではなかったか？

「分かってるわ、彼女が正しいのは」エメラインは周囲を乱れた目で見た。

「まったくだ、そのとおりだ」

「私、あの二人が好きなの」

「では、彼らのために乾杯しよう」

身振るいして、エメラインはグラスを取った。

高原地帯の寂寥、コテージを覆う暗闇の重量、こうした見慣れない陰影、そして彼女の手にあるものすべてを手離し急流に身をまかせる感覚が、その夜エメラインをマーキーにいっそうすり寄らせ、荒々しい感情を入れない情交から小さな慰めと平和を求めていた。静寂がじっと立ちすくんでいた風のように、瞬時、外の暗闇から切るように入ってくると同時に、マーキーはランプを消し、火は蹴って消した。階段のドアが傾けた蠟燭について曲がる。さらにもう一時間、人生から弾き出されたこの粗暴な無言の時間が週末の小屋全体に刻まれた。

＊1　Marcel Boulestin（1878-1943）はフランス人のシェフで、レストランを経営し、フランス料理の本を多く書いた。一九二七年にはロンドンにレストラン「ブールスティン」を開き、もっとも高級なレストランとして知られた。英国料理にも影響を与えた。
＊2　母屋から屋根を引いてひさしのように出した建物。
＊3　とくに背もたれのない、片方が曲線になって高くなっている寝椅子のこと。
＊4　スタンダール『恋愛論』大岡昇平訳（新潮文庫、平成二十五年、五十六刷）（Stendhal（1783-1842），*De L'amour*, 1822）から引用した。

25 デイジー

「でも、どうして知ってるの?」セシリアが早口で続く対話の流れを一瞬とめて息を切らして言った。心が先走って、エメラインの返事が待てないほどだった。返事はなかった。

エメラインは、何かを考え出すことができない人間で、太陽と旅の速度と出立の名残りで火照りがさめない頬に手を当てた。日曜日の夕刻で、七時が過ぎたばかり。彼女は帰宅したところだった。

「きっと」セシリアがやや気色ばんで言い足した。「みんなが期待していたことなのね」

「私が願っていたことだわ」

「ダーリン……」セシリアが言ったが、幸福になるまで行かない奇妙な高揚感が伴っていた。「きっと」彼女が続けた。「私は気が狂ったと思われたわね、あんな電報を打つなんて。でも昨日帰ってきたの、あとで私たちが――それが決まったあと、とても緊張してしまって。あなたに最初に聞かせたくて。月曜の夜まであなたに会えないと思うと、おかしくなっちゃいそうで。いまでも利己的だったと思ってるわ。コニーが気にしてた?」

「いいえ」エメラインが言った。

「あなたたちが何か特別なことをしているとは思わなかった」

「ええ、そうよ、何もしていなかったわ」

「いい人ね」セシリアが叫んだ。「さあ、もうこれで家らしくなるわね」


マーキーをコニーに読み替えるのは、至難だった。これが家なら、人は折れた翼で逃げ帰ってくる。長くいる家にはならないだろうが。だがその日はまだ呆然としたまま、エメラインにはセシリアの声が遥か彼方から聞こえ、セシリアの長い袖がはためいているのを捕まえたい衝動があった、かたや彼女の義姉は客間を行ったり来たり、煙草の灰をばらまきながら、興奮して話し続け、自分がもう一度、忘れられがちな女性の仲間の中にいることを確かめようとしていた。

マーキーが気にしていたと言うのは、十分ではあるまい。セシリアのところに戻る話をすべて、彼は一夜のうちに平然と放棄し、終わったものとみなした。今朝、エメラインは戻るつもりだと言った。神経の高ぶりが彼女を断定的にしていた。彼女は物事をこれ以上悪くできなかったのだ。さらに、彼の優しさが途絶し、電気が突然消えたようで、彼の無理解と冷徹な怒りがあの暑い晴れた日曜日に――高原地帯は日光にさらされ、熱気があの小屋のドアを通して揺らめいていた――悪夢の透明さを与えていた。彼はエメラインに君は狂っていると言った。彼女が狂っているのは彼には何でもないということを、勝手に出ていくとか、彼女が触れてくるのをさっとかわすといった何百もの態度や、冷ややかな自己満足――赤いソファに足を十字に重ねて横たわり、本を読んだり、戸外の太陽を浴びてそぞろ歩いたり――で明らかにしても、彼女には一切手が出せなかった。生まれなかった昨日の快楽と、あり得た今日の可能性が小屋のあたりをうろついていて、ハープの爪弾きや暖炉や絵画が苦悶に連なり、何に触れようと、どちらに向かおうと、彼女の五感を苦しめた。彼女の存在がもし苛立ちの元なら、二人には狭すぎる小屋は、すぐに手直しできた、彼女が入ってきたら、高原地帯に散策に出ればいいし、彼女がついて出てきたら、気づかれぬようにまた室内に向かえばいいのだ。彼女の視点に対する深いまたは浅い軽蔑は、彼の優しさの底にいつもあったに相違ないが、彼の言動のすべてに、とくに沈黙にはっきり出ていた。彼らの間に見られるこの完全な断絶は、エメラインには方向感覚を狂わすものであり、自ら明白にしたように、マーキーにとっては何も意味しないに等しかった。

彼女はこれに朝いっぱい耐えていた。それから「マーキー」と叫んだ。「私は行かないわ。私たち、今夜はここにいましょうよ。ごめんなさい」

書棚から本を一冊とって、マーキーは眉を吊り上げて向かってきた。「ええ？」彼が言った。「どこにいるって？　どうして？」

「私が行きたくないのは、知ってるでしょう！」

「じゃあ、僕らは見ているものが違うんだ。すまないが、僕は行きたい」

「お願い、いてください」

「セシリアを動揺させてはいけないよ」

エメラインは、冷たい彼の目に出会い、いま見たものに驚いた。そして叫んだ。「あなたって、女みたいに戦うのね！」

「知らなかったのか」彼はそう言って、本を持ってソファに向かった。

エメラインは暖炉のそばに立ち、恐怖にかられた決意をして、背中で両手を握りしめた。「どうしても聞いて欲しいの」彼女が言った。「いまあなたが最初だから、いまあなたがみんなだから、というのがセシリアを傷つける理由だったの？　ああ、理解してよ、マーキー。あなたの頭脳を閉じないで！　戻らない理由として、セシリアにどう言えばいいの？　この週末のことで、彼女が信じている嘘を全部見てちょうだい、私がここにコニーといるということでついた嘘を。コニーに誘われたので、私がうんざりしながら行ったものと彼女は思っているのよ。いくら緊急事態だと言っても、コニーが私を手放さないことがセシリアには分かってるの。セシリアがジュリアンと結婚するなんて、小さなことに見えるのは私には分かる。だってみんな毎日結婚しているのを知ってるから。でもセシリアは、私は――彼女は私がどうしても必要なのよ、さもなければ、電報など打つはずがない。私はヘンリの一部なの。私はセシリアに対してそういう意味があるの。いま彼女にはよくしてあげないと。こうなる前までは、あなたが来る前は、私には理解できなかったでしょう。いま私は分かるの、彼女が感じていることが。彼女は電報など打つわけがないわ、私が帰りたがっていると思わなかったら。物事と私の関係――あなたと私のここでのことなど――どうして彼女に分かる？　このすべてが、私にはすべてを変えることだったのよ、彼女にそれがどうして理解できるのよ？　もし私が今夜行かないとしたら、私にできることは一つよ。どうして行かれないか、彼女に話さなければ。私が理由もなく彼女を裏切ったと思われるのは、耐えられない。車が故障したと言っても、彼女は思うわ、『なぜ列車で来ない？』と」

「やあ、まったくだ」マーキーは言って、ページを繰った。

「もし戻らないなら、私は彼女にわけを話さないといけない……。でも話せない。できないわ、マーキー。残酷過ぎる。彼女がどう感じるか、あなたには分からない。彼女は……。私たちとは違うの、いきさつなど、分かりっこない……。いまは、彼女は安全で幸福よ――残酷過ぎる！　そうよ、彼女は私が破滅したと思うわ。そして自分を責める。そしてこの先も理解することはない――なぜあの電報は来なくてはならなかったのか？　この種の中断は、分かるでしょ、私たちのような恋愛に課せられる重税なのね。セシリアとジュリアンみたいに愛し合っている人たち、結婚している人たちは、どこへでも行けるパスポートがあるの。電報を受け取る人もいないし、電報を打つ人もいない。みんな理解し合っている。でもあなたと私は――どこに行っても二人を切り離すものが何か待っているのよ。誰かが出てきて仲を割くの。私たちは全然近くないのよ、無数の嘘で縛られているだけ！」

依然として無言のまま、マーキーはまたページを繰った。「あなたに殺されそう」エメラインが言った。

彼女の蒼白な顔に苛立って、彼が言った。「もう頼むから、あの騒ぎをここでやらないでくれ」

「でもあなたに理解してほしいの。腹を立ててもいいけど、公平でなくては。マーキー、その本を置いて！　本を置いてと言ってるの！」

彼は丁寧に本を置いたが、指をページに挟んでいる。

「いいわ。降参するわ、諦めます。セシリアにも我慢してもらいます。彼女と私の間のことはみんななかったことにします。あなたは思ってるの、私が二人のこの日を捨てたがっていると？　一分一分が全部貴重だから、それがこれからどうなるのかなど、もう知らない。私の願いは、私が求めるすべては、留まること。あなたと私が別れるたびに、心が引き裂かれる。私にはあなたしかいないの」

「もし僕らがこれに本気で取り掛かるなら——マイ・ディア、エメライン、君はほかの誰でもない、君自身を第一にしなければ。君の意思、君の良心、君の狂った感受性を。間違いなく君は正しい。しかし二股はかけられない、分かるね」

「あなたを愛しているの、お願いだから今夜はここで私と一緒にいて」

「愛している？」マーキーが言った。「君にとっての愛は、たんなる理論さ。正しくあることにしか関心がないんだから。君が自然にできないのは残念だ」

「ああ、マーキー。自然にって……」

「君は自分が何か並外れたことをしたと思ってるんだ」

「あなたを幸せにしたわ」

「ああ、そうだね」

「私が何者であれ、許して。あなたに留まって欲しいだけなの」

「はっきり言うよ、僕はこのサイズの小屋に激怒したヒステリックな女と一緒に泊まりたくないんだ」

「分かりました」エメラインは突如声を落として言った。

冷たい視線を彼女に凝らしながら、彼にはあの不安な感情が、あの肉体的な恐怖の感触が、いまにも跳びかかってくるような気がした。彼女は向きを変え、戸棚に行って、ランチのために皿を取り出し始めた……。ランチのあと、彼女は皿を積み重ねて、通いの女に説明するメモを書いた、私たちは呼び戻されました。ハムと野菜類はプレゼントに残していきます、卵を食べる時間がなくて残念です。彼女はこのメモをハムの包みに立てかけて、暖炉の上に五シリング置き、二階へ行って自分とマーキーの荷造りをした。寝室は小さすぎて、二人分の荷造りを一度に済ますことはできなかった。彼女は窓を閉め、花柄のベッドカバー（カウンターペイン）でベッドを覆った。やかんを下ろすのを忘れていて、昨日摘（つ）んだ矢車草を入れたマグを窓枠に置いた。マーキーは彼の荷造りもしてくれた彼女に礼を言った。彼は二個のスーツケースをぶつけながら手荒く階下に運び、車中に運び込んだ。彼らは小屋に施錠し、三時頃に出発した。

小屋が高原地の襞（ひだ）に入っても、どちらも振り返らなかった。眩（まぶ）しいような白い道路が前方にうねり、車は快調に進んだ。ガソリン補給にエメラインが停車すると、マーキーは車から降りて、ロンドンに何本か電話した。時間が少しかかった。遅くなって済まないと、彼は明るく謝った。夕刻にプランがいくつかあって。そうでしょうね。

「コニーに素敵な手紙を書かないといけないよ」ロンドンに入ると彼が言った。

「ええ」とエメライン。「彼女は親切にしてくれたから」

客間でエメラインをやや不審そうに見つめながら、セシリアが、私たちは計画の相談をしなければならないの、と言った。でも今夜の計画はないわね。

「あなたから一つ話してもらってないけど、あなたとジュリアンは実際にいつ結婚するの？」

「ええ、そうね」セシリアが陽気に言った。「事情によりけりよ」

「私の事情じゃないでしょうね？」エメラインが顔を赤らめて言った。

「あら、ダーリン、まさか。どうして？」

「それほど待てないのでは。あなたの八月の予定があるし、用意された予定が」

「ええ」セシリアが言った。「物事は勝手に段取りがつくものだわ。それでも、私は自然に感じる――」

彼女が言葉を切った。エメラインは奇妙に思って言った。「あなたは自然に何を感じるの？」

「――可哀相に」彼女の義姉が言い、完全に口調を変え、驚くほどの厳しさで言った。「人生なんて大したことないわ。私はどこに行っても失敗ばかり。いい子ぶっていちいちしがみついて、哀れな蔦（つた）のようなものよ。まずヘンリ、それからあなた、いまはジュリアン。私があなたにどれほど寄りかかっていたか、あなたは知らないのよ――しかも汚いやり方でね。みんなに言ったものよ、『愛しい、ぼんやりエメライン、連れもなしにどこにいるの？』と。たんにあなたのために熱さましを見つけて、あなたのディナーを注文するの。あなたは若すぎて、それがいつ始まったのかを知らないの。あなたはそういう風に育ったの。私の愚かしさに悩まされたでしょう！　これからジュリアンのところに移るの、すんなりと簡単に。でもあなたはどうする？」

「フラットを手に入れようかな、きっとフラットが好きになるわ」

「ジュリアンがあなたと結婚すればいいのに！」

「だったらいいのに」エメラインが笑顔で言った。しかし彼女は少ししてから、セシリアを不安そうに見た。セシリアがサマーズ家を離れるからには、残されたエメラインとヘンリがより近く引き合って、若きミセス・タワーを排除することになると、資格もなしで自制心も育てないで話すのは日ごとに難しくなるに違いない。セシリアは、今夜、忙しい女の饒舌さを見せ、すでに再婚したみたいだった。二人の間で厚くなったベールをつかんでエメラインは言った。「セシリア、あなた、幸せ？　これでいいのね？」

「ええ」セシリアが言った。「いいの。でもよく訊いてくれたわ。ジュリアンは本当にいい人なの。彼を軽視しようとあらゆる知恵を凝らしたけど、もう何も出てこなくなって。彼に対してお芝居をする必要もなくなって。一緒にいると気が楽なの。これがうまく行かなかったら、もうおしまい。私にはもったいないほど、何もかも良くなったの。ジュリアンが運がいいなんて、私は感じない……。でも」彼女は、明るく微笑を取り戻そうとして付け加えた。「彼はすっかり考えたのよ、その徹底ぶりは誰もからかう気になれないほどだったわ。彼は自分が何をしているか、分かってるんだと思う」

「で、彼をしっかり愛してるのね？」エメラインが言った。

セシリアはさっと振り向き、エメラインの態度というよりは質問に驚いた。唇まで出かかっていたのは、「あなたに何が分かるの？」だった。不安な存在がおのずと感じられた。彼女は小さく透明になって見知らぬエメラインの前にいた。彼女がやっと言った。「ええ、彼をとても愛してるわ、できる限り。そういう私がもっといたらいいのにと思うけど、私たちは私たちの立ち位置がどういうものか分かってるの。物事を調べないことだと思う」

「ええ、そんな、まさか」

「エメライン――？」

「ええ、あなたの言うとおりだと思う」

「私は自分が正直だと感じるの――ダーリン、どうして私たち、あなたを養子にできないのかしら？」

「年齢オーバーよ」エメラインはよく考えて言った。

「そうね、私たち、子供の二、三人は持つかもしれない。とにかく、どこかに家を探しているところ。フラットにはきっと住めないから。可哀相なジュリアン、あの絵を全部移すなんて――ダーリン、これがあなたの身に起きたら、きっとすごく楽しいわね！」

エメラインは思わず言った。「その話はしないでおきましょう」そして煙草のケースを拾い上げ、全部吸って空っぽになったケースの蓋をパタパタいわせた。セシリアは驚いた眼で、粒起なめし革（シャグリーン）のケースの蓋を押して白くなったその指先を見た。

「エメライン、たのむから、話して――」

玄関ホールで電話が鳴った。エメラインはケースを置いた。一瞬彼女の心臓が止まる。セシリアが言った。「ジュリアンよ」と微笑む。すべてが忘却の彼方へ。エメラインはセシリアが電話を自分の部屋につなぎ替えて、陽気に上がっていくのを聞いた。

真夜中前に家は眠りについた。セシリアは幸せそうに枕に埋まってじっと横たわっていた。エメラインは、彼女の名をそっと呼んで、ドアまで忍んでいき、耳を澄ませた。返事はなし。独りになった。泥棒のようにホールに降りて、地下室のドアを閉め、全部ドアを閉めて、耳を澄ませた。それからクリスタルガラスの吊り下げランプに明かりを点（つ）け、電話台に近づいてから、時計を見た。猫のベニートがどこからともなく現われ、彼女の足元を歩き回った。

おどおどとゆっくりと彼女はある番号をダイアルした。透明なガラスでも見るように白いホールの壁を見ながら、彼女は電話が音を立て、二回続きの発信音が遠く離れたフラットで鳴っているのを聞いた。誰も出ない。彼女はなおも耳を澄ませ、知り過ぎた部屋、見るのが楽しすぎた部屋をはっきり見た、そこでは繰り返す電話のベルが、ある意味、彼女をそこに存在させた、暗闇のほか何もないに決まっているのに。彼は外出していた。彼の不在を銘記する静寂を絞り出しても動きも返事もなく、彼女はついに電話を切った。ホールを見回し、喉が詰まり、電話帳からもう一つの番号を探し当てると、それをダイアルした。

ミセス・ドルマンはちょうど用事がないときで、機嫌がよかった。「マーキーですか?」彼女が言った。「いいえ、何も知らないわ、悪いわね。知っていることなど一切ないの。上にいないの? いないわね、彼は。月曜日までいないことになっていて、フラットのクリーニングを半分終えたところ……。マーキーがいたのよ、とても怒っていたわ。でも表のドアがバンというのが聞こえたわ、そういえば。でも私たち、別々に暮らしてるから」

「そうですね」とエメライン。

「何か用だったの? もうだいぶ遅いけど、ええ」

「すみません」

「あら、いいのよ。まだベッドに入ってないから。ところで、どなたかしら――」

「ご存じないかと――」

「――誰ですって?」

「ミス・プリーチです」エメラインが言った。

ミセス・ドルマンの笑いが電線から聞こえる。「あら、ごめんなさいね、ミス・プリーチ、お力になれなくて――」

「ありがとうございます、私――」

「あら、どういたしまして。次回はご幸運を！　ああ、待って――彼は友達がメイダ・ヴェイルとかセント・ジョンズ・ウッドにいるわよ。サマーズとか。そちらを試してみたら」

「試したところなんです」エメラインが言った。

「あら、そうだったの？」ミセス・ドルマンが言って、また微笑している。「じゃあ、私にはもう見当が……」彼女はあといくつかの名前を並べ、このマーキー追跡に不思議な意気込みを示した。

「そうだ、店が一つあるわ」彼女は締めくくった。「ケネットというの、シドニー・プレイスの近くらしいけど」

「店はもう閉まってるでしょう」エメラインは疲れた声で言った。

「い、この店は閉まってないの。試してみる価値はあるわ。K、E、Nが二つ――」

「どうもありがとう」エメラインが言った、聞いていた店だ。「電話しないでいいと思います。急用じゃないし。ただ彼が車に忘れ物をして……」

「なるほど」ミセス・ドルマンが言った。「では、おやすみなさい」

「おやすみなさい」

エメラインは明かりを消して、二階へ上がった。ドアロの暗がりに立ち、時間が長くかかったのかどうか分からなかった。それからまた下へ降り、頬が燃えるようで、明かりを点け、時計を見て、デイジーの番号を見つけた。受話器がよそよそしくて、自分の動作が自分のものではなかった。

「ハロー？」と即座に応答があった、デイジーの親切な声だ。

「ミスタ・リンクウォーターはおられますか？」

デイジーが跳び上がったのが聞こえた。「さあ――どうかしら」彼女が言った。「いるかもしれない。見てきましょう。緊急ですか?」エメラインは、デイジーが受話器を手でふさぐのが聞こえたが、それでもかすかな音が漏れてきた。「ねえ」とデイジーが肩越しに言っている。「女の人があなたを呼んでるの」

「バカだな、僕はここにはいないだろ」マーキーが言った、電話のすぐそばにいるのだ。腹立たしげな囁き声が続く。やっぱりデイジーはおバカさんだ。

「すみません」とデイジーが受話器から覆っていた手をはずして言った。「ミスタ・リンクウォーターはここにはいません。スローンの〇〇五〇〇番にかけてみたら」

「ありがとう。いい夜を」エメラインが言った。

「いい夜を」

26 強行路線

ディア・アンクル・ジュリアン

あなたの親切なお手紙で私はすごく幸せになりました。なんとお優しいのでしょう、あなたの大きな幸福のこの時期に、私のことまで考えてくださるなんて。ご婚約おめでとうございます、ドロシアも同じ気持ちです。私たち二人は、ミセス・サマーズはとても素敵で、私がファラウェイズ荘にいたときは、彼女が親切な心を持っていることにも気づきました。考えると素敵です、彼女が私のおばさんになるなんて。私たちが一緒にたくさんの幸せな時が過ごせますよう。

あなたが幸せだといいと言うほかに、何を言うべきか、分かりません。あなたの人生はときどきとても孤独だったに違いないけど、ミセス・サマーズはきっと大きな慰めになりますね。あなたはこれを聞いて喜んでくださるでしょう、ドロシアと私が庭園のスクールコンクールで「推賞」されました。もしウサギが来て何種類かの一年草を食べなかったら、賞状がとれたかもしれませんが、私たちはありがたく思っています。聖歌隊で歌う時の白いドレスをご親切にもくださったでしょ、きっと美しいと思うわ、あなたの結婚式で着たら、お天気が暖かければですが。ミセス・サマーズも気に入って下さるといいけど。まったく思ってもみませんでした、ええ、こんなに幸せな目的にあれを着るなんて。

これで全部です、あとは私の最高の愛と、ドロシアの最高に優しい挨拶をお送りするだけです。

あなたの愛する姪

ポーリーン

セシリアは手紙を読んだ、ラトランド・ゲイトに行くタクシーの中でジュリアンがくれた数通の手紙も一緒に読んだ。彼女は一日中タクシーを使い、それでも思うほど早く行けなかった。彼女は微笑みながら、母から来た長い電報をまた読んだ。彼女とジュリアンが婚約して、数日たっていた。その告知が正式になされた。やがて友達の世界が訪れた。彼らは毎日会って、手紙を交換、夜は毎晩電話で笑ったり話したりした。

レディ・ウォーターズがセシリアの訪問を受けた。婚約式以来顔を見ていなかったセシリアに対して、彼女は興奮気味に母親みたいな貫禄を見せ、何やら虫の知らせを匂わせていた。それのみか、とセシリアは思った、母親になろうとしている人みたいだった。彼女はセシリアの両頰にキスした。「これは」彼女はセシリアを解放して重々しく言った。「いいわね、ヘンリ自身が望んでいたはずのキスよ。よく分かっていてくれないと」

「ジュリアンが申し訳ないと言ってました、来られなくて」

「それはまったくかまいませんよ」おばが言った。「彼は明日、私たちとディナーだから。彼に電話をしたところ。彼と私は長話が好きなの」

「そうですよね」セシリアは言った。

ここでサー・ロバートが急いで入ってきて、セシリアの手を握りしめ、キスしたものかどうか迷ってから、演説なしに彼女の腕を軽く叩いた。「ロバートは」彼の妻が説明した。「嬉しいのよ。エメラインの次に、セシリア、あなたが彼の心にとても近くなってね」

サー・ロバートは非難するようにセシリアを見つめ、ジュリアンは幸運だとつぶやいて、出ていってしまった。ランチの時、彼は彼女たちと一緒ではなかった。

「私は別に」レディ・ウォーターズが言った。「これには驚き呆れたという素振りはできないのよ。実際に何度かがあったわね、セシリア、この話題を持ち出そうという気持ちになった瞬間が。でも微妙な事なので持ち出せなかった。あなたはまるまる私の姪だから（あなたの母親がアメリカに船で出帆した時、彼女が言ったのよ、知ってるわね、『あなたにセシリアを預けますから』と）、あなたはとても透き通っているから、ジュリアンが攻勢に出て、あなたのハートを勝ちとるのをしっかり拝見しましたよ。それからこれも認めるわ、事態が脇へそれるのではないかと思った時があったのも。人はいつも用心していないと、セシリア、恋を知らない人の代わりになって。さあ、マイ・ディアレスト・チャイルド、あなたもいまは前より年を取ったんだから、この結婚にはもっとたくさん持ってこないと。それから、いいわね、過去の想いをあなたと幸福の間に立てててはいけない。これはジュリアンのおかげなんだから。彼が心をつくしてあなたのほうに来てくれたのだから（この言葉でいいのかしら?)。そうよ、セシリア、これが成功しない理由なんてないと思う」

「私も」セシリアは言って、毛皮の留め具を外した。彼女は感じていた、ジョージーナは自分とジュリアンがロンドンには住めない多くの理由の一つだと。それでも、どこかほかに住むなど、想像できなかった。彼女は手袋を脱いで、新しいエメラルドの指輪を見せた。

「とっても素敵」おばが言った。「あなたは迷信的じゃないわね?」

「ええ、違います」

彼らのランチはとてもよかった。セシリアは愛想よくブライ家のこと、ティム・ファーカソンや、まだ二、三人いるジョージーナの幸せでない若い友人たちのことを質問した。ジョージーナはブライ家はいまも彼らのやり方を通しているが、まだこれから厳しい戦いがあると言った。

「おや、おや、お互いを相手に?」

「いいえ、相手は彼ら自身よ。いまはピレネー山脈のことを考えていて……。フランクは彼の船に合流するの。最善を、と言っておくわ」彼女は話を続けて、ティム・ファーカソンが赤いドレスの蒼白い若い女を乗せて車でパークを走り回っているのを人に見られた、と言い、それをとがめられて、話を引っこめたが、心惹かれているのはたしかだった。「あえて言えば」彼女は言い足した。「そのことについて明日、何か聞くかもしれない、ティムがお茶に来るから――ああ、エメラインは気の毒よ、期待していたお客を逃してしまって。うちの牧師さんが他界されたの」

「どの牧師さんが?」

「うちのファラウェイズ荘の牧師さまよ。彼女のチラシが彼の机の上にあったわ」

「彼が亡くなったの? 彼女は彼のことを一度も話さなかったわよ」

レディ・ウォーターズはわざと咳払いをした。「セシリア」彼女が言った。「大事な時にあなたを心配させたくないの」――その決意が顔の造作のすべてに刻まれていた――「でも、エメラインのことは考えてみたの？」

彼女の姪はこう言いたかった、「当然考えてません！」と。その代わりに彼女は言った。「どうして？」

「だって、言うまでもなく、彼女の将来の段取りがあるでしょ、でも彼女の現在のほうがもっと心配だわ。あなたに言っておかないといけない気がするの。彼女は人が承認できない方向に進もうとしているように見えるの。あなたの影響がなくなって、静かな家庭生活が取りのぞかれたら、分からないわよ、今があぁでしょ、彼女がどうなるのかなんて。一つには、あなたにも話したように、色々と総合すると、彼女の仕事がうまく行ってないの。熱意がなくなっているみたい。先日の朝、ちょっと覗いてみたの。彼女はいなかったわ。彼女の居場所を誰も知らないのよ。あの新しい秘書は、態度は率直で感じがよかったし、見るからに心配そうだったけど、ほとんど何も話そうとしなかった――その点はもちろん尊敬しているのよ。あの若いピーター・ルイスなんか、やつれ切った顔をして。彼ほど哀れな人は見たことがないわ。だけどもちろん、エメラインに対する彼の思いが変わることもあるでしょうが、変わったとしても彼らの共同経営は難しくなりそうよ。彼を知っているからこんな予想をしているわけじゃないけど、この種の事は何でもありだから。エメラインはまるで無意識かもしれないけど。よく考えてみると、アドバイスをするべきかしらね」

「いいえ、お願いだから、それはしないで！」

レディ・ウォーターズは彼女を厳しい目で見た。「どうやら」彼女が言った。「あなたも同じ心配をしているのね……。でも、ミスタ・ルイスのことは二義的なことよ。エメラインは魅力的で、もしかしたらティムがと思った瞬間もあったの――でもね、それが最善だったと言いたくもなるわ。彼女は年齢の割に見るからに無垢で、何の分別もなしに友達を作るの。これが私に言わせれば……」

レディ・ウォーターズはまた咳払いした。「それで？」身を固くしてセシリアが言い、苛々と暗い顔になった。

「こういうことなの。私はあらゆる方面で聞いてるのよ、彼女は私もサー・ロバートも認められない若い男と出歩いているの。マーク・リンクウォーターよ。デヴァイジズで何日か前の夜に、彼と食事をしているところを見られてるの。それに、セシリア、デヴァイジズはロンドンから少しあるわね」

「ええ、そうね」

「ロバートでさえ心配しています。私は知らないけど、ほかに何を聞いていることやら。ロバートは、もちろんあなたを絶対に責めたりしませんよ、セシリア。でも私は私が感じることを言っておきたいの――もちろん最近は優先すべき用件がたくさんあって、あなたの関心や心配事がほかの場所に行っているせいで――あなたは少し怠慢だったかもしれない。事実は真っすぐ見ないといけないの、いいわね。哀れヘンリが亡くなった時、エメラインはあなたの手にゆだねられたのよ」

「ヘンリは何一つ言わなかったのよ。彼女を誰かの手に預けるなんて、夢にも思わなかったでしょうよ。ヘンリは何も言わなかったわ、ジョージーナ！」

「だったら彼は、多くのことが了解済みだと見ていたのね。あなたに任せていたのよ、彼の地位を引き継ぐものと。エメラインにはほかに誰一人いないのよ。彼はあなたのコモンセンスを信頼したかったのよ——」

「——あの年頃の私にはコモンセンスなんてなかったわ」

「コモンセンスは」彼女のおばは声を一段と上げて言った。「つまり、エメラインではなくて、あなたが育てるべきものだと思うの。もしいまヘンリがここにいたら、私は感じるの、彼が感じるのはただ一つ——」

もう耐えられなかった。セシリアはフォークを置いた。ジョージーナの円熟した名調子が彼女の神経にぶつかって跳ねた。これはたんに、良い趣味または空想の中断へのジョージーナの最後の憤りなのか？ 彼女が四六時中話すナンセンスがこれを帳消しにしないのか？ 本物の先見の明がこうして出ると、手も足も出なくなる。ジョージーナ——何回もの幕間での堂々たる道化役、エメラインとセシリアだけの大笑いの種——がここに座って、エメラインの代理としてセシリアの失態を責めるのは、幻想の域から外れているように見えた。セシリアの良心が答えるべきだとは、夢物語か。サー・ロバートが仮に耳にしていることがあるなら、彼女はそれを訊きたかった。あの穏やかな楽天家が本当に心配しているのかどうか、または、ジョージーナがたんに彼を急き立てて気がかりだと言わせたのかどうか、それを知りたかった。心が鉛のように重くなった。新しい指輪を見下ろすと、ジュリアンに会いたくてたまらなくなった。「何が言いたいんですか？」彼女が言った。

「あなたに話しているでしょ」おばが言った。「私の要点はこれ一つ。エメラインは、たんにインテリのおバカさんというよりもずっと悪くなっている、ということ。自分の世界で自身の体面を汚していているわ」

「どの世界？」セシリアは受け流した。

「世界は一つしかないわ」レディ・ウォーターズが言った。「あの青年の評判はショッキングよ。あなたも知るとおり、サー・ロバートはくだらないゴシップを聞く耳は持たない人よ、それに私は、痛ましい話をたくさん聞かされるけど、人騒がせする人間ではないわ。ある点までは自分も他人も自由に生きていいという了解はしています。でもあなたはあの青年についてどの程度よく知ってるの？　彼はあなたの家に来るの？　彼の親戚をエメラインとの関係で正当な立ち場にあるかどうか調査はしたの？　私自身は、彼のいい話は一つも聞いてないのよ」

セシリアは惨めになってジュリアンの言葉のエコーに頼った。「彼は恐ろしいほどできるんだ、秀才だとみな言うよ。大法官（ロード・チャンセラー）とかにもなれるんじゃないか……」

威厳たっぷりにレディ・ウォーターズは、引用符で囲んだように、鼻でフンと言った。セシリアは心が沈んだ。鼻でフンと言うのは伝統だった。その気配が引き、未来を予測するデルポイの神託の罠がほどけた。この語り部は「完ぺきなおば」、単純な良識（グッド・センス）で武装していた。その声は学校の教室に戻っていき、揺り籠へ続いていた。

「大法官ですって？　よそで言ってちょうだい。それにしても、彼がしそうなことは、無責任そのもの、あちこちに損害をもたらすことばかり」

「でもどうすればいいの？」

「いまから言うわ」おばが待ってましたとばかりに言った。「じつのところ、あなたがこれを知って強行路線に出るべき時は今しかないの。私が話していることは、あなたのよく知っていることばかり、さもなければそんなに憂鬱な顔はしないでしょ。あなたはジュリアンと婚約して、立場が強くなったの。今までは、私は知ってるのよ、この青年と知り合ったきっかけがあまりにもでたらめだったから、あなたには立つ瀬がなかったの」

「でも、列車の中では人と話さないわけにいかないわ」

「将来は、あなたはジュリアンと旅をして欲しいわ、あるいはネクタイをもっと持ってね。一人で走り回っても、ろくなことはありません——あなたは打って出る立場にいるの。行動に出るのよ、セシリア。エメラインのために。せめてヘンリのために。あなたがここで立ち上がらないなら、ジュリアンのほうに話を持っていく、と言ってもいいのよ。あなたとの関連で、エメラインの評判は彼に関わってくるのだから——」

「いいえ、それは絶対にしないで！　彼が嫌がるわ！」

レディ・ウォーターズの眉が吊り上がり、その速度からみると、家族としての利己心がきっと新たに芽生えたのだ。「いいわよ。じゃあ私の言うことをよく聴くのよ。エメラインとこのことで話をしてケリをつけ、エメラインとこの青年との位置関係、あなたを支持するジュリアンの見解との位置関係を見極めて、この事件全体を強力に阻止すること。さもなければ、ミスタ・リンクウォーターをあなたの家に招いて、思いっきり上品に応対して、彼に明確に分からせるの、エメラインにはあなたとジュリアンが背後に付いているのだと、そして彼女の人間関係はあなた自身の人間関係だと分からせるの」

「でも、それは違います。エメラインは猛烈に怒るわ。私たちはそれを言ってはならないの！」

「でもあの男はジュリアンに会うべきなの」レディ・ウォーターズは反論を無視して続けた。

「彼らは会ったことがあるわ」セシリアはむっとして言った。

「こういう関係になってないときでしょ。ミスタ・リンクウォーターとエメラインの関係は承認されなくてはならないことなの、そうでなければ関係は終わらせなければ。もし彼がよからぬことにふけっているなら、近しい関係で、あなたを長く悩ますこともなくなるわ」

「そうね、そのとおりね」

「――そのとおりなのよ。あなたが利己的で怠けて、エメラインに何の影響も与えないでいると、彼女はあなたに全幅の信頼を置いているのに――」

「といっても、実際には、彼女にそこまで強制でき――」

「――で、私がジュリアンに話すのをあなたが許さないなら、あとはもう」レディ・ウォーターズは言って、また咳払いをした。「やり方が一つ残るだけ」彼女は思案しながらセシリアを見た。セシリアはそわそわと指輪をこねくり回すだけで、返事はなかった。

「エメラインとの私の関係は、微妙というだけでは済まないことなの。彼女は私自身の姪ではないし、私は彼女の信頼を得ている振りもしないし、強制したいわけでもないの。こう言えるかしら」レディ・ウォーターズは言い足した。「この件は私には非常に不愉快です。でも彼女はサー・ロバートの近い親戚だし、実際に彼の被後見人なの。彼はエメラインに献身していて、彼がこれほど深刻に悩むのは見たことがないくらい。このままではいけません。あなたが何かするのを拒否するなら、私はエメラインに話を持っていくほかないわ。物事をふるいにかけて、徹底的に問題を追及しないと。デヴァイジズでの出来事は、物事を危機にさらしたわけよ。悪いわね、セシリア、でもあなたはほかの選択肢を残してくれなかった」

「つまり、エメラインに尋問するんですか?」

「それがあなたの言い方なら」

「いえ、いえ、やめて」セシリアが言った。振る舞いがヒステリックになった。「やめて、それはしないで、ジョージーナ。私がディナーの場をもうけますから」

「ディナーを？」

「ディナーを」

「誰をお招きするの？」

「可哀相な愛しいマーキーを」

レディ・ウォーターズは、厳粛な達成感を覚え、セシリアが食欲をなくし、結果、デザートのスフレが皿の上で冷たくなっているのを見て、次のチーズのコースをキャンセルして、彼女を客間へ戻るよううながした。そこで彼女は食欲改善策を講じ、セシリアの新しい幸せな門出を称賛し、花嫁道具やふさわしい住まい探しについて色々と質問した。セシリアは神経質な早口でしゃべり、コーヒーをすすり、ジュリアンとの婚約について、ジョージーナには、言うつもりのないことまで話した。いつ、どうやってほかの男が求婚したか、それはそもそも論外だったので、どうやってノーと言えばいいのかわからなかったので、そこは言いよどんだ。一方、ジュリアンには、あまりにも理由のある確固とした反対を唱えたので、一息ついて考慮して、考慮のあまり、迷子になった。レディ・ウォーターズは、姪はジュリアンにひと目で恋をしたのだと確信し、彼を結婚させるつもりだったので、いまはぼんやりと聞いていた。三時半になり、セシリアがジュリアンとのデートのために帰ろうとすると、彼女のおばはもう一度、姪の両頬にキスした。「で、いいこと」彼女は繰り返した。「何があっても心配などしないのよ」

エメラインがその夜、「それで、ジョージーナはどう?」と訊いたとき、セシリアは溜息をついて言った。「嫌になるくらい正気だわ」そしてあとは何もつけ足さなかった。

エメラインは混迷のサインに気づいた。そしてセシリアの幸福にしがみついた。病気になって死を免れない孤独の中で、束の間ドアに笑顔を見て微笑する者のように、彼女は一日中、セシリアと過ごす夕べを楽しみにしていた。すでに夢破れた、運の尽きた小さな家で一緒に過ごす夕刻はさらに増えて、議論したり整理したりすることが多くなった。ジュリアンは寛大で、外の世界から来た友達も徐々に不平を言わなくなった。エメラインは小さなことを話してもらうのや、笑わせてもらうのや、セシリアを通して婚約につきものの幸福な陳腐なあれこれを百個くらい聞かせてもらうのが嬉しかった。「今日は何があったの?」帰ってくると、毎晩彼女がこう訊くのが習慣になった。ランチのときにジョージーナが面白くなくてつまらなかった、いや、セシリアに気力がなくて彼女が面白かったのか分からなくてと彼女は言った。

セシリアがジュリアンと外出する夜は、エメラインはセント・ジョンズ・ウッドの道路を歩いたり、ハムステッドまで行ったり、両手をポケットに入れて早足で歩いた。雨天でも晴天でも、ことに雨で街燈の反射が長くにじんでいる時や、イチジクグワ(シカモア)の木から出てきたたくさんの蛾が茶色の気体になってランプの周りを囲んでいる時も、彼女は遅くまで歩いた。曲がり角で立ち竦(すく)んだり、立ち止まって庭園の壁の向こうを覗いたりした。近隣は見知らぬ場所のようだった。樹木は七月で重苦しく、埃と街燈で青白い屋敷は単調に見えた。彼女の耳に疲れで尖った夏の声が届いた。

彼女はまた日中も歩いた。ブルームズベリーの東の道路を。オフィスから締め出されていることに気づくことが多くなった。ミス・アーミタージはもう可笑しくなくなり、共同経営者たちも、驚かされて不能に陥り、居場所が分からなくなる始末。エメラインに見られる萎縮、ピーターの引っこみ思案が空白を残し、この冷静な女が急遽、その穴埋めに走った。彼女は余地を一切残さず、陣地を増やした。彼女は彼らの土台を削っていった。エメラインは、効率の低下が目立ち始め、気がつけば、自分の机を満たす力がなくなっていた。彼女は座ったまま、仕切り棚の中のカラーインクの瓶を見つめたり、彼女のサインのために置かれている手紙類をめくったりした。彼女は一度、読んでいない書類にサインした。彼女の事業はバネが壊れ、一つひとつが裏目に出ても、彼女の顔色は変わらなくなった。生きるために何かと苦闘したくても、もう手立てがつかなかった。

「馬鹿げているわ」ピーターの目にパニックを見て、彼女は言った。「彼女はいつでも首にできるのよ」

「なぜそうしない?」しかし絶対にそうしないことが彼らは分かっていた。すべてが秘書の手を経て行われていた。その秘書には全方角に向いた触手があって、この頃は、彼女なしでは、彼らがしようとしていること、それが分からなくなっていた。

「ごめんなさいね」エメラインが言った。「あなたのためのトリップを失って」

ごくわずかな間をおいて、彼が言った。「ああ、うん、どうしようもなかったからね」

エメラインは思った、ある日、彼女が入ってくると、あの鉄のような冷たい女が彼女のデスクに座っているのを見るのだ、と。昔の陽気なルーティーンはもう壊れてしまった。ミス・アーミタージがお茶を淹れた。共同経営者たちだけでいることはなくなった。彼らはますます規則的になり、ますます効率的に——しかし、クック社だってそうだ、同じく旅行業のラン社だってそうだ。エメラインは顧客の顔から見て取った、このオフィスの性格が一変してしまったことを。ホリデーの計画のために入って来ても、顧客は昔の輝くような安心感、全世界が微笑んで歓迎してくれるという感覚が得られなかった。ホリデーはもう一件引き受けるだけ、その目的はへとへとに疲れる夏。クック社はもっと手早くなり、ディーン&ドーソン社はもっと便利になった。目に見えて、顧客が離れていった。セルビア人がパリから書いてきた、ミス・アーミタージがうちの客の何人かを怒らせました。グラフが丸まって壁から落ち、彼らは事務の時間割をピンでとめた。五時、五時十五分前と、日ごとに少しずつ早くなり、エメラインはミス・アーミタージにぼそぼそと謝って、デスクをすり抜け、帽子をかぶって、道路の散歩に出た。ピーターは一度も目を上げなかった。指の関節をポキポキいわせながら、下を向いて書類に目を通し、ミス・アーミタージとピーターは肩を突き合わせて、ピーターは猛烈に働いた。

「休憩なさるべきでは」ミス・アーミタージは、獄吏の親切さで、エメラインに言った。「壊れたみたいに見えますよ」

「いまは出られないわ」

「あら、出られますよ、ミス・サマーズ。私たちで完璧にやってますから」

シオボルド・ロードを出た舗道は熱くて狭かった。排水溝に落ちるか壁にぶつかるか。エメラインが静かなオフィスで働いていたこの年月、これらの道路は、近しくやかましく、ずっとそのまま走っている。いま彼女とこれらの道路は知人同士だった。ある日のこと、日光が急に暗さに覆われ、彼女の頭脳の中にロンドンの咆哮が強まって、怖くなり、誰もいないティーショップに入って座り、両方の手のひらを大理石のテーブルに押し付けた。店員からメモ用紙を買い、マーキーに宛てて初めて書いた。返事はなかった。その週、彼女の髪の毛はより黒ずんで重くなり、顔色は白くなった。

もし誰かが通りで彼女を見たら、いぶかっただろう、何から逃げているのかと。ピースがバラバラになったパズルのように、照り付ける夏が彼女の心の上に散らばって、得体の知れない痛みがさまざまに砕けた。通りを何本もやみくもに歩いていると、拳が壁をかすり、その拍子に道路に足を踏み外したときに上げた悲鳴が、その暗さを計ったこともない深淵から、知らないうちに彼女を呼びもどしていると思った。拳から血が流れ、怒った男がトラックから顔を出して怒鳴りつけ、それがどぎついフラッシュのように彼女の目に当たった。悪夢は後退し、うしろに控えている。車の往来のうつろな響きを通して、一つの調べが彼女の耳をとらえた。建築物に囲まれて、応答のない電話が鳴っている。そのしつこい音、彼女は両手で頭を抱えた……。セシリアを喜ばせようと、彼女はフラットを二つ、三つ見て、外を見るために窓の汚れをぬぐい、ガスコンロの栓を調べ、粗末な小さな空っぽの部屋がいくつあるか数えた。

この夜、沈んでいるエメラインを見てセシリアは、もう話すことがない彼女、力を使い果たした彼女が哀れだった。セシリアはティム・ファーカソンの真紅のドレスの若い女のことを話し、ブライ家を待ちうける恐ろしい戦いのことを話した。「それに、ああ」と彼女が言った。「ジョージーナが言うには、あなたが顧客を一人失って、残念がるだろうって。あそこの牧師さんが亡くなったのよ」

「誰が亡くなったって？」

「ファラウェイズ荘の牧師さん」

「ああ」エメラインは言って、顔をそむけた。

「ダーリン、あなたが彼を知っていたなんて、私は知らなかった！」

「彼は一度お茶に来て、日曜日だったかしら……。彼といとこのロバートと私の三人で、ライムの木の下でお茶にしたの。とってもいいお天気で、五月だった。彼は洗礼式が好きだって、車も楽しいと、おっしゃってました」

「残念ね、亡くなったなんて」

「ええ、そうね……」

27 ディナー

土曜日にセシリアは、不自然さを通り越した金切り声で、エメラインに水曜日の夜はいるかどうか訊いた。エメラインは一分ほど考えた。夕刻の虚しさは注意深くセシリアには隠してあった。

「ええ」彼女はやっと言った。「どうして？」

「マーキーがディナーに来るの。素敵だろうと思って」あらん限りのゆとりをこめてこの通知をしたセシリアは、とても忙しそうに明るいサテンの型紙を膝の上に広げた――花嫁道具はつつがなく順調に集まっていた――彼女は目を上げなかった。サテンの生地を無造作にいじりながら、彼女は質問に取り掛かった。「何があったの？」時計が時報を打つといいのに、何かが道路を通り過ぎて、いまの自分の言葉がグラスや装飾品の中で反響するのを防いでくれたらいいのに、と思っていると、エメラインがいともあっさりと訊いてきた。「なぜ？」

「だって、ジュリアンが先日マーキーに偶然出会ったら、彼がとても素敵で、私たちの婚約のことで友達みたいに喜んでくれて、礼を尽くして私によろしくと言ったらしいの。だから私はひどいブ夕女だったのをすごく後悔してるの。彼に電話して、ディナーにお呼びしたわ」

「どうしてそんなことまで？」エメラインが言った。

「あなたには話してきたでしょ」セシリアはやや辛辣に言った。そして真紅の紐を取り上げて明かりにかざした。

「で、彼は来るって？」

「ええ、来るわよ。ちょっと感動していたみたい。それで日にちの相談をしたの」

エメラインは、二人が夢を見ているに違いないと思い、セシリアを見つめた。それから、疲れてだるくなった目を背けて、セシリアの膝から滑り落ちた短いサテンのリボンを床から拾い上げた。そして言った。「これがあなたのウェディングドレス？」

「真っ赤なドレスで私が結婚できますか？　未亡人には、鳩の灰色（ダヴ・グレイ）よ」

「私も出席するはずだと言ったの？」

「覚えてないな、私は……」

「――彼が訊いた？」

「私が言ったの。『私たちみんな、あなたに会うのが楽しみです』って。――ジュリアンは来るわ、ええ」

「ジュリアンが……。ジュリアンは来たいと言ったの？」

「当然でしょう。全部で四人よ」

「セシリア、どうして彼を呼んだの？」

「誰のこと？　マーキー？　だって彼はあなたの友達だもの」

「そうか。でももう彼とは会ってないのよ」

「どういう意味？」

「私たち、もうそんな友達じゃないの」

セシリアは内心考えた。「では、彼はなぜデヴァイジズにいたのか？」

不確実さと混乱から彼女はまたサテンをいじり、やっと嚙んで含めるように言った。「つまり、あなたたちは喧嘩したと言いたいの？　残念だわ、ダーリン。だけど彼は来るのだから、少なくとも彼は仲直りをしたいに違いないわ。彼は来たがっていたみたいよ」

「私は外してくれないかしら」エメラインが言った。

「ダーリン、馬鹿なことを言わないの、あなたらしくもない。もし彼がお行儀よく――でも私は考えたこともないわ、お行儀がマーキーの強みだとは、分かるわね――あなたは大丈夫ね、一夜テーブルをはさむのは？　喧嘩なんて愚かなことよ、知ってるでしょ。あなたと私は一度も喧嘩してないわね。お行儀は大事よ。あなたがこそこそ逃げるなんて、間違ってる」

「私を外してほしいの」

「あなたを当てにしているの」

当惑して心が分裂、これは罠であり、同時に開いたドアだと見たが、どちらに向くべきか分からず、エメラインはセシリアも信じられなくなって恐怖に駆られた。そのセシリアは明るく悠然とした態度を見せて、自分に逆らう世界を味方につけて、すべてがエメラインを黙らせていた。やっとエメラインが言った。「私は彼に会わないほうがいいような気がする」そこにあった捨て鉢な無気力とどうともなれという脱落感は、すでに戦いに敗れたようだった。あるいは勝ったのか。セシリアは口調を慎重にする必要もないとばかりに、この提案を発し、エメラインは殉教するほかなかった。

「彼を外すの？」彼女は素っ気なく言った。「どうしたらそれができるか、よく分からないわ。そんな無礼をしていいものかしら、彼は友達みたいだったから。日にちも決めたし。間違いだったなんて、いまさら彼に」

「ここにはいたくない！」エメラインが言った。

何かがセシリアを驚かせた、とうてい認められなかった。若く無力に見えたのはセシリアだった。目を見開いて、彼女はエメラインの顔を捜した。「どういうこと」彼女が言った。「――これがそんなに問題なの？」彼女は座って指輪をいじり、両手をねじり合わせた。その周囲に、散った花びらのように、型紙が床に落ちていた。「やめて！」彼女は思わず叫んだ。「ダーリン、あなたが怖い！」

「ごめんなさい。何でもないの」

「何かがあったのね？」

「物事が行き違っただけよ」

「パリでは何もなかったんでしょ？」

「なかったわ。私はとても幸せだった」

「万事大丈夫だったのね」セシリアが言った。「いつもあなたを信用してるのよ」

「そうよね」エメラインが言った。

「では、この問題は？」

「大したことじゃないわ――好きなようにしてね」

「では」セシリアが振り出しに戻して言った。「あなたは本当に考えが足りないのよ。あなたは山を作ってるの、愛しい人。哀れなマーキーはそんな値打ちも全然ないのに」

「山って？」エメラインは、その言葉にこだわって、繰り返した。

「ええ、私は山を思うの。あなたは彼に、どこかで、いつか、きっと会うわ。どうしてここでめでたく会わないの？　パーティは、物事を正すことがよくある機会なの。綺麗な格好をして、社交を楽しむに越したことはないの。私たちはいつも私たちのパーティが楽しいわ――いつもいいパーティになって、そうでしょ、エメライン？」

「いつもそうね、ええ」

「で、今度のが最後の一つになるかもしれない――だから、いいわね？」セシリアは自分の優位を強調した。一瞬、彼女は思った、エメラインの瞳の中に氷のような静けさがたゆたっているのを、それは狂人のものに似た、目的は何もない静けさだった。だが夢を見ているようなものだ。「本当にいいのね？」彼女は言った。

「ええ、いいのよ」エメラインは同意した。そして水曜日になる前に、これがほとんど真実になっていた。


猫のベニートがエメラインのガウンの上で丸まって寝ている。衣装戸棚（ワードローブ）を覗き込み、クロスして上げた両腕が夕暮れの最初の冷気に震え、エメラインは今夜のセシリアのパーティにふさわしい美しさのあるドレスは二着しか見つからなかった。黄色のドレスはマーキーとのディナーで着たもの、シルバーのはジュリアンに初めて会った時のものだった。マーキーの出現以来、彼女は外出する回数が少なくなっていた。幸福でも不幸でも人は消える。黄色いほうは、長い間着ていないが、こぼれたシェリーがドレスの前にまだかすかに見える。コックが口笛を吹いたときに、びっくりしてこぼしたのだ。だから彼女はシルバーのドレスを身に着け、水晶のネックレスを首に滑らせて、髪の毛を整えてから、階下へ降りた。まだ早く、八時にもなっていない。

ジュリアンが階段の下で、やや心配そうに待っていた。彼はセシリアのこの提案が気に入らず、裏にレディ・ウォーターズの影が疑われ、一度は反対したのだ。「でも段取りがついているのよ」そう言ったとき、セシリアは滑らかな抑揚を少しつけて、眉を吊り上げていた。「あなたが気にしないなら……」と彼女は付け加えた。彼は気にした。それでも彼はいまここにいて、この慄然たる茶番に力を貸すと言い、全員のために努力し、おそらく一人のために殉教する覚悟だった。マーキーの虚勢、エメラインの凍り付いた受身態、そして彼の婚約者の事実を嫌う根が生えたような未熟な性質が、上演を可能にしてきた茶番劇であった。ここに全員がそろい、テーブルがセットされ、間もなくマーキーが来る。実行するしかあるまい。玄関ホールに立っていた彼が聞いてびくっとしたのは、彼の心配のありかをはっきり示していた――エメラインのドアが閉められ、エメラインの足が階段に降り立った。ジュリアンは上を見て、微笑んだ。

彼女の美しさが彼を驚かせた。非常に背が高く、シルバーに輝き、髪の毛は今宵、この上なく艶めいて、顔はかつてなく透き通り、その不自然な静謐さが泣き声のように彼の心に響いた。彼女が死んでしまっても、これほど遠くから来ることはできないだろう。だがこの距離から、シルバーのドレスが階段を掃き、エメラインは間違いなくパーティに来たように見えた。言い伝えにある一人が必ず欠席するパーティに、英雄や誰かの友達の主人公たちの友達が出ている一種の天国のパーティに。シンデレラが馬車で駆け付けた永遠のパーティ、その明かりにドアは閉じる。「ああ、君か」ジュリアンが言って、手を差し出した——エメラインは、微笑しつつも、その手を見ていなかった——彼女の影が白い壁を降りてきた。

アテンドが不完全だと感じて、ジュリアンに少し腹を立てたセシリアは、赤みがかったピンクの透き通った袖をひらひらさせながら、いたる所にいた。花に触れ、日光を浴びて青白い輪を描いている背の高いテーブル・キャンドルに火を点けたり、シェリーのグラスをあちらこちらに配置したり。今宵は彼女の最後のパーティの最初のもの。彼女の人生で、このような祝い事の中で過ぎた位相（フェーズ）はこれまでなかった。彼女はつぶやいた、マーキーは来る、とのみ。あの心惹かれるお世辞がいつも彼女の心にあった。客間は遅い日の光を浴びた白い派手なボタンの花のせいで重々しく冷ややかに、ダイニングルームは磨き上げて生まれた大量の光が期待に満ちて鋭角にきらめき、彼女の活発な動きを反映していた。ほかの部屋は、ベールが取り払われて、取り残され忘れられた空気を脱ぎすてていた。働いて頬をピンクにしたメイドが二人、階下で走り回っている。クラレットは暖かく、サラダは冷たく、サービス・リフトはハミングしながら上がったり下がったり。神経に快い噴水遊びのように、今宵はどう曲折するか分からない微妙な永遠が支配していた。その家の運命は一つの噂のようで、ジュリアンは、いまエメラインとともに客間に向かいながら、どの客とも同じように、噂には無知（イノセント）だった。

ジュリアンは、オーデナード・ロードで過ごした夕べをどのくらい懐かしく思うかと考えていた。炎を見つめているエメラインを見つめ、彼は煙草のケースを開けて、マッチ箱を出した——もうホスト役を務めていた。エメラインはジュリアンが煙草のケースを開けるのを見ていた。美しい微笑ましい時が怖かった。彼はシェリーの栓を抜き、グラスを曖昧に動かして辺りを見た。セシリアが滑り込んできた。大人同士の静寂を乱し、自分は呼ばれていないので、焦る子供みたいに突っ立って、困り果てて、言うこともない。時計の針がこっそり回る。マーキーはまだ来ていないが、遅刻というわけではない。

「私、素敵に見える？」セシリアが言った。彼らが請け合うと同時に、ベルが鳴った。

虚勢がマーキーをお伴にしてディナーに連れてきたみたいだった。白いスカーフを彼は玄関ホールでほどき、メイドのあとについて入ってくると、微笑した。自分を見て喜んでいるのだ。セシリアと握手――その握手で彼女のピンクの袖のフリルが開く――じつに素敵ですと彼も同意した。

「遅れたりしなかったでしょうか」彼が言った。「バルドックから上がってきました」

「バルドックから？　遠回りでしょうに！」

この遠回りをきっかけに、マーキーのことが話題になった。しかし彼は、誰かが遠回りをさせたのだと説明した。そして部屋をチラッと見た。突き当たりに、庭園から反射する遅い光の中に、エメラインがジュリアンと一緒に立っているのが見えた。長いシルバーのドレスは、彼の知らないものだった。彼女は見知らぬ人のように彼を見て微笑んだ。マーキーは前に進み、彼らは一歩も動かず、挨拶は通常のものになった。

シェリーを飲みながらおしゃべりが弾み、セシリアはどうしてもっと前にマーキーをディナーに呼ばなかったのかと反省していた。彼女の思ったとおりの会ではなかったが、彼は反応がよく、到着して二分としないうちに、動きそうにない重い物を浮き上がらせた。ジュリアンがなごやかに前に出ると、エメラインは独り白いマントルピースのそばに取り残された。ジュリアンは自分のハンカチでセシリアのグラスの底にこぼれたシェリーをぬぐった。互いに夢中な恋人たちをやり過ごして、マーキーはマントルピースまで近づいて、そこに自分のグラスを置いた。

「やあ、エメライン」彼は静かに言った。「お元気ですか?」

「とても」

「とても忙しい?」

「たくさんの人たちをパレスチナに送ったところ」

「向こうはとても暑いでしょうね?」

おそらくこれをエメラインは知らなかった。返事はなかった。シェリーを終えて、マーキーは横目で彼女を見て、もっと何か言おうとしたが、ジュリアンがデカンターを持ってこちらにやって来た。

メイドがドアに出てきた。彼らはディナーに向かった。

セシリアとエメラインにはさまれて、ジュリアンとの間には丸テーブルがあり、マーキーには、今宵、まさに最高の夜だった。彼は退屈するどころか、優雅にセシリアにとり入り、ジュリアンに開幕を譲り、静かなエメラインを会話に誘った。大きな賑わいがグラスを囲み、十人か十二人の人が座っているようだった。彼のウィットは、いつもより多くの同意を誘い、人を翻弄する気味はなくなっていた。セシリアは思い返していた、彼は特別なことは一つも言わなかった、ただ自分の気分がよくなり、楽しくてうまくいったと感じた。氷室に入っていたエメラインの生き返ったような微笑と、耳を傾けるその態度は、彼女の美しさを永久にとどめていた。彼女の「お行儀」はこの上ないものだった。

天使が舞い降りて、[*1]沈黙が続いたあと、天使の翼の先がテーブルをかすって沈黙が切れると、「では」とマーキーがセシリアに言い、グラスを一インチ持ち上げた。「スイスに乾杯！」

「どうして？」とジュリアンが言った。

「マーキーが私と会った場所よ」セシリアが請けあって、顔が輝いた。

「だけど、スイスのどの場所だったか」マーキーが言った。「自信がなくて。じつは、僕は知らないんです、あなたに言われないと」

「湖がすぐそばにあったわ」

「それに、見るからに汚い場所で——あの本は読み終わりましたか？」

「どの本のこと？」ジュリアンが言った。

「彼女が持って旅していた本ですよ」

「違うのよ」セシリアが言った。「なぜか私は、本に身が入らなくて。もし私たちが会った時間を覚えていたら、エメラインが場所がどこだか教えてくれるわよ、岩の一つまで分かるのよ。彼女はすべての列車がヨーロッパ中で何をしているか、知っているんだから」

ジュリアンが腕時計を見た。「八時四十八分か。シンプロン＝オリエント号は、いま何をしてる、エメライン？」

エメラインが話した。マーキーはジュリアンに、彼とセシリアはどこで出会ったのかと訊いた。**ジュリアン**ははっきりしないようで、セシリアが、ほら、競馬で有名なグッドウッドだったわ、私には最初で最後の一度きりの場所だったと言った。雨が降っていて、彼女がうっとりする人は一人もいなかった。「私はしゃべり過ぎて」彼女が言った。「ランチのときもずっとしゃがんでいたの。

でも午後の残りの間も足は痙攣しなかった。馬のことは何も知らなかったけど」

マーキーは、馬のことはすべて学んだと言った。すっかり忘れていました、アイルランドの郵便列車のバーにいた男たちから聞けたんです。そのとき彼は質問してみた、電気仕掛けのキツネをどうして使わなかったのかと。彼らにはその理由が出てこなかった。セシリアは笑顔になってマーキーの順応性に敬意を表した。また別の付き合いで、彼は、キノコから作られた代用食「クオーン」を売り出すところまでいって……。テーブルの向こうを見てマーキーはジュリアンに思い出させた、彼らが初めて会ったのはあの「ストライキ」の最中だったと。[*2] ジュリアンは車でマーキーを裁判所（コート）まで送ってやったのだ。「あの二人のブロンドだけど」彼が言った。「君が後ろに乗せていたでしょう、西のほうに行くもう一台の車に手を振っていましたよ、君が彼女たちを降ろして、ストランドにまた戻ったときに。彼女たちは素敵な朝を過ごしましたよね。もっと言うと、彼女たちはランチをして——一方、君と僕は」彼はエメラインのほうを向いて、さらに言った。「このテーブルで会いましたね。だから一周年記念です」

「ええ」彼女は認めた。

ジュリアンが言った。「僕がエメラインに会った夜は、パーティだったけど、僕らが踊っていたら、彼女がいとも優しく言ったんだ、もう座ってお話ししませんか？　と。少し話したら、彼女が言ったんだ、踊りたいわって」

「エメライン、本当に？」

メイドがカーテンを引いた。暗くなり、彼らの顔が蠟燭の明かりで新たな生命をおびた。テーブルの辺りで何かが少しだけ収縮したように見えた。ジュリアンがセシリアに言った。「君には列車の中で会いたかったなあ」声を落として彼女が言った。「なぜよ?」——幸せな恋人たちが二人だけで交わす質問の一つ、返事は決して返らず、憶測へと浮遊するだけ。目と目を見つめて、最初のあの魅惑的な未知のままの相手のゴーストを互いに探した(少しにじんだゴーストだった、二人はグッドウッドの雨の中にいたから)、そこから旅路をはるばる来てしまった。彼らはあの未熟だった恋半ばの優雅さが、たまらなく懐かしかった。互いに相手を思い描こうと、見知らぬ同士、列車の通路でバランスを崩し、それぞれが無意識に振り回されて、数インチのところまで顔と顔が近づいて、彼女は早口でまくしたて、彼は素知らぬふりをした。甘美な親密な確信は、二人だけで擦ったマッチのように、素早く覆われた。そこで、一座の中にいる恋人たちは、会話の回転盤から、自分たちの半瞬間を求めて一歩踏み出し、また一歩入って、微笑むのだ……。マーキーはこれにヒントを得て——セシリアの薄絹に包まれた肩にあと一インチ——急いでエメラインのほうを向いた。彼らは二人きり、とは言えなかった。ディナーでしゃべった誰かの声の軽い抑揚を残して、彼が言った。「君は見るからに素晴らしい。それ新しいドレス?」

「いいえ」彼女は言ったが、その質問に驚いていた。

彼の眉毛がその態度を見て吊り上がった。彼は急いで言った。「僕らは友達同士じゃないの?」彼女は目を見開いて彼のほうを見たが、必死で何も見ないでいた。「違うと思うわ」彼女は言った。

「では、どうして僕はここにいるんだろう?」

彼女はこう言うこともできた、「あなたはここにはいないわ」と。彼の存在が非現実そのものだったからだ。彼女はやっと言った。「知らないわ」

「では、どうしてセシリアは僕を呼ぶ気になったのかな？」

エメラインの瞳は広がってすぐ暗くなり、驚きが白い楕円形の顔に出ていた。彼女は向きを変え、グラスを回し、自分の手を考え深く見つめたが、彼らがディナーを共にしたときによく見せた仕草だった。一度、彼の注目を反射したのか、彼女の瞼が震え、口を開いて話そうとしたが、ディナーで彼女の礼儀正しさに頼っている見知らぬ相客が、彼女のそばにいるような気がした。マーキーは目ざとく、横目で見ていると、彼女の指がワイングラスのふちをたどったあと、むき出しの腕から肩へと上がり、喉元へ、それからドレスの上に垂れている水晶のネックレスに触るのが分かった。その視線は火が走ったような跡を残した。エメラインの指がグラスを強くつかんだ。

「何でもない」彼が言った。「今度はいつ会える？」

彼女は何か言ったが、聞こえなかった。

「何と言ったんだ？」

「絶対に会わないと」

「――ジェイン」セシリアは我に返り、周囲を見回して、いきなりメイドに言った。「ミスタ・リンクウォーターのグラス……ジュリアンが言うのよ、家のことを聞いてるって」彼女はマーキーに向かって続けた。「家については、私たち、いろいろと聞いてるわよ。あなたはどこに住もうとしてるの？　私たち二人が住みたい家が建てられるなどと思ってないのよ」

「どうして建てないんですか？」

「何が欲しいか、それが分からないのよ」

「呆然とするでしょう」マーキーが言った。「いざ決心するとなると」

セシリアは、自分にとってはどれも明るさが足りないのだと説明した。窓だらけのが欲しい。暗い壁が大嫌いで、病気じゃないかと不安になった。一方、ジュリアンは、壁にスペースが欲しい、彼の絵画を掛けたいから。マーキーは、ル・コルビュジエ[*3]について彼女に話しながら——まだ視線は頬に手を当ててジュリアンの話を聴いているエメラインに注がれていた——マーキーは今夜、ここに来たことを深く後悔していた。ここで、今夜、予測できないことに火がついてしまった——少なくともまたもや彼の側に、——彼とエメラインの間に、彼女の予想外の美しさ、彼女の遠いこと、そして彼を無視するという新しい意識が彼女にあって。彼は、自分の欲望が激しく揺さぶられて、驚き慌てた。

ここまでのところ、彼の振る舞いは軽快だった。彼がもし彼女を見失っても、主導権はあるという余裕があった。彼女の価値を冷たく見る感覚を保っていた。考慮するきっかけは彼女だった——彼が今夜、ここにいなかったら？——つねに終わりを視野に、彼はまともな葬式を用意していた。すでに彼らは別れていい時だ。デイジーを電話で呼び出すような女は、何があっても止まろうとしない。物事が危うくなってきたのは、天使たちが愚か者たちの前に押し寄せてきたからに違いない。彼は理性的な計画からはみ出したところで、苦しむのは大嫌いだった。デヴァイジズ以来、彼の主な感情は憤りだった。彼女の不幸の程度を推測し、あえて十分に推測しなかった、あの一通の乱れた手紙が届いても。痛いスキャンダルという災厄、奮われた彼女の人生、消える彼女の知性、という思いが、会計の封筒から出てきた霊鬼（ジン）のように、彼を煙に巻いた。一日、警戒心と良心の呵責が彼に強く働いたときは、彼は沈黙によって彼女に復讐した。彼女は滅びた。彼女は彼女自身の犠牲者だった。彼は、彼女に触れなければ幸福でいられたのだ。彼女は警告を何ひとつ受けようとしなかった。正義は、包帯の下で不可解なまま、マーキーの冷酷な味方として残った。

彼らはもう別れていた。それが一番よかったのだ。だが、彼女をより良い秩序に置くということが耳に入り、彼は待ち伏せされ、どうしたら自由になれるのかが分からなくなった。この新たな支配に逆らう混戦は、自己蔑視と、欲望への気が狂いそうな彼の憤りで、彼のマナーを磨き――ディナーの後半を通してエメラインを二度と見なかったが――彼の話に苦い棘を付けた。セシリアは彼が前にもまして愉快な人ではないと知った。

客間でセシリアは火に薪をくべ、ジュリアンは椅子をいくつか火のほうに押した。エメラインは、もうそうとう遅いはずだと思っていた。九時半だった。ジュリアンと十分間、やや用心して陳腐な話をしていたら、マーキーは士気を取り戻していた。エメラインの椅子のそばに涼しい顔で立ち、何でも来い、という気構えでいた……。セシリアが紙面の一インチ上に見出しのついた『イヴニング・スタンダード』紙を開いた。目下の事件は衝撃的で、彼女はマーキーに、彼個人の見解を教えて欲しいと言った。彼はこれに応え、もっとも好ましい分別に見えることを語った。彼の親友の二人が事件のあらましを聞かされていて、彼は関係する女性に会ったことがあり、彼らに話してもいいのは……。彼は暖炉を背に立ち、非常に好ましい仲間だった。少量のワインと夕刻がセシリアの頭にのぼっていた。彼女は座ってマーキーをけしかけた。口に合わない物は、何も残っていなかった。ジュリアンがくすっと笑う。エメラインはまた腕時計をチラッと見た。あと十五分で十時だ。

煙草のケースを回そうとして、エメラインはそれを落としてしまった。煙草が散らばる。マーキーが飛んできて膝をついた。混乱の中、ジュリアンとセシリアは一瞬、指を触れ合った。そして微笑みながら二人して考えた。「まだよ」マーキーは膝を伸ばしてエメラインの椅子のそばに立ち、手にいっぱいつかんだ煙草を、手を伸ばして取ったケースに入れてから、急いで言った。「君に話さなければならない事があるんだ」

エメラインは目を丸くして彼を見たが、無言だった。

「聴いてほしいんだ、僕らはいつ――」

「いいの、気にしないで」セシリアが、かがんだり捜したりして中断するのにうんざりして叫んだ。「あとで残りは拾っておくから」

マーキーは立ち上がった。彼らは煙草のケースを回したが、ぐずぐずと回るだけだった。エメラインは後ろにもたれ、両腕を膝の上で交差して、指先を何気なく丸めていた。そして時計を見たが、近視のためマーキーの肩の後方は見えなかった。十時二十分になって、彼が言った。「もし僕の無礼を見逃して下さるなら、すぐ電話してタクシーを呼びたいんです。キングズ・クロスまで行かなくてはならないんだ」

「あら、まあ」セシリアが言った。「どうしても？」

「悲しいけど、そうなんです。バルドックに戻らないといけないし。荷物を全部あちらに置いているので。ロンドンには歯ブラシもない。姉が家を閉めて、家族で海辺に出かけてしまい、彼女が溺れたらいいと願っているわけです。使用人もみんな出払っていて。姉は役に立たない人なんです。だから僕はフラットに入れるかどうか――電話してもいいですか？」

「お友達で送ってくれる人はいないの？」

「いないんです、そういう連中じゃない。車も今どこにあるんだか。列車を調べました。駅には迎えに来てくれますよ」

エメラインは立ち上がってシルバーのドレスを整えた。そして言った。「私がマーキーを送りましょう」

部屋の中でかすかに何かが動いた。間違いなく反対している。マーキーは何も言わず、奇妙な目でエメラインを見た。セシリアが叫ぶ。「あら、いけませんよ、ダーリン、それはやめて！　彼女に運転させないで、そうでしょ、マーキー？　タクシーなら簡単にすぐ呼べるわ」「簡単に呼べるよ」マーキーが同意して、エメラインをじっと見つめた。ジュリアンは、彼から彼女へと視線を移して、「悲劇は不平等である」と思った。その意味は分からなかった。部屋が息苦しく感じられ、彼が窓を開け、黒い空気をどっと呼びこんだ。ざわつくカーテンの間から夜が侵入し、ランプの明かりを弱め、部屋をいっそう暗く、いっそう不安にした。セシリアは、腕を落ちてきたピンクの袖でジュリアンの肘をさっとかすり、囁いた。「ジュリアン、彼女を行かせないで。まったくの間違いよ。彼女に行ってほしくないの」ジュリアンは暗い庭園を見下ろして——鈴懸の木がそよぎ、窓のそばの花鉢の中で芍薬が揺れている——言った。いまさら何ができる？　ことはまだ彼らの問題だった。「正しいことじゃないわ」セシリアは泣き声になっている……その間にエメラインは毛皮のコートを取りに部屋を出た。

マーキーは、運命の武装を解いて、ウィスキーを受け取った。「僕が車を出そうか？」ジュリアンがホールから上に声をかけた。

「ええ」エメラインは上から答えた。

猫のベニートがエメラインのドレスから移動して、ベッドの上の彼女のスカーフの上にいた。そこでまだ眠っていて、片方の腕を伸ばし、小さな白い顎を少し上に向けている。ベニートの上にかがみこんで微笑んでから、エメラインはその顎にそっと触れた――その快感に猫の脇腹が震えたが、少しも動かない――そして猫の下からスカーフを引き出し、暖かくなったのを首の周りにくるくると巻いた。クローゼットから毛皮を取って、電気を消した。階下に降りてくると、セシリアが走り寄ってきて、叫んだ。「そのドレスで運転をするものじゃないわ！」

「どうして？　いつもやってるわ」

「じゃあ、手袋を持って――ここにあるでしょ、さあ、はめて。手がものすごく冷たくなってる」

エメラインは長手袋をはめないで、下に降りてセシリアを通り過ぎたが、彼女には目もくれない。セシリアはなすすべもなく、壁に背をつけて立っていた。このような別れ方をしたことはなかった。ホールではマーキーがウィスキーを飲み終えて、グラスを電話機のそばに置いた。毛皮の下から出たドレスの裾がキラキラして彼を通り越して、照明が当たった絨毯の階段を降りていく。「では」マーキーはそう言って帽子を探した。それからジュリアンに温かな言葉をかけ、セシリアには手を差し出した。降りてきた彼女は夢見心地で彼の手を取った。彼らはグッドナイトと言い交わした、彼は彼女にお礼を言い、何もかも魅力的だったと言った。すぐまたお目にかかれますように。彼は、路肩に停めてある小さなオープンカーに座っているエメライン目指して、階段を駆け降りた。

「遅くならないでね」彼らを追って外に出てきたセシリアが叫んだ。

エメラインは車を出し、聞こえていないみたいだった。「大丈夫」マーキーが叫んだ。「彼女はすぐ戻ります」

＊1　「天使が舞い降りる」とは、にぎわっていた人の集まりが一瞬シーンとなる一刻があると、誰となくこう言う習慣がある。「沈黙が訪れた」という意味。

＊2　第一次世界大戦後、経済情勢は一九二二年に最悪の不況期に入り、各地でストライキが発生、一九二六年にはゼネラル・ストライキに拡大した。

＊3　ル・コルビュジエ（Le Corbusier, 1887-1965）、スイス生まれのフランスの建築家、都市計画家。モダニズム建築の巨匠と言われる。緑地を取り入れた都市計画を提唱した。

28　北へ

数分間、彼らは黙って走らせていた。彼女と二人きりになると決めたときの腹立たしさがまだ絶頂にあり、マーキーは帽子をくしゃくしゃに丸めて後ろにもたれ、流れる空気が心地よかった。暖かなランプが灯（とも）るこの宵が彼の脳髄から埃のように流れ出ていた。彼はエメラインを一瞥したが、その慎重な横顔は何も招いていなかった。テラスを出ると彼女は左に向かい、フィンチリー・ロードの坂を上った。

「ちょっと、いいかな——これはキングズ・クロスに行く道じゃないだろう！」

「バルドックに行くのよ」

「マイ・ディア……」彼は不安だった。「ご親切なことで」

彼女は返事をしなかった。彼らはフィンチリー・ロードのカーブを曲がって上がり、スイス・コテジ駅を通り過ぎ、街燈が反射している閉じた店の暗い窓、冷たい落ち着かない夜に、立ち尽くしたり、ふらふらと歩いているだけのカップルを通り越した。彼がふと見上げた照明のある手すり壁が、不安げに、いっそう暗く見える夜空に苛立っていた。長く伸びた街燈に洗われて、広い道路は水に濡れているようだった。瞳を前方に据え、彼のほうは一度も見ずに、彼女が静かに言った。

「それで?」

決めかねて、彼は周囲を見回し、茶色の後ろ髪と白い横顔とハンドルの上の長い白い腕を見た。彼女の薄手のスカーフのはじが彼の顔にくすぐったく触れた。前方を行き交う車をスピードを落とさずにかわし、フィンチリー・ロードを下り、長い緊張の跡を追った。

「それで、というのは、エメライン?」

「何か言うことがあるとあなたが言ったでしょ」

槍のように交差する街燈に挟まれて、彼の思考はあらゆる方向に走った。不決断と息苦しい切迫感から彼は舌を縛られて、彼女のそばにいた。彼女の白い毛皮のコートは脱ぎ棄てられ、シルバーの膝が片方だけ見え、明滅する街燈が彼女のドレスの襞(ひだ)を縫った。彼女はすぐそばにいて、彼の神経は指先まで飛び出していた。トラックの無表情な黒い背面をよけて抜き去った時、彼らは一緒に横に揺れた。

「——私に触らないで」彼女はそう言って身をすくめた。

「ごめん」彼は言ったが、それはこの出来事に対する一般的な言葉だった。「だが君は知ってるだろう、僕は、手に入れられるもののためなら、いつも万全だって」

「そうよ、それでいいのよ」彼女は言ったが、その口調は優しく正しかったので、悪意を探り出すことはできなかった。

「もう絶対に」彼はあっさり言った。

エメラインは顔の皺(しわ)一本変わらなかった。迷うことも考えることもなく、一瞬スピードを落としてから、広い暗いヘンドン方向に道を取った。路面電車の軌道を飛び越し、照明のある長い道路が車の往来でいっそう明るくなって、行く手を横切っていた。右も左も、家々の窓は暗くなる頃で、階下から階上に明かりが消えていった。ロンドンへ競って戻る大型車は、長く続く芝地の歩道と路肩を鮮やかにさばいて前方を走り、まだ半分起きている人々の家の明かり採りの扇窓(ファン・ライト)を走り抜けた。芝地から夜の冷たい匂いが立ち上ってくる。そこで、「ごめんなさい」とエメライン。彼女のシルバーのサンダルに押されて、速度計が跳ね上がっていた。

小さな車の中で窮屈そうに向きを変え、彼がハンドルの上の彼女の手に手を置くと、彼女の指に力が入るのを感じた。「寒いんだね」彼が言った。

「北へ向かっているのよ」

寒い極地の最初の磁力が彼らに伝わり、道路一本を越すたびに、ロンドンの熱気と焦燥感がどんどん剝がれ落ちた。上空から輝きは薄れていき、「北部」が最初の冷たい指先を彼らの額に置き、彼の襟元を這いおり、彼女の髪の毛の根元を乱した。給油所(ペトロール・ポンプ)の赤と黄色、スピードと危険の動脈が、車のライトに大きく飛び込んでくる。彼らはひたすら坂を上がり、暗闇の中、漏斗(じょうご)のような形をした前方へ向かっていた――街燈が路肩を点々と照らしていたが、道路は走るにつれて下方へ向かい、川のような暗闇が前方に――予知された世界の氷のようなへりが彼の空想にとり憑き始め、彼は前方にそれが青白く反映するのを半ば期待していた。冷たい空気の歌声に阻まれて、彼と彼女は意思の疎通もならず、彼女の毛皮のコートの内側の生きた暖かさと、彼女の乳房の内なる心臓の鼓動に彼の感覚がやっと目覚め、回想は急旋回して、よく知る彼女の美しさを慾情するに至った。彼女は座席に、未知の表象となり、ひたすら暗闇に目を凝らしている、彼が彼女の手首にふと触れると、その青い静脈と敏感な動きが、ことごとく彼の全神経に書き込まれた。外殻の中にある未知の存在という感覚――彼らがキスするたびにベールの向こうに逃げ込む存在――が、彼の指が、新鮮な興奮で燃え上がり、運転している緊張した冷たい彼女の手首を強く締め付けた。

「迷惑よ」エメラインが静かに言った。「運転できないでしょ？」

「運転しないで欲しいんだ。止めろよ！」

彼女は手首をきっぱりと振りほどいた。

彼は焦って言った。「よく聞いて、戻るんだ。フラットに帰らないか」

彼は待ったが、その言葉は吹き飛ばされて彼女を通り越したと思った。そのとき、彼女が彼のほうを向いた。「閉まってるって、あなたが言ってたけど」

「ちょっと違うんだ。なんとか入れる」

「でも、だったらなぜ――」

「閉まってると彼らになぜ言ったかということ？　知らないよ。彼らの事情じゃないし」

何かが心を打とうとしているのか、エメラインは睫毛をしばたたくと、さっと横を向いた。「真実はもう残ってないのね」彼女が言った。「それとも、私が狂ってるのかしら？　真実なんてどこにもないみたい。うちの使用人でさえウソをつくわ」

「僕が残ってるさ」彼が言った。「君が僕を欲しいのかどうか――」

「私は静かにしていたいだけよ」エメラインが言った。

彼は言い張った。「フラットに帰ろう」

「言いたいのはそれだけ？」

彼は答えに窮した。ヘンドン・サーカスは無人で、街燈を浴びて眠っていた。彼女はゆっくりと車を這わせて十字路に近づき、彼は彼女がきっと戻るんだと思った。しかし彼女は目を上げて、美しい郊外の優雅なファサードを見つめ、誰かがそこから話しかけたか、あるいは、上から誰かが返事をしたみたいに、暗い窓を覗き込んだ。これで彼女の体の動きがいったん止まり、車はほとんど停車した……。我に返った彼女はボードの時計を見て、速度を上げて、上り坂それから下り坂を進んだ。彼は「北部地方」と下に書かれた表示を見た、黄色い矢印で示している自動車協会（A・A）の標識が、最初のささやきのようだった。彼らは間隔のあいた街燈の間を走り抜け、寒そうな樹木、低く並んで眠っている家々を過ぎ、左側には暗い深い湖があった。空港だった。

「ヘンドンだ」彼が言った。「僕はまだ飛んでいたかった」

「そうね」彼女は抑えきれずに微笑んだ。「まだあの日だったらいいのに」

あの日が洪水のように彼に押し寄せてきた、二つの国の相容れない計画、あの暖かな宵の陶酔感、そして、それに続いた恐ろしいまでに甘美な夜となって。彼が言った。「物事が違ったほうがよかったの？」

「いいえ、私たちにはあれが唯一の道だった」

「じゃあ、戻れないの？」

彼女が彼を一瞥した。「戻る？　どこへ？」

「あの時へさ」

「そして同じ話を、何度も何度も何度もするの？　この先にはもう何も残ってないのよ」

「残念だね、うん」彼が言った。「欲も得もなく謝ります。でもあれが僕だったんだ、なぜなら、僕は僕だからさ。君の期待が大きすぎた。いつも僕らにあるもので、僕はいいと思っていた。しかし君はもっと欲しかったんだ」

彼女が叫んだ。「でもあなたには、いいものなど何もなかった。これでいいということがなかったのよ!」

「ちょっと見て。速度が出すぎてる!」急に身を固くして彼が言った。速度は限度にきていた。車は揺れて、磨かれた黒い道路の路肩を出たり入ったりしている。草原から草地の吐息がむっと攻めてきた。あぶくが凍ったような小さな天文台が暗がりにぶら下がっていた。車は道路をとらえておらず、彼は彼女が制御不能になったと思った。パリのタクシーの中で見た彼の顔を思い出し、彼女は彼が恐怖に駆られているのが分かった。速度を落とし、バーネットに行くバイパスに入った。

「あなたを殺したりしないから」彼女が言った。

「僕のことなど大して思っていないんだ、そうだろう?」

「どうして私にあなたの判断ができる? 私たちは二人とも間違っていたのよ」

「それでも、楽しい時間だった」

「ええ、楽しい時間だった」とエメライン。「思い出すには時間が近すぎるけど、太陽みたいだったわね。すべてを変えてしまった。あなたはどこにでもいた。ああした小さな事が幸せだった。朝早く、スローン・ストリートの角にある文房具店のスミス、無駄になった時間も、私たちが座ったテーブルや椅子も。あのすべてが無駄ではなかったはずよ、ごまかしではなかったはずよ。いままでも思うの、あそこには何かもっと意味があったに違いないって」

「もう一度見てみようよ」

「もういいの、もう見ちゃったから」

「だけど、また試してみよう。僕と結婚してくれる？」

「いいえ」彼女は言った。「私はもう誰とも結婚できない」

「君が欲しくてたまらない、エメライン」

「いいの」彼女が言った。「本当にもういいの。ノー」

「君が正しいんだろう」彼は乱暴に言った。「しかし、君は間違っている、どうしても。君を傷つけたことは分かっている、すまなかった。仕方がないことだった。アップアップだったんだ、この前の週は。物事が重なり過ぎて。全部打っちゃってしまった。君が何を追いかけていたのか、僕はまったく知らなかった。君が君自身を知っていると、僕は思わなかった。ときどき君がどんなに他人みたいになるか、君は分かっていないと思う」

「マーキー、可哀相に」彼女が言った。「私、いまは分かるの」

「僕は誰のことも大して好きじゃないんだ、じつは。僕は大したことないんだ、ちょっとしたお楽しみが欲しいだけで。君は何事もありのままにしておかない。デヴァイジズのあととか――まったく、そうなんだ。僕はもう終わり。僕らはろくでもないことをしてたんだ」

「ええ」と彼女。「そうね、分かったわ」

「そう僕は思った。そういうこと」

「ええ、そうね」

「しかし、そうじゃなかった。そうじゃないんだ！」彼は、車に閉じ込められるのが我慢できず、暴れて言った。そして、車のライトが電線やうずくまった羊たちの背を飛び越すのを見つめた。

「このすべてを計算に入れるのを、僕は忘れていたよ。君がどういう人なのかも忘れていた。無駄につけ足して、本論を忘れるってわけだ。今夜、僕が入ってきたとき、君は何マイルも向こうにシルバーのドレスで立っていて、何も言わずに、いつものようにシェリーを舐めているのを見て、僕には分かった、僕らは絶対に分かり合えないということが。もし君もそう思っていたら、君はあんな微笑は浮かべなかったはずだ。沈痛な思いがしたと、君にはっきり言うよ、エメライン。悪魔の仕業だと僕も同意する。僕らが出会ったのが、いけなかったのかもしれない。僕らは互いに相手にとって悪運なのかもしれないが、運は付きまとうからね。最初、君は僕のことを思い過ぎていて、いまは僕のことを一インチも信用していない。それで君が正しいんだ。だが僕はこうしてまだここにいる。そして君は、僕が通り越せない何かなんだ。ある意味、僕はもうおしまいだ。もし僕が君をパリで抱かなかったとしても、これはないよ。君が戻るつもりだったら、君は僕を愛してはいけなかった」

「では、私が間違っていたんだわ」エメラインが言った。

「僕らは相手かまわずに思い込んでいたんだ。もし君が物事をありのままに通せないなら、僕らは同じ立場をとらなくては。僕らは結婚しないといけない」

彼女が繰り返した。「私はもう誰とも結婚できないの」

「だが、君は何を追いかけていたんだ?」

「あるはずがないものだった」

「しかし、君は僕を愛している——なのに、なぜ僕らはこんなクソみたいな場所に車で来てる?」

「あなたが何か言うことがあると言ったから。きっとさようならと言うのだと、私は思ったの。私たちの最後の別れは、惨めで恐ろしかったから」

「しかし、僕は君を愛している。君は僕自身の十倍の人だ！」

「でも私たちの時間は結局戦いだった。最初は理解しようと、それから理解しないように努めて。私はもう静かにしていないと。私をそっとしておいて、マーキー」

「これを取り去られたら、たちまち僕は木っ端みじんだ、エメライン」

「そんなのウソよ。あなたは男だから」

「だが、そうなんだ」彼は言ったが、凶暴さはあっという間に消えていた。

蒼白になってエメラインが言った。「あなたを傷つけたかしら？」

「どうかな」マーキーは言って、素早く彼女を見た。「僕を置き去りにしないで。誰だって、ああ、落ちれば痛い」

「だったら、許して。分かってなかったわ」

「だから、君にはそれはできない。君は誰も殺せない。それは君にはできないことだ」

「人は自分を殺せるわ」エメラインが言った。

彼女の声が一段落ち、決意というよりも死滅に近く、何年も前に終わったことが暗示され、そのショックで彼は抗弁からパニックに突き落とされた。彼は手をもぞもぞ動かして彼女のドレスをつかんだ。彼女は車の速度を落とし、彼は冷たいシルバーの織物が溶けるような気がして手を離し、帽子を後ろに押しやり、汗でぬれた額を撫で、暗闇に向かってののしった。彼女は車を止めて、黙従するように両手をハンドルから降ろしたが、彼らには通り越せない何かがあるようだった。空間的というよりも時間的な彼女の不動と遠さに気づいて、彼は言った。「お願いだ」そして彼女を両腕に抱き寄せた。気分転換か憐れみに体の力が抜けて、彼女は冷たい頬を彼の頬に押し付けた。夜の静寂が彼の切ない呼吸を囲み、彼女の不幸せな溜息を包んだ。彼は彼女の瞳をじっと見た。彼女の五感がかすかに動く。しかし彼女の瞳の虹彩にあるのが夜だけと知って、彼女の降伏は不在にすぎないと感じて、彼は彼女を解放した。「君が感じるままに」彼はそう言って、二個の明るいダイアルを見た。時計と速度計(スピドミター)のダイアルを。

撫でるような彼の腕にまだもたれてはいても、まるで自分一人しかいないみたいに、エメラインが夜の向こうを見ると、灰色の水が澄むように、ほどけゆく田園地帯と宙に浮かぶ森が鮮明に見えてきた。この忘却ともつかぬものを直して——停車している間、邪魔をする車一台来るでもなかった——彼らの車のヘッドライトは不動の矢を前方に射て、その先で死に絶えていた。息づく大地のこの外殻と小さな謎めいた森たちは、他者から誇り高く訣別し、空中で雲のような形を成し、彼女の絶望に心和(なご)む静止状態をもたらしたが、彼女の幸福と生き方をすり抜けてきた静止状態だったので、彼女は一瞬、平和の手が冷たいのが分かった。不動の静止状態という感覚、そして鎮静が、半分だけ視野に入る田園地帯に浸透していた。親しい暗闇が枕を覆うように、そして中で時計が時を刻み、彼女に時刻を告げる静寂が、早めに小休止した彼らの旅路に仮眠状態をもたらしていた。だが前方の北部地方が——氷と無呼吸の空気、子供時代から彼女の空を照らして凍えさせた光の反射が、あらゆる点で生命に触れ、それは分かち得ない美の感覚であった。——その明らかな孤独を再び彼女に主張していた。

マーキーの手が彼女の肩の後ろで動いた。「どこにいる？」彼が言った。

「まだここよ」

「いや。帰ろう」

「できないわ」

「じゃあ、なぜ停車している？」

「分かりました」彼女はそう言って、前にかがんで発車させた。「では、行きましょう」

野原も森も未知のままヘッドライトの向こうに消えていく。彼女の神経を通して方向の意識が高まり、速度がエメラインにとり憑いてきた——彼女はただ座り、興奮して動けなかった——彼の麻痺した能力にショックを与え、警戒させた。「速すぎる」彼はまた言った。

彼女が速度を落としたとしても、感じられない。

我に返った彼に分かったのは、彼女の怒り狂った変速は、憂慮にすぎないにしろ、彼の圧力に対する返答だということだった。その速度とは、恐怖にかられた狂乱の逃避行だった。彼はやっと確信した、彼は彼女を失ってはいなかったのだ。なぜなら彼女は、彼らの身に覚えのない危機を、または答えが一つしかない質問を紛らすために、ピアノを乱打している人のように……。土手がせり上がって両側のバイパスから光を採っている。そのあとに若いブナの木々が幽霊のように路肩に並んでいた。彼の緊張は、近づいてくるたびに無意識に縮みあがって、その正体をさらけ出した。スカイラインの背後で夜が明け始め、ヘッドライトがそれをとらえ、広がる夜明けに、一瞬目が眩んだ——その間彼は彼らの軽い車がエメラインの指のままに左右に揺れるのを感じた——そして疾走し、そのたびに危うく髪の毛一本の隙間をかわし、その恐怖に彼の上顎が凍りついた。そして横を見て、固定観念で自身を固定させようとした。車が三台、無人のまま、オールナイト・カフェの疲れた明かりに鼻を向けて停まっている。明るい土手や暗く低く走るスカイラインが入れ替わりに織りなして彼の頭脳をかすめていた。彼の横で彼女は座って独り氷結しており、速度だけが喉を通っていた。彼は考えていた、「もう一度動かないと。もう時間がそうない。僕らはバルドックに着くだろう」と。彼は考えていた、ハットフィールドだった。彼らは盗人のように街をすり抜けた。人々はまだ戸口に立っているか、あるいはブラインドに影を作っていた。遠くに見えた町の生活と窓から漏れた暖かな吐息に活気を得て、彼は言った。彼女の頬の冷たい空気に寄り添い、眠りにある家々のある町が途切れた所を通りながら、「一晩中、車を飛ばそうよ、エンジェル。君はもう逃げられないぞ!」と。

エメラインは何も言わなかった。

しかし、パニックと勝利を彼が入れ替えたこと、彼女を保持する彼の冷たい決意、そして彼女を投げ出したい彼の苦々しい怒りの欲望におののいて、しばし沈黙してから、彼女が彼のほうに向けた視線は、横に広がった、もの問いたげに思い悩んだあの同じ視線、繰り返し、繰り返し、彼らの親密さを壊したあの視線だったので、彼は少し旅程が遅れたねという感じにもっていったが、お互いの間に横たわる変わらぬ距離を示していた。彼女の視線のお馴染みの不可解さ——サン・クルーで木々に呼び掛け、デヴァイジズでのスカイライン、雨の宵に彼のクラレットに映った明かり、小さな部屋で繰り返した抱擁、そして通りで出会ったときの笑顔——は心を引くぴんと張ったコードにくっついて離れない思い出——ねじれた筋肉のように鈍く引きずる鋭い心の痛み——は遠くまで届くのだった。予知できない痛みだった。彼の喪失感の冷たい吐息と黒い深さが、突然現われた。静止状態だった彼の想いが、また苦痛に声を上げたのか、この前代未聞の終幕から混乱して始まったのか、コントロールがすべて狂ってしまった。強奪しようともがきながら、彼女にはあえて触れない、彼女を腕に抱くまでは言い出せないものをあえて形にしないで、彼は車中で彼女のほうに動き、二人の顔の間にある暗闇に叫んだ、罵倒、懇願、非難を、過去全体を剝ぎとり、彼らの破滅を彼女にかぶせて。彼は神経のすべてを感情に晒した。何一つ言わないままにしない……。苛々して髪の毛を後ろに払い、マーキーの隣でハンドルを握りしめ、エメラインは、何も言わずに、運転し、すべてが瓦解した灰から逃げるように、後ろを振り返らなかった。ハンドルのままにやみくもに走ってマイル数は何十にもなった。彼女は何も感じなかった——土手の上から叫ぶ声なのか、暗闇を叩くやかましい和音なのか、彼女は見た、「北部地方へ」と白地に黒で書かれた標識を。長い黒い動かない矢。

何かが崩れた。

出発という壮大な考え——蒸気を上げて出発駅から轟音とともに出てくる特急列車、ドックを離れる定期船、上昇する飛行機の影、隊商がうねりながら現われ砂漠の最初の窪みに消える——が彼女の精神にとり憑き、一本の長い矢がいま発射された。自らの不安で孤独な旅人は、人には伝え得ない悩みを抱え、紙テープのようにロープが鳴るのを見て支えられ、我にもなく勇み立つ。別れの軽い痛みが心を自由に解き放つ。新しい光に目が眩み、彼女は、突然目が見えた人のように、または、奇跡のあとのように、痛みが消えた人のように、面食らいながら動いた。縮んで沈んでいく大地のように、唐突にも、上昇する飛行機の両翼の下で、愛は、見えない計画と切迫した収縮をともなって、エメラインの下方にある深みに落ち、彼女は不動のまま、自分の痛みの薄暗い地図を見下ろしていた。この空中浮揚によって、彼女の能力と彼の存在の感覚がすべて失われ、車と運転する彼女はほとんどその代価を払わなかった。自らのアイデンティティはもう彼女のものではなく、閉じ込める鞘になった。この無知の中で静かに、高揚して、起き上がってバランスを取り、ハンドルの上の自分の手、シルバーのドレスのへりを見て、自分は誰だろうと自問した。彼のほうを向くと、ハンドルが無謀に一回転し、彼女はマーキーを呼び戻そうとした。

「気を付けて――」彼が口をきいた。そして彼女のまばゆい視線を見て言葉を切った。そのまなざしは、一心に彼を見つめながら、対象を欠いていて、不動の虚空を見せていた。彼女は意識なく彼の瞳を覗き込み、無人の家の窓だと思っているようだった。彼は喉が詰まり、上顎がからからになった。彼女はおらず、彼ひとりだった。彼の思い出らしきものが、まだ動く彼女の体を支配していた、平和に満ちた、とり憑かれることすらできない空虚な体を。

「エメライン――」

彼女の状態が、さしせまった肉体的な危険を彼に突きつけ、彼女の手が全力でハンドルを握り、いわれのない圧力でアクセルを踏んでいるのが感じられた。彼女が彼には恐怖だった昔がよみがえり、潜在的で長く無視してきたその恐怖は、いまを狙っていたに違いない。彼は生涯を通じて、この時まで、この長い無知な指と無言の脳髄に依存してきたのだった。

「ちょっと止まろう」冷静さをかき集めて彼は懇願した。

彼の言葉は無意味だった。速度が彼女から勝手に流れ出していた。道路は無人ではなかった。右側の土手に突っ込むように、彼女はトラックの前に出た。車の往来が迫ってきて、彼女は二度、すれすれまで引き寄せられ、彼は二度、目の前に来た光のアーチに絶句した。その間、彼女は一瞬の二倍の時間、彼に支えられた宙づりの自分を感じたが、指はハンドルの上にあった。生き残ったのはまさに僥倖だった。一台の車が彼らの後ろで止まり、誰かが叫んで、後ろを見た……。「エメライン」彼は繰り返し、疲れ切って必死で近づいた。

　だが彼女は何も聞いていなかったか、あるいは、自分の頭脳の中で静寂が歌うのを聞いていたか。狂ったように揺れるヘッドライトが、彼の断末魔のあがきの前方にある闇を薙ぎ払い、千回にもなる衝突寸前の震動が一本の線になり、ランプを包む霧のように、心なき静謐がサークルを描く中、エメラインはそこに座り、無慈悲にも、二つの命に無知を通していた。間一髪を繰り返す、この制御不能のスピードが恐ろしくて、マーキーは汗をかき、絶叫を押し殺し、彼女の手から自分の手を離した。そして優しく彼女を宥め、説得した。二人きりになった時、彼がよくそうしたように。彼は見ていた、次の街燈が運命のようにきざして、ぶざまなオーロラになり、道路の確固とした地平線を嚙み、広がって、「グレート・ノース・ロード」に土手から土手へ押し寄せるのを。彼の指はハンドルから一インチのところで、彼女をハッとさせていいか迷い、絶望して言った、不能者の最後の冷静さを振り絞って、「エメライン……」と。彼の唇に初めて自分の名前を聞いたかのように、それがまぶしいのか、彼女は振り向いて微笑した。まっしぐらに、近づく明るさの芯の熱気に引き寄せられ、小さな車は、スピードに騙されて、それずに真っすぐひた走った。誰かが金切り声を上げて、ブレーキをねじり上げる。大型車が一台、バウンドし、衝突をあやうくまぬがれた。マーキーはハンドルを左に切った。二人は動かない顔を閃光の中にブヨのように吊るしていた。一瞬ショックが戻り、エメラインは、目を背けて過ぎていくものを見た。彼女が言った。「ごめんなさい」そして目を閉じた。

ジュリアンは、人々が帰ったあと、カーテンを引き、セシリアを悩ます冷たい夜の切れ目を覆った。それで一挙に落ち着いたわけではない。彼女は暖炉の前のラグの上から『イヴニング・スタンダード』紙を拾い上げて、ソファの後ろに落とし、クッションをいくつか振るって形を直し、立って、マントルピースの上の空になったコーヒーカップを覗いた。彼女が言った。「あなたは優しくしてくれたわね、私はずぼらばかりでごめんなさい」そして、思えば、今宵はとてもうまく運べたわねと言った。ジュリアンがそうだねと言った。彼女の目は彼の表情を見逃したが、彼女はもう何も言わなかった。邪魔の入らない静かな来るべき夜が、すでにこの夕刻を覆っていた。彼は暖炉の前に立ち、シャンデリアの垂れ飾りを何気なくちりりんと鳴らし、ここが彼らの家にならないのが半分残念だった。彼女としては、空想は早くも壁を離れ去り、もう半分ホームレスになっていた。彼女は彼らの未知の家を思い、彼の真面目な絵画と彼女のドレスデンの時計に挟まれて、二人の結婚を成就しなければならなかった。シャンデリアの音がやんだ。セシリアは暖炉の前のソファに横になり、顔は彼のほうに向け、頬はクッションに付けていた。いまなお非常に謎めいていることを知った彼女を見て、彼が言った。「愛らしいドレスだね」そして暖炉の火が、その薄いピンクの襞を這いあがるのを観察した。

「これは私の嫁入り支度」と彼女。「着てはいけないんだけど、我慢できなくて」

「僕はきっと忘れてしまうから」彼が微笑んだ。「もう一度、全部見るよ」

「そんな、忘れないで！」彼女が叫んだ。「どんな一刻も決して忘れないで、無きに等しいんだから」

忘却から完全に自由になったこの一瞬をあてにして、彼女は微笑んだ。彼がもっとそばに来た。

支那芍薬（しなしゃくやく）のレモンのような香りが立ち昇り、薪の火が音を立て、ランプに照らされた静かな部屋を魅了していた。彼女が腕を彼の首に回すと、ドレスの大きなシフォンの袖が、腕と暖炉のぬくもりとともに、彼の顔に柔らかく落ちた。

ベニートは今夜、落ち着かなかった。半分開いたドアを回って出てきたり、うろうろする小さな存在は、何を秘かに思っているのか、野性味のある表情がクッション越しに見えたり、飛んだり跳ねたり、少しもじっとしていない。ジュリアンが言った。「なるほど、ほんとに彼は猫だな」「そうよ、可愛い小さな退屈屋さん」彼女が言った。「エメラインが可愛がっているの」そしてクッションに頬を押し付け、その黒い瞳は落ち着かない仔猫を追って、影から影へと動いた。ジュリアンは、少し邪魔に思って、言った。「もう彼を寝かそうか？」

ベニートは地下室で寝て、朝になるとエメラインの部屋で見つかることが多かった。ジュリアンは部屋の隅に追い詰めて猫を抱きあげ、セシリアは彼らを追ってホールに出た。冷気が漂っている。家は出ていった人たちのこだまを返しているようだった。水晶の飾りが垂れた照明の下に立ってセシリアは階上を見て、薄暗い闇の中に、エメラインの部屋のドアが半分開いているのを見た。思ったより遅くなっている。見ると、電話のそばに忘れ物のマーキーの白いスカーフと、はめようとしなかったエメラインの手袋があった。

急に神経が泡立ったセシリアは、ジュリアンのほうを向いて、言った。「私と一緒にいてね、エメラインが帰ってくるまで」

訳者あとがき

エリザベス・ボウエンのこと

ボウエンの少女時代と学校生活

エリザベス・ボウエン（1899-1973）は父ヘンリと母フローレンスの結婚後九年目に生まれた一人娘である。ボウエン家は三百年続いたアングロ－アイリッシュの名家であり、アイルランドのコーク州にボウエンズ・コートという先祖伝来の居城があったが、ボウエンの父ヘンリ（一族間で数えるとヘンリ六世）が地主という本業の傍ら、王立ダブリン協会に在籍する法廷弁護士でもあったため、ダブリンにも住まいがあり、ボウエンはそこで生まれた。ボウエンはエリザベスの愛称「ビタ（Bitha）」で呼ばれ、大勢の従兄妹と遊び、日曜日には父母とダブリンのプロテスタント教会に通い、カトリック教徒の国アイルランドではアングロ－アイリッシュが少数派であるなど思いもよらない毎日だった。母フローレンスはおっとりしていたが、ビタの養育には明確な意見があり、将来社交界に出た時は、内気や不作法は許されないという配慮で、立派なレディとなるべく娘を育てた。ミルクをたくさん飲むこと、ボウエン家の女性は手の甲にシミの出る傾向があるので手袋をするように言うなど。その一方で、七歳になるまで字を読ませないという方針があった。ボウエン家に神経症の病歴があるのを懸念してのことだった。アガサ・クリスティ（1890-1976）の母親も女子は八歳まで字を読むべきでない、頭と目の負担になるからだと考えていたようだ（『アガサ・クリスティー自伝（上・下）』早川書房、一九八四年、上・四七頁）。アガサ（父親はアメリカ人）の実家ミラー家は神経症の家系ではないのに、二人の母親に同じような考えがあったのは、当時そんな通説または学説があったのか。

ビタが七歳の時、法廷の仕事に加えてアイルランドの土地問題に関わったその重圧から父が心気症（今でいう双極性障害）を発症し、暴力と鬱病が交差する危険な病状を呈したため、医師団は妻子との別居を勧告した。母とともにビタはダブリンを離れ、イングランドのケント州在住の母方の親戚の家々を転々とすることになる（一九三八年の小説『心の死』（*The Death of the Heart*）では母と娘が安宿や季節外れのホテルを転々とする）。父の不在、ホームレス、という不安な日常が七歳の少女の心にどのような影を落としたか。ともあれビタは神経質な子供にならずに逆境を乗り越えてみせた。たくさん飲んだミルクのせいか成人後には身長が五フィート八インチ（約一七四センチ）あり、体は馬のように頑丈だった。ボウエンはのちに子供の無垢の本質について、「子供は大人よりも苦悩しないと決めているところがあり、苦悩を拒否することで、苦悩を感じることも拒否している」と語っている。

ケント州に渡ってからボウエンは初めて学校に行く。そして十三歳の時、母と死別する。死期が近づいた時、ボウエンは隣人で友達のヒラリーの家に預けられ、母の病床から、葬儀から、埋葬からも遠ざけられた。おばたちの良かれと思った判断だった。父の神経症の発症を機に吃音が出たボウエンは、母の死に遭遇し、「マザー」という言葉が容易に出なくなり、「M」の音で激しくどもるようになった。父の発病と一家の離散と母の死と吃音症、十三歳の少女には負いきれない喪失感と悲哀と孤独をもたらした人生の過酷な現実は、ボウエンの心に深く長く沈潜し、夜ごと祈り、その後の創作活動に昇華されるまでどんな葛藤があったのか。

母フローレンスは自分の死後のエリザベスについて、ハートフォードシャーにあるハーペンデン校に通学するよう手配していた。ボウエンは、知らない人と交わること、自分を哀れまない人と一緒にすごせると考えて、進んで学校生活に入った。在学中、ボウエンは勉強では可もなく不可もなし、しかし様々な学校行事ではリーダーだった。一九六四年の小説『リトル・ガールズ』（*The Little Girls*）には、ハーペンデン校でボウエンが学友と過ごした元気で無邪気なコミカルな日々が再現されている。一九一四年八月、夏休みで父と共にボウエンズ・コートにいたボウエンは、出先で父が買った新聞でイングランドがドイツに宣戦布告したことを知る。世界大戦の勃発だった。

その一か月後の九月は新学期に当たり、戦争が長引く様相を示す中、十五歳になったボウエンはダウン・ハウス・スクールに入る。オクスフォード大学のサマヴィル・コレジに学んだオリーヴ・ウィリスが女子教育の重要性を自覚して、一九〇六年にケント州に創立した女学校だった。女子学生四、五十名を数える小規模な学校（元はチャールズ・ダーウィンの屋敷、今はダーウィン記念館）。学校自体はコールド・アッシュに移転）で、当時最も優れた女子の寄宿学校として評価され、周辺の富裕層の女子を集めていた。母と死別して一年、ボウエンはこのダウン・ハウス・スクールで戦争と隣り合わせの日々にかろうじて自分自身を取り戻し、文学への関心を深めることができた。戦場にいる親や兄弟を持つ学友はむしろ戦争を話題にせず、就寝前にはみな祈った。ボウエンが授業の課題で書いた文章には、場所と風景と建物への関心が表われている。ミス・ウィリスは学科試験を排し、代わりに学問への愛を育てる方針を立て、未来の母親教育はカリキュラムになかった。学生には卒業後の大学進学を勧めており、進学して何らかの職業に就いた同校の卒業生は十六％だったという。ボウエンは大学には行かなかった。ミス・ウィリスは「汚い言葉（the bad language）」を嫌い、とくにボウエンには「いかに書かないか（how not to write）」を教えていた。ボウエンは二十歳前後から短篇を書いており、ミス・ウィリスがサマヴィル・コレジの学友だった作家のローズ・マコーレイ（1881-1958）にボウエンが書いた短篇を見せたところ、マコーレイはボウエンの作家としての才能を認め、ボウエンをお茶に招き、文芸誌『サタデー・ウェストミンスター』の女性編集者に紹介した。結果として、その誌上にボウエンの最初の短篇が掲載された。そしてボウエンの最初の短篇集 *Encounters* が十四篇の短篇を収めて一九二三年に出版された。

ボウエンと戦争と独立の二十世紀

一八九九年生まれのボウエンは、二十世紀と私は双生児の生まれだと語り、文字通り二十世紀の歴史と共に歩いた。六十四年の長い治世を終えてヴィクトリア女王が一九〇一年に逝去、その後即位したエドワード七世は一九一〇年に逝去、エドワード朝は十年で終わったが、二十世紀の初めに束の間平和だったイングランドの十年間をボウエンが幼いながら知っていたのは大きいと思う（ボウエン十一歳）。一九一四年に勃発した第一次世界大戦は一九一八年に終わったが（ボウエン十九歳）、一九三九年に再び世界を襲った第二次世界大戦は、第一次世界大戦とある意味でつながった戦争だった。一九五五年の『愛の世界』（*A World of Love*）では、第一次世界大戦に志願して戦場に赴いた青年は、戦時公報によって戦死したと知らされるのみ。生き残った女たちの心の中で彼は死んでおらず、時に彼女たちの目の前に姿を見せる。彼が亡霊になって出没するのは、誰に会いたいからか？　私ではないとしたら、誰なのか。戦争は終わっても平和が戻ることはもうない。ボウエンが戦争体験ののちに書いた小説はそれを警告しているようだ。

十二世紀以来、長くイングランドの植民地だったアイルランドは、第一次世界大戦時には大勢の若者が出兵してイングランド軍として戦った。しかし大戦に乗じて積年の宿痾となっていた対英独立戦争を決行、一九一六年四月二日の復活節の月曜日を期して決起した「イースター蜂起」によって、アイルランド義勇軍と市民軍はダブリンの中央郵便局を占拠して、アイルランド共和国独立を宣言した。しかし軍勢と軍備の点で圧倒的に劣勢だったアイリッシュ軍はわずか一週間で降伏、五月には首謀者十五名が銃殺刑に処され、二千人余が投獄された。だがイースター蜂起の失敗とイングランドの残酷な処刑による事後処理によって、西ヨーロッパで最古の歴史を持ち、地理的に完全な統一国家だったアイルランドを分割した英国の許し難い罪悪があらためて認識され、アイリッシュの人々のナショナリズムを強烈に広範に呼び覚ました。一九一九年にはアイルランド共和国軍（ＩＲＡ）が組織される。

一方、民衆の反乱鎮圧のために英国軍特殊部隊が組織され、各種部隊所属兵士の黒や茶色の軍服を着たこの軍隊は「ブラック・アンド・タンズ（黒色と焦げ茶色）」と呼ばれた。独立軍と英国軍双方で流血のゲリラ戦が繰り返され、一九二〇年十二月には「ブラック・アンド・タンズ」がコーク市中心部に火を放ち、同地にあるボウエン家の居城「ボウエンズ・コート」は難を免れたが、周辺のビッグ・ハウス三棟がその日のうちに焼き払われた（ボウエン二十一歳）。ボウエンの一九二九年の小説『最後の九月』（*The Last September*）は、「ボウエンズ・コート」を模したビッグ・ハウス「ダニエルズタウン」を舞台として、アイルランドを支配してきたアングロ－アイリッシュの独特な文化の香気とその終焉を告げる物語になっていて、その最後は、祖先伝来のホスピタリティをもって門戸を開いたかのように、報復の炎を受け入れて炎上するダニエルズタウンで終わっている。歴史的に見ると一九二一年に英国・アイルランド条約が締結され、南の二十六州は「アイルランド自由国」として独立、国名をEireとし、北の六州は「北アイルランド」として英連邦にとどまることになった。この間に焼失したビッグ・ハウスは百六十余になると言われている。

世界が再び世界大戦に突入したのは一九三九年、ボウエン四十歳の時だった。大量破壊兵器が開発され、欧州全土は焦土と化した。彼女の長篇小説を書く手は止まったが、短篇では「恋人は悪魔」（The Demon Lover）や「蔦がとらえた階段」（Ivy Gripped the Steps）などを書いて戦争の狂気と闇を描いた。また彼女には任命された公的な役割もあった。中でも第二次世界大戦では中立を宣言したアイルランド情勢を知ることは、英国側にとって急務だった。アイルランドの港湾を英国が軍事使用する問題、それに中立策に付け込んでアイルランドにドイツが侵攻する危険が懸念された。アングロ－アイリッシュの作家という立場にあるボウエンは、英国情報局つまりＭＯＩ（Ministry of Information）の諜報員となって何度もアイルランドに渡り、情報収集に当たった。アイルランドの歴史家の一部には、この時、諜報員だったボウエンをイングランドのスパイと見て弾劾する動きもあった。一九四二年に書き上げたボウエン家三百年の年代記*Bowen's Court*は、この情報活動をカモフラージュするものだったという説もある。ボウエンがこの間に書き送った報告書は、"*Notes On Eire" : Espionage Reports To Winston Churchill, 1940-2*（Aubane Historical Society, 2008）に公式にまとめられている。さらにボウエンは一九四六年の「パリ講和会議」に記者として参加している。一九四九年の小説『日ざかり』(*The Heat of the Day*)は、ヒロイン、ステラの恋人ロバートにナチス・ドイツのスパイ容疑がかかり、ステラに下心のある英国情報局の諜報員ハリソンが彼女のロンドンのフラットを訪れる。灯火管制のかかった薄暗いフラットがその舞台。ボウエン版の「第三の男」はどんなシーンを見せるのか。

ボウエンと結婚生活と交友関係

ボウエンの初恋の相手は彼女が二十歳の時、ボウエンズ・コートで開いたダンスパーティで出会った英国陸軍中尉のジョン・アンダソンだった。婚約したことを聞いたおばのエディは疑問を感じ、ジョン・アンダソンと会い、結果はよくなかった。婚約は解消されて終わった。ボウエンはしかし安定した居場所としての家庭を切望し、結婚したいと思っていた。おばのガートルードがボウエンにアラン・キャメロンを紹介した。キャメロンはオクスフォード大学に学び、第一次世界大戦に従軍、西部戦線に送られ、最激戦地ソンムで戦い、ドイツ軍の毒ガス作戦から生還し、オクスフォードシャーの教育長補佐の職務についていた。アングロ－スコティッシュのアカデミックなアパーミドル階級の出身で、経済的にも社会的にも安定していた。背の高いハンサムなアランにボウエンは心惹かれ、知り合って一年後の一九二三年に二人は結婚した。アラン三十歳、ボウエン二十四歳だった。同年に出た最初の短篇集*Encounters*の評判もよく、アランは作家としての妻を愛し激励した。彼らはオクスフォードに住み、ボウエンの最初の小説『ホテル』(*The Hotel*)、二作目の『最後の九月』が順調に出版され好評だった。アランは社交に不慣れな妻を教育し、オクスフォードの知的サークルにも妻を招き入れた。サークルの中心だったデヴィッド・セシル、モリス・バウラらを通して、セシル・デイ・ルイス、シリル・コノリー、ヘンリ・グリーン、イヴリン・ウォーら、ボウエンは新進気鋭の作家たちと知り合い、文壇や文学上の多くのことを吸収した。

キャメロン夫妻はオクスフォードで十年暮らした後、アランがBBCを拠点とする英国学校放送協会の理事に任ぜられ、ロンドンに住むことになった。なおアランは英国学校放送協会での要職を果たした後、一九五一年には英国のレコード会社のレーベルEMIの創立にも関わった。作家ボウエンの夫というだけの人ではなかった。ロンドンで住居を探し、ボウエンが一目で気に入ったのがリージェント・パークの西に位置する連棟住宅（テラス・ハウス）のクラレンス・テラス二番地だった。キャメロン夫妻は一九三五年から五二年までここに住むことになる。なお、クラレンス・ゲイトから南下する通りがベイカー・ストリートで、シャーロック・ホームズのベイカー街二二一番Bには、歩いて十分ほどで行ける。

一人娘だったボウエンは十三歳で母を亡くし、三十一歳で父を亡くした。二十四歳で結婚した夫アランは同世代という点で、父母よりもすでに親しい存在になっていた。アランと結婚して新たに得たミセス・キャメロンという名前は、世間に通るモラルだった。だがボウエンは結婚制度を完全に認めながら、結婚生活の外にロマンスを、自由な恋愛を求めないではいられなかった。知られている恋人としてはハンフリー・ハウス、ゴロンウィ・リーズ、ショーン・オフェイロン、メイ・サートン、そしてチャールズ・リッチーの名が挙げられている。ボウエンの友達だったイザヤ・バーリンは、ボウエンの夫キャメロンについて、彼は妻の情事を気にかけなかった、自分は天才と結婚した、だから、妻は自分の好きな生き方を許されるべきだと考えていた、と語っている。

ヴィクトリア・グレンディニングがボウエン没後四年目に書いたボウエンの最初の伝記（*Elizabeth Bowen: Portrait of a Writer*, Weidenfeld & Nicolson, 1977）では、ボウエンの愛人問題は時代の空気を見た出版社側の要請で伏せられていたが、パトリシア・ロレンスが書いた最新の伝記（*Elizabeth Bowen: Literary Life*, macmillan, 2019）では、クロノロジカルに出来事を追って詳述、しかしここでは二点だけ見ておきたい。

その一つは、作家であり編集者だったハンフリー・ハウス（Humphry House, 1909-1955）との間で一九三三年に始まった関係で、彼は二十四歳、ボウエンは三十四歳のときだった。ハウスには婚約者がいて、結婚し、やがて長女が生まれた。結婚と出産のことは、ボウエンの反応を知るハウス自身がボウエンに直接告げなかった事態と相まって、ボウエンを激怒させた。三十五歳だったボウエンは出産年齢（当時の）が過ぎた自身を思い知らされ絶望に突き落とされた。一九三六年、ハウスは妻子とともにインドに赴き、関係は終わった。子供を持てなかったにもかかわらず、ボウエンは子供が主人公になった短篇を多く書き、小説にも必ず子供を登場させている。ボウエンの子供には、ボウエンの子供たちの言葉には、明かされない原初のような混沌がある。一九三五年の小説『パリの家』（*The House in Paris*）は、ヒロインのカレンは婚約者がありながら、親友のナオミの婚約者マックスを愛し、ハイズのホテルで彼と会って一夜を過ごす。夜半、カレンはマックスの子供がもし胎内に宿ったらと思い巡らし、男児レオポルドが生まれる話である。なお、ハウスとボウエンの関係について、新たに見つかった彼らの日記や手紙をもとに、二人の交流とボウエンの小説との関係を探った研究書（Julia Parry, *The Shadowy Third, Love Letters, and Elizabeth Bowen*, Duckworth）が二〇二一年に出ている。

次に取り上げるのは、一九四一年にボウエンが出会ったカナダの外交官チャールズ・リッチー(Charles Ritchie, 1906-95)との関係である。リッチーはカナダのノヴァスコシア州の裕福な家に生まれ、父親は法廷弁護士だったが、リッチーが十歳の時に他界している。リッチーはオクスフォードのペンブローク・コレジに学び、第二次世界大戦中にカナダ高等弁務局の二級書記官として英国に赴任し、七歳年上のボウエンと出会った。ボウエンとリッチーは、アングロ-アイリッシュとアングロ-カナディアンという出自がイングランドを「第三者」として見る視線を宿していることを互いに察知して親近感が生まれ、戦時という非常時が明日をもしれぬ日々を実感させ、恋人たちは意識が嫌でも高揚したことだろう。二人はやがて互いに離れがたい存在となった。短篇は書けたが小説が書けなかった十一年のブランクののち、一九四九年にやっと書き上げた小説『日ざかり』はリッチーに捧げられ、これ以降ボウエンの小説や短篇にはリッチーの存在の影響がある。

ボウエンにとって受難の歳月が流れる。

一九四八年、リッチーは長らく婚約していたシルヴィアと結婚した。

一九五二年、夫アランが体調を崩し、ボウエンはクラレンス・テラスを処分して、二人はボウエンズ・コートに戻った。第一次世界大戦で毒ガスをかぶった後遺症で眼病に苦しみ、飲酒癖が高じていたアランは(アル中だったとも言われている)、ボウエンズ・コートの樹木の豊かな緑に心癒されたが、間もなく永眠した。

一九五九年、ボウエンズ・コート売却。戦後は人件費などの諸費用が高騰し、経済的に行き詰まったボウエンは、ボウエンズ・コートを売却するほかなかった。買主コルネリウス・オキーフは翌一九六〇年にこれを解体し、石材と周囲の森林の木材もろとも土地をすべて売り払った。

ボウエンは一九六三年に、母と暮らした海辺の町ケント州のハイズにささやかな家を買った。数年前の夏に私もここを訪れている。ボウエンの母フローレンスの実家コリー家のビッグ・ハウスにちなんで「カーベリー」と命名されたその家は（銘板(プラーク)あり）、三戸並んだ煉瓦造りの住居の一つで、悲しいかな、「ビッグ・ハウス」の面影はなかった。門の前は南に下る急勾配の坂道で、その先にハイズの海が光っていた。

ボウエンはヘビースモーカーで、煙草を手にしていない写真がないほどである。当然、気管支炎を患い、激しく咳き込み、肺炎を起こし、声がうまく出なくなった。それでも一九六九年のブッカー賞選考委員を務めて候補作を読み、ダシール・ハメットやレイモンド・チャンドラーを読み、自分の小説も再読していたという。一九七二年十二月、体力は限界に来ていたが、クリスマスの礼拝に出席し聖餐（十字架刑にかかる直前にイエスが十二人の使徒ととった「最後の晩餐」に由来する聖礼典で、贖いの印として主イエスの体〈パン〉と血〈葡萄酒〉をいただいて、永遠の命にあずかる）を受けた。病状を知って案じたリッチーがカナダから飛んできて、ボウエンをハイズからロンドンに連れて行き、専門医に見せ、直ちにユニヴァーシティ・コレジ・ホスピタルに入院させた。オクスフォード大学時代からの旧友たちが見舞いに来た。リッチーは終始付き添い、最期の二週間は薔薇とシャンペンを持って毎日来た。そしてボウエンは一九七三年二月二十二日の早朝に永眠した。遺言によって遺体はアイルランドに運ばれ、ボウエンズ・コートで唯一残った礼拝堂（ファラヒ教区のセント・コールマン教会）の墓地に眠る父ヘンリ・ボウエンと夫アラン・キャメロンのそばに埋葬された。雪が降る中、近親者・旧友のほか、コーク州から中には遠方にも関わらず大勢の村人が葬儀に集まり、花束と共に弔意を捧げた。ボウエンの棺が運ばれるところからBBCテレビが報道し、アイリッシュの名女優フィオナ・ショーが葬儀の様子を伝えた。フィオナ・ショーは映画化された『最後の九月』にも出演、この映画は一九九九年のカンヌ映画祭の招待作品で、脚本ジョン・バンヴィル、監督デボラ・ウォーナー、出演者にはマギー・スミス、マイケル・ガンボン、ジェイン・バーキンらも顔を揃えている。DVDあり。

『北へ』について

『北へ』というタイトルのこの小説は文字通り旅行と移動の話で、登場人物は列車や自動車やバスや飛行機に乗って旅したり、ロンドンとカントリーを往復したり、したがってロンドンの街路や国道や環状道路が目まぐるしく交差する話である（本書地図参照）。その一方で『北へ』は、セシリアとエメラインの二人をヒロインにして、結婚して一年足らずで未亡人になったセシリアが二百年継続して羽振りのいい家業を継いだ裕福なジュリアン・タワーと再婚する話と、キャリア・ウーマンのヒロイン、エメライン・サマーズが結婚を望まない相手との恋愛で処女喪失し人生の転換を迫られる話が並行して進む形をとっている。エメラインの相手は、ハーローからケンブリッジを出て法廷弁護士になった男で、三十三歳、姓名はマーク・リンクウォーターというがマーキーと呼ぶことを周囲に強要している。「マーキー」は発音ではJ・オースティンの『高慢と偏見』のミスタ・「ダーシー」と同じ母音であることが仕掛けなのか、だがマーキーの住まいはロンドンの姉ミセス・ドルマンの屋敷の最上階を借りていて、ダーシーの年収一万ポンドの荘園屋敷ペンバリーとは比べ物にならない。ダーシーの四頭立てや二頭立ての馬車はもう過去のものとはいえ、二十世紀のマーキーは運転もできないからマイカーもない。英国紳士の見本のようなダーシーの定評を思うと、音の類似はキャラクターの差異を皮肉った意匠のように思われる。セシリアとおばのレディ・ウォーターズは何度か席を同じくするうちに、マーキーを不可解な不快な人間と見て遠ざけるが、エメラインは内緒で彼との交際を深めていく。その一方でジュリアンは、マーキーはまれに見る有能な青年で、将来は法曹界のトップ大法官になることも可能だと断言している。

二十世紀はラジオや電話や電報などの通信網が普及し、交通機関が急速に発達した。アメリカの自動車会社フォード社がフォードT型の大衆車を売り出したのが一九〇八年、世界中でバカ売れした。ボウエンの一九二七年の最初の小説『ホテル』では、車のドライブがホリデー客の娯楽の一つになっていて、険しい山道で起きた自動車事故で生と死に覚醒するきっかけをヒロインに与えている。一九三二年出版の本書『北へ』では自動車文明が謳歌され、整備された道路網を縫う車とともにプロットが進む仕掛けになっている。エメラインのマイカーは小型とあるが車種は不明、レディ・ウォーターズは運転士付きのダイムラー、ジュリアン・タワーの愛車はベントレーで、どちらもイギリス製の高級車である。ボウエンの自動車は、スノッブ（セレブ）たちが好む趣味で、幸いなことに、ドイツ、アメリカ、日本の猛攻によって、イギリスの自動車産業が壊滅状態になる前だった。ベルギーの名車でイギリスでも人気があったミネルヴァも出てくる。ちなみに英国ロンドンの運転試験は正規の指導官について路上で運転技術と法規を学び、免許取得の資格試験も路上で行われる。「運転試験合格おめでとう！」というカードが各種たくさんあることが、試験の難関ぶりを物語っている。一九三〇年代の運転免許の詳細は知らないが、車の運転ができないマーキーは、人に任せられることは人に任せればいいと豪語、そこは詩才と醜聞を両立させたバイロンにコンプレックスを抱く「不良（a cad）」のマーキー、免許取得までの辛抱も他人事だったのだろう。

一九一八年に第一次世界大戦が終わると、軍縮の動きに応じて戦闘機などの軍用機は不要となり、旅客機に転用されるものもあった。一九二七年五月、リンドバーグ大佐の「スピリット・オブ・セント・ルイス号」が大西洋単独無着陸横断飛行に成功し、飛行機の安全性と速度が一段と向上していく。イギリスでは民間のハンドレー・ペイジ社が一九三一年六月にロンドン－パリ間に国際便を就航させた。『北へ』が出版されたのが一九三二年、エメラインが経営する旅行代理店では海外旅行を企画し、「あぶなく動け（Move dangerously）」を営業方針のモットーとしている。これは当時まだ始まったばかりの民間航空機の現状に照らしてみると、飛行機の安全性を逆手に取って顧客を鼓舞する「危険」な営業戦略だったと言えるだろう。

仕事（キャリア）を持ったヒロインはボウエンの小説にも少なくないが（『愛の世界』のアントニア・ダンビーはアート写真家だが、仕事の現場は出てこない）、ヒロインが仕事に従事する日常が舞台になるストーリーは『北へ』だけだ。そして『北へ』は女性とキャリアと恋愛と婚外性交と結婚の問題に直接目を向けたフィクションでもある。エメラインは兄ヘンリとともに孤児として育ち（父母の出自や遺産のほどは不明）、二十五歳の今、ロンドンのブルームズベリー地区にオフィスを持って、旅行代理店を経営している。受験に失敗して大学は出ていないエメラインが、なぜ旅行業に入ったかは経緯不明。一方、エメラインの会社の秘書はオクスフォード大学で英語を学んだミス・ドリス・トリップで、秘書兼電話係兼速記者兼タイピストとして、週給十シリングで雇われている。週給十シリングとは月収二ポンド、つまり年収は二十四ポンド。女性は自分の部屋を持ち、年収は五百ポンド必要だとするヴァジニア・ウルフの「自分だけの部屋」（A Room of One's Own, 1929）は、現実にはとうてい届かない数字であって、ミス・トリップには空しい夢のまた夢物語だ。ミス・トリップは雑務をこなす自分が人間としての扱いを受けていないことに腹を立てて、「私は人間です（I am human.）」と抗議する。これは一八七九年にイプセンの『人形の家』でノラが言った言葉「私は一人の人間です（I am an indivisual.）」の繰り返しに聞こえるが、ミス・トリップはさらに「私は自動人形（オートマトン）じゃない」と考えて会社を辞めてしまうところがさすがに新世紀の女性である。このミス・トリップの自動人形論は人造人間（ロボット）論に繋がり、会社・官公庁などすべての組織体にコンピュータやロボットが開発・導入された二十一世紀を先取りしていた、と見ることもできる。ボウエンはなるほど自動車を好んで作品に取り入れているが、エメラインの最後のドライブは、入り組んだ交通網に目を奪われ制御不能になった車のスピードに人間が負けた話でもある。地上では交通網、空には航路網、電話やラジオや電報の通信網、そして携帯電話をつなぐマイクロ電磁波網、人は今これらの網の目に囚われている。それが人間にどんな影響を与えているか、人間の頭脳と心をどんな危機に晒しているか、人間関係をどこまで損なっているか。エメラインは現代文明という巨大な渦に巻き込まれる運命のヒロインだったと言える。

エメラインが商用でパリに飛ぶとき、マーキーも同行して二人はパリで夜を共にし、17章「上空で」の最後のわずか二行でエメラインの初夜が終わる。続く18章の「パリ」は、"And Adam knew Eve his wife."（『創世記』四章一節「さて、アダムは妻エバを知った」）に始まる「性交（carnal knowledge）」について、とくにこの「知る（know）」という人間の原体験について、ボウエンが意と言葉をつくして洞察した一章になっている。『北へ』の登場人物の多くは両親がなく、その「みなし子状態」はどこか「エデンの庭」的なものを思わせるとするモード・エルマンは、さらに彼らは前例なしに世界に放り出された「初心者（beginners）」であると述べる（Maud Ellmann, *Elizabeth Bowen: The Shadow Across the Page*, Edinburgh University Press, 2003）。これはとくに初めて性体験をするエメラインに当てはめられよう。いやそれのみならず「女たらし」のマーキーもまた、エメラインとの一夜が「初体験」の「初心者」だったのかもしれない。『ヨハネによる福音書』の一章一節にこうある。「初めに言があった。言は神と共にあった。言は神であった」（"In the beginning was the Word, and the Word was with God, and the Word was God."）。「知ること」と「言葉」で人間は造られる。ボウエンが「言葉」を「知ること」によって描き出したエメラインとマーキーの「無垢」と「経験」には心を打たれる。翌日、日曜日の夕暮れのパリの街に出た二人。少し疲れたようなエメラインを見て、加害者意識をおぼえるマーキー。しかし「僕らは結婚なんかできない」と言うマーキーは、「真の愛」に目覚める「王子」ではなく、ただの「カエル」だった。エメラインとマーキーの出会いを「カエルと王子さま」に一転する手口、だがボウエンの物語はそこでは終わらない。その後エメラインがセシリアには隠してマーキーと過ごした週末は、ハムとか卵とかで「新婚」家庭の味を出そうとしたのに、マーキーはエメラインが愛読しているスタンダールの『恋愛論』から「嫉妬」の部分を（もちろんフランス語のまま）声に出して読み、吐き捨てるように「——たわごとだ」と言う。エメラインとマーキーの会合はこのあと一時途絶えるが、続く25章「デイジー」の章には、マーキーと電話で話そうとするエメラインがいる。真夜中過ぎに電話を受けたデイジーの隣りにマーキーがいる。「僕はいないよ」と言う彼の声が聞こえる。それでもある日、独り散歩に出たエメラインは誰もいないティーショップに入り、メモ用紙を買って初めてマーキーに一筆書く。だが返事はなかった（本文三七六頁）。原文でわずか二行で書かれたこのシーン。エメラインが何と書いたか、それは謎のまま、その週のうちにエメラインの髪の黒い毛は色が濃くなり、顔は白くなった、誰かが通りでエメラインを見たら、「何から逃げているのか」といぶかっただろうと続くだけである。

次にエメラインが姿を見せるのは、セシリアがジュリアンとの婚約披露に開いたディナーの時、ジュリアンは久しぶりに見たエメラインの美しさに驚き、その顔は「かつてなく透き通り、その不自然な静謐さが泣き声のように彼の心に響いた」とある（本文三八四頁）。「透き通るような」は原語では“translucent”で、肌色に使うことが多い形容詞としてエメラインにはよく使われてきたもの。しかしここでボウエンは常識的で感受性の鈍いジュリアンにエメラインをあらためて目撃させ、「かつてなく透き通り（most translucent）」と言わせている。さらに言えば、“trans”は「横切って」、「超越して」、「向こう側へ」という意味の接頭語である。こちらから向こう側に渡ったように、いわば垢抜けて、顔が透き通るようになるのは、妊娠初期を示す変化だとよく言われている。それが「泣き声」のようにジュリアンの心に響く。「泣き声」の原文は“her cry”ではなく“a cry”となっていて、その「泣き声」とは赤子の泣き声なのか。

例によって時間ギリギリにディナーの席に白いスカーフをして現われたマーキーは、一見落ち着いて冷静なエメラインを見て不安になり、「君に話さなければならない事があるんだ」とか、「聴いてほしいんだ、僕らはいつ――」と言う（本文三九四頁）。エメラインは、これをマーキーに書いた手紙の返事だと受け取って、自分の車でマーキーを送ると言い出したのではないか。先に触れた

『パリの家』のカレンは、不義の子供が生まれるまで身を隠し、生まれた子を養子に出すまで、母と親友のナオミから強力な支援が得られた。婚約者とも結婚した。そのすべてを欠くエメラインに残された道はあるのか？　アダムが妻エバを「知った」あと、エバは「苦しんで子を産むこと」、アダムは「顔に汗を流してパンを得ること」になる（『創世記』三章）。「性経験(パッション)は『北へ』のエメラインを外部にあるものとつながりたいという欲望へと導く、すなわち、立ち位置、家庭、社会の今と此処にあること、を強く求める」（John Coates, *Social Discontinuity in the Novels of Elizabeth Bowen*, The Edwin Mellen Press, 1998, pp.87-88）。しかしマーキーはこれらの価値を一切認めない。今現在、エメラインのようなエバはたくさんいるし、マーキーのようなアダムもたくさんいる。ミラノから「北へ」向かうイギリス－イタリア急行でロンドンに帰るセシリアで始まったこの小説は、ロンドンの「グレート・ノース・ロード」をさらに「北へ」疾走するエメラインの車で終わっている。イージーでレイジーなセシリアがジュリアンと再婚するストーリーは、エメラインの悲劇を中和する風習喜劇と読めて楽しいが、初めての世界大戦と未曾有のパンデミック「スペイン風邪」に襲われた二十世紀初頭の不安な世相が背景にあるこの小説に、ボウエンは『北へ』というタイトルを与えた。彼女自身、この時すでに第二次世界大戦に突入することを予感していただろう（エメラインの猫の名はベニート）。そしてこの小説の最後に来る壮絶なカー・クラッシュ。加速して制御できなくなった車、対向車の敵意に満ちたようなヘッドライト、進行方向を冷酷に指し示す道路標識の鋭い矢印、車窓を飛び去るスカイラインなど、エメラインの死の逃走を描くボウエンの筆は異常なほど詳細で容赦がない。制御できない車のスピード、一路「北へ」と暴走する現代文明への懸念がボウエンにあったかもしれない。二十一世紀のいま、またもや新型コロナウイルスが出現して世界は脅威にさらされ、さらには自動車や飛行機までもが自然と人命を冒す凶器であることが分かってきた。バベルの塔の繰り返しか。

人も時代も社会も疾走する中で、唯一じっとして動かないのがジュリアンの姪ポーリーン、十四歳である。彼女は孤児で女子の寄宿学校に在学、授業料その他の経費はジュリアンが支払っている。復活祭のホリデーには、親戚一同がそろってポーリーンを預かれない事情が起きて、ジュリアンに一切任せると言ってくる。母と父を亡くした子供を預かれない事情がすぐ出てくるのが、ボウエンの子供たちの親戚の方々。ポーリーンは、だから、復活祭を祝う四月の一週間、ジュリアンのロンドンはウェストミンスターにあるフラットに缶詰めになっている。十四歳の少女が付き添いなしで外出するなどもってのほか、ジュリアンの家政婦ミセス・パトリック（ミセスは家政婦の尊称、聖パトリックはアイルランドの守護聖人）はポーリーンにロンドン・バスで道徳的なバスはどれか、チャリング・クロス駅に寄るバスに乗ってはいけないなど、ポーリーンはチャリング・クロス・ロードと聞いただけで顔を真っ赤にする（チャリング・クロス駅は大陸へ向かう玄関口で、第一次世界大戦時には出征列車の発着駅だった。内外の名士のみならず、犯罪者、亡命者などが観光客にまじって多く見られた。彼らが泊まる宿屋（売春宿）もあっただろう）。「少女はどんなに注意しても し過ぎることはない」ことをポーリーンはよく知っている。フラットの窓や一筋の光線を相手にして、ひとりお茶をしているポーリーンは一幅の静物画（a still life）だ。

六月になり、ジュリアンは土曜日にセシリアを誘ってポーリーンの学校へ行く。高級車ベントレーがバッキンガムシャーに向かって走る。ジュリアンを見て嬉しくて言葉も出ないポーリーンに代わって（ポーリーンはジュリアンおじさまが好きになっている）、友達のドロシアが学校案内をしてくれる。そしてティールームでお茶にすると、娘とお茶をしている母親たちがセシリアとジュリアンを奇妙な顔をして凝視する。彼らは夫婦ではない、母親たちは一見してそれが分かるのだ。ポーリーンは胸が苦しくなる。だがドロシアは、ミセス・サマーズが「未亡人」で「離婚女（a divorcee）」ではないことを確かめてから、ジュリアンとミセス・サマーズは婚約するに決まっていると言い、さらに彼らは婚約するべきだと言って、ポーリーンを安心させる。帰路についた車中でセシリアは、「私には考えられないの、あの年頃の少女たちがどうして生まれるのか！」と悲鳴を上げ、ふいに涙が溢れたその瞳を夕日が照らす。少女たちは、ボウエンによってかくのごとく、大人の迷いをよそにプロットを動かす力を与えられている。ジュリアンが求婚してセシリアがそれを受け、セシリアの指に新しい指輪が光り、それがレディ・ウォーターズの目を射るわけである。エメラインは二人の世界から閉め出される。イノセンス（無垢）とエクスペリエンス（経験）は文学と科学の一大テーマである。「イノセンスを失うのは我々の宿命であり、我々の責務でもある」とボウエンは言うが、少女のその後を描かないのがボウエンの少女の特徴ではないかと思う。ポーリーンとドロシアは十四歳という一年限りで静止している。『北へ』では、移動（現代文明）と静止（少女のイノセンス）が対照を成し、無垢と経験が共存しているのではないだろうか。

最後になったが、エメラインの旅行代理店の営業成績が下降しているとあるが、それは旅行熱そのものが徐々に冷めつつあったのだろう。『北へ』にも出てくる旅行会社のクック社は、当初は断酒を目的として団体旅行を企画する会社だったものが、ツーリズムの流行に乗って最大手の旅行会社になっていった。それがついに経営破綻したと伝える二〇一九年九月二十四日の朝日新聞の記事を要約して記して、激変する社会の一例として、参考に供しておく。

　英国の老舗で「世界最古の旅行会社」とされるトーマス・クックグループが二十三日、破産を申請、手続きが始まった。一八四一年、「近代ツーリズムの祖」とされるトーマス・クック氏が設立。パック旅行の企画を得意とし、ホテルや航空会社も経営。しかし、ネット専門の旅行会社の台頭に加え、個人が直接宿の貸し借りをする時代になって業績が悪化して巨額の負債を抱えた。最高経営者は「パック旅行を開拓し、世界中の人々の旅を可能にしてきた会社の、とても悲しい日だ」と述べた。

〈ボウエン・コレクション2〉全三巻について、『ホテル』、『友達と親戚』、そしてこの『北へ』にそれぞれ「訳者あとがき」を書き、その前半でそれぞれボウエンの紹介をし、後半で各作品の解題をしてきました。ボウエンの人生が二十世紀とともにあったこと、ボウエンの作品が、十九世紀から激変した戦争の世紀、二十世紀が抱えた人間の問題をいかに深く捉えていたか、そしてミステリアスな緊迫感で不条理な世界に迫るボウエンならではの精緻なフィクション、その理解の一助になればと思って書きました。編集者鈴木冬根さん、装丁家山田英春さん、このお二人のプロと苦楽を共にすることができました。光栄です。ありがとうございました。

　ボウエンが生涯で完成させた小説は全部で十冊、二〇〇四年に刊行された〈ボウエン・コレクション〉全三巻に続いて、今回〈ボウエン・コレクション2〉でさらに三冊が書店に並びます。残る小説は拙訳ですが品文社から三冊（『パリの家』、『日ざかり』、『心の死』）、而立書房から一冊（『最後の九月』）が出ています。ボウエンは周知のとおり、短篇を百篇近く書いていて短篇ファンもたくさんいます。短篇は居間の暗がり、小説は奥の客間。ボウエンの世界、フィクションの世界は未知の世界、無敵の神秘の世界です。

二〇二一年四月　復活節を迎えて

太田良子

エリザベス・ボウエン

Elizabeth Bowen　1899-1973

300年続いたアングロ－アイリッシュの一族として、1899年アイルランド・ダブリンで生まれ、1973年ロンドンの病院で永眠した。二つの祖国を持ち、二度の世界戦争と戦後の廃墟を目撃し、10篇の小説と約100篇の短篇その他を遺した。ジェイムズ・ジョイスやヴァジニア・ウルフに並ぶ20世紀を代表する作家の一人。気配と示唆に富む文章は詩の曖昧性を意図したもの。最後の長篇『エヴァ・トラウト』はブッカー賞候補となった。近年のボウエン研究は、戦争と戦争スパイ、人間と性の解放、海外旅行熱と越境、同性愛とジェンダー問題等々、ボウエンの多面的なフィクション世界を明らかにしつつある。

太田良子

おおた・りょうこ

1939年東京生まれ、旧姓小山。東京女子大学卒、1962年受洗、1964年結婚、1971-75年夫と長女とともにロンドン在住。1979年東京女子大学大学院修了、1981年東洋英和女学院短期大学英文科に奉職。1994-95年ケンブリッジ大学訪問研究員、1998-2009年東洋英和女学院大学国際社会学部教授。東洋英和女学院大学名誉教授、日本文藝家協会会員、エリザベス・ボウエン研究会代表、日本基督教団目白教会会員。主な翻訳書にアンジェラ・カーター『ワイズ・チルドレン』（早川書房）、ルイ・ド・ベルニエール『コレリ大尉のマンドリン』（東京創元社）、E. ボウエン『エヴァ・トラウト』『リトル・ガールズ』『愛の世界』（国書刊行会）、『パリの家』『日ざかり』『心の死』（晶文社）他。

ボウエン・コレクション 2

北へ

2021 年 6 月 21 日　初版第 1 刷発行

著者　エリザベス・ボウエン
訳者　太田良子
発行者　佐藤今朝夫
発行所　株式会社国書刊行会

〒 174-0056 東京都板橋区志村 1-13-15
Tel.03-5970-7421　Fax.03-5970-7427
https://www.kokusho.co.jp

印刷・製本　中央精版印刷株式会社
装幀　山田英春

ISBN978-4-336-07104-0

落丁・乱丁本はお取り替えいたします。

〈ボウエン・コレクション 2〉
【全3巻】
太田良子訳

1920−30年代という戦間期の不安と焦燥を背景に、ボウエンならではの気配と示唆に浮かぶ男女の機微——。本邦初訳の初期小説を集成した待望のコレクション。

ホテル
340頁　2,700円

友達と親戚
296頁　2,700円

北へ
440頁　2,700円

【好評の既刊】

〈ボウエン・コレクション〉
【全3巻】
太田良子訳

ボウエンの手によって〈少女という奇妙な生き物〉に仕掛けられた謎をあなたはいくつ解くことができますか？　傑作長篇、精選のコレクション。

エヴァ・トラウト
452頁　2,500円

リトル・ガールズ
427頁　2,600円

愛の世界
293頁　2,300円

*

ボウエン幻想短篇集
太田良子訳
323頁　2,600円

税別価。価格は改定することがあります。